U0902360

和吟声声

姚茂椿——著

中国文联出版社
http://www.clapnet.cn

图书在版编目（CIP）数据

和吟声声 / 姚茂椿著. -- 北京 : 中国文联出版社，2024. 9.
ISBN 978-7-5190-5656-8

Ⅰ.①和… Ⅱ.①姚… Ⅲ.①散文集—中国—当代Ⅳ.①Ⅰ. I267

中国国家版本馆 CIP 数据核字第 2024MT0347 号

作　者　姚茂椿
责任编辑　刘旭
责任校对　胡世勋
装帧设计　云上雅集

出版发行　中国文联出版社有限公司
社　址　北京市朝阳区农展馆南里 10 号　　邮编　100125
电　话　010–85923025（发行部）　010–85923091（总编室）
经　销　全国新华书店等
印　刷　湖南天一印务有限公司

开　本　710 毫米 × 1000 毫米　1/16
印　张　26
字　数　340 千字
版　次　2024 年 9 月第 1 版第 1 次印刷
定　价　78.00 元

目录

花开陌上

都市光影

温情记忆

斑斓田园

歌乡盛宴

花开陌上

蓝蓝的天上白云飘

第一次看大草原，第一次去呼伦贝尔。未及到达，思想的马群早已从天而降，“嘚嘚”奔驰在无边的草原上。在密密的阳光和爽爽的空气里，升腾着一丝丝的奶油与茶的味道。四下的蒙古包流淌羊群，歌声悠扬，呼麦美妙，舞蹈奔放，酒香浓郁。天似穹庐，笼盖四野，我似乎仰躺在草原博大的怀里，醉眼蒙眬，心中吟诵着一首首赞美的诗。

“离离原上草，一岁一枯荣；野火烧不尽，春风吹又生。”这首古诗，是我在故乡的学校学过的。一晃数十年，想不到于数千公里之遥的地方，我终于有机会看到那些由枯转荣的原上草了。吹了一个季节的春风，充溢着蓬勃的草香，慢慢合上温软的喉唇，迎接初夏的到来。漫无边际的草原，摇动的鲜花，像点缀在草地上的赞歌，绽开绚丽的音符。我目力所及，全是风中花草的舞蹈。

走进呼伦贝尔，我首先喜欢上它的草。它们虽不怎么高，也不那么浓郁茂密，但从脚下成片地无边无际地铺展开去，我感到这些不显眼的生命所带

来的震撼。它们是草原的主人，用细细的脚，走遍了草原的每一个地方。它们由毫不起眼的个体，像父母兄弟姐妹们那样组成那么绵密的群体，必然会吐露出更多与生命息息相关的信息。

百米外草原的一个起伏处，一群羊在慢慢流动。羊在草原面前，像婴儿在母亲面前，温顺、幸福。我从羊群的举止，感受到那一片草地的甘甜。羊群后面，几只小羊慵懒地卧在草地上，可能走累了，也可能在回味草地上流淌的乳香。我四处张望，想在曾经熟悉的电影、电视的画面里，寻找草原人的踪影，寻找草原骑手出现的场面。草原为主人是客，岁月一直用历史说明着这个道理。是的，在这草原普通的一天的平凡时候，我没有看见骑着马儿的英武的牧羊人。

没有人放牧管理，这些羊从哪里来，到哪里去？

“草原上这样游动的羊群，你不用担心它跑掉。”

导游面对我的疑惑，解释着这片地域的民俗、牧羊人和羊的关系。

在草原上我最轻松的感受，就是羡慕草原自由自在的羊群。宽阔的绿色的背景，悠闲的白色的羊群，构成了一幅和美的非常值得珍视的画卷。眼前的草地，用非常平常的生活现象和细节，体现着人与动物和自然相互之间随时随地的美好。

我没有请教导游，但我猜想不远处会有牧羊人和似乎不那么显眼的蒙古包。

草原上的生活，领域是开阔的，家是流动的，心也应该是自由自在地奔走的。

“蓝蓝的天上白云飘，白云下面马儿跑……”多年以来，脑海里萦绕的歌声，从看见草原时一下子跑到了跟前。我对这些景象，没有半点的陌生感。因为那首歌的描述，我早就一次次进入这个画面。进入草原的心情不用过多的铺垫，我们就在激动中被汽车载着，扑向更加令人神往的绿海。

前方将有一个较大的蒙古族部落，用一件件实物，演绎着北方民族的草原文明及其渐进的历史，将展示他们部族的灵魂。我知道，草原上慢慢经历的日子，已经在漫长的岁月里、浓郁的民俗中沉淀。

汽车走着直线，忽然在一个高地前右拐，几个散开的蒙古包闯进了我的视野。

在一个挂着图腾旗帜的蒙古包前，我们去了解蒙古族一个部落的生活轨迹。主人是一位被草原的阳光晒得黝黑的中年人，壮实的身躯在民族服装的包裹中，洋溢出一种特别的力量，英俊宽阔的脸膛儿有着朴实的笑容。他用不太流畅的汉语与我们交谈。

打开蒙古包门，一个美丽的少女和一位老人迎了出来，伴着他们的热情，一股浓浓的奶茶香也迎了出来。我们打过招呼，听主人一件件介绍蒙古包内的生产生活物件，了解他们的饮食起居和生活习俗。

在一个庄重的蒙古包里，挂着一些人物图片。那是他们部族的代表人物，有的人有着值得称道和流传的故事。

蒙古包的侧面，还有一些生活设施。最吸引我的，是几辆粗壮结实的勒勒车。我从他的介绍里知道，每一次成串的勒勒车出发，家也就启程了。草原养育了他们，也是他们生命的见证，家在哪里，哪里就是故乡。这些毫不起眼的马车，载着人们的期待和希望，载着儿童少年的歌声，一次次走向远方。

在我的心目中，草原上的人应该是非常大度和开阔的。他们不固守一隅，他们一次次出发，一次次走向远方。

在呼伦贝尔博大的草原，呼伦湖、贝尔湖像一双温柔的眼睛，深情地注视着草原的世界。清澈的湖面，把一碧如洗的蓝天和飞翔的白云，尽收眼底。

我乘船在草原怀抱的呼伦湖上，一会儿贴水而飞，一会儿徐徐漫步，耳畔萦绕着流行的歌声。我要来两支白色的鼓棒，在红色的牛皮鼓上敲打。

“咚、咚、咚，咚咚咚咚咚咚……”我用故乡鼓点的韵律，在鼓面轻轻地、重重地、时缓时急地敲，一阵从心中涌出来的情绪，顿时在湖面上蔓延，那是属于欢乐的一些激情，是一些愉快的表达。周边几只游船也以激越的鼓声，向我们一遍遍地回应。

我想成为草原上空的白云，以宽广的思绪，在蓝天上飞翔。

在内蒙古的每一天，跟随着蓝和白的色彩，跟随着不变与有序变幻的蓝天白云，我们经停呼和浩特、包头、鄂尔多斯。“天苍苍，野茫茫。”大草原，草原一样宽广的蓝天，蓝天一样无际的草原，我陷入冥想，耳畔，总是轻轻地响起草原的歌声。

在呼和浩特的一个蒙古包酒店里，几位曾在长沙的餐桌上一起高歌的朋友，再一次豪兴满怀地举杯。数年前与我在长沙有过一面之缘的查干，像一位老师，更像一位向导，把当场看的、听的、吃的，向我娓娓道来。我尤其在当地民族的非物质文化遗产呼麦的表演中沉醉。呼麦是喉音艺术，一人发出很低很低的两声部吟咏，像经过两个喉咙，从两个心脏发出来的一样。或许，这就是人类与生俱来的感悟，有母亲的和婴儿的生命交流，它将人的内心活动和人的心脏搏动的韵律放大。我家乡的世界非物质文化遗产多声部侗族大歌，具有群体的雄浑美，它有着人自身的认识、人与万物美好联系的领悟，有着人与自然的高度和谐。对初次观赏的呼麦，我眼界大开。它挖掘了人自身的潜能，向大千世界贡献出了新的声音。我想，在生长生灵万物的大地上，每天都飘荡着多少美好的心声啊！

多少年了，查干他们在长沙的一曲《蒙古人》还让我记忆犹新，我唱家乡的歌、湖南的歌，也让他们多喝了几杯。

此刻，查干手捧草原的酒，以蒙古族礼节敬酒。

我捧起美酒，一饮而尽。

万马奔腾的草原，同样在奔腾我们的万千思绪。我相信，世界上真诚的人，世界上美好的地方，即使地域相隔很远，文化和美都能很近。

草原的人，每天生活在大地宽阔的胸怀里，每天奔驰在宽广的草原上，他们可以从自己的心、从自己的脚下出发，踏响无数走向四面八方的道路。

放晴的蓝天，是苍穹最为平静的表情，它使我们一直沉醉。诗人们为它吟诵，歌手们为它歌唱。大草原的蓝天，是非常温和的蓝天，它一直微笑地面对我们。我似乎看见，一些微风踏着平缓的旋律，在缓缓游动的云朵上，做着悠扬的轻若心跳的抒情。

哦，草原的歌声从起伏的草尖开始，在奶茶的气息中弥漫，慢慢地，像“十五的月亮升上了天空”。它们的叙述没有高山阻挡，没有大的河流隔断，像飞翔的鸟儿在昂首的马群上盘旋。天高地阔，从原野上生长的歌，才那么音域开阔，才那么徐徐舒缓。

草原的大地，马群密如雨点的蹄声飞过，绵绵不绝的情思，在我的旅途也在我的愉悦里，一次次唱和。

蓝蓝的天上白云飘，
白云下面马儿跑，
挥动鞭儿响四方，
百鸟齐飞翔。
要是有人来问我，
这是什么地方，
我就骄傲地告诉他，
这是我们的家乡。

群山前方

阳光在细雨洗涤后，更加透亮。群山前方，是向往中的湘江源。清新的风迎面而来，夹杂着田野庄稼的气息。经过山间公路的颠簸，汽车往峡谷幽翠处钻去，像在一幅宽大的风景画里慢慢收笔，轻轻落在一丛浓绿的深处。

潺潺水声耳畔低语。向导表示，湘江源在不远处。顺着水流，我把目光移向眼前的山上。

这在当地百姓一直叫野狗岭的地方，水成了最洁净的生命体，成为一些思索充盈的源头。当我面对湘江，在湘江旁繁忙地工作生活，随着学习和经历的增多时，对自然与人生的许多褒抑是非，就有些感悟及溯源之想。湘江送来许多思绪，它的源头令我向往，充满神秘。

黄土路变成水泥路，大家放开呼吸，汽车渐至平稳，车轮下的尘末早已消停。车驻，移步，无数笑语。流水露出天然的面目，没有杂质，无比清亮。水面太小，倒映不下两边的山，任由一些草木摇头晃脑地进来，打个照面。遇有花朵盛开，水面定将荡开一圈圈羞涩的涟漪。源头还有不短距离。

小溪按捺不住，有如童年般的活泼，有着脆亮的嗓子，欢快的声响伴着它朝石板坡下奔去。

溯源需要上坡。在木质栈道，踏一级一级的台阶。栈道规整、弯曲、上扬，顾及游者的舒适。皮鞋摩擦在栈道上，毫无以前踏木梯的感觉，稳扎、无声，踏板明显不是精细加工的南方成群的松杉。木质佳美，据说来得很远。栈道与水流上下并行，依地势保持忽近忽远、忽高忽低的距离。一些湿气穿过水声，软软地拍在栏杆上。小鸟的脆鸣被融进水里，水声便在小鸟的翅膀上腾起，朝山顶几丛翠竹飞去。

野狗岭有了湘江源的大名后，人们叫唤它的时候少了，但说到湘江，说到它作为源头从这里流出的水需要大家珍爱的时候多了。它成了无数湘人的诗和远方。踏栈道踩石阶的步行，到达不了那个孕育湘江的神秘泉眼，石壁耸立，我只能在一袭薄纱般的天泉瀑布前伫立。仰望水瀑，想象它有怎样的神秘身影和动人的神情。

我从大湘西到长沙叫了几十年的母亲河，源自这里。岁月奔流，对母亲河的感恩之情越来越深。在星城第一次看到湘江，就有久违的亲情在心中涌动。喝了湘江水，那些甜蜜和牵挂，就一滴滴、一丝丝融入血液和灵魂。湘江的养育，使一个懵懂青年一步步成长，感受时代阳光，增添生命力量。

感念湘江源头天赐，紫良瑶族乡更名为湘江源瑶族乡，影响和名声与日俱增。我从县到省先期是做民族方面工作，办公室同事有汉族、土家族、苗族、侗族和白族，当然少不了瑶族。我们在这备受关心，自己也初心明晰。短短几年，我工作的足迹遍及三湘四水的民族州县。就瑶族乡而言，最难到达的湘东龙渣、湘中小沙江虎形山，我都随领导住过。遗憾的是，地处湘南的紫良瑶族乡，一直没有前往。某年参加多部门调研，行程万里，我前后去了许多民族村寨。住在高寒的虎形山茅坳瑶乡，贫困景象令人忍不住流泪。

现在回想起来，那些艰苦经历成为我调研思考履职的宝贵财富。

在长沙的最初日子里，我喜欢将目光长久停留在宽阔坦荡的湘江水面。无论远在城郊还是近在咫尺，都有满怀的激越和畅想。凝视橘子洲头和第一师范，有大河奔流前指点江山的感慨。红色基因得以不断觉醒。在湘西塔卧的一栋小木楼前，我对红色队伍的成长壮大，有了深切的感受。八九十年前黑色恐怖下的湘江上游，红军差一点遭遇了灭顶之灾，但鲜血没有白流。它见证了湘江两岸的黑暗与光明，一个日益美好的世界，翻天覆地的变化。近年，信念坚定的断肠明志的红军师长，军民鱼水情的半条被子的故事，又为我们的信仰注入了新的情怀和元素。它使我懂得湘江的水流再大、走得再远，也不能忘记它的源头和起点，不能忘记经历过的艰难和挫折，不能忘记前行中的无数溪沟和支流。

栈道之上，又是沿山的台阶。不知哪来的石块，为拜谒湘江源的游人做着沉稳的铺垫。人随石阶上升，水沿沟谷下去。各怀心思，各得所愿。有些情怀浓郁的水，迷恋源头的山色，在某个水域流连再三，才缓慢前行。而前方，它会遇见也会迎来一条又一条溪河，从最初毫不起眼的小小队伍，不断发展壮大。它清冽，很甜，另一些加入者，同样清且甜。当然，排除不了某个沟谷刚刚遇到大雨，流水冲刷腐朽的树叶，浑噩的黑泥黄土，翻滚而来。也排除不了人为地违反自然的后果，筑堤挖沙，生活污染，直排劳动生产与工厂企业的废水。湘江源及各支流上游的纯净，经中游下游的污浊，最终的水会不成样子。流动的岁月，给我们留下了无数的遗憾。近些年的治理保护，才使湘江又焕发青春。

天泉瀑布的脆响令人诧异，那些响声在山间渺茫的静里，显得不太真实，可它们在耳畔的萦绕却实实在在。来自源头，跃下山崖，瀑布在人的意念里突然有了硬汉的感觉，不停鼓动出心中的力量。湘江源的山那边，是九

嶷山。《山海经》记载："湘水出舜葬东南陬，西环之。"万山朝九嶷，中华始祖舜帝，寄托着人们的情思和敬仰。湘水源头，增添了人文始祖的神采和厚重。浩荡湘江，养育了两岸的生灵，浇灌着百姓的生活。湘江的养育和启迪，让无数英雄和人文之星升起。远的不说，近现代中国的星空里，湖湘的群英最为灿烂。湘江源，由此更让我们景仰。我听天泉水瀑，听到了它们的团结奋勇，听到了它们的自强不息，听到了它们的无私奉献。

有的人远道而来，一路拥挤喧嚣，找几个网红角度留影，发数张照片，收获一些点赞，满足虚荣心。有的人神情严肃，一路思索多美的生态，如何保护。有的人面向源头，想到的比那些水下行后的千万种命运，还会更多。我没有脱离红尘，张着仰望的翅膀，从不很洁净的下游溯源而来。我喜爱湘江源的一切，在一个最接近流水的地方，弯腰伸出期待的手，捧一些泉水喝喝。手一点点升高，一滴两滴清水像断了线的珍珠滴下，亮目。手捧着水接近嘴唇，竟能感到亲切。柔甜的感觉从舌尖开始，接着凉爽畅快，一股舒坦从心里涌上面颊，直至整个头部。第二捧水，在口腔分泌出凉甜，从喉部美美地往下滋润。第三捧水竟然理性起来，味觉让开，将清甜、绵甜、爽甜抽出无数的丝，一点点游进意识，编织出内心感觉上的荣幸和满足。

一棵几株联体并排的树，伸向栈道，似乎向我们揭示什么。是能够成为一条大江源头的水，被赋予了某种神力，才有这样神奇的展示？是湘江的频频回望，还是无数期待的注入，才使靠近中华始祖的山岭，孕育奇迹？这是一棵斜出横向生长的杉树，在它横卧的身躯上，竟然向上长出六七株子树。小杉沐浴阳光，在几只蝴蝶的环绕下神采自足，虽然它们还不高壮，但足以令我们浮想联翩。

喝过湘江源头水，看过天泉瀑布，返程感到很不过瘾，不能在烙上精神印记之外带走源头的一点什么。蓝色背景里的洁白云彩不能带走，舒适甜润的空气不能带走，婉转绚丽的鸟语不能带走。同伴魔术般摸出个空矿泉水瓶，近乎得意地在我眼前晃动，我立即羡慕他的先见。他立刻笑容满面，把一个同样的瓶子，递到我的手上。

我们焕发童心，迈腿跑向湘江源的水流。

梦过的地方

进入迪庆红军长征博物馆前，我对心中的旅游天堂、原住民神话中的圣地香格里拉，充满无限向往。一旦到达，走进步入现代浪潮里的香格里拉，我却有了新的认知和感想。在许多年前，在香格里拉叫中甸时，说这里是再怎么好的所在，是梦寐以求的天堂，对我而言是疑惑的，我想它也不会让更多的人深信。

我是心怀向往和犹豫，下决心去香格里拉的。被人们一次次描述过的香格里拉，在飞机颠簸的下降中露出真容。飞机在浓厚的云层穿行，窗户玻璃的声响，机身的起伏和波动，牵着几丝心悸。天空时而倾斜，机翼像斜斜划过去的刀片，山头的铅云被划开，有的变成碎片。我的犹豫这时更加强烈。在人类还存在矛盾、自然灾害频发的社会和环境里，天堂般的香格里拉怎么可能存在。踏上香格里拉土地前，高空中飞行，已让我双脚无力，心生恐惧。它真的值得我真诚地向往和坐高铁乘飞机辛苦地到达？不管怎么说，百闻不如一见。在我最初的犹豫里，不是因为它的偏远和地处高原，而是随着

我多年来走的地方、看的东西和思索的增多，已对一些宣传将信将疑。但四五月一过，飞往这里的机票渐紧。它解除我的犹豫，催我下定出行的决心。

飞机平安降落。全身绷紧的肌肉和压抑的心脏，终于将思想情绪上的重负，卸在座位上。走出机场全身轻松，与浓重并不明亮的阳光一照面，我又突然打了个寒战。好在接待我们的两位藏族兄弟满脸笑容，热情洋溢，我单薄衣服里的温度才没有随着比昆明低得多的气温马上下降。

“我姓和，他也姓和。”较高的老和的比较标准的汉语与微胖的老和的微微点头，让我的心中充满了亲切。

“哦老何，人可何？您好您好！”我让他接过我的行李箱。大步迈开的步履，已使我感觉到空气的稀薄。

他爽朗地笑，纠正道：“是和谐的和，也是您和我的和。”

我真切感觉到心情的舒坦温和，如春风一样温煦和暖和。这样的朴素和直接，让时常承重的向往和希望把俗世的东西放下，因紧张绷着的内心之弦也在这时得以松弛。

人们向往香格里拉，应该就是向往着许多的“和”，那是人们意识里的东西，也是人们从内心流淌出来、所见所闻及自身真切感受的东西。近年热起来的香格里拉，不知是不是漫长历史中原生的存在。传说中的古香巴拉王国，很久以来一直没人见过它的踪迹。而詹姆斯·希尔顿的《消失的地平线》，描述了自然景色与安然、闲逸、知足、宁静、和谐的人间景象，成为香格里拉的一个版本，激起了无数人的探寻。有人满世界寻找，终于在迪庆州的中甸发现。看来人们心里美好的世界，真有相似度接近的存在。

但在多年前，迪庆中甸真的是美好天堂吗？我心里是否定的。

在迪庆红军长征博物馆，我看到当地历史的一个极小画面，听见 1936 年一个藏族战士的心声：

不合脚的靴子，它是彩虹我也不要。

感情不和的伴侣，她是天仙我也不要。

奔腾的雅砻江怎能倒流，离弦的飞箭绝不会回头。

我们共同的心愿，是同红军走到底。

心愿！心愿！长征到底！

心愿！心愿！扎西德勒！

这位红军战士虽然没有描叙当时人们的生活，但在他的世界里，彩虹、天仙都不是他的。他同红军走到底的决心，跃然纸上。

我静静地在博物馆观看，在雪山草地的场景前思索。高原深度的寒冷，牲畜缓慢的生长，长期以来牧民艰难的生活，没有显现出我心里香格里拉的幸福画面。相反，那些草原、牛羊、住宅、炊烟，在纷飞的雪花下，从醒目的色彩、生动的景象渐至暗淡，及至被随时夺命的饥寒掩盖。

湘籍女红军李贞的《过中甸雪山》，像一阵劲风迎面而来。展馆墙上的字迹，如一支支顽强的队伍，艰难地跋涉在雪山草地上。一个个战友倒下了，后面的战士继续前进。他们舍身为国，义无反顾。

百洞寒裘絮如飞，狂雪飘落换银衣；

草鞋连踝陷三尺，飕飕刺骨寒风厉；

弓月西挂茫茫夜，饥冷攻齿发故疾；

义愤天海征万里，壮怀远古今古稀。

我曾在湖南通道转兵纪念馆的墙上，见过对李贞的介绍。李贞生于 1908 年，湖南浏阳人，1935 年参加红二红六军团长征，过雪山时任红六军团政治部组织部部长。陈云在《随军西行见闻录》中说到军队里的那些女兵：“妇女干部数十人，均腰悬短枪，脚穿草鞋随军出走。此辈娘子军，均系身强体壮，健步如飞者，常在卫生部招呼伤病员。有时竟能充子抬伤病员。”

走进李贞诗中的场景，我怎么也想象不出，当年的天堂，怎么会是这样的景象。

旅行车从机场一路畅通到达酒店门前，较高的老和建议我们进房稍作休息，先适应高原，一小时后接我们出去吃饭。

我们一行人进入宽阔的酒店大堂，在轻而低的藏族音乐中，集中办理入住手续。从出机场那刻起，我注意了身体的反应，毕竟很少到三四千米海拔的地方。很久前去过九寨沟，相比这次感觉，好像同样没有大的反应。

香格里拉于我，是早有期待的，此刻的它亲切而适宜。天气垂青，从飞机开始降落时就表现出来。心里的自由，散漫的思绪，首先在老天那里得到了合适的前提和关爱。清晨昆明的大雨，只是心情的一次洗礼。云开雾散，最适合走进香格里拉了。

驾驶员开玩笑说，这里的气候除了冬季，就是大约在冬季。我们到达时雨后天晴，是蛮幸运的。

厚重的云朵在我们吃午饭时，挤出几丝细雨，然后渐渐地浅了薄了。我们走出酥油茶飘香的小店，没有雨，阳光还比刚才变红变白了。

去普达措的路上，我想象着香格里拉的花海。据说从五六月起，几乎每隔几天就有花朵盛开。杜鹃花、狼毒花、波斯菊、金莲花、倒提壶、鸢尾花、紫堇花、豹子花……五颜六色，眼花缭乱。沿路没见到想看的花，不免有些失落，但汽车的顺畅倒令人高兴。城区路好车少，旅游旺季没到，街上没什么行人。街道两旁的建筑几乎都是新的，楼层不高，藏族特色鲜明。道旁树不高大，风中微微晃动，有了葱茏的味道。

出城，道路略微收窄，视野变得开阔，山峦像一道道楼梯，越远越高。道旁的村落新房居多，有的展现着建筑的气派、庄重和典雅。有的房屋上彩旗飘扬，各色的旗子中，红色的党旗团旗耀人眼目。

老和说，那是有党员团员的家庭，才能挂的。

老和告诉我们，建一栋像样的砖楼不容易，耗资不少，楼好的人家，一定是经济富裕的。

普达措挺大，海拔三四千米，我们只去其中的属都湖。人们说属都湖是茫茫雪原上一颗珍珠，环境优美，湖水清澈。可惜我们只能选温度天气适宜时来，如这5月下旬，而茫茫雪原的季节景色，只能凭自己去想象了。

远离都市，去风光优美的地方走走，能够得到人们的共鸣。在香格里拉步行，尤其是在普达措的属都湖漫步，应是值得向往的事情。珍珠般的属都湖就在眼前，我们从向往里步入了现实。老和他们说，普达措的普达和拉萨布达拉宫的布达、舟山岛上普陀山的普陀都是一个意思，是音译的区别，在佛教中体现的是同样的情怀。我对此没有研究，想想，觉得是那么回事。

属都湖并不浩渺，可以一眼望得到边，在普达措的范围内是小于碧塔海的。我们沿湖边小路慢走，从体感领略到阳光的强度是很低于我们内地的，从呼吸的舒畅度感受到，阳光里有一些没有被化开的浓郁。我们身边，是比较明显的冷和比较缺氧的空气。微寒的湖风，在岸边松杉树上微张着嗓子轻吟，它寒凉的低声，传送着零星并不嘹亮的鸟叫。一些薄薄的苔藓，步出稀疏灌木草丛的覆盖，在干燥地面比较醒目。几丛开放不久的杜鹃花，与我有着久违的冲动。这些高原林间点缀的杜鹃花，不高，精干，比湖湘山间成片的水灵、活跃、耀眼的杜鹃花，有着更多的内在的宁静。花旁的解说词，丰富了我本就不多的花的知识。灰背杜鹃，常绿矮灌木，0.5米至1.5米高，生于亚高山灌丛草甸。小木板上对它枝叶花朵的描写有点专业，如果不想象，难以让我与它们联系起来。

微胖的老和对植物了解得多，在他人津津乐道丁湖相关的趣事时，他穿插着对它们的赞美。随便一棵不显眼的树，有可能年岁不小，它所经历的风雨，我们不可想象。大家走了一两千下心不在焉的步子，边走边四下张望，在美景中缓慢平静地移动。这老和眼尖，手朝一棵大腿粗的松树下指点，看，松鼠。果然，一只拳头大的松鼠若有所思地站在树根旁边。我们围观松鼠，说着话，惊动了小树上一只黄色的蝴蝶，它缓慢地翩翩飞走。

较高的老和描述头几年旅游盛况，美景的开发保护和旅游的种种得失，给大家刚才的开心泼了一瓢冷水。风光优美的普达措，在没有形形色色游人的时候，自然保护是相当好的。有了高热度的旅游，一切又将另当别论。络绎不绝的游人慕名而来，推动了地方经济的发展，也是当地人提高生活质量的需要。

“太阳最早照耀的地方，是东方的建塘；人间最殊胜的地方，是奶子河畔的香格里拉。”建塘镇，著名的月亮城独克宗古城，距我们住宿的酒店不远。傍晚的阳光温度不高，却将照到的地方营造出难得的温馨。饭店餐厅、特产纪念品店、酒吧咖啡厅有的关门没有营业，有的将边地民族的歌声和现代的乐声，往街头倾泻。石板路上，图案不规则的石头，有的留下了茶马古道南来北往的马蹄印。虔诚的朝圣者，走进了岁月的深处。陈年往事的藏地风情，已经随着络绎不绝的马队，慢慢走往高处的西藏和低海拔的内地。

旅游旺季前来寻梦的人们，在拥挤人流和嘈杂叫卖声中，会从幻想的天上跌落红尘。难道人们长年期盼和千里迢迢的寻觅，还是无处不在的俗世？不管怎么说，“命里有时终须有，命里无时莫强求”的古话，越来越让许多人不相信了。不然，没有梦想的人生，个人怎么进步，社会怎么发展。说到香格里拉那样的梦，我也曾经做过。我在小学订的杂志上看到省会一所著名小学，校外是漂亮的街道，旁边有整洁的单位工厂，校内操场宽阔，教学楼高大敞亮，外国友人经常参观，心中无限羡慕。而当时，家乡小县城就已经让我感到遥不可及了，省会城市的美好，只能是我梦想深处的香格里拉。虽

然我现在就住在离那所名校不远的地方，但潜意识里，它一直还是那么遥远，永远不可抵达。我由此断定，香格里拉是神秘一样的存在，它的面貌，人只能在梦里见过。不管怎样描述，它都是可望而不可即的。

晚餐是在一个矮小的店子吃的。进得门来，服务员将我们带往下行的楼梯。楼下开阔，围着一片人造的小景，四面都是包厢。热情迎候的老杨捧着洁白的哈达，给我们一个个围在脖子上。我们听他说香格里拉的风情，说普达措的保护，说旅游给老百姓带来的好处。大家以茶代酒，愉悦于轻快的气氛和当地的美食。两位老和手脚勤快做这做那，让我感动得手捧茶杯多敬几回。

香格里拉遥远而美好的向心力影响力，浓烈地吸引感染着人们，但却仿若长梦，消失在古香巴拉王国的传说里。藏族红军小战士的心声，红二、红六军团过中甸雪山的壮举，已经刻入人们记忆，他们的祈望，从圣洁雪山潺潺流入远处的溪河。从命运悲惨的童养媳到爬雪山过草地出生入死不断成长的李贞，成为共和国第一位女将军。生活在如今社会环境的人们，想象不到第一代将军们的生活状况和精神境界，有的对他们生前自我苛求的做法甚至难以理解。李贞工资不高，却要照顾因战争等收留或需要关心照顾的20多个义子女。外地一些老同志赴京，住她家里，来时钱用光了，她还要给他们返程的路费。20世纪70年代，她住在北京香山脚下一个破旧四合院里，过着普通百姓一样的生活。破旧四合院的冬天特别寒冷，我凭着寒冬在京的短暂经历和感觉，对李贞他们那些不求享受只讲奉献的老一辈，敬佩不已。李贞御寒的办法，是把笨重的帆布大头鞋穿在脚上，身穿棉大衣，膝盖上放着热水袋。她就这样一身笨重地在屋子里看书、批阅文件、处理群众来信。1980年，她被定为大军区副职时，仍然住在这个房子里。一年春节，她摇头推辞组织给老同志200元生活福利补助时说：“这钱不能收。我们这些幸存的老同志，和那些牺牲的战友相比，已经很幸福了，请组织不要再给特殊照顾了。”她在这旧四合院一直住到1984年，年近80岁才被一次次做工作后搬进城里的一套住房。

留下红军长征足迹的香格里拉，梦想里沉淀着红色的基因。我不虚此行，幻觉里的天堂色彩慢慢淡薄，迪庆红军长征博物馆为我注入新的动力和元素。我一直沉浸在那个歌声和画面都非常优美的梦中，在那个走过高原雄壮队伍、飘着高原红的梦中流连，一片片霞光装饰着无数向往，直到此刻才看见梦的艰难的过程。一梦醒来，才发觉即使是现在，我们的现实离前辈的理想，还有较远的距离。我们需要的美好，不可能坐享其成，要像他们一样奉献，一代代去努力。就像眼下的普达措风光，引人流连忘返，但要美景常在，也排斥车水马龙的割裂与挤压，保护成为现实的难题。藏族兄弟老杨告诉我，普达措划分严格保护区、生态保育区、游憩展示区和传统利用区，将其中最珍贵的一大片保护起来作为核心区缓冲区，按规定不能有人类活动。普达措能否为未来的人们留下美梦般的景象，与景区开发游人管控相关，与区域内原住民各民族同胞的生活需要相关，与自治州立法保护和大家的行动落实相关。

星星点点的路灯，将古城的轮廓若实若虚地勾画。高处巨大的转经筒，在微光中发出金色的光芒。它勾起的不是虚幻的诗意，也不是需要用霓虹的色调烘托的抒情，而是一方水土在和谐岁月里的一些宁静，是自带光芒的心灵在沐浴梦想时发出的一些宁静。

遍地花开

望着漫山遍野银闪闪金灿灿的金银花，心旷神怡，我内心盈满对大地美好的感怀，敬佩大山深处人们的勤奋。但在这些醒目细碎清香怡人的花朵前，人们想不到，多少年前，这块美丽的土地上是怎样的贫困。

这是一片瑶胞聚居地。在随带队领导老吴住下调研前，我已从一些途径对省内瑶族有所了解。在缓慢爬往湘地深山的车上，我的脑中闪过勤劳艰辛生活在高山上平地里的瑶族同胞的形象，闪过一本厚重的瑶族典籍《盘王大歌》，还闪过在遥远的湘南边境江华瑶乡留下的一幅幅山水和村寨的画面。在我纷繁的想象里，地处湘中腹地隆回县的瑶乡，一定林茂畜丰，一定温饱不愁。

一台晃动摇摆的小车，在悠长的黄土路上显得有点孤独。我们长沙三人，加上县里领路的干部，前后左右恰好一车。与湘西差不多的山路，折磨着老旧的轿车，颠簸起伏，转弯抹角，沿途腾起滚滚的灰尘。车过小沙江，车里挤进区公所一位当地瑶族干部，车继续爬往高海拔的深山。

在虎形山，乡领导见到我们时一脸惊诧。我们的到来，让他们兴奋得无语。

不多寒暄，大家抬腿往山寨走去。虎形山瑶乡和茅坳瑶乡，恶劣的自然环境和贫困的生活状况，点点滴滴都能够刺痛人。远望田土、山寨，一股似曾相识的气息，迎面而来。清新的空气，夹杂着寒冷，不时飘过什么东西霉变后的味道。像个被人遗忘的破败村落，从许多年的时光中，突然出现在眼前：歪屋，破瓦，一些碎木屑、烂菜叶，泥水中人和牛浅浅的脚印。

我走过湘西的许多村寨，也到过其他的一些贫区，感到面前的景象，更触目惊心。

一户木楼矮小的人家，中门大开，带队领导老吴紧随瑶乡干部进门察看。大喊几声，没人回应。门边又湿又滑，门槛矮小，堂屋的地面坑洼不平。仅有的两间房，几乎空空荡荡，生产生活用具极其简单。我们询问放粮食的地方。瑶乡干部东翻西找，才在暗黑的角落发现十几个红薯，矮墩墩的米缸几乎见底。简陋的木床上，一条薄薄黑黑的破棉被，潮湿，散发着臭味。乡干部介绍，这家，是这个寨条件比较好的。

在另一瑶寨，我们看了一户公路坎下的人家。在那还称不上一栋屋的家里，我感到有些无处不在的寒气，从夏天烈日关注不到的某些角落，“嗖嗖”地射向我们的脸和身体。几根黑小粗糙的木柱，夹着一些薄木板，简单地围起了一间房，既是厨房，也是卧室。我们小心翼翼，生怕惊跑了进屋前听见的小孩声音。进得屋来，却空无一人。一个破锅子，几个黑瓷碗，放粮的瓦缸没一粒米。地板的一角铺着几层稻草，连薄薄的棉被也没有。屋上盖的杉木皮，已被日晒雨淋变黑，有的地方一块块地腐朽发霉。

老吴实在看不下去了。他本来就显沧桑的脸，阴郁深沉，持续地黑着。那天离开烂木楼后，乡干部才说，这家只有两条长裤，大人穿上去做农活，

小孩躲在地板下面。看得出，他离开时，双腿沉重得抬不起来。

我们的眼里闪着泪花。级别颇高的老吴态度坚决，提出在乡里住下，用几天时间走走看看。这让陪同的干部为难，僵持不下，他最后只得陪我们返回区公所，请干部腾出房间，让我们住了下来。

瑶乡的夜晚，异常美丽。月色皎洁，星光闪烁。一个个瑶寨，沉浸在虫声唧唧吟唱、晚风打着节拍的梦里。人声、蛙声、虫鸣声，有时非常遥远，有时近在眼前。

我夜不能寐，并不因为瑶乡的夜景，也不是因为穷乡僻壤干部的住房条件。我在家乡生活和工作时，还住过条件更差的农家。农村改革多年了，还有这么大面积的地方没解决温饱，极度贫困，让人难以接受。

几天里，热泪一次次盈满我们的眼眶。由于雪峰山地理环境的影响，这里不久前遭遇了一场盛夏的冰雹。房屋倒塌，庄稼失收。一些山坡郁郁葱葱的树林，弯腰的、折断的、枝叶碎裂的，纷纷露出伶仃瘦骨一样白森森的枝干，惨不忍睹。我们吃不下，睡不着，痛苦地思索。

在小沙江的一个晚上，我按老吴的要求在区公所摇通隆回县、邵阳市的电话，他要向他们通报情况，提出要求。返回省城后，他一次次开会，召集相关部门研究支持的资金和项目，希望为瑶乡的经济发展探索出路。

虎形山之行超出我原先对瑶族的了解，他们的现状与其他地方的少数民族有许多不同。总体讲，湘西、湘南的少数民族都很闭塞，虽然贫穷，但很朴实，爱美。而当地的瑶族，长期闭塞少有人关注，可这里的人们更加爱美，盛装的女人，更是一道亮丽的风景。她们挑花的服装非常艳丽，搭上金黄大红的头饰，就像青山中盛开的花朵，有着很美丽的名字：花瑶。

人们在深深思索，级级机构在加速运转。根据地理环境气候和群众生产传统，最终确定，今后的瑶乡将发展以金银花为主的中药材产业。

一个希望，在贫瘠的土地上冒出芽来，虽然也会遇上风雨，但因无数的支持而发展壮大。人们期待着，这一片雪峰山麓的高海拔山区，能够早日迎来花开瑶乡、花香遍地的时候。

一过数年，终于，金银花漫山遍野，银闪闪、金灿灿，与花瑶的美丽一起，走出了隆回和邵阳，走出了湖南，直至干花的产量占到全国的较大份额。贫穷的瑶寨，从此有了新的经济气息，贫瘠的土地上开始山花烂漫。

一个寒冬，我随一位老同志往怀化和湘西调研。早上7点从长沙出发，一台小车紧赶慢赶，于天黑前到达沅陵的官庄。进入区招待所，我去办入住手续。老同志左手拿着玻璃水杯，右手提着简单的洗漱行李，进入简陋的服务室。他跟服务员道声辛苦，服务员立即跑隔壁叫来了负责人。

“领导啊，没接到通知，饭菜没有准备，对不住啊。”一位中年男子一脸歉意，赶紧道歉。

出差前，我们没有按惯例通知要住宿的沅陵县负责人。沅陵是湖南省地域最大的县，人口众多，少数民族人口比例较大，当时经济相当贫穷。官庄离沅陵县城极远，我们每次经过，从不麻烦县里。

那位负责人喊人用火盆烧炭火，再跟我商量吃点什么。

我们出差，路上伙食都自己掏钱。当时出差补助很少，菜不能点多，也不能点好了，大家都有负担，都靠工资吃饭。我对他说：

“请做一个肉火锅，放点小菜。如有酸菜，用大蒜辣子炒一碗。”

片刻，服务员来喊吃饭。招待所负责人在厨房帮忙，对老同志熟悉地问道：“喝点米酒？”

我与驾驶员师傅不会喝酒，连吃了两大碗饭。领导自斟自饮，喝了几杯。

客房相当简陋，没洗漱间，没任何装修。厨房师傅给我们烧了热水泡脚，服务员给我们两间冰凉的房烧了炭火升温。

整个小店除了我们，再无客人。我们在山间的安静中睡得香甜。

第二天清早，一人一碗米粉吃好，我结好房费餐费，大家在寒冷中，继续往西的行程。

在怀化调研了两个民族县及几个乡镇，一天我们早早从新晃出发，经贵州铜仁，于下午到达湘西凤凰的一个乡。当时通信不便，我提前一天联系凤凰时，提出县里不要派人去，要那个乡代为我们准备个简单的午饭。

进到乡政府，等了蛮久的书记乡长满心欢喜，说一直在等，饭菜热了几遍。

吃饭和座谈时，乡干部时而汉语时而苗话，我云里雾里，没法记录。我隐约感到，这个乡工作不错，这年特大干旱，农业减收，老百姓生活相当困难。老同志向他们提了几个要求，也对解决问题表达了态度。

从凤凰进吉首到花垣，再去保靖、永顺、龙山，一趟调研了州里的大部分地方。凤凰、龙山、永顺和吉首的乾州当时都有烟厂，吉首还有酒厂。酒鬼酒异军突起，东西南北一片叫好。卷烟有名的有老大哥、龙虾花、古湘等，凤凰烟厂还生产外销的女式雪茄。这里的经济发展在全国民族地区名列前茅，但大面积的贫困，让干部群众忧心忡忡。由于熟悉情况，老同志的提问细到某个地方、某个单位、某个产品、某个关键的人，他把调研的所思所想，一一与大家交流，很重大的事情，我会按要求写成调研报告。

对人们神秘的湘西，我曾经比较熟悉。刚进省城时，我受单位指派，数次参加多部门的联合调研，走遍了湘西所有县市，走了不少发展比较好和条件特别差的乡镇，还去过几个典型的村寨。那时关于湘西的书籍不多，我看过沈从文先生的几本，还从一些途径了解到湘西的放蛊、赶尸很厉害。当时得到信息最多的，是从省里的刊物和州里的《团结报》，各方面发展，文化成果，民族风情，耳目一新。从州府到乡村，我潜意识中期待了解的令人毛

骨悚然的传说故事，不仅听不到看不到，连一点那些传说的神秘都没有遇到。我随人们走进凤凰古城、花垣边城，走往永顺不二门、芙蓉镇，龙山的火岩及惹迷洞，只感觉到土家族文化、苗族文化的独特魅力，感觉到那些山水的深远美丽。我惊叹古丈的小和几位歌唱家、毛尖茶的名气之大。当时一同调研的一位老兄爱开玩笑，说它“县小馒头大，城小有立交”。泸溪的浦市是有名的古镇，当地化工总厂当时是全国和省里著名的民族企业。龙山里耶，沉淀着历史的繁华。从行政区划上划出湘西的张家界和贺龙故乡桑植县及九天洞，开始名声在外。一个个古镇和一片片山水，在电影电视画展摄影展上，多次引起轰动。苗乡四月八等节日活动，吸引了不少著名的作家艺术家前来采风，也使我大开眼界。

一次出差，一位出生湘西的领导顺道去苗寨，探望他高龄的岳母。除了我和驾驶员师傅，他不让当地任何人陪同。

那是一个非常普通的山寨。我们远远就下车，穿过稻田菜土，往寨子中间走去。寨里水沟纵横，绿树成荫。一栋黯黑的木楼，一位偏瘦的慈祥老人，在火塘边满面笑容。她和领导用苗语交谈，我一句也听不懂，只知道他们在关心家人的身体、生活，问到家里的这个那个。

老人用苗语朝窗外喊话，通知晚辈们准备饭菜，自己不时在火塘边挪上挪下，添柴加火。

择菜，洗菜。辣椒炒腊肉、炒酸菜、萝卜白菜炒了几碗。吃饭时，我从谈话了解到，这位领导除了他的爱人读书时考上学校有了工作，兄弟姊妹多在家当农民。看得出，家里大大小小安心农村，他们没有沾光的想法，从没提过任何工作和经济方面的要求。

手捧一杯飘香的金银花茶或怀化的湘西的毛尖，我偶尔忆起自己驻村扶贫一年的岁月，忆起三湘大地脱贫攻坚的动人场面。袅袅茶香里，眼前徐徐

展开遍野的绿山果林，焕发青春的民族村寨，易地搬迁的楼房，机声隆隆的扶贫车间……此时，我不禁怀念逝世数年的一位老领导，又想起了与他出差的一些点滴。

20世纪八九十年代，湖南的公路路况差，领导的配车档次也很低。去民族地区调研，常常一去十天半月，有时需要住在乡下。去湘西走国道，最初路上需要两天。长沙清早出发，在益阳吃中饭，赶到常德吃晚饭。第二天在桃花源或官庄吃中饭，晚上才能到达。多年后改造了道路，路上只需一天。现在走高速公路，半天就可到达。有人有感而发，把这些年去湘西必经的两个城市经停越来越短，编成了段子："到益阳吃中饭，在常德住一晚"；"到益阳解个手，在常德吃午饭"；"过益阳咳一声嗽，到常德上个卫生间"。快得如此这般，湘西立马就到，让旅人露出满足的笑容。

出差基层，我们住过隆回虎形山瑶族乡，住过当年叫酃县（今炎陵县）的龙渣瑶族乡，还常到怀化的侗乡和常德等地的回族维吾尔族乡。去湘西的路上，我们常住桃源、沅陵的乡下，常在路边的小店吃饭。车行乡间公路遇到老人招手，老领导从不含糊，把老人请上车，递一支烟，聊一聊天。出差车况路况不好，我们常朝发夕至，有时甚至深夜到达。一次赴湘南的途中汽车抛锚，他一个人进农家座谈。我在路边的农家用工作证，借了一辆单车，奔往乡政府，用乡里的座机电话与单位联系。我们没有通知所在的县，也要求乡里不要报告，中餐就在乡政府的食堂解决。待来人将车修好，天色已晚，而我们的目的地还比较远。我们都很疲累，但他很高兴，因为他座谈有了第一手的情况。

省内的边远地区，留下了老领导们不少的足迹。许多基层干部群众不把他们当领导，只当是长辈兄长，工作不讲套话假话，接待简简单单，一杯米酒，几碗小菜，随和，高兴。但对出自基层干部群众的困难，他们都非常认

真，尽力帮助或者督促解决。

打开深藏多年的记忆，我不仅又在青春焕发中行走，更是在乡村边寨里流连。当年原生态的风景，有的发生了翻天覆地的变化。当年的一些人，有的只留下音容笑貌，让人浮想联翩。我曾随同出差的那些中老年人，不管是老红军、南下干部，还是基层上来的，他们都已纷纷老去，有的白发苍苍，有的已经逝去。但在我的心中，他们都还是当年的模样。他们的身影出现在山水之间，在边远的小寨，在木楼内外。他们以语言行动告诉我，与群众的感情，不是写在纸上挂在脸上，也不是出现在电视报纸上，而是落实在跋山涉水的脚上，在牵挂田间地头的心上。

瑶乡的花开了。

苗乡的花也开了。

……

如果我们身边的一丛丛花纷纷开了，那些美好的景象，会让广阔的城乡更加美丽。那些美好，也将在人们的期盼和努力中发展壮大，不断蔓延。最终，改变一片片穷山恶水，铺展无数花开遍地的金山银山和绿水青山。

我看见，新时代城乡的美好景象，一片片向我们走来。漫山遍野更多的花，在纷纷盛开。

虎形山上的低语

虽是两上虎形山，但在我的感觉里，像是来了无数次。

感谢花瑶的阿妹们，在她们捧起拦门酒时，那一阵唤起我漫无边际游思四起的酒歌，就开始在我的灵魂里扎下了根，生长出无数芬芳的枝叶、藤蔓和花草。我忽而湘西、忽而广西、忽而贵州，酒和酒歌，让我浑身上下热气腾腾。

我最先听到酒歌，是在许多年前的湘西。在离吉首不远的一个叫德夯的地方，我与几个同事参加苗族的一个文化活动。我们乘坐的大车还没停下，就有女性的歌声，从四周响起。像在叙说，对我们讲“远方的客人啊，你们终于来了，我们可是等了好久好久”。我听得很新鲜，也很真切，一双脚很有动力，从人群中往前快步走去。但见前面的脚步已经停了下来。驻足的片刻，我认真地听，一句也听不懂。那是苗语，唱的是敬拦门酒的歌。我才知道湘西的盛情，是从拦门酒开始的。

虎形山的花瑶以拦门酒迎接我们，我知道这是节日一样的隆重，是贵客才有的礼遇。对这里的拦门酒，我最初是有所提防的，担心那个从没有遇过的大碗，会把我灌得云里雾里。我本来走在靠前的地方，看见穿着绚丽服装的姑娘们于路间拉起红彩带，心中便基本有数。再看到她们捧出的大碗，看到几个瑶族阿哥往那里“哗哗”倒酒时，我就放慢了脚步。

我听着瑶族敬酒歌，感受着从没有听过的味道。我知道这里的瑶族古歌成了非物质文化遗产，由于第一次听，说不上了解它的真谛。但与我们侗族酒歌比，确实各有千秋。我在通道黎平的侗乡喝过几次拦门酒，对捧出的酒与唱出的歌以及它们之间的和谐，体会更深一些。那些歌声如行云流水，如酒席上的浅斟慢酌，似乎在邀请你，一起把酒碗捧起来，听听我们的心里话，与我们一起共度美好的时光。那些歌声声婉转，那些酒甜甜的，你在歌声中慢慢喝下，感到全身温暖，心生快意。此刻，我慢慢向瑶族酒歌靠近。前头的友人，在酒碗前讨价还价，一口喝干了的，引来欢呼。我还没把歌声听够，几只大碗就横在面前。我像从一个没有做完的梦中醒来，顾不上歌声了，用眼光把那些酒碗默默一扫，轻轻接过一只酌酒最浅的。面对几双迫切的眼睛，我想这不过是一两多酒，大不了酒精浓度一二十度，就让我就着悠扬的歌声，慢慢地感觉、慢慢地品味吧。可是出乎意料，一口下肚，这米酒，至少 40 度。一股暖流，从心中升起，那些歌声似乎开始燃烧了。匆匆交还酒碗，我想说，其实，我更愿意被你们的歌声灌醉。

这样的经历，我在广西融水的苗乡也经历过。我们一群人进入苗寨前，就被穿着民族盛装的姑娘们拦在门外。我走过一些地方，懂得尊重各地的民族习惯，但在那些盛情之下，我却没有一点底气。趁随行的小伙子与她们对歌，我拿着个傻瓜相机轻轻一跃，从边上过去了。我那时不会喝酒，看几位中老年朋友一边听歌，一边喝得很享受，很羡慕。谁知这个环节过去，吃饭时，祝酒歌把中老年人敬得差不多了，就有人盯住我了。餐桌上是客人喝，主人也喝。小半碗米酒下肚，我晕晕乎乎，而喝了酒的姑娘，歌却越唱越好，试图拉住我们几个年轻人，到竹林里对歌。

美丽花瑶用一碗浓烈的拦门酒，把我的矜持和淡定，汹涌地冲走。我像放下一挑担子，让一些重量慢慢游出体外。行走山路，我变得像年岁很轻的小树或者小草，在潮湿浅浅的泥土里，坐不正，站不稳，步履蹒跚。我也像一粒尘埃，在一片意识的空中，飘过来，游过去。

喝过拦门酒，进入瑶寨，一群古树把我们迎进一个令人肃然起敬的习俗和故事。

我在省内的报纸和电视上，见过这群古树。它们挺拔青翠，像一些传统的标本，也像深山留下不多的幸存的标志，千百年来守护陪伴着瑶寨和瑶寨的人们。与瑶寨一起迎风斗雨，一代代地相处，人和树有了很深的感情，慢慢地演变成一个约定而成的良俗。人们爱树，保护树，敬畏树。而在距今数十年前，许多山乡席卷着一股砍树的风潮，虎形山的瑶乡也没有例外。面对四面八方伸过来砍树的斧子，寨子里的瑶族同胞倾巢而出。他们不论老幼，一人抱着一棵树，或者数人抱着一棵树。

“要砍树，先砍了我们。”

“我们与祖先留下的树，共存亡！”

人的生命与树的生命，已经息息相关，这时更是命运与共。

因为有那悲壮的一幕，我们今天才能在这里看到，这景美人美的一幕。

见了这些大树，我怀念起家乡一棵古老的枫树来。那是在老家一座叫作拱团的山下，往沛溪弯去的路坎上的一棵树。那棵几十米高的老树，一直是这一片山弯的风景。苍劲的主干，几乎笔直地指向天空。上部的枝叶并不茂密，但到了叶子红透时，它会向人们展示生命的美丽。因为要修一段公路，有人谋划着把它砍掉。

寨上的人，弯里的人，没有一人愿意砍树。

“哪个砍它，会遭报应!”

“砍古树的人，会断子绝孙。”

出多少钱，都没人愿意动手。最后，请了几个远处的外地人来。

砍树那天，老老少少来了不少人围观。从斧头砍响第一斧，人们越站越远。人们心头很不情愿，既怕它倒下时砸伤，也怕它愤怒的灵魂缠住了自己。他们希望它的报复，在挥舞斧头的人身上，马上显灵。

几小时过去，古枫树迟迟没有倒下。它太善良了，最终没能逃脱消失的命运，连树兜都被人挖走了。

在古树快倒时，我看见几个婆婆泪眼婆娑。她们不言不语，往家里慢慢走去。

几年后，老婆婆一个接一个死去，除了家人，几乎没人提起她们。而那棵苍劲的枫木古树，就更没有谁提起了。

在甜甜的山风中，我细细聆听虎形山古树的絮语。它们比我家乡那棵枫树幸运，也比时下无数离开山乡被挖起运进城市的大树幸福。我曾在一些城市的广场，或在一些暴发户的围栏里，看见过一棵棵粗壮的大树。它们枝繁叶茂，但却有气无力，更别说具备大山的精魂了。人们想用它们来装点风景，体现城市的丰厚，增加一些历史的痕迹。但这一切都是虚假的，对古树们而言，可能还是致命灾难。

虎形山的古树是被爱浇灌了的。翻过一个山头，我看见花瑶的阿哥阿妹在林深处幽会对歌。我们的到来，激起了他们的豪情。小伙子“溜溜”“溜溜”地唱一段，姑娘们毫不迟疑地答复。唱到高潮处，一阵阵响起：

“呜啃，呜啃——”

我们一群人趁着酒兴，也“呜啃呜啃”地叫。没想到，阿哥阿妹们一窝蜂似的来到面前，要我们对歌。

我和朋友们听他们用汉语唱的瑶族歌，然后用逗得人笑的老歌新歌，答复他们。唱歌的间隙，我问边上的小伙，会讲瑶语吗？他说不会，指着前边的姑娘说，她会。他接着说，正在拜师，学讲瑶话，学唱瑶歌。

我知道这是旅游业的发展带来的，而不是真正意义上的传承。我在家乡见过一些老人只会讲侗语，出不得远门。以前湘西的苗寨，也有很多这样的老人。现在年轻人大多不愿学本民族语言了，在学校学汉语，为了前途，还要学好英语。不少文化人对这种情况越来越焦急，担心一些语言消失，一些民族的文化也将消失。在经济全球化和各地加速城镇化的浪潮中，许多传统的东西在气数将尽时，得到了一些关注。那些关注历史的人、写书的人、录音录像的人，试图留下祖先的文化。

古树们不用说，山寨再老的人，也没有听过它听过的歌。山寨再幸福的人，也感觉不到它心中的幸福。它知道很多爱情故事，它见过许多悲欢离合。许多我们无法听见、无法理解的歌，已经在岁月中远去了，有的却已经刻骨铭心地，刻进了它漫长的年轮。我不知道它是否迫切地希望，那些传统的、不断变化的歌声，能够继续在它的身边，一天一天飘荡下去。

8 月的山下，天气正热。花瑶之乡用大自然营造的凉爽接纳我们，包容着现代人来自钢筋水泥丛林的烦闷和污浊。

我们离开繁华的隆回县城，在县境西北高寒山区的虎形山，感受着瑶族同胞的盛情，享受生命的舒适。

那年来瑶乡，我虽然在区乡住了几晚，吃着没有半点农药化肥的饭菜，见识了瑶家人的朴素和热情，但是没有领略瑶族的风情，没有听见他们的歌唱。那时破烂的木楼，恶劣的生产条件，没有温饱的生活，一直在我的眼睛里晃动，在思索里挣扎。我对瑶乡那些很美的穿在身上的色彩，也没留下多少印象。

眼下短短几小时的走马观花，我把压抑在心头数年的石头，终于轻轻地挪开了。如今的花瑶，逐步过上了花一样的生活。

我们从一户瑶家门前经过，一个老婆婆在门外做民族服装。我停了下来。瑶族的挑花是非物质文化遗产，很有名气，但做得好的人已经不多。老人告诉我，她家的收入主要靠种金银花和药材。年轻人打工去了，她年龄大不能做重活，就为年轻人做点挑花，是爱好，也为了快乐。

她身后的两层砖房，房前房后的水泥地，说明了他们家收获不错。由于地处高寒，树木普遍成长较慢，在我上次来时，瑶家的木楼给我留下一直难忘的印象。花瑶的木楼大多矮小，主柱主枋像没有成年或营养不良的少年，不太粗壮，也不太高大。小木柱，薄板壁，楼顶上有的盖着杉木皮，有的木楼粗制滥造，有的还破破烂烂。看着老人家的砖房和周边零星的木楼砖房，看着一些人家晒的衣服，晒的一些山货，我发现变化已经翻天覆地、今非昔比。

身边一位了解瑶乡的朋友说，不少打工的人回来建了房，有的利用高寒山区的特点种药材，有的发展生态农业。

由多数崭新的砖房构成的瑶寨，在一点点替换我脑中存储的过去的景象。我望着从寨子走出的姑娘，一个个桃红满面，在挑花头饰和裙子的衬托下，一步步走进流动的风景。

我贪婪地，欣赏着瑶乡的美丽。

瑶山没有杂质的空气中，飘荡着苞谷、土豆、萝卜的香甜，飘荡着中药材和金银花绵长的希望，还飘荡着《呜哇山歌》独具一格的豪情。

我从城市走来，却对淳朴纯洁的自然有所不敬。虎形山或许知道，我的身上，带来了城市曾经雾霾的信息，曾经油烟、废气、污水的气味，还有一些许久才擦抹掉的 PM2.5 的痕迹。

大山那头

新城的工业园区绿色环绕，沉浸在轰轰的机器声中，几个生产企业忙而有序。干净整洁的茅头园村，宁静矗立在公溪河畔，村里的乡村振兴馆，飘荡瓜果蔬菜的香甜。来过几次后回望，看得出古商城所在地的新潮和蝶变风姿。

多少年来，洪江古商城像秀色女子，默默待在大山那头。是沅江上游的前人，带着一船船桐油朱砂中药材下洞庭途中的美丽邂逅，是许多大山人怀着“一个包袱一把伞，来到洪江当老板”的梦想之地。它吸引无数人到来，为它拼搏添彩，为它纸醉金迷，为它留下难以忘怀的回忆。

我第一次前往，是在家乡因开会而去。来去匆匆，没有一睹它的芳容。往后，我出差几次走进那个在人们的口述里有无数传奇和故事的地方。

站在富有特色的新民路，我想到电影电视中出现的民国画面，此时若走来位旗袍女子，也会陷入穿越的韵味里去。在那仅能通过一把伞的窄巷，轻吟雨巷和丁香。跟随几位游客，来到古商城入口，手持拜帖，瞬间有了沉浸

融入的感觉。我去过的地方多用门票，而这里却是拜帖。我确实是因拜而来，拜它一直的繁华，拜它宏大的建筑，还拜它融入多方元素萌芽的湘商意识。其实，我穿过古商城的次数极少，但我对它的一切，似乎了然于心。这座规模宏大的老城，依然保存着自明清以来的 18 家报馆、20 多家钱庄、30 多所学堂、48 个半戏台、50 多家青楼、60 余家烟馆、上百个店铺、近千家作坊，还有许多的宫、殿、院、堂……

翻阅古商城历史，就像个不知风花雪月和商贸繁华的人，漫游当下人迹幽深的巷陌。步入往昔，能否在一条飘满故事的路上清醒地来回。而当下滚滚车潮、南来北往的游人，又演绎它新的变化和梦想。

巫水似乎早有预感，融入悠长宽阔的沅江，借犁头嘴的波浪叙说往事。当年商贸的浪潮，汇入了来自周边山间的才俊，他们胸怀前程发达的理想，前来打拼。谁也不会小看携一个包袱、一把雨伞的后生，说不定数年后，这就是洪江不小的老板。高大雄伟的窨子屋，积聚着不显山露水的民间财富。当地的瓷器，沅水上游各支流的木材、药材、桐油、白蜡、朱砂，沿海经长江洞庭湖而来的物资，在此汇聚交易。来自全国十多个省市的商人建了会馆，可见当年的兴盛，还可以让人领略几个朝代留下的故事和风情。或许，我偶然在某个加工作坊或小店铺中，听见一两声怯怯的乡音，但那是多么的微弱。我家乡边远的大山，心中的乡路，奔涌不息却经历曲折的小溪和溿水，对这里只有梦想和羡慕。在一个个钱庄、镖局和面向周边的管理机构前，我的心提到了嗓子眼上。晒着正午的烈日，我汗流浃背地走在铺满厚实青石板的正街上，在“嘭嘭”的脚步声中，渴望碰到个熟人，共鸣一下思绪和心情。可青石路上，看不见熟悉的家乡面孔，也早就没有了前朝往代的痕迹。

循着一声“有朋自远方来，不亦乐乎?”，我看见一个静穆学堂，在一株古树绿荫下，盛开春天的花朵。当地相对发达的教育，对周边形成了较大影

响。在我读书工作后有了文化地域观念时，洪江给了我不断的联想。嵩云山的白云，还流动古诗的韵律。山寺的钟声，还在轻轻回响。我想去拜访老学堂中手执教鞭的先生，可时代已经关上飘着古书香的大门，留下我在低处默默地眺望。

我羡慕洪江人，浸润于风轻水曼的岁月，却有着难得的勤奋和踏实。清晨的洪江大桥，在巫水上露出雄姿。沅江路上，走着匆忙的行人。在过去的光阴里，许多走出湘西大山的名人，在这里记住了途经的印象。他们回忆到沅水的船只，是沈从文眼里的"巨无霸"，粟裕乘上它去常德读书，岩码头和龙船冲、财神巷在视野渐渐变小。从沈从文先生的文章，到粟裕大将年轻时的思索，再到北伐将军王天培等将士北上的吼声，都满怀一方水土对安定的希望。这里的创业者，有的来自明清的乱世，有的满脸是民国的沧桑，尤其是抗日战争逃难的人群，似乎都在想国运如何在衰败中振兴。我隐约觉得，一些历史像戏台被幕布遮着，有遥远的歌声在那里面出现。是大江平原慌乱的足迹，还是草原羊群无奈的奔逃，或是思乡者北望的祈祷。收回探幽猎奇的目光，眼前那些一晃而过的面容、背影，不正是时间舞台上人生、事业的继续？我听说过洪江一些企业的成长兴衰。我小时候用过的洪江火柴，多年里用过的洪江瓷器，无不勾起我对曾经红火产业的回忆和感怀。

几次到洪江，都希望听到被列入非遗的沅江号子，无奈时机不济。在欣赏古商城内的表演项目时，游思潮涨中，我好想从谁的手上，接过一张面目亲切的当年小报。我想，那上面应该有一首情浓韵美的诗歌。一位英俊少年，总能在某条小巷的一个红窗，与那位心仪的女子对望。只是砖墙无情，里外的枝丫怎么在春风中努力，都不能心手相牵。而巷口的望江楼上，一颗欲碎的芳心忍不住在阴雨天吟哦，远方的沅水号子似乎没有归来。她们的心中，横亘着沉重的栅栏，大门不能出，二门不能迈。相思的歌，有时变成了

哀婉的倾诉，有时酝酿出一两段凄美的故事，也只给古商城内的人们，添一些茶余饭后的谈资。

若没有导游，我不敢轻易在古商城胡乱游走。我害怕门窗紧闭的烟馆，还会四下游出让人欲罢不能、蛊魅诱惑的气体。听说，一些腰缠万贯的精壮汉子最初偷偷摸摸进去，到家人拦阻拉扯不住硬要闯去，最终出来的，是一具具骨瘦如柴没有灵魂的躯体。何况在另一些偏门小巷，一些虚掩的门内，可能还将传出男人女人的浪笑。不用怀疑，青楼的浪歌，能把家国的门柱摇得“嘎嘎”作响。水面的怒涛声，山外的枪炮声，能被它们轻易地掩盖，最后，只剩下岁月无奈的叹息。

走在古城，我没有心情与同行者谈笑风生，其实他们也与我一样心有所思。我没有半点奢望，想走进古城的故事。我只是个旁观者，是个心事恬淡的游人。我不能带走它史上的财富，也不能享受它曾经的欢愉，只挥一挥手，恬淡地作别。

如今的古商城，流金淌银的暴富不再，鲤鱼翻身的惊诧不再，哀婉忧伤的传奇不再，只留下一些往事，在日新月异的新城旁叙说，让南来北往的游人拿去追忆。而水面上宽阔的洪江大桥沅水大桥，人流如织，车流穿梭，在陪同游览的当地友人眼里，只是一天天普通的过往。

韶山往事

向往韶山，是很小时心里的愿望。与韶山的缘分，是从县调到省城之后开始的。

20世纪80年代后期，我从家乡小县调进省城。在人事部门报到后，留下户口粮食关系等一些杂事他们办理，进委员会办公室开始初入角色的工作。几个层次领导先后和我谈话，领回一大堆学习书籍。我打算短时间内攻下它们，尽早达到岗位要求。当时的愿望有两件事，学好业务，再就是出差。自学不多久，领导叫我去征求意见，将办全省的一个培训班，需要一个年轻人去做具体工作。我无半点犹豫，满口答应，当得知办班地点在韶山后，喜悦有加，夜不能寐。

那个冬季，我兴奋前往韶山，参与组织教学管理、接送省会去讲课的领导专家，回单位请示汇报办理杂事，时达一月。从筹办开始，我的心已飞往那里，曾看过的韶山图片很多，眼熟的故居、葱茏的山林、清澈的池塘……虽不在人山人海会聚喧腾的年代，但曾有着光辉的崇高气息，一直在心里扑腾、萦绕。在人声比较沉寂时去到那里，血液的沸腾会增加一些理性，我感觉得到这段学驻时间的宝贵，是从家乡大山的峡谷飘出来的真诚，是从内心的肤浅里不断增加的厚实，是一次眼界目光感情的升华。

省直党校在韶山一个叫竹鸡塅的地方。砂石公路旁田园连绵，收获后的农田宽阔空荡。屋舍零星散布，游走的鸡鸭带着寒冷季节里的生气。学校在一个小山头上，红墙青瓦，树木苍翠，休息时间的鼎沸人声传出去很远。有时，下面公路经过的汽车，也将轰鸣传给我们。加强法制建设，县一级人大建立时间短，机构建设，职责定位，在哪些方面开展工作，怎样开展工作，在参加培训的办公室主任看来都充满了丰富的内涵与神秘。靠一次培训解决这些问题，也不现实。当时人们的那种专注、珍惜和期望，还有 20 世纪 80 年代特有的纯朴、清纯和激情，表现得淋漓尽致。学校有跟班老师，按地区市州分组，不存在多加管理。100 多名学员中有 20 多岁的年轻人，也有 50 多岁的老同志，文化程度在当时干部队伍中来说普遍较高。飕飕寒风里，身穿单薄的学员比比皆是，来自边远县民族县贫困地方的，衣裤一眼就看出寒碜。山岗上的严寒，实在受不了了，炭火很少，个别学员捡来干柴生火烤火。学校担心火灾，通知加强管理，想不到管住了烤火，却有人在吃饭时想到了火锅。一天晚饭时间，几个学员在房间热火朝天吃火锅，见我敲门，端着酒就要敬我。我滴酒不沾，他们匆匆收场，有几个还成了多年的朋友。我多年后出差见过数位班上学员，有的成了市县领导，多数成为人大领导。回忆韶山学习经历，他们心里充满感激，工作充满力量，话语全是乐乐呵呵。

学校距长沙当时三小时左右车程。车过湘江大桥，在溁湾镇走枫林路过望城坡，道路不宽，弯道较多。单位明确一辆小车可因公调用，以一位分管领导往返为主，安排一位处级干部与我住校。刚到机关是骑单车办事，这一下有车坐了，还是在县看不到的小轿车，心情好，特别感到办事效率快速提高。每天都有可能到新的地方，每天都有可能见到新人，阳光都比原来亮哨得多。驾驶员师傅比我大 10 多岁，个不高，声不大，不时微笑。我多次乘他的车回机关办事，接讲课的领导和专家，车子虽有不少因转弯路面破损的颠簸，但觉得舒服。外面很冷，办公楼当时只有主要领导办公室装有空调，而车上的空调让人感到春天般的温暖。来去经过望城坡，我想起从小敬佩的雷锋，他的言行一直影响着我。办班期间，我做事生怕出错，他也将准时和安全置于心间，我们配合得很好。车子向着韶山跑，我耳边时常出现“火车向着韶山跑”的歌声的幻觉。那首欢快的歌是我读小学就唱过的，去韶山的路上虽没发生什么故事，一路上的心事却此起彼伏。道路好的时候我们聊天，聊办培训班，聊各自的工作，都谦虚，都想把事做好一点，从不讲低俗的话题。有这一段经历，多年我们都像好朋友一样合作愉快。公路边有些简陋的加油站，各自做的招牌也简单得很，有的看起还可笑。行进路上，尤其是我们超车时，看见路边红漆写下的招牌，心头真的有股力量：加油。加油！加油站有的招牌只有字没有标点，有的打上了叹号，甚至打上了几个叹号。

去到韶山，激动中唤起儿时的记忆。在乡供销部门工作的父亲某年被省级表彰前往参观，给我带回的小小纪念衫又浮现眼前。我十二三岁读初中的一天，父亲去省城开会返回时，给我带回一件白色的短袖纪念衫。打开一看，左胸部印有红色的字和图案，“韶山纪念”四个字下面是毛主席故居。我非常喜欢，穿上就出门找同学玩，收获无数羡慕。同学们嘴里啧啧不断，还用手在故居和字上摸捏。我当时有个愿望，就是今后能坐上湘黔铁路再转往韶山的火车。

时隔多年，夏初我又因公到了一趟省直党校，它在搬到长沙数年后又搬回来了，校名也变了。它既是省委党校的分校，又独称韶山干部学院。校园变得不敢相认了，高端、美丽了许多。进入宽阔大门，抬头可见毛主席字体

“为有牺牲多壮志，敢教日月换新天”的红色石刻。原本较陡的上行路改成了从右边斜斜地上行，老远可见的几棵大树，还傲然挺立在那里。几栋新建的和旧楼改造的楼房，似乎有着往昔格局的影子。真正原样不动的，据说除了现存的大树，就是一直具有标志意义的“实事求是”的红色标牌。这用石头水泥构筑的标语牌不大，一看就知道是几十年前的工艺，“实事求是”的右下角是“毛泽东”三个稍小一点的字，都是毛体，越看越亲切，浮想联翩。在那次办班的数年后，我们一个省直的处干班又在这里学习了两月。

赴韶山学习是在初春，阳光明媚，雨水适时，是个风调雨顺的良好开端。班上同学以副处级为主，加之当年各单位配车较少，同学往返韶山长沙大多乘坐学校统一租用的客车。在效益好国企当领导的同学，才有单位车子接送的待遇。学校办有几个全日制学历班，还有其他的培训班，大家拿碗排队打饭，只有少数单位或家里条件好的同学，才邀约到学校周边小店小聚。同学们都朴实，极少有人比吃穿待遇。学习上课安排紧，我是班上年轻的两三个同学之一，当个支委做些服务，也有些学习之外的事，充实得很。这次学习是一次青春的洗礼，使青春的梦想再次放飞。调省里之前，我在家乡的团县委任职，从中学教师、宣传部干部到专职团干。在团县委几个月时上长沙参加了全省团工作会议，第一次翻过了雪峰山。在长沙工作几个月后就到了韶山，机会来得太突然了。我感恩时代的一切，唯有努力，方能报答。两个月的学习，安排了一次参观毛主席故居。老人家很小就树立报国理想，把自己把全家都献给了中华民族翻身解放的伟大事业。确立为人民服务宗旨并终身践行，百折不挠愈挫弥坚的奋斗精神，全心全意舍家为民的奉献精神，实事求是的哲学思想，“可上九天揽月、可下五洋捉鳖”的豪放……激发着走出贫穷落后深山的青春焕发新的梦想。

班上有个在韶山毛泽东同志纪念馆工作的同学，比我大几岁，话语不

多，为人简朴。一个学校安排自由活动的晴好下午，他邀我和几个同学到他家所在的村看看，去他亲戚的山塘钓鱼。这是我第一次在山塘钓鱼，又是在韶山，那天特别高兴，钓鱼不多，回忆非常美好。水好鱼甜，在韶山的山水间做自由娱乐活动，觉得理性的幸福感包含的意义，接上了地气。韶山已是我向往里的一个初心的原生地，它从位置地理上的到达，上升到一个精神层面的感受和领悟。无数先人的奋斗，不就是让后人过上幸福生活吗？在韶山学习的目的，除了理论提高，更要以伟人为榜样，为更多的人奉献和服务。

韶山的春天令人难忘。我们是在春风还夹带着几丝寒冷气息时去的学校，校内树叶还老嫩相间，新叶的青浅明显，空气中清爽潮湿无处不在。学校周边的农田刚开犁，新鲜泥土气息一阵阵涌来。秧苗长成，插秧的景象在一幅宽大的丘陵农耕图画中展示得生机勃勃。山麓翠绿，农舍周围的菜土许多换上了应季的蔬菜。我经常在晚饭后与同学散步，从农家门外经过，看鸡鸭活泼地觅食嬉戏，看菜土里新长出的小菜青嫩葱翠。韶山老乡一如既往地热情勤劳，朴素的气质里沉淀着波澜不惊的性格。许多人自觉做好自己的事，默默地建设家乡。不管外面风云变幻，多少年来，那里的治安、文明都是令人跷大拇指的。当年的校门斜对着丁字路口，几条路交会却车辆不多。出了校门，随便挑一条公路往前走，过不了几栋砖房就是农田。每一丘田都种得好，精耕细作的勤劳和付出可见韶山农民的情怀。遇上下小雨时，我们撑伞而行，雨打伞面的声音在耳边有节奏地唱响。

学校老师有年纪较大的，但新毕业大学生占比不少，有的还在我们班的讲台数次出现。相比年轻老师，我们年龄相当，我也上过几年中学讲台，望着他们台上的飞速板书，慷慨激昂，共鸣很多。因地处偏僻，不便颇多，之后有的老师调离了那里。某年与某厅就一个立法项目开展调研，我看一个处级干部面熟，翻看名单，记起他在韶山给我班讲过两堂课。韶山的缘分，给那次出差增添了很多话题。

每去韶山，不管因何而去，我都要去故居等地看看。在韶山清冷的那些年，我去学习了两次。冬天与春天的参观不一样的是季节，故居后的竹木萧瑟风寒变成春意萌动，屋前的池塘从残荷败叶变成清波荡漾，而内心是一样的游思和怀念。参观的人无法与多年前的人山人海相比，也远远没有现在的多，精神状态也没有当下的振奋。第一次作为跟班干部参观时，我在前面的数人中看见了几位老者，一位省陪同的中年人建议我叫学员慢一点走，最好不要拥挤，待远方客人仔细地看。一位衣着普通的老人，神情严肃，面容透着凝重，后梳的头发纹丝不乱，他将每一幅图片文字看得很细。我过后了解，那是京城来的，很低调。大家都在认真地听和看，不过多久，学员和他们融在了一起。而在省直学习班参观时，春天的气息里流动着伟人的浪漫情怀，从生机勃发的秧田，我联想到"喜看稻菽千重浪，遍地英雄下夕烟"的秋收景象。故居与几个供参观的地方大多陈旧，原貌生态意味浓郁，可让参观者自然地融进去，此时无言胜有言，此地无声胜有声。各参观点当年的道路连接贯通不够，没有重新规划，绕路较多，但体现了从来就有的格局和风貌。随改革开放前行的进程，往后一些外省市的老同志来湘，去韶山成了必有的行程，我陪同的时候也有不少。参观点又先后增加了滴水洞等一些后，在韶山停留时间长了一些，中餐开始只能在韶山宾馆吃工作餐，在各类商铺增多后，根据时间情况可以在街上餐馆农家小店随点，各类纪念品店也琳琅满目起来。那段时间的参观，我总有走马观花的感觉。

韶山的变化，带着时代的痕迹。在各项建设不断完善后，它的大气和美，它亮眼的地方，不断刻入人们记忆。一年机关组织几十名支书前往接受传统教育，厚植红色基因，传承优良传统。我们在宽阔的铜像广场敬献花篮，当与同事理顺花篮黄色绸带时，我心潮澎湃，在洪亮的乐声中接受心灵的洗礼。

我们在一段段历史的往事中凝眸，在一张张图片前回望，在一件件遗物旁沉思，枪林弹雨，大浪淘沙，先辈们经受了血与火的考验。而我们自己，我们的后人，在当前和未来的时代，该在这里受到什么样的启示和教育。

最近一次去韶山，在铜像广场敬献花篮，遇上毛毛细雨。我们 100 多人的队伍秩序井然，一鞠躬，二鞠躬，三鞠躬，薄薄的天蓝色雨衣全部摘下了帽子，细雨寄托着我们崇敬怀念的情思。

鞠躬第三次直起腰来的时候，我感到自己少了青春时代的利索。顷刻，思绪涌动，眼角一热，脸上不知道是泪水还是雨水。

瞬间的寂静

有的地方只去一次，即便它毫不起眼，也会忘不了。大湘西的一些村寨，我在它们贫困时去过，有的还在它们脱贫攻坚过程中去过，忘不了的记忆里，自然会有它们的痕迹。

远离风云随遇而安的年代，山村势单力薄能起到的变化渺小而微不足道，似乎百十年都是不变的样子。但是，时间可以改变一切。前提是，这个时间处在哪个年代节点。无疑，无数的贫困村经历脱贫攻坚，面貌翻天覆地，风光更美，精神的质地有了更多现代文明的底色。回望变迁的村寨，作为山寨的赤子满心欢喜，也想能够再置身现场，以解回忆的饥渴。炎夏几天休假，约上朋友，想找几个多年没去的山寨看看，对往昔的印象做个回访，又能远离火炉般的城市，岂不快哉。

看湘黔边小县村寨的第一站，我放在距县城一个多小时车程的地方。多年前去过的这个村寨，在多种媒体宣传推介下，声名鹊起，游客参观络绎不绝，山乡由此活络了一把，老百姓的生活大为改观。吃，住，农产品

销售，商机多，还带动周边的发展。我与村民同样对当地由此而来的发家致富寄予憧憬和期望。多年过去，那些梦都实现了吗？当地朋友陪同，我怀着当年同样的心情，到达村部。村支书老刘匆匆赶来，用苗语侗语问候。见我好奇，自我介绍他本人苗族，而他老婆是侗族，苗语侗语都会一点，当然讲得最好的是汉语。

刘支书50多岁，个头不高，精干敦实，清俊的脸黑里透红，在村部广场几丛红色的花朵边显得成熟稳重。简单介绍村情，我们离开村部，来到小溪的廊桥边。几个老年妇女正聊天，扭头可见溪水里有小孩游泳。两男两女，四五岁的样子。水不深，清亮，溅起欢乐的水花。廊桥黑檐青瓦，跨水的桥面两侧横卧着黑色粗壮的树干，集灵动与坚实于一身。古寨、童趣，让人注目童年，对童年的纯真和快乐怀念起来。小孩们时而游在一起，突然四下潜水分开，一下子又打起了水仗。他们的声音，在我们参观村头的广场时，还隐隐约约。

广场上，晒着通红的辣椒，一看就知道是天然的本地品种，被傍晚的阳光温情地投射，那些红的成色更美。一些干菜在舞台上摊开，数量不多，摆在阳光没有遮挡的地方，比较阔大的台子照常空寂。时在下午，这天的太阳还没有马上消沉的迹象。光刺目，热而闷。鸟儿们也在避暑，鸣声稀薄。上次来好像没有广场。我们迎着太阳步入，有种被辣椒干菜欢迎的感觉。广场的背景，与周边的一些图腾图饰，吸引着我的目光。我向刘支书请教广场舞台的饰物和图腾，他娓娓道来。阳光有点猛烈，我们走往边上有树的荫处，斜绕几步，要登上一座小山，去看鼓楼。

上次与当地朋友领略了拦门酒和迎客歌，还在鼓楼合影，我对这里印象极深。上到山上，只见雄伟的鼓楼挺立在前，抬头仰望，遒劲的几个大字非常清晰，想不到，我再次来到这里，景物依旧，我却年长了近十岁。我那时的模样被时光改变，而你当年的繁华，也如过眼云烟。前坪曾经摆摊售卖生鲜农产品、加工品和地方特产的妇女们没有出现，身着民族服装高唱少数民族歌曲的姑娘们没有身影，前来登楼的游客也仅有两位。

大大出乎我的意料。

“疫情对我们的影响，太大了。”刘支书一副无奈神情，摊开双手，与开始见面时判若两人。

我说疫情过后，若继续支持，旅游还会兴起来吗?

他摇摇头，年轻人都出去了。

疫情给这里的旅游踩下了刹车，我相信影响只是暂时的。年轻人外出打工，应该只是他们在家乡发展中按下的暂停键吧。他们已脱贫，及至疫情前，有的人家餐饮住宿都可年入 10 多万元，当下乡村振兴还需他们回来迈上新的台阶。

绕过鼓楼，刘支书引我去看一块古碑，说是当地乡风民俗最早的条款记载。我没仔细看那些模糊的字迹，抬头望向昂首的鼓楼。阳光从山头斜斜射来，正好照在鼓楼的顶部。嗬，今天到这里的时间，比上次要早许多。

告别鼓楼，从几棵枝繁叶茂的桃树下经过，竟要弯腰。地上跌落几个桃子，两个快要干透。刘支书说，以前果树要人守，现在熟落了也没人摘。我问桃子味道如何，他说桃子味道一般。我伸直腰杆，用手抚摸枝上红得好看的一个桃子，打算用手机拍摄下来，想想就算了。走过一截卵石路，到达村寨的露天表演场。这是当时我们停留较久的地方。本来回忆里思绪翻腾，那时的欢叫声、歌声仿佛刚刚流过耳畔。我希望，眼前的一切不是现实里的，此刻只是那些景象繁华忙碌后的瞬间停顿。

景物的静止，将淡淡的忧伤，传进我心里。眼前情境，没有活动运动灵动着的群体，连生动着的个体也没有，畜禽一个没有，鸟雀一个也

没有。舞台、广场、坐凳，全是水泥浇就，色泽已暗，不少破损。比较宽大的电子屏，长年日晒雨淋的痕迹明显，不知道能不能用。那年几个活泼的朋友，捡起边上木头做的高脚马，咋咋呼呼玩将起来，童心复活。游客、村民、演员，不时穿梭。眼下可能太热，广场除了它自己，便没有其他。多么可怕的寂静啊!

传统村落，特色村寨，能够长久的产业是什么？能够连接山外，融入市场的业态又是什么？我们沉默，没人打破这寂静。其实内心里，早就已经没有宁静了。接着我们看老木楼，看荷花池，兴致明显没有进村时高了。

在老木楼那里，遇到几个外地人，他们想开发自己的村寨，前来学习取经。我看到新的曙光。这些村寨从距离较远、不太方便的一个个点，在将基础设施、各项服务配套完善之后，能够与其他的一个个有价值的点串起来，异彩纷呈，便有机会合作共赢。我不知他们的村寨有什么特色，考察之前有什么打算，交流之后有什么新的想法，但他们的这种为发展而谋的精神，确实难得。刘支书说有另外的村干部在陪他们，我们便没多问了。我倒是希望他们参观时，多加交流。前景怎样定位，设施要建哪些，谁建谁管谁经营，开设哪些项目，面向哪些人群。当然还要关注当地人的意愿，是外出打工，还是就地就业。传统谁来传承，服务谁来进行。另外，更要落实谁来投资，投资能不能到位……美好梦想，就像在村部看到的那几丛花朵，最好能一年接一年绽放。事业不能半途而废，不要像多年前有的地方个别脱贫村，扶贫队一走，繁荣的景象难以为继。

晚餐我们吃村里土菜。人不多，刘支书也在家摆起了合拢宴。敬酒歌一唱，几杯米酒下肚，话明显多了起来。人们外出打工，年龄比较大的是没有其他事可做，种粮没有效益。年轻人的想法是要看山外的世界，奋斗得好就融入城市，不再回乡。多喝了几杯，我们谈到教育，正好是他想向我们宣传的。他们村这些年的成功，就在重教，头些年赚了些钱，大家用在教育上，到县城、到镇上租房陪读，孩子们考上好学校的，已有不少，上北京名校的也有了。

这让我感到兴奋，希望山乡多出人才。

第二天到另一个同样曾经风光过的村寨，感觉热闹不再，而新的产业却让我有稍许的安慰。间时开展的民俗活动没有了，群众演员、年轻人外出了，没有收益，许多活动搞不起来了。留在家里的，利用生态优美、传统建筑等优势，办起了民宿，接待写生绘画的队伍或者散客。特色产品可以通过网络外销。唯一的遗憾，是村班子建设活力不够，缺乏统筹组织，宣传不给力，产品缺品牌。

而在另一个县靠近城区的一个小村，所见所感打破了我此行曾压在心头的寂静，富于生机的希望爬坡过坳，来到了眼前。看得出这个村寨经过了极好的规划，传统村寨、文明村寨的标牌比较醒目。一栋栋木楼依山而建，庄重的浅黑色发出亮光，传统民居注重修缮，有精神抖擞的样子。周边山上栽着柑橘柚子，这时可见拳头大的柚子挂了不少。房前屋后菜土青翠，瓜果飘香。有的人家建的鸭棚鸡舍干干净净，鸡鸭在篱笆内的菜园随意觅食。村子广场上，几个老人乘凉聊天。听他们说，这天有多少人入住民宿，多少游客在家吃饭。一年四季，村里有不少游客参与农活体验，参与民俗活动。过年间，天天有人来打糍粑，热热闹闹，卖了不少农村年货。

我在文明活动馆看他们的村寨史，感受他们的文明创建宣传。实物，图片；旧事，新风。地方组织怎样规划倡导牵引，德高望重的乡贤怎样参与构建和谐向上的乡村秩序，民风淳朴，欢欣幸福。

一个60多岁的老农从一家民俗出来，挑一对空筐，优哉游哉。我问他干啥去，他笑眯眯答道："有几个客，去菜地摘点瓜菜。"

"你家菜地远不远？种了些什么？"

他抬手往山坳上一指，几棵桃树边那一块。看，丝瓜、黄瓜、苦瓜，蕹菜、红苋菜、油麦菜，高低错落，郁郁葱葱。

告别老农，我们参观一户经营比较成功的民俗。才到大门边，同行朋友兴奋地说："下次我们来这住一晚。"

我们三四人纷纷点头："好呀！"

看得出，大家此时的心中毫不平静。

细雨边城

蒙蒙细雨，浇醒了在边城怀旧的情绪。走进曾驻足的街巷，我被一种若隐若现的感觉笼罩。

第一次去边城，是在读过沈先生开始升温的《边城》一两年后。那时没有热闹的游人，只有一本铺展得很大的不紧不慢的朴素的书，在雨中等待我慢慢品读。

在花垣冷寂的招待所吃过早餐，我们一行数人急迫出发。汽车出门一拐就上了县城唯一的主街。长街上，匆匆的或慢慢游动的小伞斗笠，遮掩着男女老少身上的苗族服饰，处处都是流动的风景。人们多讲苗话，边地的语境浓郁。

那时的边城还叫茶峒。细雨营造着阴冷的色调，是那天上午的茶峒给我翻开的第一页。我的面前，似乎就是沈从文先生当年的茶峒。水墨画般的城景，凭水依山的楼阁，近山的一面蛇一般弯曲的城墙，河街一半着陆一半在水的巧妙与智慧。屋门大开的，关门闭户的，偶尔有人出入的饭店、杂货

铺、油行、盐栈、花衣庄。我们沿着屋檐走走停停，看看，说说，沉浸在时光缓慢的涂抹中。

老旧的房舍内，虚虚实实的或明暗相间的物件，漆色均已斑驳。岁月仅仅带走了一些故事，它留下的痕迹，也会沉淀在往后来过的人们的记忆里。

后来与边城雨中见面，来得毫无心理准备。我在与它相邻的乡突遇暴雨，茫然四顾时前来寻找避雨的地方。在边城的老街上，遇见不少热情的主人。他们笑脸相邀，坐一坐，喝喝茶，听他们聊一聊茶峒先前的人和事。短暂的大雨，像一些急促而没来得及商量的话题，喧嚣了片刻即变得温婉柔和起来。丝丝细雨，在古城梳理着那一天相遇的情绪。记忆中的水墨画，已经挤进了一些崭新的建筑。以前沿着文学足迹零星前来寻访的人，开始在某年变成了一串一堆的游客。在我们身边陪行的人，指指点点，试图使我回到街巷里的往昔。

几株有点年岁的树下，陪行的人说到沈先生的行迹。因为有沈先生沿途的描述，一些人老远来到这里，静流的思想突然得到了些许灵感的升华或奔涌。但我更羡慕有的人，他们在不紧不慢的观望中另辟蹊径，在时光的距离里曲径通幽。

阵阵急促的敲击声从旁边传来，似乎打扰了我的思绪。陪行的人介绍，那里在雕刻一些石碑。

踏着潮湿的路面，我想看个究竟。数十米处一片空地，有规律地躺倒着一些石碑。几个师傅“叮叮当当”，往石碑上凿字。一问，方知在刻沈先生的《边城》。零星的字里，有白色的小塔、摇晃的渡船，有黄狗，也有爷爷、翠翠。我目读雕刻中的字迹，在边城往事的只言片语里，陷入沉思。

细雨中的边城已经过去许多年了。我从完全没有了旧模样的花垣县城出来，行进在平坦宽阔的水泥路上，心绪纷繁。我在记忆里一页页翻着迷茫的

边城往事，不知道哪些是沈从文先生书里的，哪些是我曾经经历的。

步入一别多年的这个地方，远望着翠翠岛上若有所思的翠翠，我突然心生忧郁。那种意境中的边城，只适合在过去的细雨中慢慢阅读。故地重游，在密集的脚步声和叫卖声中，或许我难以再见到熟悉的街巷和木楼，难以再听见淳朴而亲切的笑声和话语。

边城的雨，好像夹杂着我年轻时候的一些想象，也有我走过中年的一些沉思。眼前的物不是了，人也已非。雨声丝丝，像在与我叙说着这座变化的古城。

仰望“小蛮腰”

10月中下旬一天，阳光适人，天蓝云淡，我与同事出行湘南，高铁飞速南下，汽车跋山涉水，于丛山峻岭中见到美丽的“小蛮腰”。到达前我并不知道地方的安排，上大巴知道后也没有更多期待，而这一字排开的几个高挑“小蛮腰”的不断靠近，我就有了不虚此行的感慨。“小蛮腰”基础牢不牢，肌体健不健康，是不是人们期望中的那样，成为百年大计千年大计的一个榜样。一路上，我的思绪里一直有个提醒，它将创造一个世界第一的奇迹，而这个奇迹经不经得起时间的检验，在漫长岁月里牢不牢实，对不对得起许多人的付出？

时在上午，我们一行还沉浸在高铁飞速的舒适中，便已抵达郴州。走出高铁站，顺利与当地同志见面接头。没有寒暄，没进招待所，即刻乘上当地准备的大巴，开始交通建设质量和安全的立法调研。

汽车向南，走高速公路、水泥路、泥巴路，我们到达宜章县的赤石乡。穿过田野、丘陵和村庄，七弯八拐，车子终于在一个壮观的建桥工地停了下来。这是我们此行调研的一个现场，察看，座谈，并在工地食堂午餐。

这些年湖南交通建设奇迹较多，较有名的大桥建设不少。眼前的赤石特大桥，将是世界第一的大跨径高墩多塔混凝土斜拉桥。一幅壮观图景，从我们下车伊始就雄伟呈现。远望，四座分别为 259.63 米、279.13 米、286.63 米和 271.13 米的主塔，高耸云端。主塔设计，不再是过去斜拉桥上常见的"H"形和"A"形，而是双曲线收腰的"S"形，像湘中少女的"小蛮腰"，高挑，柔美，婀娜多姿。听专家介绍，我浮想联翩，它们外表美观，重要的是在稳定性、抗风抗震等方面要达到很高的要求，要更有保障，成为力与美在科学与艺术上的结合。

建设"小蛮腰"很不容易，三年多时间，许多设计者、施工者、监督者和领导者，付出无数心血。白天黑夜，日晒雨淋，冬去春来，攻克一个个难题，施工进展顺利。这座主桥全长 1470 米的特大桥，是厦蓉高速公路湖南段的重点工程。在从汝城到郴州段的高速公路上，它的出现，将是郴州、湖南乃至整个厦蓉高速上一个美丽的新地标。四个楚楚动人"小蛮腰"构成并不简单，它们由上塔柱、中塔柱、下塔柱、塔座和一些横梁等组成。"小蛮腰"之间相距甚远，晨曦晚照，凝神相望，当它们将手握在一起时，这片天地将呈现出一幅连绵壮美的画卷。"小蛮腰"之间最远处，主跨跨度达 380 米，比闻名世界的同类桥法国米约桥的主跨还长近 40 米，成为当之无愧的世界第一。

这座特大桥，是打通厦蓉高速湖南段的关键，对以高速公路连接湖南与福建沿海，对接闽台经济区和长江上游成渝经济圈，促进湖南经济崛起，有着重要的交通战略意义。

这次调研，意在立法保障交通建设工程的质量和安全。自己时刻警

醒，提醒交通运输部门同行者有鹰眼般的目光，对忙碌的建设现场进行深度透视，还要有细微灵敏的嗅觉，努力去发现问题。这里既是立法调研现场，也是施展监督的现场。我们欣喜看到，雄伟大桥建设中的繁忙有条不紊，安全意识浓，采取多项措施，多管齐下确保安全。多年间各地对交通大有争先恐后大干快上之意，打通堵点，排除难点，四处开花的项目，已经点多线长面广。确保质量安全，人大立法规范，急需而必要。调研中，我们在建设工地、在会议室，认真听取他们的做法和建议。

我翻开建设单位一堆资料，察看一些记录、一期期工地小报。几年间，一个个部门、一处处工地，加强科研实验，运用科技成果，紧绷质量安全之弦，战高温，斗严寒，克服各种困难，确保大桥建设安全。

工友们在他们小报上创先争优的新闻报道，气冲云霄的稚嫩诗文，给我心中留下一幅幅美好的图画。我的眼前充满激情，也充满诗意。

蓝天白云　蠕动的黄帽

与脚手架撑起的弧线

在空中交织平安

在山水间升高美丽

……

“小蛮腰”如期长成，将在我们的回望里披满云霞。用不了多久，南来北往的汽车，无数的旅人，都会向它投去倾慕的目光。“小蛮腰”不会闲着，它用湘女的秀丽和热情，迎接你的到来。你的平安和舒适，将在它脉脉的目光里，舒展深情的笑容。

夜宿桃花源

夜色幽深时，疲惫的车，终于走进古文的一页。

我们拍打古树下的门扉，求问店家，为辘辘饥肠和绵绵睡意，寻觅安慰和归宿。

武陵人好客，切肉温酒，笑脸相迎。而鸡犬之声，早已歇息。

客何来而迟？深夜的店家，像寒冬询问一株桃树，关切一朵桃花，为何迟迟盛开。

我错过一台车一条路，还是错过一个季节？

我追赶着古文的车子，希望、失望过，终于在中学的课本里，在一个古老驿站，遇见开在心里的花朵。

夜里的桃花源，没有白天的熙熙攘攘，也没有那些勾人的色彩。

我想象白天的游客，怎样在导游的叙述里，盯着桃花，寻找武陵人的遗迹。

那样的经历，已在一些文字里，凝成记忆。

捕鱼的老人，成为种田的好手，他的儿孙，有的都市打工，有的留学海外。

桃花，不用“之乎者也”浇灌，一样开得娇艳。无数寒冬过去，终于等来成群的作家、画家，等来摩肩接踵的相机、手机，将它们一幅幅摄入镜头。

桃花源，用变迁的春种秋收、婚嫁喜庆……繁育着勤劳的后裔，一步步走出古文的世界。

面向窗外，我像面对1000多年前的那篇古文。

满天星光。我看见深远的夜空，陶渊明睁着惊奇的眼睛。

雨阵

面对嘉陵江与长江的交汇，不禁感叹，多宽的水啊。船从重庆朝天门码头出发下行，我就感到水将是这几个白天和夜晚离不开的同伴。上船时的丝丝细雨，被船一点点驶离，而船下的水面开阔多了。这么一条长江，要汇聚多少溪河，得有多么广阔的地域下多大多久的雨，才能够聚集而成。

长江流域的雨水能够进入长江，并不容易。从天际到来的雨，落在高山，悬挂在悬崖上，成为瀑布，“哗哗”的瀑布声掩盖了旁边的雨声，若有山洪长期行走过的泥石走道，它们会蹦蹦跳跳往下流淌，从小溪进入小河，从小河流进大江。如果走入岔道，或进温柔乡般的山塘水库，情形会有所改变。若雨来到田间，来到村寨，成为长江水的概率微乎其微。若是春雨，雨水正好满足春耕生产，稻种菜种在湿润的土壤里春心萌动，慢慢冒出梦的芽尖，一个个丰收的想法在恰到好处的雨水里成长。炎热的盛夏，雨水来到村寨，就像迎来一个喜悦的节日，不光庄稼，果树花草都喜气盈盈，给人们的笑脸增添无数自信。它们去不了长江，见不到大海的无垠，在奉献中也很满足。

能够进入长江的水，令人羡慕。有幸在长江上乘船，感慨万千。

这是第一次在大江河上，也是第一次乘坐较大的船舶。船不先进，机器噪声震耳，行驶缓慢，船舱脏兮兮的，几十个席地而铺的床按顺序摊开。带队的老同志年龄较大、级别较高，也是住在五六人拥挤的房间里。在我所在的大铺间，男女老少，西来东往，嘈杂不堪。在“轰轰”的机声里，人们的交谈成了喊话。好像是停过一个港口，上下一些人，就开始订晚餐了。

老赵是南下老同志，是雷锋在望城的领导同事，从上船起就开始了学雷锋的习惯性行动，帮更老的人放放东西，逗逗小孩，颇得周边人喜爱。看我订餐没经验，带我去找服务员，了解口味、价格，才确定下来。有一阵，他去厨房帮忙，人家想先给我们上饭菜，他却主动推迟在老人小孩之后。带队的老吴赞赏有加，我也非常敬佩。说起这位老赵，同事们如沐春风，我常有“好雨知时节”的感觉。我曾陪他去长沙望城几个村子走访，看望他下乡劳动蹲点曾经的住户，他掏钱购买的大包小包，返回带走的小菜，看得出他与农民的深厚感情。住户进城看他或购物看病，在他家吃饭。他与老吴做民族工作时，省内少数民族同胞有些来往，尊重并客气，有的地方为解决乡村困难，给他们添了许多麻烦。那时的干部，舍小家为大家的事随处可见。为了特别贫困的乡村发展，老赵除了在现场心酸同情，就是厚着脸皮帮他们找省厅领导，哪怕几千元万把块钱，都是当年难得的支持，都可以进行不少的建设。老赵做的好事太多，及至他退休后，还乐此不疲，宣传雷锋精神，又成了老年时的使命。省内省外，雷锋工作战斗过的地方，邀请就去，不辞辛劳，从所见所闻，到学习体会，很受欢迎。老赵学雷锋，在这次出差的船上表现突出，我感到他随时随地学雷锋成了骨子里的信仰，是一种自然流露，让我们这些同事感动和受到鼓舞。这也成了我们那一代人从小参加学雷锋到自觉以雷锋为榜样的为人处世的底色。

有老吴老赵两位低调、重情、舍己为人的领导出差同行，真是一种精神上的缘分。

重庆返湘没有直达火车，就乘船返程顺道过三峡。据说要修大水库，怕再也看不到了，哪知船过三峡时，是夜暗人困的下晚。杂音刺耳的广播在沿路停泊时报站，上客下客。进入三峡了，每到一处，均做几遍提醒，也有些人走出船舱。我自然也在走出船舱的人群里，影影绰绰中，看得见老吴的身影，还传来老赵洪亮的声音。他们以为我休息，没要我去提醒他们。两岸黑乎乎的，不知是何景象，只听见身边轻声的议论。喇叭里说，船的左前方右前方，是什么景点。还往船的哪个方向看，是什么什么，在文人墨客中怎样描绘，但是说归说看归看，我们什么都看不到，只能凭各自想象。课本里知道的、诗文里读到的三峡，至今还是我大脑中的一个谜。

夜过去了，新的一天又来。老吴老赵看我那里太吵，每到一站上客下客，要我不时去他们那里坐坐。老吴对这次开会和考察不断有新思考，与我们谈、讨论，老赵在研究工作之外，一如既往做好事，我却被嘈杂复杂的环境搞得疲惫不堪。我的行李中有会议资料，我的身上，还有几人出差的车票住宿发票和余下的数元钱。白天黑夜的警觉，把省外出差的好奇与快意，慢慢地消磨。

一路上震撼和激动我的，是水。第一次见这么大的水，第一次在所谓三峡的地方感受水的凝聚和汹涌，心里的思绪就像迎来密密麻麻的雨。老吴同志来自大山，老赵同志来自平原，在我当时有限认识的领导中，我感觉到他们内心那种雨一样的清亮。大湘西的雨我是亲身经历过的，山上的雨、溪河的雨，田野的雨、村寨的雨，在我幼时的印象里多是浪漫。在家的木楼里，雨刚下拍响瓦片时的清脆声，无异于一个乐章跳跃的开篇，接着绵密的雨声从头顶响起，让清寂的心里突然兴奋。浮想联翩的过程，往

往在父母回家时终止。如果他们身上雨淋淋地回来，我会心酸他们的遭遇，在他们出门之前，雨没有迹象，有时乌云也没有提前暗示。农家生活的日晒雨淋，超出了我对大自然的认知，浪漫的想法只是思想里的一瞬。那时候没去过北方，对北方的一切充满想象。老赵的身材、浑厚的比较标准的普通话，对我而言，都是北方感觉很足的。华北平原他家乡的上空，那些雨是不是也如湖湘大地上的一样清亮，是不是大多时候善解人意，除了农时需要，更多地融入溪河江湖。无数的雨，汇聚成湖南的湘资沅澧四水，从洞庭湖注入长江，到达大海。

我们都是来自五湖四海，为了一个共同的目标，走到一起来了。这是伟人说过的话，其实也是我们事业人生真实的写照。湘西的老吴，北方的老赵，怀化的我，如果不是工作需要组织安排，怎么会相识，怎么会有一次次出差的缘分。我们是一滴滴雨水，不论资历深浅贡献大小，都会聚到一条共同的江河里。

航行中，我们遇到了一阵磅礴的阵雨，正是嘈杂餐厅午餐的时候。雨打在船顶，我完全没有被屋檐遮风挡雨的感觉，那些平静和安全感，距离此刻很远。雨打船舱，玻璃上的雨线和灰暗增添着航行的不确定性，不安一直在心中蠕动。这些“乒乒乓乓”的雨的阵列，完全改变了单个的无力的雨滴在现实中的表现。团结就是力量呀。阵雨中，我担心江水会不会由此澎湃汹涌，船舶会不会被惊涛骇浪掀翻。颠簸摇晃，雨的力量一阵阵奔腾开来。

雨阵，何尝不是我们为一个信仰、一个目标集结起来的队伍，将我们单个的能力、有限的个体团结在一个共同的奋斗中来。而前进的道路，却不是一帆风顺的。道路上的雨，有汇聚奔涌向前的时候，也免不了能量爆发制造灾难的时候。我多年接触，老吴老赵都是很有信仰的人，按当下的论调，他们有时的纯粹显得天真。但我难忘那个时候，难忘那个时候的人。他们不像有的人只将群众放在嘴上，不像这些年的一些人私欲重、贪财权，他们以自身的行为思想境界，诠释了什么人才是有益于人民的人。

这个午餐的味道、环境很差，却给我带来美好的启示。在大自然的风雨雷电中，老吴老赵无疑是那些很有价值的、很有意义的雨。

这趟难忘的出差，坐火车，转汽车，还有白天黑夜不可复制的轮船航行，累是累了，一路愉快。

远去的天籁

夜深人静，山水完全敞开自己，而它们纯粹或腼腆，发出的声响生怕惊扰了山村。我喜欢和谐的、温情的、有着深邃意蕴的大自然的合奏，它们流水般淌在月色里，挣脱黑夜的束缚，进入我的记忆。我跟着静谧夜色里缓慢的节奏，在屋后的小路上，更多地在自己的思绪里，或散步、或驻足、或凝听，像鸟儿在风里飞翔，像流云在山巅涌动。

我出身深山的农村，家与山几乎融为一体，木楼就像从泥地上长出来一样。对夜色里山水的声音，有着天然的亲切。当年的睡梦，充满了山水相伴的美好。梦里，不愁吃穿，多么惬意。离开家乡，多年前进驻湘东北平江县的一个山村的当晚，开始夜不能寐。我将在那里住上一年。作为扶贫队长，与另两位同事一起，住在村小教学楼的楼上。楼后小山草木葱郁，将四季美好的景色，一天天展现在我小小卧室的窗口。而那些夜色，增添了更为丰富具有活力的内涵。

七八位送我们入村的领导同事返回后，我排空大脑中机关的杂事，一心一意，很快成为村民中的一员。村里的面孔，全是清一色的笑容。这天余下的时间是认人，村里的干部，男的女的，老的少的，很有味的是大家的称呼都带个“老”字，三个字的人名就用中间的字，两字名就用后面的字，相互喊得亲切。我们一行三人，第一天就成了茂老、凯老和学老。每一个“老”含笑的面孔在眼前晃过，而村情不明，任务艰巨，晚上自然地失眠了。第二天，由支书陪同在村 20 平方千米范围的三条线路上的 31 个组挑选了部分，走访看望。当晚，与村支“两委”召开联席会议。1800 多人，人均水田 0.46 亩、旱土 0.3 亩；男劳力 600 多人，女劳力近 500 人。一个数字让我一震，单身汉 90 多人。这些数字在我的大脑里抽出无数条丝，色彩沉郁暗黑，紧紧缠绕着连接愉悦的那些神经。1 月的夜色来得早，也来得深，还来得冷冽。会议室里的两盆炭火，明显抵御不了寒冷。支书亚老代表大家对单位来村扶贫第三年的收官，表达谢意，但更多提出了希望：有线电视、农网改造、小学配套设施、村组机耕路最后贯通、山塘维修、饲料加工厂建设，还有楠竹油茶茶叶种植与集体经济发展。还有人提出扶贫队以前提过的，本村主道连接外县边界的水泥路建设。加上乡里部署的村支“两委”组织建设，年轻化的换届等，资金需求大，事情还不少。这晚的失眠，甚于头晚。梳理了思路，明晰了重点，才昏昏沉沉睡着。

春节前，郑培民等三位省领导率队来村慰问贫困户，岳阳市主要领导也来了，我与村民们一样感受到了寒冬里的浓浓暖意。

春节在家很短，我也没回千里外的老家看望老父，便与凯老、学老带上一些慰问品匆匆往村里赶，看望贫困户后，与全体村干部一起在支书亚老家吃新年的第一餐饭。过后几天，结合看望组长村民，在每一个村干部家吃一餐新年饭。走过三湘四水，我认可人家说的平江人重情义，饭菜尤其做得好。农村的餐桌上，除了各地差不多都有的辣椒炒肉、蒸扣肉、鸡鸭鱼外，

匝肉、豆制品颇有特色。炖、蒸、炒，色香味，火候，有点讲究。应季的小菜多，深得我们喜爱。这里每家每户都做谷酒，进门先上一杯酒，然后才是茶水。好的谷酒有40多度，在冬天喝出热血沸腾来。大家说话声音大，走路“咚咚”响，做事一阵风，很符合我大湘西的风格。

新年在村干部家喝新年酒，晚上我们打着手电回小学教学楼上的村部。一人一小间房，共一个几平方米的客厅兼餐厅，洗漱完毕互道晚安，上床久久难以入眠。想远在湘黔边界的老父，想上幼儿园的孩子，更多是想开年的事一件件怎么落实。事由谁来抓，钱从哪里来，哪些项目什么时候启动才能在检查验收前完成。窗外，寒风呼呼，像有一些手，轻一下重一下地敲打窗户，做着提醒。是要我早点睡，还是不要睡着，不得而知。深夜尚浅的睡意中，许多朦胧的声音飞来耳边，有的在遥远的山村听过，有的在省会的城市听过。有树木发出的、有风发出的，更多的是夜里的虫鸣。呼呼呼，吱吱吱，唧唧唧……不知什么时候睡着，天色泛白，薄薄的窗帘透进微光，便猛地醒来。

这样的夜不多但也不少，有时是家里有事，譬如家人生病需要住院。村子里的重要事情，搅动不少平静的夜晚。那时没有手机，一台话音不太清晰的电话机，在小会客厅里，猛然响起时，时常让人莫名一惊。我们三个队员不说漂亮话，顾不上家里的事，一心放在村里。

春天来了，乡间久违的小草小花给我们带来无限的喜悦。细雨绵绵，或大雨过后，我们身着雨衣，脚笼套鞋，沿三个片区山谷的某一条，看农作物是否受灾，看道路、小桥、渠沟是否垮塌。有的老乡见到我们，老远就喊，邀请进屋喝酒吃茶，我们大声地回复致谢。水稻秧苗插好后，在省里汇报要的部分资金有了初步着落，农业项目纷纷启动，那些天应景顺心。春天的开局让那些夜晚，萌动无数的想象与生机。春雨成了春夜最好的乐器，雨弹枝叶的声音，如场面宏大、乐声绵密的春天叙事，谱写着红色老区山村行进的乐章。

人勤地不懒，村里能栽种的地方都被种上了农作物和经济作物，到处欣欣向荣。山上郁郁葱葱，森林覆盖率很高。从种田种菜来看，当地耕作水平还不错。我小时参加过农村劳动，远离农活多年，也一眼能知道庄稼的主人勤不勤快，动不动脑。一场春雨一场晴，庄稼的个头“嗖嗖”上蹿，看得人心花怒放。把村组干部调配以后，年轻化不少，事做得更顺了。想把青年人的积极性调动起来，多做一些项目，统计了解，年轻人没几人在村了，近80名团员几乎全在外打工做事。近20年前就已经这样了，如今的新农村建设乡村振兴，靠谁呢，不免引起当下的忧郁。当时村里四五十岁的人，就是我们需要依靠的主力军。乡里驻村干部坚老克服家庭困难，与我们一起长驻村里。他当过兵，有极强的吃苦耐劳精神，与村里上下极为熟悉。村上的项目多，排好计划，不能一下子铺开了，由村支“两委”带着干。村支书和村主任几乎成了专职，家里的农活由家属和老人承担。菜土里的菜换了品种，稻田里的色彩慢慢变化，天气慢慢炎热了。

我与凯老、学老吃过晚饭，沿着一条小溪散步。月亮还没有露头，四周的山间森林一片昏暗，夜鸟和虫鸣的合奏开始。这晚的考察，重点是村民呼声很高的水泥路建设。以学校和村部为中心，需要建的水泥路如一棵树开几个杈，是村民开会购物出行往返的必经之路。路有一点基础，占田占地少，不需房屋拆迁，群众工作好做。但要连接外县的边界，让主道通往长沙方向，为未来发展拓宽空间，道路的距离不短。夜色里的砂石路灰白地蜿蜒，偶尔有汽车经过，“叮叮当当”的自行车却比较多。我们躲避着车子，躲不了汽车过后的灰尘，心头那种修好水泥路的急迫，越来越坚定。

这条村民呼声强烈的在全省的贫困村最早的水泥路，主要需要省里的支持，也要岳阳市及平江县的支持，还要长沙市及长沙县在连接上的项目投入和支持。除了资金，还有一系列审批手续，时间上已耗不起。我所在委员会对口财经部门，安排我来村是有关领导的考量，在其他项目之外，尤其公路等大项目建设，有关部门听我汇报后都表示支持。某天得知分管省领导在岳阳调研，我与凯老、学老立马赶去，认真汇报，及时得到省与岳阳市主要领导重视。我又回省直汇报，到长沙等地组织相关会议研究，请省市领导和单位在项目计划和资金上开绿灯，扶一程。正式启动前，我们在平江县开会，因当时的扶贫队长都不兼县里的职，我只能将几大家领导请出来，要每一个有关部门表态并在确定时间内落实到位。细致地安排，尽心地努力，我相信铁树也会开出花来。

乡和村招来的建设队伍入场时，正是天气炎热的时候，也是修路抢工期保质量的好时机。建设机械简陋，数量不多，做事的也没什么经验，从开工起都不令人满意。我们一行三人，加上乡驻村的坚老、村书记亚老、村主任新老，很多时间都跟着这个项目。随时发现问题，随时提出意见，老板见到我们都紧张。许多时候本地干部抹不开脸面，我就与凯老、学老出面交涉。基础路面差不多了，水泥沙石质量如何，我们参与把关，标号达不到就换。搅拌机械比较老，我们担心达不到要求，常常冒着烈日，站在边上，面对面监督。宽度够不够，用尺量量。厚度够不够，严格跟踪。防止出现我们在的时候，铺得厚一点，没人跟踪时，铺得薄。工期紧，白天挥汗如雨，晚上加班加点。一个吃午饭时刻，我们听见震动泵叫得正欢，匆匆放下碗筷去了现场。一两个人在做事，其他的人应该吃饭去了，我们遇上了偷工减料，水泥铺设的厚度不够。我们发脾气，要他们停工，把老板叫来。一番交涉，返工重来。

除了回省城跟踪项目经费，我们几乎天天晚饭后在修路现场督战，有时睡觉前还放心不下，还去看看，晚上几点到了哪个地方。第二天早上，再了解头晚的进度和质量。这些天的路上，灯火通明，机械声震耳。换着平时，影响睡觉，会有村民提意见。换在现在的城镇村庄，那意见会极大，甚至还要维权。为了在扶贫验收前完成这个村里的最大项目，我们巴不得他们通宵夜战。震耳声随着道路铺设的延长，渐渐变小，我们感到监督的责任更大了。一边接往清水区的其他村组，一边接往长沙的边界。铺好的部分，不能让车与人不小心破坏。干透了的，铺上稻草，可以让行人单车经过。而正在浇筑的地方，却是带来诸多不便。村民没有怨言，反倒是个别外地经过的人，酸不溜丢，讲句怪话。在搅拌机震动泵声音越来越小，甚至听不见了，我们才难掩心头的高兴，因为路修得更远了。每天往浇筑现场，踏在建好的水泥路面上，成就感和喜悦感油然而生。在几县边界的贫困村，20 年前就有了水泥路，你说算不算个乡村建设的小小奇迹。

一年时间，在前两年扶贫的基础上，除了组织建设、农民收入、集体经济等需要验收部分，仅基础设施建设，我们就做了不少，如水泥路改造，投入 300 多万元，将 10.2 千米长的砂石路改造成宽 5 米、厚 20 厘米的水泥路，其中协调县外村外连接线七点几千米；完成农网改造，埋设电杆 600 多根、装变压器两台、拉线 3 万多米、装电表 500 多只，30 个组 500 多户用上高质廉价的电；投入资金，为 210 户解决看电视问题，实现有线电视“户户通”目标；修通到偏远村民小组的公路 7 千米，对已有 20 千米村组公路进行修整维护，修建 7 座小公路桥 9 座便民桥；完成部分河道改造工程，修复 5 口山塘和部分水毁工程……在我们离村前，村里有了有线电视管理站、农技服务部、乡卫生院诊所、村卫生室；4 个摩托车、电器维修店，13 个大巴农货车拖拉机运输专业户，日用百货、服装、蔬菜、生产资料批发零售 13 户，酿酒和豆制品加工 5 户，藕煤加工 2 户，木材加工 1 户；劳务输出方面，全村长年外出务工人员达400多人。同时做到了全年无大的群众纠纷，无刑事案件，无计划外生育，按期上缴税费。计划生育被明察暗访，是“一票否决”事项，说起来是当年的难事。

水泥路修好，秋天也就愉快地来了。饲料加工厂销路打开，养鸡养鱼可见收获，稻田里的丰收景象更不用说了。我们晚饭后散步，有时经过多次慰问的五保户、残疾人户、军烈属家门外，到我们为残疾五保户晚老新修建的砖房前，更多时候沿着整修后的小溪，往山谷的深处走去。流水声伴奏着山风吹拂的稻浪声，一些清香沁人心脾。晚风吹在我们的身上头发上，凉飕飕的感觉非常舒服。夜虫开始鸣叫，先是一声两声，试探一样，从田间到山头，渐渐活跃起来。一些怯怯的轻轻的吟唱，慢慢变得大声，有的充满了自信。它们知道在那些鸣奏里，谁是王者强者，需要长一些的时间检验。趁着夜虫们忙碌，我们停下工作事务的闲扯，驻足欣赏山中欢乐的乐章。几声夜鸟的唱鸣，在夜虫声里突出并由远而至，出奇地悦耳。我们关上手电，目光在月色下的稻浪上起伏，让秋山的凉爽一阵阵从鼻孔抵达内心。远山黑蒙蒙的，在星月下展现着生机和魅力。许多生命在它们自己的世界里，其乐融融啊。此刻多么美好，各自相安，各得其乐，并且共同营造着难得的轻松、自由和自在。返回水泥路上，我们索性收起了手电，让月色完美地投射到路面，呈现出灰白沉静的素美与舒适。

当时人们总结中说到这条路，是致富路、民心路等等，不论怎样总结，都被认为形象贴切。但我不这样想，我觉得一些农户脱贫水平不高，甚至担心因天灾或病痛，会让一些人退回到贫困，甚至有的失去所有。这条路有极大的助富作用、便民作用，这毫无疑义，但村民们还要一如既往地勤快，有农产品商品不断地进出，运用这条路加速致富和发展。我不想过早放大这条路的意义，尤其不能放大它的作用。在扶贫队离开几年后，那些集体经济、产业，那些留守的老人小孩，是否如我们所愿，过上脱贫后比较幸福的生活。这些想法，是我在走过水泥路时就出现了。脱贫与返贫，就怕各种各样原因，循环反复。

多少乡村夜晚的声音，不时跟随着我，出现在耳畔，出现在回忆里。但那些快乐和诗意，随着时间远去了。留给我的，是有着沉重意味的怀念与思索。唯有天籁般的鸣响，还那般急迫和真切。

午后的㵲阳河

㵲阳河盈盈的河水，涌着感叹。我坐在午后的游船上，热汗经河风吹拂慢慢清爽。绿水温润，碧波荡漾，一些身着侗苗服饰的年轻人游走岸边。有的人以古镇某个点为背景或在柳枝摇曳中打个卡，发微信抖音，说它的闲适幽静美丽，抑或遐想它的远方。我没有溯源它的上游，也不去描叙它的下游——我家乡的㵲水。㵲水流入沅江，而家乡人一贯称呼的㵲水让人对它的大小产生模糊，不像㵲阳河谦虚地叫河。它在我们下游既不叫江，也不喊河，而叫㵲水。按湖南“三湘四水”的说法，湘水沅水就是湘江沅江，那㵲水被称为江也没问题。问题是同一条河的上下游，以湘黔边界新晃与玉屏的某个点为界，各自称呼。我从㵲水来到㵲阳河，来到了家乡水的上游，亲切，激动。

这既有溯水而行的亲切，也有沿时间的河流回忆前两次到镇远的思绪反刍和回味。首次来时我是工作不久的小年轻，作为班主任带初二学生春游。我任教的学校在㵲阳河下游的㵲水河畔，新晃龙溪古镇的高处。那是我从乡下刚调县城不久，总共任教两年多却唯一一次带学生的春游。

像一条彩线把两个古镇珍珠一样串起，㵲水在这两个地方节点上熠熠生辉，同时陆上的湘黔铁路也将它们相牵相连。从新晃上火车到达镇远，我出站一路步行就隐约看见蜿蜒的㵲阳河。在有激情写青春诗的年纪，眼前的㵲阳河怎么看都那么灵动可爱。我比学生大不了几岁，但不时要端着架子，禁锢自己偶尔不小心便会放开的思绪。班上学生来自城乡接合部，有的见过不少世面，有的相当调皮。贵州过来投奔亲戚的，也有那么几个。成绩好的学生为了语文课的作文，有时问几个问题便走得远远的，去寻找写作素材。平时批评多的学生，有的跟在我身边，怕被发现脱离队伍。那时我们几个老师把自己比喻为牛，开学就是农忙，只知耕耘奉献，而这天春游我们成了最紧张的看牛人，怕出现不听招呼的犟牛。春游匆匆，没遇其他游人，除了古镇旁的缱绻、祝寿桥下的澎湃，那些绿莹莹㵲阳河水的魅力，便没留有其他深刻的印象。

船在清凌凌的水上平缓行进，耳畔的喇叭声介绍两岸的景点，码头居多，远处的镇江阁显眼地矗立河边，不像我家乡的镇江阁建在一个高处。右边的古城在午后的阳光下宁静，一些灯笼像张着的平静的眼睛，使人想到它晚上的炫灿。左岸杨柳依依，游人可数，微风在树枝上轻轻摇动。

上次见到㵲阳河，是离开教师职业十多年后，我已从学校调入县里部门，后在长沙工作数年，陪同领导到镇远考察湘黔边界发展。那个深秋，省市县三台小车前往。古镇一瞥，心有所思。与家乡相近的文化元素中，它却有着突出的异质。座谈交流，我对下一天的古镇考察有所期待。㵲阳河，还记得我青春的模样吗？当晚的苗侗美食，我吃出了比较与追寻探究的味道。遗憾晚间带队的领导结石发作，县领导与我们匆忙将他送医治疗。折腾一夜，不见好转，我们联系新晃的医院，第二天赶忙返回。从㵲阳河畔回到㵲水岸边，也就是从上游到下游，是一条河的正常走向，是这条水与其他水一样改变不

了的宿命安排。进机关后有期待的镇远之行因这意外，潦草结束。好在经医治疗，领导身体康复。㵲阳河㵲水进沅江，到长江去大海，亘古不变，在它们面前我们的走向渺小至极。职场工作就像在时光的波浪里遨游，随纷繁世事起伏，有奋斗、有成功，也有随波逐流。一生就是一场流走的过程，我们珍惜每一个阶段的相遇，尤其珍惜奉献社会的工作岁月，而其走向也难有一帆风顺，但要看是否坚守还是急迫上岸。过了数年回首往事，我们会发现有的意外，在加速我们的成熟。多年后，一起去镇远古镇的领导同事有提升进步的，也有到龄退休的。逝水奔腾，不改从容，亲切的领导有的已逝去，留下一段难忘的往事。

㵲阳河从此给我的记忆留下更多思索，也让我从水的表象，进入人生新的认识。有亲人住在㵲水岸边，每次回乡，我都像要急迫见到亲人一样，想见到㵲水河的那些碧水，它们流走了我的青春年华，深厚了我的工作生涯，也给我现在的生活以新的启示。

我的外出旅程中，午后的㵲阳河无疑是切合当下的心境的。本次出游伴随公休假的高峰和夏季的炎热，好在从新晃到镇远，并没有遇见人山人海。这次的惬意，主要是随意、闲适和放松。即将离开职场，几十年养成的工作习惯、生活习惯、学习习惯，将以新的姿态出现。心心念念关注的东西，没有了职和责的压力，人生的主要重担放下了，对人与物将调换新的视觉。当天汽车驶出高速路口时，我一改多年坐车习惯，多盯了一下电子屏，看了看显示的通行费额，证实了旅游旺季节假日驾车入黔买半票的通行优惠。驾车的乡友来过镇远，没有过桥往古镇去，在小街不显眼的地方右拐，径直进入一个老旧车坪。经旧楼，转院子，深处连着一小巷，出巷便是㵲阳河岸。碧水横流，微波依偎，对岸的古城清晰倒映。大家商议先看青龙洞，午餐后再进古镇。

青龙洞道儒佛并存，古建筑群建在山势高挺、悬崖峭壁间，五步一楼，十步一阁，建筑艺术展示了当年的高光时刻。高处环视，㵲阳河浓绿，一大片一大片的厚重，偶尔泛出些许清亮，在缓缓的流动中透出思想的成色。建筑群里早已没有我以前到达过的足迹，过去的几十年里有我意想不到的变化，而它还是那么镇定、淡泊、不逐名利。它曾是我青春眼里的沧桑、守旧和一成不变，也是我心中需要远离的繁文缛节，它一直注目的㵲阳河，曾流走我的徘徊，也流走当时对未来开阔、恒远的诗和远方的朦胧期待。我用青春离开了这条河水，我在两鬓飞白时又来了，我有了更远诸如长江和大海边的行走足迹。

出了青龙洞，几个冷清的瓜农小摊支在门口。我们口渴，坐阴凉处石凳上与卖西瓜的农妇交谈。她细心挑选，切一个，熟过了，换另一个，尽量让我们满意。与同在乘凉的老汉聊，他挑了几句口语，说㵲阳河上下游的口音相同相近与不同，如吃东西的吃，他们是“词”，而我们下游是“奇”。我手指地摊，“那个你们叫什么”，他讲是“葛苕”，我说这凉薯，我们也一样叫“葛苕”。我才发现走得再久再远，也难以全部改变最初的一些生活风习。河流走过的地方，会有它的生活和精神领地。午餐还见证了当地的纯朴。也许过了就餐高峰，或许这天本就游人不旺，许多店子没有生意。我们沿河询问观望，店家热情招呼，没有争抢，和颜悦色，这在其他地方少见。苗家酸汤鱼，枞菌炖土鸡，等等，听我们说某个小菜好再加一份，店家高兴立马免费送一份，弄得我们这些口音很近的外地人一高兴，又多赞了几句。餐后穿古巷看古城，阳光很热，小巷幽静。

游船需要半小时。目光由近及远，我仰目眺望古城后面的大山。山势高耸，巨石雄奇，伟岸沧桑向连绵的山峦远处延伸。晚清爱国名将林则徐三次途经镇远，写下《镇远道中》：

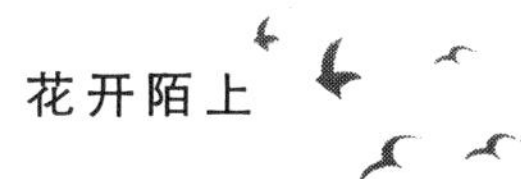

两山夹溪溪水恶，一径秋烟凿山脚。

行人在山影在溪，此身未坠胆已落。

……

此行幸值晴明来，峻坂驰驱已九折。

不敢俯睨千丈渊，昂头但见山插天。

不知林则徐眼里的溪在哪个峡谷，夹溪的山是哪座，我除了看见山的伟岸，透出骨骼的坚硬和健美，没有感到那么不堪。面前的㵲阳河，与退让出一大片地修建古城的大山非常和谐。林则徐当年是人生低谷之行，还是职责前路险恶之行，甚或是因什么心事重重，我没去考究。这段㵲阳河沿着山势一个大的转弯，是大自然大美的落笔，丰厚平缓的水，养育出那么多勤劳的人民，浇灌了这个文化底蕴很深、繁荣西南较大地域的古镇。

眼下的㵲阳河给不了我第一次来的激动，它像这些年走过的时光，逐渐变深变快。家中住在㵲水岸边的老人一个个走了，我感到时光中的另一条河流，有时浅了，流量小了，而水却流得越来越快。亲人中的许多瞬间，匆匆快得来不及回望。

㵲阳河，给了我难忘的这个午后。我的手机不时伸出船窗，拍下几次足迹曾经到达的地方，也拍下一些目光惊喜之处，为回忆带回一些美景和有意义的画面。

长江一小时

小船慢慢驶离码头，我拿手机一看，此时，是上午 10 点过 5 分。

那是个令人难忘的早春，气候乍暖还寒，幸遇一个好天。天气好，给我愉快的心情，铺垫了更多的期待。“你从雪山走来”，“你向东海奔去”；“你从远古走来”，“你向未来奔去”。在漫长雄浑的长江面前，我像个懵懂的学生，来补一场游历和沉思的课。《长江之歌》在脑中走过，没想到我们一来就得到老天的垂青，头几天的绵绵阴雨，消失得无踪无影。温馨的太阳，把江面照得明晃晃的。水波温柔地涌动。江风像熟人的手，亲切，暖和。

船机声越来越响，让人想到许多一起努力的手，把很多力量凝聚起来，使劲地把我们推行向前。船身摩擦着水面，在“嚓嚓”的水声中，前进的速度一点点加快。短短几分钟，我们超过了一艘接一艘的货船。这些货船，大多装得满满的，有的上气不接下气，很费力地爬行。这些步履蹒跚的船舶，引起了我们的议论。你一言我一语，不着边际。忧船，忧人，也忧船上笨重的东西。

一直在船上工作的老方很有底气，说，现在的船好了，没有问题。他看我们将信将疑，拿起对讲机，朝前方数十米处停泊的一艘船，喊了起来。在征得对方同意后，我们的船慢慢靠了过去。

挂上缆绳，小船轻轻地贴上了“庞然大物”。

攀上大船的甲板，我们脚步轻松，面对热情的主人，一阵寒暄。船主是江苏人，一家人常年住在岳阳的长江上。一口吴侬软语转换的普通话，使人一下子难以将它们与长江大船的气势联系起来。跟随他的脚步，我们进了这水上“大厦”的门。进门是个大厅，几十人聚个餐搞个活动，绰绰有余。装修简洁美观，非常干净。靠船头的一面是背景墙，可能是为了呼应大江大河大海的恢宏博大，简单大气的艺术浮雕，高雅中透出一股力量。墙前有一组长矮柜，上面摆一台薄薄的大屏幕液晶电视机。中间放桌椅，四周摆沙发。既是客厅，也是餐厅。靠船尾的一头，有几间船员的住房。我们中有人问：“你一家经营一条船上的事，忙得过来?”船主说，他的船上，常年要请七八人呢。

从宽阔的楼梯上到二楼，空间变小了一点，明显地感觉到，这就像一个大套间，是船主一家所用。大厅的前方，一个近一人高的工艺品掌舵方向盘，非常醒目。我脑中浮出电影电视出现极多的航海场面，船舶焦急地躲避暗礁，或者与大风大浪搏斗，船长瞪大眼睛，双手用力地握在方向盘上。那种场景，惊心动魄。方向盘的旁边，停放一辆比例较大的豪华童车。船头方向的门大开着，探头一望，哦嗬，一个卧室相当地大，还配有洗漱间。宽大的席梦思床，高矮家具，一应俱全。液晶彩电开着，绿色的地毯上躺着一个四五岁的小男孩，边上散布玩具。窗户明亮，两边是春节挂上的喜庆的红色大“福”字，还挂着大红的中国结。

三楼却小了不少，是这艘船的驾驶室。有床，有餐桌椅，前方和左边右边是擦得明亮的玻璃大窗，视野开阔。驾驶台上，航行雷达开着，无线电通信设备开着。

老方和船主指点着船上的设施，向我们介绍一些功能。大家纷纷点头，我也感到这样先进的船，别说长江，就是大海，也会走得稳稳当当。船主说，他的船，每月从岳阳走长江，至少去两次上海，来回都装满了货物。

从驾驶室前望，我吓一大跳。这艘船最庞大的部分，原来就在前面。一个拱出很远的大肚子，像远远没有填饱。它被隔成三个部分，像张着的三张大口，已经吞进了不少的河沙。我见所未见，很是震撼。我急迫地问，装满，大约是多少？船主轻描淡写，说，8000多吨吧。

我琢磨着八九千吨的概念和实物的规模，随大家返回小船。心潮起伏，忧思晃荡，这七八分钟的参观，给我上了长江一课。那些被淘洗得干干净净的沙子，在太阳下特别地刺眼。一艘艘巨船，一座座沙山，走入我的视野，又走出了我的视线。一条条百孔千疮的溪河，似乎来到我的面前，扭动着痛苦的身子。而那些子孙一样的沙子，却怀着喜悦，走出山乡，奔赴一个个永远满足不了的新城都市。沙子们是否也和人群一样，带着各自的语言和风俗，带着欢乐和痛苦。它们远去不再回头，是否将慢慢体会到一些乡愁。眼前这些在江上转运的河沙，好有特别的表现，它们欢快地在转运带上行走，兴奋地如瀑布流下，在船舱中争先恐后冒出头来。有的好像还说："我最晶莹，我最明亮，我的家最远。"那些沙沙不息的语言，在我的心中隐隐作痛。

此时，几个满载的庞然大物，从我们的身边旁若无人地经过。我想起一个时髦的词，"土豪"。

目视前方，城陵矶港隐约可见。我想当然地动了一个心思，这么地势平坦水面宽阔的地方，当地没建点耗水的厂子，似乎不合当下的惯例。只是那么浅浅地想着，理所当然的画面，就避之不及来到我的面前。城陵矶伸出过分热情的手，老远都看得见。那些烟雾，在天空挥舞着，灰黑的，一点点翻动，遮蔽了江岸的景象。我问岳阳的朋友，他们说，那些烟啊，来自某厂某厂。

船上的老周从事过工业企业，很内行地对空中的烟进行分析。没有很难闻的气味，没有形成雾霾，应该经过脱硫等处理。

多年前，我看过城陵矶码头。天空明净一碧如洗，江面润洁宛如绸缎，是典型的江南美景。翻阅一幕幕眼前的景象，我却感到，对它们已经越来越读不懂了。

我们上行的船，好像心情沉重或害怕什么，似乎慢了不少。它似乎领会了这些水的感受。淘沙，办厂，曾经清澈的江河，并不情愿。首先是鱼虾遭殃，鱼类灭绝的速度纷纷加快。一些美丽的鱼虾，遇上现代生活的浩劫，永远不见了身影。人类受益的喜悦没有持续多久，迎来的是不时光顾的旱涝灾害和痛心疾首的污染危害。

船在使劲上行，突然，老方叫道："快看看那些水吧，左边是洞庭湖的，右边是长江的。"

哟，泾渭分明。左边的水，怎么那么黄啊。

老方再要我们细看，大家发现洞庭湖的水位，还明显地高些。

大幅的黄水，从我的眼前流过，像一个野心很大不知疲倦的画家，用黄色的颜料不停地涂抹。狂野，蛮横，漫不经心。

岳阳的朋友手指岸边汹涌的排水口，一个大的造纸厂出现在我们面前。不知道这天的水，是否经过了净水系统的处理。从事过工业企业的老周，心里明白船上这些人对当前整治河道、保护鱼类的情况有所了解，此时没有分析，默默无语。

我的耳畔，好像飘来歌颂长江的熟悉歌声。眼前一热，喉咙感到有点堵塞。

城陵矶港不愧为长江的大港。近岸的码头，机械在忙碌地为几个庞然大物装卸着集装箱。还有的庞然大物静静地泊着，让稍小的船，用输送带不停地向它们输送河沙。一些中等大小的船，在航道上有序地航行。突然，一叶小艇从岸边飞出，在一匀速前进的船前，毫不迟疑地贴身穿过，我的心差点蹦了出来。直到它停靠在一艘大船边，我的心才平稳下来。

返程是顺水，一路无话。在这 2014 年的初春，我当了一回长江的学生，上了几节难忘的课。我从此成为长江的游子，像那些飘过的云和经过的船。有时，我怀念那些刺眼的河沙，却不知它们来自哪里、将去何方。小船停泊在出发的码头，我们上岸时，刚过上午 11 点。

我突然想起离长江不远的古老的岳阳楼，想起那句“先天下之忧而忧”的千古名句。幸亏这些年，从上至下用法律政策与整治保护行动，在洞庭湖与长江岸边退出工厂，杜绝挖沙，还洞庭湖和长江美丽的景象。眼下的岸芷汀兰、郁郁青青，漫江碧透，群鸟飞翔，把人带入诗意的远方。

都市光影

红色的波光

这天阳光灿烂，车过湘江时，一片金色缓缓驶入视线。汽车慢慢移动，车头车窗被涂上了一团团的浅红。川流不息的车辆，白色、灰色、蓝色还是红色，全都沐浴在清新的朝霞里。桥那头的路人，从一个个黑点慢慢清晰，也慢慢地红润变亮起来。

我注目北去的湘江，看一湾比平时亮堂许多的江水，从城市的楼群中款款而来，像一位相见喜悦的青春少女，流连在花枝摇动的岸边，又慢慢地模糊在远方。

穿行岳麓山畔，我数次来到党校。亮堂堂的湘江水在心里流过，校园内绿树成荫尤其醒目的地方，时常出现一些让人注目的石头。棱角分明的、线条柔润的，一块块都很美，散发出生命力旺盛的气息。石头上镌刻的饱蘸红漆的大字，书写精美，各富特色，将一些思想的花朵，绽放在经过者的眼前。

我早起晨走，一般从东校区往西校区，视线前方，一行红字照常随块宽大的石头跃出，令我驻足。这是我们写得多也听得多的几个字，字字珠玑。“求真务实”，是为人行事的普遍要求，也是从政履职的基本遵从和必达境界。虽然现实中的“真”和“实”有时来之不易，但面对再大的困难，也难不倒许多磐石一样坚定的人。

进入西校门，可见一块粗大方石，几个同样熟悉的红色字体，在阳光下熠熠生辉。一块庄重的石刻，一棵葱茏的大树，是学校最早最有代表性的标志。“实事求是”，已是中华优秀传统的一部分。它最早出自西汉，长期以来成为人们治学治史的座右铭。20 世纪 40 年代，毛泽东在延安为中央党校大礼堂落成，挥笔题写四个遒劲有力的大字，至今还有着强大的磁场，产生着强大力量。这里的“实事求是”，就是他当年的字迹。

站在石刻旁，我仰望几栋简洁的高楼，回忆数年来与一些同学听课讨论的情境，更深刻体会到事业发展与人才队伍培养的重要和十年树木百年树人的道理。我曾经从崇学楼、求真楼出来，一次次穿过枝繁叶茂大树的走廊，即使是寒风刺骨的冬天，心中也充满温暖。学校的新老教师旁征博引，深入浅出，给我们短至一周、长到两月的学习生活，注入了理论的营养，洒满了思想的阳光。在实事求是的培育下，一批批三湘儿女自觉担负起重任，在湖湘大地辛勤耕耘，为民奉献。

回到东校区，我在“丹桂溢香、踏石留印”的石刻前心潮起伏。我敬佩那些不管干什么都扎扎实实留下光辉业绩的人，我被他们攻坚克难、执着奋斗的精神感动。近年来，无数学子为了国富民强生活幸福的中国梦，弘扬时代精神，凝聚智慧和力量，心往一处想，劲往一处使，在前行路上留下了深深的足迹。由此，政治经济文化社会和生态文明的建设流光溢彩，“富强、民主、文明、和谐、自由、平等、公正、法治、爱国、敬业、诚信、友善”的价值观广为传播。我们的事业就像眼前的桂花树，经风雨凝甘露，在阳光灿烂的日子，芬芳飘香。

我们懂得磨刀不误砍柴工的道理，“踏石留印”，需要刻苦学习。我们处在知识飞速更新的时代，18世纪前知识更新的速度是90年左右翻一番，20世纪90年代以来，加速到3年到5年翻一番。近50年来更新的知识，比过去3000年的总和还要多。因此，要改善我们的学习，像古人那样“博学之，审问之，慎思之，明辨之，笃行之”。

在东校区教学楼和宿舍楼推窗望远，免不了会追思一些“求是”的先贤，他们立于时代潮头，成为后世治国理政和治学的楷模。“实事求是”学习，与时俱进，方能开创工作新局。法治是现代文明社会的理想之花，它的美好与否，首先取决于我们每个人的学习。从学习中领悟法的精髓，养成法治思维。“求真务实”需要自觉以宪法法律为行为准则，维护法制的统一、尊严和权威，形成不愿违法、不能违法、不敢违法的法治环境，做到有法必依、执法必严、违法必究。要善于学习，存精华，去糟粕。通过学，掌握辩证唯物主义和历史唯物主义，坚守实事求是的根本。学哲学，学理论，运用辩证思维，在工作中摈弃好大喜功的“规划”、似是而非的“数字”和镜花水月的“实事”。及时掌握现代文明的最新成果，增强科学、健康、可持续发展的能力，在各项事业中奋力前行，“踏石留印”。

校园石头上的红色大字，虽然会随着我的离校淡出视线，但不会淡出我的记忆，更不会随着时序的更替，淡出我的工作学习和生活。

某次课堂上，一位教授给我们讲授湖湘文化。此后，我们集体去湘江下游考察靖港古镇。面对湘江，心有所思，一个大名鼎鼎的人物便在这天的江面，悄无声息走到面前。150多年前靖港的江面上，战火硝烟没有退去，血色腥臭的江水，淹没着一条想要自尽的生命。所幸他被部属救起，他从湘江上站立了起来，“屡败屡战”，不屈不挠，终于有所奉献成就功名。这是湘人曾国藩。他想终结生命的湘江，流过黑暗的时刻后，成为他再生的地方。

湘江，一直魅力无限地流过岳麓山下。岳麓书院的千年书香，演绎着“大江东去，无非湘水余波”的传奇，浸染如今几所高校的追求和辉煌。从第一师范到橘子洲头，青年毛泽东横渡湘江，搏击风浪。他在江中锻炼体魄，启航理想，从这里一步步走向长江、大海。古希腊哲人赫拉克利特说，人不能两次踏进同一条河流。在毛泽东率领中国人民取得辉煌的事业成就后，再次回来畅游湘江。湘江变了，他也变了。他渐渐苍老的身躯，让湘江浮想联翩，永远坚定自信的容颜，一定希望在这里焕发青春。

“一万年太久，只争朝夕。”湘江流走了无数的时光，也见证了无数的事业和人生的辉煌。

傍晚车过湘江，我又看到了一幅美好的景象。它已经改变我多年的印象，将我心中的忧虑一点点流走。当年，无数烧煤的工厂、冒烟的汽车，把一团团黑烟黄尘融入江水。那时的湘江，就像一张阴雨弥漫的狂草，脏，臭，浮沉着潦潦草草的笔墨画面。眼下清澈的江水，倒映着蓝天白云，也倒映着游人的笑脸。有人说，没有雾霾的天空，真美啊。也有人说，江岸鳞次栉比的高楼，多壮观啊。我俯下仰着的头，看湘江轻轻地挥笔，一横一竖，一撇一捺，流淌着山清水秀、霞光起伏的“满江红”，美丽地走向远方。

和吟声声

树叶的绿越浓，枝头的花开过，鸟儿纷纷往绿林里钻，楼后的小山就歌声阵阵了。

起初只是白天，鸟儿这里几只那里几只，阳光充足果树摇曳的地方，一聚就是数十只。有的鸟干脆找到喜欢的地方，住下不走了，除了在家园撒欢儿，有时也去别的小区串门。某天早起赶车，发现小山包上多了许多鸟声，我轻手轻脚过去，想看看它们在哪。一棵石楠树下，一个同事静静地举着手机拍照，我望了望，折身返回。

立夏后鸟儿声调抬高，品类丰富起来。难得的好天，正逢工作调研安排，往湘南湘中出差数天，回到小区就感到有点异样。不是眼前树木花草大的变化，而是耳畔明显感到一些美妙的声音在流淌。宁静夜晚，零星的夜鸟参与伴奏，夜虫的鸣声从无渐多。小满至，虫鸣则密集了。芒种过后，与同事在走道散步，说到调研所得，关注基层冷暖，不免共鸣许多。我在园区看了不少新能源、新材料和信息化等产业企业，对它们如朝阳升起的景象心生

愉悦，也看过传统产业，有的老树发新枝令人感佩，而有的困难重重，回暖艰辛。对农村城市的调研或观感，人们有许多喜忧，思索多了，急迫想从表象进入，提些解决困难的建议。我们在天气晴好时穿行树荫走道，有时突然停住，望着快递外卖小哥电动车在眼前一闪而过。

林子陷入热闹，阴爽天则有大鸟飞来。夏至了，鸟儿们似乎知道变化，晨起早歌的多，歌声大多清脆嘹亮。晨练的老人们像与鸟儿比早，他们清清爽爽出门，三三两两，做着健身活动。

几个妇女推着婴儿车，八九点钟开始聚在一起。夏初白天见到的鸟儿，往往小的过于活泼，大的偏于冷静。叽叽喳喳地交流，在低处吸引小孩的眼睛，小鸟在树下丛林，寻食、蹦跳、娱乐。仰头可见树枝上，个头中等的鸟或从上至下，从东至西，腾过来飞过去，伫立枝头时，高声的唱响就出现了。细碎而密的声音，来自麻雀和叫不出名的小山雀，有时有清脆的喜鹊。高声部里，有杜鹃、莺鸟、斑鸠。杜鹃特喜这片林子，二声三声四声的杜鹃经常光顾，四声二声的叫得最勤，“快秧苞谷”“布谷”，每听一次就有一次激动，但觉得它们与农时越来越不紧密了。

不知什么时候开始，蝉加入了进来，高声部进入升级版。想起多年前央视的青歌赛，出自贵州侗乡的蝉之歌美轮美奂，多声部无伴奏无指挥的自由挥洒，体现着人与自然的和谐美好。可能这里的蝉与我家乡的不是同一品种。家乡的蝉，炎热天的午间是高亢的单音，有的短促，有的拉长。而傍晚则是短曲，是完美的短调，三音四音或更多音调，近乎一首反复回放的歌。而这里的蝉声似乎融入了城市的元素，那鸣声就有了一些现代的意味。我周末的傍晚去取快递，遇上环卫工人面带汗水站在树下，正要问他第几轮清扫，一阵蝉鸣飘来，引得我们侧耳倾听。我说走道实在干净，不用再扫了。他说四处看看，看有没有脏的地方。蝉鸣中，他提着扫帚行走的背影好像自带节奏。

离山不远处，楼栋之间的人工池塘，晚上虫鸣环绕着蛙鸣，将路灯与房灯映照的夜色，热闹得抬了起来。虫鸣的绵密，不可想象，蛙声的加持，增添了韵味。蛙声东一下西一下，相隔较远。白天看不见的青蛙，不知它们从何而来，潜伏何处。这不是我经验中成片蛙声的复制，起伏间隙与洪亮，似乎从前在田野的夜晚更甚，但平顺连贯，却在当下。有几天下端午大雨，晚上雨歇，虫鸣声蛙鸣声似也参与人间的热闹。它们难道知晓这些白天，湘地多处于江湖河水中的龙舟竞渡，激动甚于头些天气温的高热，甚或驱除疫情数年的沉寂，终于让这几天的激情得到豪迈的爆发。雨里的小山头夜间寂静了不少，而这个池塘却是另一番景象，夜色因那些声音变得活泼而有动感。

清晨的窗外，已没有了蛙鸣，代之以鸟儿嘹亮的早歌。我打开窗户玻璃，那些歌声就迫不及待合奏着涌进来。莺歌欢鸟，许多叫不出名分不清声，听得真切的只有喜鹊和斑鸠。这个早晨的奏鸣曲，少了些熟悉的部分，如阳雀杜鹃，它们是晚起了还是没有及时赶来。而小区的清洁工已在忙碌，赶早的学生已纷纷走出楼道，数百米外车道或更远些的绕城高速，汽车的轰鸣声一直不断，我不得不在心里赞道，这些早起的人们哪。

春上牛头山

喜欢那样的感觉，身边有春意勃发的山，山上有迎风吐翠的树，安静地与山一起晒甜润的太阳，与树一起听诗意的细雨。

近年搬家，山有了，树也漫山都是，就在楼栋后面。山叫牛头山，树除近年栽下的桂花树、银杏树，有枫树、杨树、松树和许多叫不出名的树，而最多当数杉树。

一个晴朗午后，我独自登山。这天上山，缘于清整一些老笔记资料。打开一包搬家年余没翻动的袋子，头件是个旧笔记本，是没塑料壳的裸本，那时单位节约，通常一个壳配几个内芯。本内记录下乡出差，其中不少春天的出行。一室，一桌，区区数人，难忘的是夏天一台电扇，冬天一炉炭火。什么季节，每人面前都一杯热水，条件好的或产茶的地方有的水里放点茶叶。工作年限尚短，激情满怀且简朴的时代，一切简陋，珍贵的是朴实纯真，没假数字，没假典型。许多被人说道的千奇百怪，那时想都没人去想。本子翻到背后，掉出个细薄的电话号码册。有的字是我写的，而大多是电话主人的

亲笔，有的照样遒劲清晰，有的却模糊不清了。时光消逝，那些人有的还有点印象，有的却不知所往，作古多年的有之，退休赋闲的有之，还在职场上辗转起伏的也有。册子上的数字多在五六位的阶段，与现时的通信工具无法通连。我毫不可惜扔下这个旧物，在窗外的鸟鸣声中出门爬山。

春风已将枝头吹出嫩叶，整座山的青嫩如画家刚涂下的色彩。一些枝叶性格焦急，将身子挪向阳光丰富的地方，勤奋的心思得到明显的回报，它们的新叶又多又长。我不得不说它们是树中的智者。你看，旁边的几株小树也很焦急，可细小的手脚还不够长，只能在期盼和等待中努力。

转过一个弯，卵石小道明显抬高，时而低着时而平视的目光，突然向上仰起。阳光透过眼镜镜片，让我感觉到心间瞬间的明亮。一棵高大杉树正好用一些枝丫，托举着温煦的太阳。这棵树，就像我在湘中大山看到的那棵一样，坚实、遒劲、温暖。那棵杉树披满阳光，与不远处楼房里的主人一起，每天带给人们感动。

楼主人打工小有收获归来，从回到山里那天起，就把无穷的劲头、苦干的形象展现在乡人们面前。他与村组干部一起架桥修路，把没有收入门道的邻居组织起来，搞地方优良品种黄牛家禽养殖，种植中药材黄精天麻，发展农产品销售电商，描画出一幅前景美好的乡村图。过去村民们卖不起价的纯正土鸡鸭，烂在地里的蔬菜，纷纷通过电商走出大山。每个传统佳节前，黄牛土猪肉供不应求。供销繁荣的景象迎来了村里打工青年的回归，他们用质量树立品牌，用勤劳改变捉襟见肘的生活。

牛头山的杉树有些年份了，坐在晨读亭四望，这些树撑着更高更阔的阳光。刚翻过的电话号码册上，一位年轻的形象又浮现眼前。他是当年带领村民发展经济的典型，几座荒山在他们努力下成为果园。水果丰收时节，各个方向的汽车奔向他们村里，欢喜而热闹。他当上人大代表，带领大家致富的眼界更宽干劲更足。几十年过去，他是不是如这周边的杉树，身子依旧硬朗，是不是喜欢在太阳下晒晒，像年轻时的那些果树，不时枝叶招动，不时回忆很有意义的往事。

此时的晨读亭穿过一些鸟鸣，我还没有沉浸下来，就从步道传来几点笑声。一位老人从我迎面方向过来，身后跟着个穿红衣服的小女孩。他退休几年，原是学校的老师。含笑打过招呼，我离开晨读亭，看他们爷孙坐下。耳畔，隐约听得见他们对学习上事情的一问一答。从转弯地方回望，那小女孩的红色衣服，在春天的绿色里尤其显眼。

本打算在晨读亭多坐一会儿，继续一下电话号码册带来的思绪。自己像小女孩般小过，可那时已学做力所能及的农活，没条件学习书本上的知识。工作以后的学习没有间断，但以零碎居多。我曾羡慕电话号码上的一些人，同是年轻人，人家有的毕业名校，有的家庭条件好，只要全身心工作，没后顾之忧。经过时光跋涉，这些人里有的事业成功，业绩突出，贡献很大。有的平平淡淡，过得安定，自得其乐。而有的却在人生关键时跌落，留下永久的遗憾。想到这些，心头免不了细雨霏霏。

记得今年头一场春雨时，我隔着窗户眺望牛头山。我知道草木们经过去年的长旱，又经过枯竭的严冬，渴盼之情急切。好雨知时节，草木们正为之兴奋，欢呼雀跃。我也为牛头山这场雨感到迟来的幸福。我听见山上的树，特别是众多的杉树，在雨里吟出的诗句，多么清新动听，超凡脱俗。

牛头山无名，不挺拔，在高楼的环绕中露出半个山头。春天的光线穿透日渐浓密的绿叶，万道金光把整座山洒满。牛头山在长沙城的南端，此刻，我就在它的额头上。

丹桂飘香

在湖湘金秋听人们说“丹桂飘香”的概率，会像初冬听到“金橘飘香”一样多。我感觉迟钝，有见多了柑橘的麻木，以前对桂花香没有体会，不知人们的说道，究竟有何特别的情味。

在我遥远家乡，桂树是有的，算不得珍贵树种，但还是很少见。茂林修竹的山间地头，瓜果点缀的村头寨尾，偶然发现一两株桂树，让人高兴。不过，这得在秋天，在它开花的时候。大家平常关注得多的，是能做大用的树木，比如能做房子箱柜和桌椅板凳的，或者干脆就是一些果树。桂树少且不说，长得也慢，只开花不结果，让乡人怎能对它特别钟爱呢？大山里桂花开时，其实也是有山民喜爱的，心思细腻的人会在树下闻闻香味，给辛苦忙碌一点放松，添一些闲趣。勤快的妇女会采摘那些花朵，洗净晾干，放入加工的米粑里面，在粮食的味道里加上桂花的清香。我年少不识桂树，没见过桂花，只见过玻璃瓶里没有花朵的桂花酒。望着那些廉价的微黄色液体，我口齿里好像有了花香，究竟那些花如何香的却不得而知，只在人家说到桂花时，似乎会有一股味道淡淡地游动在回味的唇齿间。

工作数年，在一些文稿或会上见闻“丹桂飘香”渐渐地多了起来，而我照样不知那是些什么景象，更不知是些什么味道。当时城镇的街道上，尽是些一到秋天就露出疲惫情形的梧桐，偶有樟树也是一副孤寂的模样。“丹桂飘香”说起来，是实在的名不符实。

我住的小区楼下有一棵桂树，应是数年前栽的，按说我该对它了解熟知。遗憾的是它一直没引起我的注意。我常从它旁边经过，看着它的青枝绿叶，觉得它和其他的树没多少区别。而它不远处有棵樟树，身强体壮资历颇长，倒是让我有些感慨。樟树靠着院子的围墙，墙那面是个锅炉房，除了闻些不好的气味，漫天飞舞的煤灰时常萦绕着它。樟树由此呈现的形象就是一年四季灰尘满面，黑不溜秋，但生命力还是挺强的。头些年锅炉被拆掉了，那樟树的生活充满了阳光，枝繁叶茂的面貌一新。也就是这年十月间的一场花香，我对这棵桂树刮目相看。

一段阴雨后的数天秋阳，把温煦传递给了居住小区的人们。突然某日，楼下这株桂树开花了，进而让人们感觉到小区的桂花也开了，然后是全城的桂花都开了。那是一种什么样的感觉啊。桂花虽不醒目，但沁人心脾的花香无所不在，把整个城市都笼罩了。

“今年的桂花真香啊！”

“真是丹桂飘香啊！”

几位邻居驻足观赏，把我的脚步也留了下来。这是一棵丹桂，橘红色的细碎的花，从葱茏的绿叶间羞涩地露出来，像一些刚刚懂事的姑娘会心地微笑。离开这棵丹桂，我从小区走上街头，感觉到沿路那些点缀的银白色的桂花，总向我微笑，但香味有了不少市井的味道。是楼下那棵丹桂清纯的花香最先飘入我的记忆，它就成了我恒久的喜爱，成为我衡量其他花

香的一把标尺。

楼下的丹桂真香啊，它在小区的桂树中开得静美，香得纯正、高雅、意味悠长。推开书房的窗户，我看见由相邻校园和小区居民的灯光编织的夜色，静静地与这株丹桂融为一体。而它的香，不断浓郁地缓缓上升，飘进了我的房间，让我感到手上翻开的书页，墨香里也有了它芬芳的气息。我在花香中仰望星空，像看见神话里的桂树和嫦娥玉兔，口中默念着“问讯吴刚何所有，吴刚捧出桂花酒；寂寞嫦娥舒广袖，万里长空且为忠魂舞”的诗句。眼前，还飞过近年我国探月工程的美丽“嫦娥”。

我欣喜这些年的城市绿化，秋冬掉叶的梧桐少了，四季常青的桂树多了。在这个季节说起“丹桂飘香”，人们会不再觉得突兀和遥远，一定会有很多体会共鸣。面对丹桂，我多年来耳熟的话语，已经从会议文本上的迷茫，变成了生活中的实事求是，进而令人喜不自禁。人们向往金秋丹桂，是向往人和事业进入的成熟境界。我觉得心智的成熟大抵这样，像金秋的丹桂，得到了大自然的哺育和肯定，就应该“开花”并以“花香”回报。当知所有的生命，都要对得起大自然这无私的母亲。

我总是相信，楼下常见的那棵丹桂，会在许多桂树中最先开花，并且一直会花香馥郁。

都市茶事

霓虹闪烁，夜色中的茶楼有着比白天更细腻的表达，朦胧，也雅致。细乐飘过，比那些声色犬马的叫闹场子，含蓄而恬淡。

一室，一儿，几只淡雅晶莹的茶杯，只在节假日大白天，才有机会与二三好友，会于附近的茶楼。室内相谈，无非文化艺术，图的是雅静，偶尔深刻一下。当然，这样的雅兴，机会极少，可忽略不计。

喝茶于我，重要，但无须那样夸张，讲究繁文缛节。许多茶，我在办公室照样品出味来。随袅袅茶香，思绪纷呈，在都市的喧嚣中，诗意蓬勃；或端坐茶中，情怀淡定。

手捧香茗一杯，不像咖啡馆里绅士着的小资，美元，欧币，投资理财，黄金海岸，也不像茶艺吧多愁善感的美女，月华，素手，民曲，清心。茶未入口，或许电话声响，使人顾不上优雅与诗意，放下茶杯，抓起话筒。若是日常小事还好，不然，一杯好茶则无端被浪费。纯粹的茶啊，一些心血来潮，与尔何干？还是祈愿都市匆忙急迫的人们，能香茗在手，悠闲片刻吧。

茶香入口，清肝润肺，涤荡心头，不觉自笑。公务在身，求何悠闲？茶噢茶啊，有何多思！

据说，北纬30度附近，最适合茶叶生长。湖南省出产很多好茶，可谓得先天之优势。陆羽在《茶经》中说："茶之为饮，发乎神农氏。"而神农，在湖南有无数的足迹。由此，我引以为自豪的这个省份，就有了无数的好茶，与茶的传说、故事。好茶，自然不断开辟"茶马古道"，激活经济，传播文化。茶是文化的使者，茶是亲密的朋友。可是，如今有人为茶癫狂，些许"山珍"，价格一溜烟直上云霄。发酵的、半发酵的、不发酵的，黑茶、红茶、绿茶，如此等等，有如当下的商贾，转眼之间，兴衰自知。茶的炒作，一定不是爱茶者的"聪明"，经过策划，再好的茶，最后也不是茶了。对此，不知神农氏有无想过。

我故乡最著名的黑油茶，不是饮的，而是可作主餐或正餐之前的辅餐来吃的。打油茶的茶叶，经过发酵，很香，助消化。当然，这不是真正意义上的喝茶。走出大山之前，我喝过茶。我父亲当年是乡供销社抓培植的，虽然做的烤烟、药材，但不影响他懂些茶。春茶长成，他摘下一些，自己加工，没花一分钱。我们有时泡得很浓，是在家里杀了年猪大快朵颐时。那种茶味，香浓，过后满口甘甜。

在机关开会或出差，大多喝的是陈茶，寡淡无味，或存放长久保管不善有些道不明的怪味。茶叶很有吸味的功夫，存放不当，便呜呼哀哉。来长沙工作后，首次去湘西出差便难以忘怀。当时我不会喝酒，会上餐前饭后，一杯细茶让我把玩良久。毛尖、银针，清明茶、谷雨茶，就是那时所知。那种茶味，颠覆了我先前所有对茶的感受，简直是无限的享受和美妙。哪怕是当时长沙出口畅销的茉莉花茶，也不能与它一比。

1000年前，蔡襄《茶录》对品茶关注的是"色、香、味"。当今的爱茶

者，还像欣赏美女一样喜欢观“形”。说实话，一杯好茶，理应观有看相、闻有清香、喝有好感。从此角度而言，毛尖、银针才出类拔萃。只有佳山好水，才有好的“美人”坯子，最终才能将“名角”调教出来。观茶，听茶，读茶，杯中的美，在静谧中展开，那些倾诉，可以入心入骨。一位无欲的茶农，一个无私的茶师，才可能创造出脱俗的上品。而最不可忽略的，品茶，走近茶道，还需有品端率真、淡泊却不失梦幻的茶友。

肯定，我在办公室浪费过好茶，当然不是那些极品豪奢的东西。百元数十元一斤的价格，就可使我数月流连于绿水青山之间。有好茶，必须有好的茶具。说实话，我不太讲究泡茶的东西，瓷杯、玻璃杯、不锈钢杯，都用过。这几年宣传紫砂，说出许多令人意想不到的保健功能，着实让紫砂壶和紫砂杯大火了一阵。我也备有紫砂杯一只，想慢泡细品那些大自然的恩赐。但好景不长，紫砂造假的黑幕被揭开，风光不再，我才怀疑手上的紫砂，是不是靠添加色素等半路出家的。想茶，我自然又想到茶市，便又想到新贵尊享的茶楼，或茶室中颇有情调的男女。突然，清瘦骨凸的茶农，从茶意微醺的山水间蹦将出来，向我露出无奈的神情。好茶确难以与困惑的茶农相联系，但事实就是如此，种茶制茶者的艰辛，未必每个品茶者都能体会。好茶是茶农心里的念想，是人与自然合作的佳品，成熟时刻便是割爱之时，而好茶在市场的天价，却并不见得会给他们的生活带来丰厚的回报。茶农，以及许多行业第一线的生产者，无不这般默默、这般卑微，长期处于利益链甚或人生事业的低端。每思于此，我舌尖尽是涩涩的苦味。

有时，我怪怪地想，都市与茶，不应该有内在的关联。况且，大众的眼前，除了都市，哪还有茶。然而，我们却不可避免，毫不情愿，无处可逃，纷纷被城市化、市场化了，成了都市的消费者。从乡村来到都市的一些人，因身份的改变，也许会陷入茫然之中，甚至忘了故乡茶山的气息。

月下，家中慢泡一杯，沿着袅袅茶香的去向，我能否到达“昔我往矣，杨柳依依；今我来思，雨雪霏霏”的遥远地方？缱绻的情思，有时来得绵密，让人难以提防。“举头望明月，低头思故乡”，“露从今夜白，月是故乡明”……多好的茶，把光华交给了明月，自己只是淡淡的，在没有二胡、没有箫声的都市的喧嚣里，飘远。

“茶禅一味”，是个极高的境界。深山古寺买禅茶，颇得一些有向往却不愿出家的人的青睐。那些附着信仰的茶叶，价格远在价值之上。我不知道，在这些人“禅定”之时，“戒、定、慧”的修行，能否做到清心寡欲，能否养气颐神。境界来自定力，定力戒躁、戒浮、戒欲，而这凡心越来越重的尘世，身在都市的挤压里，不知有多少人能够抵达那个境界。其实，有了好的思想，需要修心的人，自然就会喝到好茶。面对一杯香茶，我像面对悟彻的高僧。室外利来欲往，此间浓淡在我，心无旁骛。茶就是禅，禅也是茶。

其实，我不奢望能进入好高的茶境。好茶在手，神清了，气爽了，这就够了。

架在心里的风雨桥

清晨离开蒸笼一样的长沙，驱车高速公路，往湖南省最西边的新晃侗乡，探访单位的扶贫点。老天关照，一路上在娄底邵阳，遇上几阵凉爽小雨，心里非常舒服。虽是高速，由于限行，再是高温，心急车不能急，走了近 6 小时，才到我的家乡。

到村扶贫，多年的共识是扶贫先扶智。我扶过贫，也看过不少扶贫村，一路上回忆着一些颇有成效的助学事例。

深山学校，不少孩子曾因家贫，在村寨破败的风雨桥旁迷茫流泪。求学路上，他们能与帮扶人建起联系，缘于热心的人们。一个春节回家，乡党委书记在小街遇到我，对长沙爱心人士的助学事迹赞不绝口。他告诉我，几年前一位挂职的省报记者牵线搭桥，落实了学校的爱心午餐，让侗乡孩子解决了在校没有午饭吃的问题。不少学生家庭条件很差，父母打工收入不高，爷爷奶奶难为无米之炊。能吃上喷香的午饭，学生们安心学习，幼小的身体得以正常发育，生活增添了不少幸福。有的同学缺衣服少文具，困难严重的还因家庭残缺、无依无靠、照顾病人或身患残疾等而辍学。爱心人士知道情况后，找到省里一家医院。医院的工作人员积极捐款捐物，有的千里迢迢数次去到乡间，帮助了不少孩子。我听了非常高兴，像遇到知音，碰上了远行中的同路人。那时，在河西一个单位工作的熟人，正帮助我家乡一所村小建设校园。

这年，单位把头两年在革命老区浏阳的扶贫，转到了边远侗乡。老乡与我同事开玩笑，别看我们这里小，但也大，我们有市也有州啊。州是波州，市是鱼市，这其实是县里的两个镇。这次的扶贫点，就在鱼市镇，有一个很好的名字，叫作前锋村。只是有点遗憾，前锋村还名不符实。

捐资建校帮助学生，是我国传承多年的优良传统。侗乡以前在私塾和小学堂的年代，也有一些助学事例。有的置办公田、学田或集体山林，将田里山里的产出全部用于师生的生活学习。人们生活中还流传着“打铁趁热、读书趁小”和“人误田一天、田误人一年”“教育不好、误人一世”等俗话谚语。多年来，人们条件稍好的慷慨解囊，收入一般的也省吃俭用乐于捐助。捐款捐物、义卖义演、志愿者支教等，令人感动。林林总总的助学活动，建好贫困大山中的学校，是件比较复杂的事情。大集体年代，田土直接划拨，劳动力随时调用，学生参加些力所能及的劳动，勤工俭学卓有成效。现在建校，会遇到诸如地基资金人力等一些难题。正式建校前，人们积极性很高，懂得捐资助学培养后代利国利家。大家捐木料，出劳力，像高高兴兴办一场喜事。但万事开头难，能否顺利开工最需到位的是一笔数额不小的启动资金。前几年的某天，我接到家乡一个村支书打来电话，反映老乡们的急迫要求。我是在乡里上的中小学，那些困难困境都经历过，对电话来意能够理解。

炎热中午1点多，我们数人一下高速就由县里同志陪同，在乡间一个村寨吃中饭。面对美丽的风雨桥，省会同事很感兴趣，从民族风情到县里的基本情况，作着三言两语的问答。这里的侗乡，属于古夜郎地域，一句“夜郎自大”成语，搞得当地人不好意思。为改变形象，大家开始宣传“夜郎志大”抑或是“夜郎智大”，集思广益，克服困难，积极进取。在这个过程中，一些特别贫困的村寨，与全国许多同样的地方一样，进入各级帮助扶持的重点。

对重点帮扶村，大家高看一眼。那年接到那位村支书电话后，我即在寒冷的上午与熟人通话，没有寒暄直奔主题。村里一所需要恢复的学校和新建幼儿班，需要支助。话音刚落，一股温暖瞬间传来。熟人没有半点含糊，直接表态支持。他与几位同事马上凑集十几万元，与我一起上沪昆高速，急迫地往湘黔边界的深山学校奔去。资金到了，村干部积极组织。为了节约，大家争先恐后从家里扛来木料。请不起大的建筑施工队，村民自己投工投劳。年轻人大多在外打工，在校园建设的工地上，几乎都是中老年人在唱主角。教学楼操坪建好，有了不错的硬件，如何有好的老师又成了重要问题。教育部门很重视，逐步解决问题，但教学质量、学生家庭困难，又不断有新的动态和变化。那位在湘江河西的朋友得知情况后，及时拿出一些钱捐助几个学生，一捐数年，让学生和家长感动得泪流满面。

下午行程紧凑，我们先看扶智项目。扶贫队按村民要求建设了幼儿园，让在山里钻丛林跑田坎以牛羊为伴的小孩尽早开始文化知识的学习。扶贫队在省城找投资拉赞助，一年不到就建起了漂亮的幼儿园。单位工青妇组织捐款捐物，前往看望，渐渐改变面貌的贫困村，飘起了幼儿们银铃般的笑声。

接下来的时间，我们看村民搬迁工地和产业项目基地，慰问几户贫困户，座谈交流。前锋村离县城十几公里，毗邻贵州玉屏的大龙开发区，人多田少，经济基础差。为主动对接西部大开发，县里在前锋村旁设立了工业集中区，有意将村民向工业服务业引导，统筹开发。

这是个比较大的，也是个思路较新的工作举措，只是投入大，工作难度大。集中居住区工地，挖掘机、推土机干得热火朝天。休闲农业基地，山清水秀，生态美好，正在规划蓝图。一起同往的各位，被当地干部群众的奋斗精神感动，更被单位扶贫的两位同事的苦干精神感动。

听着，看着，思索着，夏天的炎热在我们的思考里延续。说到扶贫，许多人还会说，建设一个好班子，留下不走的工作队；建设一些好产业，“为有源头活水来”；扶贫还要扶志，输血更要造血；等等。总结起来，到处好像都是这样做的。

“牧童归去横牛背，短笛无腔信口吹”的场景，已成为人们沉淀在过去的记忆。千里奔赴匆忙的一天，是我兴奋充实的一天。我想着“班子”，想着“产业”，想着一户户家境变为殷实的村寨，想着师生自信的校园，我的心里，就会出现美丽的风雨桥。风雨桥上充满夏天的凉爽，冬天的温暖，饱含着人们的感激。越来越多的单位和爱心人士，把弥足珍贵的支持，送到边远的贫困山村，送给那些渴盼的人们。每个好人，每件好事，把风雨桥架在更多人的心里。

幸运的暖意

“哗”地拉开米色窗帘，一幅宽大的阳光，猛地扑进房间。从玻璃大窗望出去，森林正被炫目的阳光环绕。一棵棵树的头顶、细嫩枝丫的间隙，光线像流水一样豪放地奔涌。

想不到，冬天的太阳也这么生机，充满活力。

早餐时间还早，我匆忙洗漱，去清晨的湖边转转。出得门来，头天绵绵阴雨中的阴郁心情被一扫而光。这里的天气，已改变昨天和长沙一样的细雨绵绵。

暖冬的阳光，像见到的每个人，面带笑容，心里晴朗。沉浸在自己舒服的感受里，却被宾馆周边“您好”“您好”的问候声打断，我一边回应，一边观察着往哪片地方去。

满眼都是几十米高的大树。东边红彤彤的阳光，像被许多艺术家用一些看不见的画笔，在涂亮了云彩后，再涂上起伏的树尖。樟树、银杏树张开叶子接着那些光线，水杉针一样的细叶也在努力地承接，但它们都捧不住那些

水一样流动的光线。阳光从枝叶间瀑布般泼洒下来，就有许多温热的光线落在头顶，我的双眼看到哪里都是暖暖的。

鸟儿抓住难得的机会，像等待了许久。它们穿过冬天有温度的阳光，观察着湖岸的变化，从一片树梢鸣叫着飞到另一片树梢。是追逐阳光的移动，还是聆听树与树的交流？它们始终说着快乐的语言。

我停步在一个象形的雕塑前。雕塑的三个部分连在一起，上部是三个椭圆的头部，中下部是一些肢体，就像三个高矮不一的人靠在一起。这是一个变形的“众”字。雕塑下有块写字的石头，说明创意来自班固《汉书》的“三人为众”。环顾密集的树木，听着悦耳的鸟声，我思绪里突然冒出“万众沸腾”“众志成城”“众人拾柴火焰高”“众星捧月”……“众”意盎然中，我面对雕塑会心地笑了。

走到湖边，一排垂柳迎风飘拂。像昨晚在公园入口见到的那些女子，她们在节奏明快的乐声中跳舞。有的脚踏得准，有的腰扭得柔，有的手舞得美。雨后的清冷，地上的潮湿，半点没有影响她们。垂柳轻摇枝叶，让岸上或水面感到阳光的摇动。一些红色白色的光斑，一会儿在这团亮了，一会儿又在那一团出现，好像是阳光在跳舞，而不是垂柳在湖边飘拂。

东湖的水面已经从红色变为白花花的一片。荷叶渐渐变黄，有的摇动着成熟的手掌，与风打着招呼。有的使劲从阴凉儿中伸出，争取触摸到多一些温暖的阳光。几只小鸟从一片高挑的荷叶旁擦身而过，接着出现几只水鸭，像精力旺盛的水手，用脚掌和翅膀使劲划过湖面。鸭子看不见了，两只鸳鸯从荷叶里无声游出。它们时而对视，时而埋头水里，优哉游哉地寻找什么。湖岸那边，三三两两的跑步人中，我隐约见到几对少男少女的身影。

朝着热闹的地方走去，我发现除了晨练的就是匆匆上班的人。在这山水明媚的地方，我想看看有无繁华的早市可以重温。头晚在客舍走廊的墙上，我看到一幅摄于五六十年前的照片。一位喜欢东湖的伟人，深入街巷调研，与街头小贩含笑交谈。之前我没见过这张照片，联想自己来过几次武汉，除了到过当年有名的汉正街和几个大店子看得兴致很高，却捂着羞涩的口袋不好意思外，便没留下什么印象。早晨的街头，极少的店面没有开门，小贩一个也没有看见。我心中念着那位伟人作于东湖的“不管风吹浪打，胜似闲庭信步，今日得宽余”的诗句，默默地往回走。

“嗨，多好的空气，多好的阳光，不再走走?”

一位来自北方的与会熟人从后面赶来，把步子放慢，与我边走边聊。他说很久没来南方了，这次冬天的出行，使他难以忘记。他脱下臃肿的冬装，迎来这么好的天气。整日埋头于繁忙的工作，连锻炼也是断断续续。短短两天，他要更多地亲近山林，亲近湖水，亲近暖和的阳光。这一切，都在他向往许久的南方。

我来自更南边的地方，在这冬日湖边，与他也有同样的体会。成片的水泥森林阻隔了我们，繁忙的事务牵绊着我们，匆匆的每天，难以融入灵动的阳光和适人的山水。

望着暖阳里他还再跑一程的身影，我想到北方寒风的呼啸，心里多了些幸运的暖意。

星城夜色

长沙的夜色五彩缤纷，令人沉醉。数十年来，城市的扩张与人们的时尚轮番登场，不同年代相异的文化元素竞逐争艳，高雅低俗的亮色参与博弈，夜色变幻，绽放湖湘生活的许多美丽梦想。

20世纪中后期加速变革，星城的夜色从单调的几盏昏黄，到诗意的月色潇湘，色彩的宁静，笼罩着无数的激情和向往。我从乡下小城来到星城，瘦弱的青春得到了城市的滋养。在我好奇的眼里，长沙的时间没有夜晚。我睁着看惯边远落后漫漫长夜的双眼，嫉妒这里成片的明亮和整夜不眠的灯光。相对于家乡断断续续的电灯和昏暗的煤油灯，眼前的光明让我热血沸腾。那是经济渐渐复苏和渴求文化的时代，大街小巷借光路灯阅读的学子比比皆是，单车的潮流从夜校奔出，一首诗、一篇小说、一部报告文学都能够振奋无数的追梦人。岳麓山因千年书院，成为学子们文化人追求知识的圣地。入夜的街道，匆忙走过的“老中青”，手上包里大多都有几本书籍。我用微薄的收入，在生活的省吃俭用中，尽量增加精神生活的投入。读书，很

时尚，也很紧迫。周末的文化学习，成为许多年轻人的事业梦，也成为爱情众多内容的一个主题。思想的门被打开了，生活的视野也在渐渐扩大。最初属于高大上的零星的电视机，把中老年一直熟悉的车笛声，变成了万人空巷的港台剧的喧嚣。武打剧、爱情剧，进入了年轻人的话题。

我进入星城明显感到，人们开始重视个人的追求奋斗。长沙的夜生活，几乎都是自学、听课和研讨。考学校，考工作，考各种职业证书，渴求用武之地。一切方兴未艾，到处朝气蓬勃。工厂机器轰鸣，机关学校灯火通明。那个讲理想讲奉献的时代，精神的不断富有掩盖着物资的短缺，夜色中的街道、楼房，因加班加点的人们而美好亮堂。走在寻找诗意的夜晚，看见一盏盏张开的亮眼，在刺激着夜的神经。星城人向往光明，只有激情，没有满足的句点。

在开放之声中，星城的街道更加宽阔，路灯更加明亮，汽车的光速日益纷繁。经济不断好转，眼界不断打开，生活的充实不断有了新的形式和内容。夜从谨慎的“亮化”一天天过渡到张扬，铺张着霓虹灯的光芒色彩。街道成了灯光的河流。

我曾怀着崇敬，在夜幕降临前寻访到贾谊故居。我也在杜甫江阁把茶临风，聆听湘江的夜语。湘楚的江风，南蛮的涛声，在湘资沅澧的水波中或褒或贬地奔腾。五一路、八一路、中山路、韶山路，每晚过节一样人声鼎沸，灯盏摇曳。

追求梦想，日益壮大的城市，铺开了更大时代的写意。从昏黄的路灯，到明亮的街灯，再到闪烁的霓虹灯，从“亮化”到“美化”，斑斓的长沙城变得更美。城阔了，内涵也变得更深更宽。衣食住行不断方便，精神生活丰富多彩。筒子楼、围墙、院子，一片一片被拆掉，我们的身边，高楼林立。沿江风光带的休闲，公园、社区的品质，展示着都市的风度。普通话到处都是，

外语屡见不鲜。道路上，五花八门的车辆流动展览，世界名车醒目亮眼。

湘江参与了美的构筑。数叶轻舟，穿梭在平静的水面。伫立船上，仰望周末夜空中璀璨的浏阳烟花，我找不到秦淮河桨声里柔媚细腻的哀怨，倒是觉得，好像到了激情澎湃夜色阑珊的黄浦江、浦东和外滩。

自然生态的描绘，山水洲城的合奏，一天天扮亮星城。星城的夜色，注重了“工笔素描”般的细腻。人行天桥，地下通道，正在修建的地铁站口，为解决城市拥挤和行人的安全，精雕细琢。风能、太阳能的路灯，照亮新修的街道，变幻的车灯取代了鸣笛，学校周边一片宁静。卡拉 OK 厅、麻将馆、洗脚城骤然减少，带有文化色彩的茶楼、展馆慢慢增多，丰富着星城的性格。一山一水，一亭一台，增添生活的动感和生命的快乐，营造湖湘迷人的风景。

黎明的钟声从东边的火车站传来。我在曾经的城郊远眺，视线被一片片起伏的高楼遮掩。星城日益壮大，已经看不到边。新的一天，即将露出更加美丽的容颜。

黑麋峰下

汽车沿着望城杨桥村的乡村公路民居屋场缓缓行驶，满眼还是秋后田园景象，朋友突然手往右前方远处指点，那方向是黑麋峰。我知道黑麋峰国家森林公园，两次绕山而过，有不少遗憾，上次因公，这次是召集者另有安排。不过我想象得出，其山林木葱郁，其水绿浪清波，更不用说有故事的古寺山洞、名人足迹。山间还有烈士墓，勾起我对这方美景的思索和崇敬。

路旁周边曾经是滑翔基地，眼下没见滑翔伞的踪影。来过这里的友人说，基地变样了。今年的久旱，山上的经营活动有的已经取消，比如滑翔。也可能强调了耕地修复、生态保护，田地整理恢复了更多的自然风光。几乎干涸的鱼塘，也可以利用这个时节好好修整，便于养殖管理，提高效益。路旁宅边，葱葱绿树在最近难得的雨水洗涤后，露出重振一新的姿态，给望向它们的眼睛以恢复生机的美感。

车在一个小广场停下。阳光温煦可人，田间穿行而来的微风，给我的脸上抹上清新舒适。思益书院就在面前，精致小屋，大门两旁有清晰的对

联："何物动人，二月杏花八月桂；有谁益我，三更灯火五更鸡"。对联下几板红色喜报吸引我快步靠近，这是桥驿镇今年表彰的优秀教师，上榜大学生和被录取的硕士生、博士生，还有考取市内名校的优秀中考生。镇里同志说，有的披红挂彩，有的重点奖励，读书上进蔚然成风。在书院的介绍中，我看见杨桥村昌文兴教人才辈出的勤奋历程。一个小村，在清代100多年间，走出10多名进士50多名举人，入仕为官讲官德重清廉。中华人民共和国成立前涌现一批忠贞报国的革命烈士，中华人民共和国成立后特别是近些年来，通过高考走出山村的青年才俊层出不穷，不少人在政界教育界文化界做出贡献。耕读立村，很有品位，值得推崇。

离开思益书院，车子绕过一片田野，经常跋山涉水的那位朋友指着群山隆起的高处，说起在黑麋峰游览美景、品尝美食、开心吃到山上喂养的烤黑山羊时，嘴上似乎还留着那时的余香。夏天凉爽，不多的几个地方一位难求。陪老人的、带小孩的，远离城市喧嚣，找到一块休闲养生、娱乐运动的福地。我没去过，脑海游过那些场景，心头竟也乐乐的。

另一朋友也表现了他对长沙周边的见识，这次没多说浏阳宁乡山间的美景，说到黑麋峰在全省建成第一的影响，最突出的当数抽水蓄能电站。这是绿水青山间的"充电宝"，用水力的循环往复，发出能源建设的智慧之光。他津津乐道山间上下两个水库，水面碧波荡漾，四周绿色葱翠，多好的风光呀。我一直喜爱适人的阳光，觉得阳光照耀的每一个地方都充满生机和诗意。人们惧怕黑暗，敬佩那些为广大民众带来光明的人。人口巨大的城市，充足的电力多么重要啊！我想象能源紧缺时的生产生活窘状，炎夏和寒冬人们对电力的依赖。电力充足时，蓄能电站静悄悄等待，绿色的湖面在沉静中憧憬。白天在用电高峰的渴望里，山上满库的水朝中间的发电机组冲去，发电满足城市的一些需要，然后在山下的水库集合。夜晚的星光下，劳累一天

的生产生活大多进入梦乡，绷紧一天的电力供应得到调节，发出而没有用处的电刚好将山下水库的水，源源不断运上山岗。白天黑夜，一上一下，解决了人们电力旺盛需求时的供需黑暗问题。

一路想象，汽车将我们带到下一个考察点。绿色山谷徐徐抬高，在与村庄田野距离较远的台地上，两个大大的白塔协调地矗立山峰之间，一些白云在头顶游荡。白塔不远处，两个建筑在不同方向依山而建。矮一些的是办公楼，高的那个显得威武。几条车道过去，停着一些封闭的垃圾运输车。介绍说，全长沙市的垃圾都在这里。听见垃圾，我想起数年前在市县了解污染防治时考察垃圾填埋场的场景。污水横流，苍蝇乱飞，很远就闻到臭味臭气熏天。面对这风景似的垃圾发电厂，我揭开口罩使劲闻闻，没一丝臭味。进厂先看科普，几个数据惊呆了双眼。与我们息息相关的垃圾，人类每年产生21亿吨，全球每年塑料垃圾进入海洋800万吨，温室气体排放总量已达590亿吨。1970年以来，环境恶化导致4300多种受监测的哺乳类鸟类鱼类爬虫类及两栖动物数量急剧减少，全球60000多种已知树种中，至少17500多种濒临灭绝。我相信任何人对导致环境恶化的垃圾污染没有好感。在高楼上往下看，玻璃窗下的垃圾山令人震撼。通过机械化智能化几个环节的处理，垃圾燃烧，发电，排放指标，优于国标欧标，我对往后的治污有了不少信心。

从高处远望，群山蜿蜒，绿色浸染，山麓的村庄如在画中。人与自然和谐共生，是我们当下的感悟，也是我们未来的追求。我猜，前方那座最高的山峰，可能就是黑麋峰吧。

几瓣茶香

朋友来湘，带来二两西湖茶，朴素纸袋，手工制作，喜欢。

周末，我从名气日盛的大湘西生态茶等湘茶的茶堆里，翻出纸袋。净手，洗杯，拈出些许叶片，春色就柔软地黏在手上，随着手指抖动，轻轻飘进透明玻璃杯。

提壶注水，一条条卷曲细碎的芽孢干叶，猛地颤抖，上下浮游。稍许，一些叶片迷蒙中开始伸展腰身，从沉睡中蒙眬，驱除睡意，慢慢醒来。我看见了远方的春色。袅袅水汽朝眼镜片扑来，闻到一股幽远深邃的植物清香。

某年秋夜，我与几友从出差杭州住宿的酒店打的去到西湖。零星路灯从柳树的枝叶间不时探出头来，望着最初的三三两两和近年摩肩接踵的游人。避开人流，沿着湖堤慢走，就像走上几截历史小路。我不知脚下道路，是否走过帝王将相、文坛大家，是否还留下一些什么痕迹。杭州在史书中的多彩笔墨，诱出许多现实的向往。但在当年青春的心里，萌动思绪中出现最多的却是许仙和白娘子。对他们曲折磨难的千年等一回，曾经的羡慕，化为无声叹息。

开阔湖面在夜色中，像一些思想的留白和回忆的深邃。静寂的柳枝，不时告诉我们湖风的光顾。走往湖的深处，人渐渐地稀了。一个茶楼，几点灯光，恰到好处地出现。

找个靠窗茶桌，一人点了一杯普通龙井。我以猎奇的心态，潜入西湖的夜色。长堤，短桥，柳枝依依，这正是我以前读宋词时，经常被带入的精雕细磨长短句的意境。湖旁奢靡的生活不能观摩或体验了，宋都的故事早已烟消云散。曾经电视一集接一集演绎的白娘子传说，印象中只留几个模糊的倩影。雅致的茶楼，暗香浮动，音乐清浅，有点不适宜做悲伤的幽思和感怀。茶友说什么我没在意，我突然想好好地品眼前正宗的龙井。

我虔诚地闻，茶香袅袅，更多地飞入思绪，潜入手边的资料。书页忽明忽暗，我从一幅幅图片和一个个汉字，想到湘茶与它的共性和不同。春季鲜叶，以清明前或谷雨前采摘分为明前或雨前，以繁杂的技艺手工制成。炒法、时间、叶量、锅温，都有要求。制作手法也多，什么抖、塔、拓、捺、抓、推、磨、压、荡、扣、扎，云里雾里。轻捧茶杯，我想把茶香闻个究竟。那种气息，用沁人心脾来比似乎稍有点过了，香得淡雅，一点也没有浓烈的夸张。就像眼前的水面，宁静中涌着细微的波浪。小口轻泯，舒适的感觉在唇齿间游走，淡淡的香味从口腔蔓延。

一扇面向西湖的窗下，年轻的两男两女出奇安静。他们用表情交流，一个笑容，一个对视，意味深长。细心看去，才发现他们两两共用一个手机在听什么音乐。“千年等一回等一回啊”，是这个吗？或许是当前的潮歌，率真而直白的爱情。静谧的微笑中，男孩为女孩端茶，过会儿，女孩为男孩喂点小吃。

或许，西湖的夜更适合年轻人。我们几人最年轻的也年近三十，他趣谈他们这个年纪的事情。

邻桌的人渐渐稀了，我们在一杯茶中消磨了两小时。回去的路，有了更

多的安静，成双成对的游人已从热闹中脱离出来，分散到星点散布的灯光外。青春，私密，偶尔被路过的我们打搅，也被那些时而闪亮的灯光打断。湖岸成了灯光的世界，岸边小山，被彩灯点缀。我想起在神界人间往来的白娘子和许仙，如果是现在，或者就在今晚，他们的黑夜会有怎样的感觉。

叶片如纸，已在温煦的泉水里轻展身姿，我看着它们从沉睡到静默到清醒，掠过丝丝快慰。茶香流动，有西湖写意的味道，还融入不少诗词歌赋和传说的气息。“欲把西湖比西子，从来佳茗似佳人。”“院外风荷西子笑，明前龙井女儿红。”茶诗如画，勾起饮者对茶之外的一些东西生出幻想。

南屏晚钟

随风飘送

它好像是敲呀敲在我的心坎中

……

在西湖相关的名曲中，我只熟悉《南屏晚钟》和《千年等一回》。我从桌上随意翻开一书，望向星城南路旁一片水面，就像安坐在西湖某个平静的画里，想屏蔽听觉，远离那些飞翔的情歌旋律。可耳畔总有什么优美地响着，人们津津乐道的宋朝西湖十八景和当代的十景，化为一片朦胧。

苏堤白堤断桥，传奇的爱情绝唱，一幕幕升腾在回忆的时光里，静静地停泊在无声的茶中……

蓬勃的树

叶片宽厚、花朵硕大的玉兰，正以洁白挤入眼球。汽车“嚓嚓”穿过绿树成荫的街道，跨过湘江上猴子石大桥，奔往岳麓山下一所林深叶茂的学校。

一个清晨，我沿着校园宽阔道路漫步，好像回到年少时光。几个穿漂亮校服的小学生一路小跑迎面而来，在他们一晃而过时，我被他们笑脸感染。红扑扑脸蛋下，红领巾时而飘起。鼓胀的书包五颜六色，包的外侧露出透明水杯、漂亮雨伞。我想起当年在深山的上学小路，想起自己肩上扁小的粗布书包，像一片黄色的营养不良的桐木树叶。

送走孩子们背影，我注意路两旁，有一些新栽的小树。

这是一些桂花树。在以前的城市乡村，这种令人喜爱的树不多。当它们花朵盛开时，人们喜出望外，静静地站在树下，大口呼吸，让它的花香沁入心脾。有的人很现实，迫不及待地摘下一些，回家做桂花糕、泡桂花酒。我家乡的这种树不多，没有摘花的机会，也就没有那些口福。如今以桂花树为代表，许多树纷纷从农村步入城市，古树名树就像汹涌的打工人潮，摩肩接

踵地走来。它们装扮了风景，净化了空气，融入了都市的生活。

踏上几十级水泥台阶，拐了几个较长的“之”字，我走上一条小路，耳畔顿时热闹起来。林中，几声鸟鸣先是用中音打着招呼，接着有一些高亢的抒情忙碌起来，清脆嘹亮，难度颇高。我循声眺望，不见鸟影。忽然，又一阵不紧不慢的鸣唱传来，抑扬顿挫，很有底蕴。我倏尔一笑，似乎遇到了鸟类的精英。在岳麓山中，它们得益于千年书院的文化熏陶，得益于高校音乐艺术的不时陶冶。尤其是它们的自由自在，率性而为，似乎参悟到了这山间佛道两家的一些真谛。

从远处收拢目光，我把感觉放在一棵粗壮的树上。这是樟树，在长沙四处可见，但像它这样美得纯正的却并不多见。它四季常青，根部深深扎入泥土，因没有水泥砖头的禁锢而天然地强壮有力。它全身净洁，绿得很纯，似乎比城区的树多了一些美的浓度。挺拔的躯干，颇有湖湘优秀前辈的事业风骨。尽力向天空伸出的丫枝，像要去拥抱那些高处的云朵。它成千上万随风起伏的绿叶，在我的眼前，竟“唰”地变成了岳麓山下无数风华正茂的莘莘学子。

“学生们”在温熙的阳光下，举手投足很有神韵。有的“独上高楼，望尽天涯路”；有的在枝头微笑，像在回味“露珠”的甜蜜；有的却眉头紧锁，像在思考什么问题，真是“衣带渐宽终不悔，为伊消得人憔悴”。“他们”在这人声杳然的地方，让我发自内心地仰望、不由自主地沉思。

一位哲学家说过：“世界上没有两片完全相同的树叶。”

“学生们”来自不同的地方，“家境”千差万别，处于“大树”不同的位置，我们没有理由认为“他们”会有两个完全的相同。

在爱晚亭旁，我曾见过两对祖孙。一对沉默无语。爷爷手捧一本书，从不断弯腰直起的孙子手上接过一片片树叶，小心翼翼夹进书本。小孙子在地上精挑细选，生怕遗失了某一片的美丽。这个神情投入的画面，留在了我的

记忆中。另一对祖孙却不太安静。孙子太小，爷爷不时哄他，自己说出上句诗要孙子背出下句。我听不见他们背了哪些优美的诗句，却感动于这一老一小在树间的笑闹追逐。我在沉默不语的祖孙前浮想联翩，也在背诗的祖孙前思绪盎然。

不用摘下两片或者更多的树叶印证，不用将生活、自然及世上万事万物来加以说明，即使“众里寻他千百度”，也没有谁和谁可以做到“一模一样”。

晨风轻抚，一望无际的绿色吟唱着一首熟悉却久违的歌。我不知道哪些是风的声音，哪些是树的声音，甚至哪些是来自我记忆中的声音。我感到此刻的我，已经成为那些蓬勃的树中的一个部分，与它们融于一体。但是，我却不知道它们的心思，它们也不懂得我此时的心境。我们各自游离，就像眼前毫不相同的一切。

“树叶”异彩纷呈，但每一个都孜孜以求，有的还在内心默默地期待：“蓦然回首，那人却在，灯火阑珊处。”

潇湘的毛尖

第一次喝毛尖茶，是在湘西的花垣县。经历学识所限，在那之前我还不知道什么是毛尖。

从基层调入省城，能有机会省内出差，年轻时的兴奋和荣幸可想而知。在书本里看到的地方，某天身临现场，书没有空读，还对当地风物美食习俗加深印象。譬如花垣的美，在沈从文先生由清冷多年到当时渐至火热的小说《边城》里，古镇，“三不管”，小船，翠翠……神秘而有意思。而出差是公干，只有闲暇之时，那些美景方可得见。

当年车从吉首去花垣，要翻高耸的矮寨大山，我们一行数人虽多出自深山，见了矮寨，尤其乘坐动力不足的老车翻过矮寨，有时也感觉魂飞魄散。大家本来有说有笑，在车子上山转第一个弯起，突然安静下来。司机镇定，可当年的汽车却很够呛。爬着爬着，突然上不来气，车声想把嗓子拉高，可就是力不从心。车轮更不用说了，不能硬上的地方，做一个小小的侧动，斜

斜地转几圈再往上爬。加油的声音，刹车的声音，在静寂里刺耳。上了大半，转头俯瞰，心已经提到嗓子口了。陡，险，生命攸关。道路的一个拐弯外侧，一台翻下的手扶拖拉机散在那里，灾难，苦痛，无奈，警示。好不容易穿过公路桥洞，从立交的桥上驶过，坡才算上了。心细的司机找一个稍宽的地方停下，喊大家下车观看。艰险，壮观，令人浮想联翩。

州陪同者手往侧面一指，那小山头，上面的雕塑叫开路先锋。

车行的公路建于1935年，时称湘川公路，是抗战前线连接西南西北大后方的交通动脉。它从长沙、益阳、常德过来，经沅陵、泸溪及矮寨，到花垣茶洞，到四川秀山，前往重庆。在悬崖峭壁上修路的艰难不难想象，无数人用血肉之躯甚至生命，创造了公路史上的奇迹。抗战的胜利，也有它的贡献。翻过矮寨坡，后面的路也难走，也还有险峻，但对安全已少有悬念。

在花垣的城乡做了两天调研，恰逢周末，当地干部问，晚上去看个电影？我们说整理资料。他再问，要不星期天去茶洞看看？我们略微迟疑，带队的领导松口答应。

那时的花垣县城主要是一条长街，上了两层以上的不多几栋砖房大多在这街的两边。颇有年份的大礼堂墙檐斑驳，几条标语比较醒目，上面的红色五星，在阳光下熠熠生辉。我们所住的招待所做了小部分的翻新，稍微粉刷，在旧的建筑旁有点亮眼。想不到，在这边远而条件较差的招待所里，竟遇上数位北京等地来的文化名人。灰色的街道不遇赶场行人不多，但那些农村来的苗族妇女一身苗装很是抢眼。精心打扮的苗族姑娘，是小城随时可遇的风景，苗族银饰琳琅满目，银光闪闪。

茶洞是沈从文作品里的边城，去到那里就像进入一个时光久远的古镇。一些陈旧的建筑里，可见往昔繁华的痕迹。旅游还没有时兴，街巷经过的人寥寥无几。市场还是空白，做生意做买卖还没有基础，我们除了静悄悄地看

就是静悄悄地看。陪我们的同志只是引路，说不出个所以然来，而我那时也模糊了之前看过的《边城》。匆匆走过，留下的印象不如第二天喝过的毛尖。

毛尖茶是县里一位老同志带来的，他见我们翻资料听情况，周末还要整理讨论，枯燥辛苦。恰好他的亲戚做了春茶，要我们试试。

我们洗净招待所的瓷杯，各自放入一二十片尖叶，提起半新水瓶，慢慢注入开水。水温不高，茶叶从卷曲到伸展反应缓慢，一句民歌词从脑中蹦了出来，“冷水泡茶慢慢浓”，慢慢才闻到一股淡雅的茶香。

喝着茶，我们说起花垣，说它民贸中的明星企业，底蕴深厚的节日，还说起它几方面的代表人物，心头涌起不少美好祝愿和感受敬佩。当时的感觉，就像首次接触的毛尖茶，叶芽青嫩，本质纯洁，持续的香味虽淡却可以长久回甘。几十年过去了，敬佩的感觉还是那样，无须做什么改变。老红军石老是在职省领导，没有半点架子，每次见面都会聊上几句，担心我从家乡县调来后在生活工作上不习惯，有时还不忘表扬几句。几次在少数民族县调研遇上，或他抽时间下乡村看望我们，详细问过群众存在哪些困难并交换工作意见后，少不了对我们嘘寒问暖。我们调研返回，他会问问题的交办和解决。一次在州政府座谈，我第一次见到随和的州长吴老，他看我们省调研组在会议室的火盆炭少，很冷，要工作人员去他办公室取炭。几年后，吴老当了省领导，我们去虎形山瑶乡调研，没有招待所就借住干部家里，回长沙后数次召集厅局人员研究支持瑶乡中医药产业发展。大家多次下到乡村，辛苦中的愉快已经沉淀在记忆里。还有数位老领导，都朴实真诚，无私奉献。时间过去许多年了，他们一些朴素的言行现在看来都弥足珍贵。

在省城工作的时间一久，就有许多机会在三湘大地上行走。随着条件改善，我有机会品尝到省内更多地方的毛尖，专门扶持落后山区打造的生态潇湘茶，纯净清香的毛尖也相当出众。近些年，湘西的县去得少了，花垣令我开了眼界的毛尖虽没忘记，但遗憾的是它们没有发展做出品牌，而闻名遐迩的古丈毛尖和保靖黄金茶，不时勾起我的回忆。某年去湘西，正修矮寨大桥，我与交通运输部门的同志前往调研。站在桥墩建设工地，一种期待油然而生。再一次去花垣时，就不再需要翻越矮寨的险路了。“一桥飞架南北，天堑变通途。”翻山的险峻，成为足下一片亮丽的风景。伫立在壮观的矮寨桥上，回首往事，感觉中只有自豪和豪迈，默默里涌起无限感慨。

此刻端起一杯热气直冒的毛尖，心中已不尽是春天的滋味。好水泡茶，品味到的是丰富的人生。忆起往昔，茶香中就会出现一些有底蕴的和令人愉悦的谈资，涉及那些美好的人和美好的往事，潇湘的茶香就更加悠远。

雪来犹忆烟火色

春节间的这场雪是来得有些心思的。如果早两天，人们匆忙上班，间或采买，寒冷难行，欣赏者不会那么多。大家年货备足，归家路上的劳顿过了，休着节假，自然喜欢它的到来。

推开窗户，屋后的山头已银装素裹，宛如童话世界。高大的枫树、杉树、樟树，茂密的桂花树，撑开一把把银色大伞，庇护着身下矮小的花草。几株近年栽下的杨树、银杏树，在山脚瘦高笔直地迎在路边，往常一样迎候着散步的人群。虽然三三两两散步者没来，但是它们并没有失望，大片洁白的雪花从天际飘飘洒洒而来，给它们枝头裹上诗意。大路近处，年味浓郁的大红灯笼霓虹彩饰，此刻像从梦里走出，只剩下洁白一种颜色。搭设牵挂电线的花草树枝，一丛丛的绿也隐藏进白色的世界。

一家大门上，一副现代味颇足的长对联里，“瑞雪兆丰年”几个字显得非常应景。我下楼想往雪地上走走，几个寒战，衣穿少了，只得返回。

屋内正温暖如春。老人与我们一起过年，家人喜欢围坐在宽大而笨拙的

火箱里，更寒冷时，把近乎摆设一样的空调打开。春节以雪来打扮家外世界，以满眼的纯洁让人忘掉见过的污浊，神清气爽的时日多么喜庆和珍贵。而那些不管过节不过节的寒冷，或许避免不了。待在家内，便是亲情的世界，以前没有空调的岁月同样也有温暖。

小时候的每个冬天，几乎都遇到过雪，柴火成了家里温暖的物资。大家围着火塘，消磨白天和夜里的时光。温馨的火塘里，烤烤红薯土豆抵饿解馋，过年间的烤糍粑是最为可口的美食。这样的几幅画面便成了永远难忘的亲情烟火图。母亲的笑脸，火塘里忽明忽暗的火苗，食物由生到熟的变化……

其实更难以忘记的烟火图，却是在小学放学回家后火塘里冷火无烟的时候。雪或许停了，母亲在参加冬修水利，我回到冰冷的家，第一件事是烧火。有几年家里没人砍柴备柴不足，生湿的木柴在几绺杉木“刺”的点火下，只冒烟不燃烧，欺负人，搞得心头愤愤地。那烟有意捉弄，追着人，追着人的眼睛，你换了方位它还是跟着，熏得小小的眼睛泪水直流。好不容易烧起来了，煮饭炒菜火力不够，心急事慢。若还碰到少米缺菜，心里的凉，甚于屋外的冰雪。图景里隐约的是父母的愧疚和无奈，火塘里火苗的瘦弱和木柴的浓烟……

我家是父亲在单位上班、母亲参加集体劳动，没劳动力上山砍很多好柴。有的人家有老人病人，比我家还要困窘。他们在大雪来时，只能蜷缩在寒冷的屋内，瑟瑟发抖。也有嘴巴比较甜的，估摸别人家吃晚饭了去大门外喊一声，应邀进屋，围着火铺取暖。我家虽然赶场时买些块子柴，这些好柴想多买点却没钱，一般是过年或来客才舍得烧。一年冬天，母亲的手上不知生了一个什么肉疱，先是肿胀，慢慢溃烂，疼痛锥心。她不能参加劳动，坐在火塘边，舍不得烧火，直打冷战。过了中午，猪圈里的年猪饿得嗷嗷叫，母亲下蛮上山，去菜土扯萝卜，此后手更加痛了，还咳嗽不止。家人们愧疚自责，她笑笑讲没事，看我们往火炉多加点木柴，还觉得浪费。那年冬天，我学会煮猪潲，霜雪后的萝卜白菜，几个红薯一勺谷糠，还有自己经手砍的细细的干红薯藤。煮猪潲的灶膛火，先是烧得大大的，潲煮得烂，火也让人很舒服。

我刚工作是当老师，冬天靠学校发一二十斤木炭取暖。进县城教书及至进县里机关，还是靠一二十斤的木炭取暖。一个冬天的这点木炭，远远不够。木炭是本县山里老百姓烧的，那时能烧炭的木柴因大炼钢铁年代和开土造田砍得差不多了。好炭越来越少，炭价越来越高。遇上一两块麻栎炭青棡炭，要待亲戚或同学朋友来才舍得烧，小居室夜晚的温暖时间才会延长很久。在中学教书时，家里已有父亲、妹妹可以领到点木炭，烧木柴取暖的时候多，它的火力较大，还可以结合家务用火，而木炭，更多用于晚间的火箱烤火烤物，更多用于来客吃饭做火锅。离开家乡时，我担心外面冬天更冷，把在县城剩下的十几斤木炭带到长沙。当时集体宿舍可烧小小的电炉，单位福利中也曾发过一个火锅炉子，而那些木炭却一次都没有烧过。因宿舍安排搬了几次家后，木炭不知在哪里丢了。木炭烤火二氧化碳太重，气息刺鼻刺眼，心头早把它舍弃了。

多年前的长沙冬天远比现在冷，衣裤单薄，缺电少火。刚进长沙时，空调还是稀罕物，在有家室的同事家，看到的是烧煤烤火。不由令人怀念老家的火铺火塘，老家的树兜木炭。煤炉烤火遇上很差的煤，火不好还罢，忽隐忽现的烟，刺鼻的气味，无不升腾弥漫对人的伤害。与烤炭火一样，不开窗透气，会危及生命。往后条件好一点后，单位上班供些暖气。烧煤的锅炉，一到冬天夜以继日向天空和四周排出滚滚浓烟，能见度大大降低。离开办公室，我们几位刚进单位的单身汉，晚上大多脱下罩裤坐在床上，盖被子御寒。那些晚上的唯一好处，就是安心待在宿舍，看杂七杂八的书。

遇上好书，读到精彩处，寒冷就被忘记。在办公室不忙时，结合工作看些政治类法律类的书，下班后大多看文学书。没有电视，文学之风正在强劲，来些形象思维觉得可以丰富自己。自己买的和向同事借的书不多，难以打发漫长的冬季。有的书会多看几遍，如泰戈尔的《飞鸟集》、沈从文的《边城》，看着看着就能在眼前出现一些画面，有时进入里面的意境。寒冷能让人思维清醒，尽量看些涉及省内的书使人更好地开展工作。湘西湘南，民俗风情，历史传统，饶有兴趣。看过一些书，再去那些地方出差，可以少讲外行话，至少不会违当地的禁忌，不会伤相互的感情。有次借到一本费孝通先生的著作，感觉对调研有益。数年后，他来湖南调研，我有幸在跟随的队伍里，深入湘西几个县，感觉他提出来的一些观点除了看得高远，还有烟火气，接地气，受益匪浅。过后回想，当年读的杂书，还是有一些好处。

长沙现在冬天的寒冷，远没有以前可怕。一些人家装了地暖，一些楼盘小区装了中央空调。个人室外御寒的装备，更是琳琅满目。羊绒、鹅绒、鸭绒的服装，羊皮毛线的手套，帽子围巾一应俱全。遇上下雪，防滑的厚鞋派上用场，在“咔嚓咔嚓”的声音中，很有成就感地控制前行的节奏。

大年已过，雪便乘兴邀来温馨的阳光，人们望着不刺目的太阳，笑眯眯出门。快递小哥穿梭于各楼盘之间，送大盒小包的货物，其中不乏晚辈寄来的过年礼物。将到饭点，餐饮外卖骑手提前出发，把香辣温热的饭菜送到忙于上班的人们手上。大鱼大肉之后，人们于忙碌中，吃什么都很香甜。

滴滴答答融化的雪，从铺天盖地挥洒，到慢慢地退到角落，直至在老人的傍晚锻炼与幼儿的童车、小学生滑轮的奔驰中，渐渐远去。楼后的道路人声渐浓，太阳从远处将浅红的色彩，照到他们有笑容的脸上。

雨声钟声

雨下得欢时，得赶往芙蓉路一个酒店报到。测过体温，顺利入住十楼僻静的一间房。外面的雨是听不见了，暗黑的房里，静得可怕。打开房灯，一个射灯下，是一幅引人联想的简洁挂画。

“潇湘夜雨”几个小字淡到可以忽略，而那幅画却是简单得不能再简单。白色纸上，只用了黑色。潇湘是一片在画纸下部的黑色，相当于一块宽厚的黑线，代表黑色的土地。一株幼苗伸展着长长的叶子，在幼苗上边和叶子两侧，则是代表雨的几丝黑线。夜是画纸上部的黑色，一片黑里几点小留白作为星星。天空与大地都有了，时间也明确。

潇湘夜雨此时欣赏还不是时候，我得先安顿下来。烧一壶开水，泡一杯生态潇湘茶，不觉已是下午四五点的光景。同住这个酒店的几个市州与会者集中到来，想必前坪和大堂正是热闹时候。窗外雨声车声的热闹是传不进来的，酒店的大堂正在忙碌，由于准备充分，井井有条是必须的。在工作人员的笑容上，大家如沐春风。来自发达地区或相对欠发达地区的与会代表，都洋溢着自信。大家有序入住，便是晚餐时间。不知雨停了多久，餐后我与熟人在酒店后坪散步，踏着潮湿路面，听见旁边树上枝叶还有细微的滴答声。

晚上浏览过会议须知，参加相关筹备会议，回房打开电视，新闻联播已过。遥控器下的频道跳过地方的经济热潮、文化体育、广告购物、商战片、谍战片、抗战片，偶尔于某台传出一首有时间歌词的歌。很有激情，正是年轻人憧憬向往与奋斗的写照。雨声此刻在窗外轻轻叩响玻璃，将我引到写字桌前。拉开窗帘，看见玻璃上的雨水像浸润开的花朵，在绽放、在流动、在展示。这让我想起乘车在韶山路芙蓉路经过时，看到两旁一把把伫立的移动的雨伞，有红的、黄的、黑的，在承接着天空的淅沥。他们在上班的路上，在生活的奔波中，那些伞，就是雨中绽开的流动的花朵。我看见一个个路口执勤的交警，不能打伞，任雨水从雨衣上流淌，那种雨声包含着他们的责任与我们的敬佩。

打开桌上台灯，我发现墙上另一幅简洁的画。画的上头有个射灯，颇费周折找到开关，在光线聚焦的地方，我发现画的主题：山寺钟声。整个画暗红色调，寥寥几笔，寺是几条红线框架，钟声则是几笔波浪线。装潢现代的房间里，一幅山寺的画，令人浮动心绪。关上电视，翻阅几份会议材料，又看一会儿微信，让自己进入会议的前奏。城市里的山与寺，于我是多么遥远，刚进城的那些年图个新奇，走马观花地浏览，印象多已模糊。岳麓山上得多，从几面上去感觉是不一样的。当年的感叹在故事在人物在意义，而从山水美的角度欣赏却是不够的。多年工作中，三湘大地不断变化的足音，似乎一直都可听见。许多城镇从小到大，街道景象从破旧贫穷到高楼林立、光鲜的人流、飞速的车流，一点点一天天变得美好。我曾经为城乡差距隐痛，呼吁区域协调，共享发展成果。山水洲城的变化有目共睹，携城市群发挥带动作用。如今省会发展又赋予了新的使命，星城未来在全国将意味着什么，

在潇湘大地又将意味着什么，是可以预见的，也是令人兴奋的。山寺远去了，而在我耳畔留下的钟声，是沉着、是振奋、是悠远。

寒冷中的雨声，与我心中的钟声是难以融合的。这时的雨声与眼下城市的匆忙不是很配，山寺钟声更缺乏现代性。而那些雨颇会营造一些小清新，在走往写字楼、地铁站和社区的很漂亮的伞上，在一把把雨伞下充满活力的匆匆脚步上。钟声在这个房间考验入住者的诗性，我想它的音色音量节奏，它在画中简单几笔的波浪，在大背景里一定有着向上的力量。

住店几日一连阴雨，不说白天没有太阳，晚上月亮也不会有，而钟声就更是奢望了。多年前深夜在东塘的住处，还能听见火车站报时的悠扬钟声，可内心期待敲响宁静的那种古老的钟声，如今只怕连梦也不敢梦了。

雨还没有停歇，内心里新的钟声已经响起，是能澎湃心潮的那种，是对未来有所祈望的那种。

雨水

雨水节气这几天不是常规地下雨，它的到来是以高调的雨夹雪表示的。

雨水时节的雨夹雪，让我对这个节气感起了兴趣。按传统的说法，这几天不是有雨吗？不是要升温吗？这些年，我们对气候已经从比较精确的科学上有了更多的了解认识。借助遨游太空的气象卫星，当天数天的气候，几乎可以基本掌握。“坐地日行八万里，巡天遥看一千河”，大气磅礴。雨水位列二十四节气的第二位，在立春后隆重出场，带来了我们的不少期待。期来盼去，给我们带来的不是纯粹的雨，而是雨中有雪，雪中有雨。

此前小雪大雪都来过了。此时的雪，没有那时的纯白，没有那时的浩大，还没有那时对我们生活的深度参与。那时节我在地铁出站口看到两个青年，仰头搜寻飘飘而来的大朵雪花，他们的专注忽略了手中的伞，也忽略了身边匆匆走过的行人。他们伸出的手很轻，像采摘洁白的花朵，生怕花瓣破碎。而此时，雨夹雪的到来，让各年龄层次的人纷纷加速，唯恐躲闪不及。

立春过了这么久，气温起伏的幅度出人意料，换下的厚衣幸亏没来得及洗涤，又穿上抵御风寒。立春于我亲切，我生于春天，喜欢春季万物复苏的景象。今年的立春想以诗表达点什么，北京冬奥会的温暖和期待，春节乡味浓郁的火锅，省会城市和老家许多重点项目同时开工，感到在冷天气有众多的热表达。而最基础、最依赖、最不可忽略的小家生活，也焕发着春节微小细胞的丰富和活力。放春节假前，快递尚未收工，老家晚辈寄来了农村亲戚家养的土鸡土鸭，地方特色的腊肉、糍粑、灰碱粑和黄牛肉。过年的餐桌上，有不少老家菜，它们一次次勾起一些对家里老人的怀念。电脑打开，没有下笔。立春的心里开始温暖，好像过年间的一切成了过去。雨水如期到来，心里还渴望着潇潇细雨中的朦胧春意。前段寒冷太久，心里的渴将和大自然一样，期盼某些适宜的温度和景色的浇灌。

正月十五刚过不久，城市在初七初八第一轮上班潮中热闹一阵后，过完元宵的这一拨人潮，大多是学生和陪读的大人。不同层次的学校前后开学，学区租住房开始了规律运行。若处于关键的升学阶段，大人小孩过这个年是放松不得的。他们连春节都不在乎，雨水又算什么。

年后陆续开门的购物餐饮商家，吸纳更多就业者的工厂企业，向来讲究吉日吉时，这些年因商业形态变化，因疫情影响，波动中改变着某些观念。大家说城中的春节味淡了，农村的春节味何尝不是。

以前的农民记得雨水，但他们老了。年轻的种田人越来越少。蒙蒙细雨中，“草色遥看近却无”，前人对那些山色草木细微的观察，有多少传承下来，也不可而知。

立春过，雨水来，我未细心观察过楼下路边的花草树木，它们有何变化，解冻化渴了吗？感到温暖了吗？正打算这几天细细看看，而雨水时节的气候，却是送来另一番景象。雨的到来好像顺理成章，而雪却是人们意想不到的新客。

花草树木枝叶上挂着的春节红灯笼，似乎暗淡了不少，一些网格状罩着的小彩灯，挂着一些水珠。过年的那种精神愉悦，随着时间和天气的变化，慢慢趋于平淡。但是立春开启的那一扇门，迎进来的阳光、吹来的风，即使遭遇低至1摄氏度的气温，也会让人感到与寒冬的不同。有急不可待的嫩芽，缀在枝头了。

雨水，激发我不自禁地浮想联翩。

在家乡经历的那些年，风调雨顺的日子是比较多的。我从小学就开始参加生产队的集体农活，春季扯秧插秧，夏季割谷打谷，累是累了，但开心的时候较多。书没读多少，间接却学到了很多知识。每一项农活怎么做，大人们讲一遍，示范几遍即可。而在我的观察中，里面的学问大着哪。同一件事，为什么有的做得快，有的却慢吞吞的呢？撒皮躲懒可能会有，但大多人在亲邻面前是不会那样做的，淳朴的乡风民俗会让那些人抬不起头来。快慢里面的学问，就是智慧，就在善于从每个环节怎样总结与提高。熟能生巧，做得再多不动脑，巧不到哪里去。雨水充沛的年成，秧苗长势旺盛，杂草稗子更加得势，大有欺负碾压禾苗之势，薅秧就显得急迫和艰巨了。大伙拢的做法效率低就搞定额，用薅耙怕坏了秧就用手拔，双手火辣起泡则用脚踩，太阳下细雨中，双季稻的劳累令人难忘。数年后，大力推广除草剂，人是轻松了，现在看来后患无穷。人攒劲，天帮忙，我们按当时标准获得过一些丰收。

雨水过多的时候大家也遇到过。大河涨水小河满。看平溪浑黄汹涌时，我们村寨穿稻田而过的洒溪一改往日的温顺温柔。某天夜里，我从外婆家被喊起，跟大人们跑往高处的山岗上躲水。人们担心洒溪源头龙塘，大水垮坎翻坝，历史上有过教训。平溪在中学那边八拱桥一带，洪水吞噬过许多生命。人们怕大雨，我更怕龙塘，它深不见底的水下，一定藏着许多秘密。

在不懂世事的一段较长时间里，我曾想过一个问题，小村寨的雨是从哪里下过来的？很小时我觉得是洒溪源头的龙塘，一年干旱久了，有外地人去那里求雨。传说里龙塘有一条龙，谁也没见过，它是神能够让你见吗？龙难道没有布雨的本事吗？读书知道一些大地方后，觉得那些神秘的雨，不会从龙塘小地方升腾而来，更像是应该从地区到达县里，再从县里到达乡里，就像那些干部，一级级地下到乡村。

雨水让人懊恼的是需要时迟迟不来，不要时却无休无止。小时候的干旱印象有一些，天热不影响小孩们玩耍，对缺水倒不那么恐惧，洒溪平溪没有干涸过，周边的水井也没有完全干过。缺水只是害了那些庄稼，它们奄奄一息，有的成了柴火。我们哪里知道，缺水最害的还是我们自己，长辈焦头烂额无计可施，往后家里没有饭吃。雨水过滥带来的危害更直接凶险，暴雨下时大人们本应窝在家里，但下到一定程度时人们不得不考虑后果。此时基层干部们更急，梭个小滑坡垮根矮田坎不算什么，过后修复就是，怕就怕田水不走，泡坏了水稻没有收成。大人们戴斗笠穿蓑衣冒雨维护庄稼，打大雷的时候蛮吓人的。雨更厉害时，各家各户心脏都会提起来，旧房子烂木楼倒塌是要人命的。住水库河流下游的，还害怕上面垮堤倒坝，房没了，躲避不急命也会没了。我很小不记得什么事的时候，就只记得那唯一一次半夜三更的躲水。庆幸那一次的洪水没有来，但恐惧一直伴随至今。

雨水节气中的雨夹雪，还没有霸屏手机信息和朋友圈，得益于气象预报的提示和科普。细小的雪粒为雨增大了声响，加重了雨水按时到来的气势，似乎想把草木进入春天的脚步挡一下，吓回去。而雪粒高估了自己，这是立春之后，气温没以前那么低，它们融化是很快的事。

大小的山岗怀着春的心事了，草木正在换上好看的春装，家乡不再是当年穷困的模样。雨水时节的雨夹雪，是大自然送给我们的一次浪漫。把这时的雪也作为雨吧，让它们一起滋润即将犁开的春田。把这时的雪也作为春天的画彩吧，为城市的丰富多写几笔，每一笔都雪一样洁白干净。

岳麓山上

登上岳麓山，目光越过丛林，俯瞰高楼林立的长沙城。远天、楼宇、湘江，错落有致，一年四季点缀春色。

俯视，能使人从忙碌的市井生活，开阔提升眼界。身在这样的高处，于精神的登攀有着不低的起点，可望登临高一些的境界。我伫立，遥看山下人烟，似乎忽略了岁月的过往，思想的触须向远处爬去，渐渐脱离了些许的凡俗。

站在高山与高楼的感觉，于我完全不一样。高山会让我发自内心地仰望，像岳麓山，有美好的林木生态，深厚的文化底蕴，还有荡气回肠的英雄故事。面对名山，我像面对先哲，面对人类用思想和精神树起的丰碑。我的情绪里崇拜有加。这大自然造化的雄伟，于行云流水般的连绵之中，隆起了一个巨大的形体，不论“独立寒秋”，还是望“湘江北去”，于周边的氛围顺畅和谐。

而高楼，即使赢得摩天大厦的美名，站在上面，澎湃的心潮里，总有着不少的突兀。

某年登上纽约洛克菲勒大厦的观光顶层，我俯视脚下鳞次栉比的楼群，看着蚂蚁一样的小车行人，心里顿时有悬空的感觉。如果我是那些行人，我将以什么心情面对这一切。在高高在上的人们面前，我以什么心态维持身陷低处的自身的尊严？我相信大自然神秘的力量，此刻也震撼于人类的力量。其实，我也是在震惊于科技的力量，同时也不得不相信金钱的力量。一座座俯视众生的大厦，是一件件科技发明得以应用的结果，更是一堆堆金钱堆砌的结果。

站在高山上，我有种得到大自然恩赐的感觉，忽然多了许多满足。大自然的一切充满灵性，亲切而富有魅力。而人为的高层建筑，让我的自豪感变成了恐惧。

由此我喜欢岳麓山，喜欢在山上默默思索，我的双眼更多时候是喜欢在山上远望。我喜欢远远地仰望，看变幻的白云。白云以鲜活的风光铺展向远方，与蓝天连成了一片。这里的天空虽无群山中高天的空旷，但远处看不见的云，在层层薄雾的遮掩里，勾起我更多的想象。既可以“不畏浮云遮望眼”，也可以“念天地之悠悠，独怆然而涕下”。

云、风和苍天，往往以神来之笔，涂抹着天色多变的南方。蓝天白云，时有高潮迭起。有时有优美的歌曲，在耳边轻轻响起：

天边飘过故乡的云，它不停地向我召唤；当身边的微风轻轻吹起，有个声音在对我呼唤……

从机场起飞在蓝天上，坐在星城的车上，走在如画的大地上，天空这个伟大的艺术家，以它不可思议的画笔，让人感动。它用不息变幻的云彩，放牧我不断游走的思绪。

天，用云叙述我的思想。一幅星城的写意，占据了大块天空。湘江宛如玉带，蜿蜒而来，飞星溅玉，浪潮澎湃。橘子洲上，橘香飘飞。岳

麓山红枫摇曳。像过电影似的推移，朦胧的岳麓书院杜甫江阁贾谊故居渐渐清晰……

夜色中的沿江大道，一干人等围着花鼓戏陶醉。而我，却听见了草原的牧歌和高山的情歌。人们若有所思的，笑得前仰后合的，匆匆穿梭而来的，聚满在绿树下花丛边。

那不是长长的火车嘛，汽笛拉长期待，把我的心带到了远处。我想象不出此刻的呼伦贝尔或者吐鲁番，但我可以像骑上快马一样，奔驰在长沙与一些市县之间。心可以随时乘火车坐汽车，奔向百里千里之外。那里或许只有一条石板路，几瓣小池塘，数眼细泉井，但有许多的亲人……

天空，用风与我交流。千变万化的云朵被风放牧，思绪也在风中流动梳理。从岳麓山遥望不见边际的远处，不只是阳光温煦的远方，还有着边远之地的贫穷和落后。而都市里生活在高楼之下、低处为生的艰难和困苦，也像难以抵御的寒风一样，令人哆嗦心凉。

“地远松石古，风扬弦管清。”我在岳麓山相遇喜悦的风声里，每一次看见的，都是长沙春光灿烂草木葱茏的面容。

在我心里，岳麓山是一个得意的画家。不管人们怎么描叙，它都会按自己的思想和愿望，在头顶的蓝天和脚下的大地，自由地表达。

岭上开遍映山红

周末想出门走走，一曲萨克斯刚好在小区奏响，雄浑的声音鼓动着我的思绪，一扫多日因天气带来的阴郁，心里顿时与初升的太阳一起，亮堂起来。

那从东门传过来的旋律，是年轻时代就熟悉了的。当年一曲《映山红》，感染了许多人，给我们心里注入了美好的情感和回忆。岭上开遍映山红，于我再熟悉不过，家乡的山曾用漫山的映山红兴奋着我，让我对着它们歌唱，乐在其中。这些年听那首歌少了，但那情境意境，自然能把人带入美好的情感里，给我们心里留下不断激活的情愫。

三四月的天气几经反复，但最热的那几天，我在一个地铁站不远的路边见到了开放的映山红。这是这些年人工培育的品种，紫红色的花，给城市增添了美丽。一些桎木像未经霜雪一样，有着稍许换装后的精神抖擞，新叶老叶几乎一个模样，与映山红保持和谐的距离。看着眼前连绵一片的花朵，我惦记起小区不远处山上的映山红来。它们经历几天细雨淅沥的寒冷，开了吗？

连日上班没时间上山，但心中的念想没有熄灭。周末了，又有太阳出来，还有当年那么优美的旋律助兴，那就上山看映山红去。

从一个有四五十栋住宅的大楼盘旁绕行，在一个红绿灯路口穿过车流络绎不绝的大道，到达那个山下。上山的入口，是比看过的紫色映山红打理得更好的一些花草，高矮错落，俨然有序。不远处，我看见了映山红，却是淡红色的，掩映在一些树枝下面，朴素、矮小，有心者才能发现。

我有意走上一条细小山道，在卵石道上慢行，双眼往四周搜寻。春光正好，人少安静。沿路看见几丛毫无惊艳感觉的映山红，它们就像老家山路边的那些朴素品种，花开花落平常得很，好不好看不事雕琢，由着阳光风雨随意。但这些开在城里公园的花，已经由不得自己的性子，想怎么长就怎么长。有的需要移位，有的需要修剪，全凭园方的喜好。走到“一湖一亭”旁边，我就公园的规划打理，回味起在这自乐几次的诗意来。那湖弯曲狭小，没有规则，就是因水而筑的一片水域。一汪碧水，几块石头，几丛水草，点缀小小的静谧，给山多了些灵动。那亭仅容几人站立，不高，也无甚特色，我估计是为游人遮阳躲雨。某次在此，突发奇想，能否给它们起名，待往后来时多些趣味。不假思索，因湖在低处，姑且叫“读星湖”吧，一到夜晚，数点星光沉在水里，就像进入它的眼眸，读出什么，看它造化。亭倚在一个僻静隆起的地方，除了花儿按季节的簇拥，不会有多少人过去，清晨傍晚夜深人静，一次次听见花开的声音，我权且就叫它“听花亭”。遗憾在它们的边上，没看见映山红的身影。

映山红太普通了，自然得不到人们的珍视。有好些年，我们不重视山水花木、自然和人文的景致。城市建设飞速发展，大拆大建办公楼工厂和住宅，车道的扩宽和开通几乎日新月异，占完田土又填埋水塘溪流，开挖山体，周边的绿色片片消失。人们理智之后，在长株潭三市间长期规划确定了“绿心”，要求依法保护，但一时也没扭转大力度开发的局面。映山红与无数花草树木，一片片减少，原生态的美景在步步失守。刚好有几年，我参与了

几项很有意义的工作，检查督促水、大气的污染防治。那时的湘江水像被谁染过，满江浑浊，鱼虾无踪。天空灰蒙蒙，有时阳光难以穿透，冬季的锅炉烧起后，煤灰就在寒风里挥舞。那些现场直观印象，压抑人的情绪，令人对大自然的往后失去信心。痛定思痛，唯有改变。

根据分组安排，我与同事和环保检测人员一起去湘西等地，不发通知，不要陪同，到几个园区工厂、生活治污点水体采样，暗访一些老大难问题，了解矿区环境治理。那年初夏一个晚上，我们打着手电筒在一个市区的河里取样，一位老人看见我们手上的瓶瓶罐罐，大声制止道，水太脏啦，喝不得。我们不好多说，担心有关部门影响暗访，便以笑声敷衍。下年我又与另外的同事和人员赴长株潭绿心区明察暗访，督促落实一些整改，还绿水青山予大众生活和城市的未来。在几市交界的山水间，我们一台车早出晚归。渴了，喝几口自带的茶水。饿了，找个农家小店解决。我们以电子地图比照区划，找到数个问题，但更多对一些整改点头称赞，譬如企业，有的主动退出绿心区，拆掉厂房机器，拆掉建好的商品房。一些水库湖区，解决了乱建现象。山复绿了，水变清了，良好生态里的花草树木，使城市的天空更加明朗，让城市的呼吸更加舒畅。

眼下的城中山，在高楼旁显得矮小，但生机勃勃，早晚锻炼的居民很多。这个晴好的上午，却没几人前来爬山。我对这清净暗自得意，心想快到山顶，可以独享期待的美景。好几丛映山红进入视野，可几点人声随之而来。嗬，几位“好色”的年轻摄友，在围着它们拍照。女孩的手机拍过了，轮着男孩举起相机，花拍了，拍人。我远远地看，觉得人美，花也美。

记得在绿心区某个山岭，我见过一大片野生映山红，它们比我平常见到的高大，当时不在花期，枝叶却很茂盛。眼下正是花枝招展的四月天，我想那个岭上，此时应开满了红色的花朵。

温情记忆

火铺上的美味年

“过年啦！穿干净衣服喽。”姨婆拉着赖床不起的我，起来穿衣。

实在太冷，即使有充满诱惑的过年，我也不肯从还算暖和的床上起来。姨婆见光靠劝说没用，只好去火铺上把小小的烘笼装上火子，拿到床前，给我把衣裤烘热。笑眯眯的姨婆一边给我穿衣，一边轻言细语讲过年的吉语。快速穿好衣裤，我就站不稳似的跑，坐上火铺伸手伸脚，朝火塘向火，接着在老人的注目下大口小口地吃饭。

老人们的慈祥和笑容，过年间更是高潮和出现最频繁的。姨婆是外婆的姐姐，是我牙牙学语时陪伴我最多的老人。父母上班种田忙碌早出晚归，年已八十的姨婆带着我，在她家木楼里，吃饭睡觉玩耍。在我并不清晰的印象里，每天生活里的事情，都是姨婆做的，她从天亮到天黑要做许多事情，姨公什么也不做，对我也不管。于我而言，一天去了一天又来了，都是重复的起床吃饭玩耍。姨婆从帮我穿衣起床开始，都是不断的叮咛，慢点起，慢点走，莫滚倒啦。从三四岁知道过年的时候起，我就知道平常日子的重复没一

点味道。我喜欢过年，喜欢过年时在姨婆家火铺上人多的热闹和香甜的美味。

过年，姨婆家火铺就像会变魔术似的，把贫瘠的日子打扮得有滋有味、有声有色。平常空空荡荡的火铺，突然丰富不少，多了一些色彩。打糍粑是第一个高潮。姨婆把糯米泡好洗好，到时放入灶锅的甑子，烧起红彤彤大火，一些香味就开始在屋内飘荡。大舅满舅或哪个年轻邻居乐呵呵帮忙来了，他们抬来沉重的粑槽，洗得干干净净。糯米蒸熟，姨婆捏一个小小糯饭坨给我，才装一大盆送到堂屋去打。我吃着香喷喷的糯饭，在门边看大人你一槌我一槌地捶打糍粑。“哐，哐”，声音根据力气大小有轻有重。打粑的木槌先是在扬起时沾一些糯米，渐渐地，每一次上拉都会扯起一长条的糯粑。姨婆、外婆、我妈她们早将干净木板铺好，擦上清油，等着把打好的糯粑做成一个个小糍粑。粑做好后，我妈问，放哪里？姨婆毫不犹豫说：“老芳，码矮点，莫压坏了不好看，轻轻放火铺里头。”这时的火铺，红的白的，一排排一层层，立体的图画非常好看。一粒粒细米变成好看的圆粑，一个个老人就像魔术师，让火铺香了，也让我的梦香了。

晾干的糍粑收进房里，一两天后，第二波过年的快乐又将到来。这一次是朗粉，没有打粑时响彻木楼的捶打声，但香味更加浓郁。朗粉准备早，米的浸泡自不待说，磨米浆才是最花工夫、最难的。姨公反正不帮忙，姨婆也推不动磨子。我对屋后的石磨很感兴趣，这里摸那里看，做不得反而碍事。我的爹妈会来帮忙，姨婆从不催他们的速度，反而拖声拖气地说：“老祥，调羹多舀点，磨得太细，一天都磨不完。”我爹忙讲：“磨细点，老人家才好吃。”我妈也在边上讲，磨慢点，磨细的粉才好吃。就这样，半盆米要花大半天才能磨好。他们在灶锅朗粉时，也是我所期待的。腾腾烈火，蒸发“嘭嘭”响的水蒸气，灶锅里第一片米粉出来，香得难以形容。趁热，姨婆撕开几片，先递给我一片，大家一起尝鲜。随着米粉一片片出锅，火铺边堂

屋里撑起竹竿，晾起一排排像纸一样白的粉，像小学的作业和图画展览，呈现小小的壮观。现在家乡米粉名气不断增大，味道比起外面名气大的米粉品牌，也毫不逊色，只是加工太费工夫。近年在长沙或出差，我时常吃碗米粉，既是忆旧，又为肠胃解馋，虽臊子讲究多了，却吃不出当年的味道。

姨婆家不喂猪，没有年猪杀，火铺炕上熏腊肉的场景同样赏心悦目，令人兴奋。年前，她的某个女儿会送来自家的猪肉，或拿钱托人买来猪肉，一块块腰方肉肥瘦相间，在食物匮乏的年代，特别诱人。那时有的人家过年也舍不得吃肉，尽量整整齐齐地挂在炕上，赢得人家的羡慕，以满足并不怎样的自尊心虚荣心，博取眼球，以做人前谈资。为了家里的肥年猪，我上学后也参与过喂猪的琐事，放学后提个竹篮，去田坎溪边打猪菜洗菜，晚上在昏暗的灯光下，砍猪菜。姨婆家的火铺又高又大，寒冷的家里整天烧火，炕腊肉顺理成章，诸事皆备。悬挂为数不多的猪肉后，往往还有不少空间，我家要炕的猪肉，周边商店供销社职工要炕的肉，就纷纷环绕在姨婆家的猪肉边。当年人们进一个人家，看他家这年如何，家境是否殷实，家人勤不勤快，过年期间看看炕就行了。平常不太走动的人凡来我姨婆家，除了一个惊叹的“些俩”，就是几个羡慕的“啧啧”，望着炕的眼睛久久不愿离开。

过年日子里，火铺上会来许多熟悉和不熟的人，有大人也有小孩。寨子里老人来烤火聊天的增多，他们与姨公伸着根长烟杆，吧嗒吧嗒地抽旱烟。有的老公公穿得少，口水滴得好长，把火塘的火子往脚边刨，还是喊冷。有的人讲些不着边际的话，给我的印象是他们为了烤火而来。姨公姨婆对来人很高兴也很客气，有时也准备一些吃的，烤火的时候填填肚子，驱饥散寒。

火铺上来亲戚是最令人期待的，对他们的到来，姨公姨婆喜笑颜开。年三十夜到来前，若姨婆的女儿们不来辞旧年，她就在新年初二开始，一次次听堂屋外的脚步声。每一次堂屋门响，她都会下火铺去迎接。其实她也知道，女儿一天中大约什么时候可到，外甥们老远的喊声也会提醒她，但她就是乐此不疲地迎接。

火铺上过年来客，我觉得有味了许多，小孩子的天性刚好有个释放的机会，这是个有一点点“疯”的热闹的机会。我幼稚的眼睛里，亲人们一个个非常可爱，我的另一个小心思，是随着客人们的到来会有好吃的。客人不会空手进屋，生活再困难的，也少不了一小块肉和几个糍粑。姨公姨婆笑容满面，姨公陪来人在火铺上说话，什么都不做，还指挥姨婆做这做那，分明是一个懒惰的老人。姨婆顾着带我，还要忙里忙外。平时他们的饮用水基本是我父母去小河里挑，用得多的时候，姨婆拿个小桶去河里提，这个时候我才成了姨公的关照对象。姨婆在火铺边忙着厨房里的一切，魔术似的做出一大锅肉香满屋的待客饭菜。姨婆在贵州的女儿女婿外甥来，从来都是非常热闹，说话的音量和笑声，隔几栋屋都听得见。姨婆的外甥参军后很有出息，他们很喜欢他，我也很羡慕他，他多年后转业在凯里工作。虽然过年很好玩，但没儿子的姨婆他们的三十年夜饭，有点冷清，有些年是老两口自己吃的。女儿们要在男方家团年，我父母请他们团年，他们信迷信，尤其是来自贡溪的姨公不愿意到我家吃。我先陪他们过年，再回几十米外的自家屋里吃团年饭。大年初一，我去他们门口喊：“姨公姨婆，拜年啰。”他们给我讲些吉祥话，会给我几个糖吃。

火铺上，我的好奇心是慢慢出现的。整天与老人在一起，一天到晚都是些老话现事，渐渐地我感到没意思，不好玩。姨婆的外甥在部队时过年从没回来过，转回凯里工作后，过年都会来扶罗看外婆。这个表哥与我岁数差距太大，我们不可能有共同语言。他有时逗我玩，让大家开心。我却要问解放军的事，什么打仗、英雄，什么坦克飞机大炮，不知他当时给我说了些什么，吹不吹牛。姨婆他们说到他时，自豪得很。我喜欢手枪，他就给我讲手

枪。那段时间，在姨婆家黑咕隆咚的房子里，我进出都要把手比成手枪的样子，给自己壮胆。那表哥的天柱话，听起来比我们扶罗话好听，他嗓子大，姨公姨婆听清楚了，与我一起增了见识。在汞矿的姨妈来拜年，我就喜欢问点矿厂方面的事。湘黔铁路从汞矿门口经过，我有时缠着他们问，火车是不是有一车的火，是大是小是长是短，尤其讲到那个铁轨，是不是铁做的鬼，越说越怕。与他们讲话，如果夜比较晚了，我不敢上床睡觉。

夜晚寂静时，火铺上的年味往往正浓。夜一黑，我就对黑暗中的一切感到害怕，因为火光人声，火铺成了我的心灵岛、安全地，成了我抵御“鬼怪”的依赖。过年的火很旺，大人们有着说不完的话，他们却催我去睡觉，我不去。他们有时说，没得什么好吃的了，我对吃不置可否。看我强打精神，问我：“想吃甜酒糍粑不?”我本来吃不了不想吃，也点头，生怕他们把我放到黑咕隆咚的房间床上去。甜酒煮好，我一口都没有吃，已进入了甜甜的梦乡。

姨婆的女儿女婿和外甥中几人有工作，他们过年的日子在小街上是令人羡慕的。整天不离火铺的姨公姨婆，从外观上看，他们此时已很苍老，但仍看得出他们年轻时候的帅气和美丽。他们身上散发出的生活气息，早已没有泥巴汗水的味道。他们是小街上最早使用一些小县城生活用具的人，他们最先吃过外面的糖果。等姨婆在贵州的妹妹一家来拜年，快乐的过年便慢慢拉下帷幕。一般而言，好吃的慢慢少了，人们要开始一年的劳动生产了。而姨公姨婆火铺上的魔术并没有结束，他们时不时会拿出一个水果糖，一小片饼子糖，给我逗乐，一起开心。有时姨公悄悄藏点好吃的，不让我看见，也不让姨婆知道，姨婆知道后也不说他，只把自己手中的部分留给我吃。

火铺上年味的香甜，在我的回忆中，延续了很多年。

清晨的喇叭声

优美脆亮的歌声、情意真切的对白，在清晨的喇叭声中渐行渐远，一股来自高原、来自边疆、来自人民群众与亲人解放军浓郁亲情的神秘力量，穿透晨曦古寨的静谧，直达我内心深处。那是一些赞美的歌，通过几个姑娘的演唱，将山寨大变化、军民鱼水情，呈现于人们面前。蒙眬中似醒非醒的我，正努力掀开梦的幔帐，以一颗童年的心感受。

我至今说不清那些歌名，说不出那些歌词。但老有那较为熟悉的旋律和词句，缥缥缈缈，伸出轻悄的手不时擦拭我浅若薄云的记忆。

许多人可能都有这样的经历。不完整明晰的往事回味，有时让人情动于怀，唤起感动，或被带入新的美的意境。

那些歌，培养了我童年的一些向往和说道不明的美好感受。甜美欢快的歌声里，似懂非懂的朦胧中，心里竟生出些非常自然的期待和崇拜来。我家在乡政府的坎下，屋后苍郁的古树，古树枝叶里按时响起的喇叭，是我童年的一个神秘所在。新闻、歌声及大人们的谈天说地，常把我带向遥远的军

营。在我眼里，就像夜空中的点点繁星，军人战斗生活与精神的魅力，有莫大的诱惑。

童年的向往和希望，是人生播下的最初种子，是一曲撩人心扉悠远的歌。屋后古树上，茂密枝叶遮掩得不见身影的喇叭，清晨传出的清脆歌声，与那些种子密切相关。有了那份向往，与部队有关的东西，便不时光顾我的好奇，使那个年代深山无聊的日子生出些情趣。

军人军营军队，除了在书本上，主要呈现在电影里，让我有所了解，以至神往。《地雷战》《地道战》《南征北战》，一次次打破深山生活的平静。为看到难得的一场电影，在弯弯盘山花阶和泥泞小路上，我们打着枞膏火把，有时步行数里，有时冒着刺骨寒风或潇潇细雨。在断断续续、灰白昏暗的银幕下，专注的眼神，令饥饿与劳累不知所往。我们难以相信，艰苦卓绝的年代，枪林弹雨的战场，连最不起眼的小战士，怎么都那么不同凡响。而一个个英名传扬的英雄，比阳光耀眼，比月光明亮，是我们学习的目标、追求的榜样。军队使命，军人职责，在名垂青史的英雄身上熠熠生辉。不知多少次，我心头闪过当军人的念头，时常出现自己身着戎装、腰插手枪的勃发英姿。

老山寨没有军营军队，连一个现役军人都看不到，就是当兵回乡的人，也寥若晨星。只有每年大队干部上门慰问的军属烈属，才由然勾起我现实的感想和敬佩。春节来临，大队都要组织慰问活动。年老的敲锣打鼓，年轻点的挑着木柴，有时还有一点猪肉、糍粑。干部们的贺词很优美。鞭炮炸响，小孩们异常活跃，在军属烈属家门外大呼小叫，想抢捡到一两个未响的爆竹。我以为，烈士是建功境界最高的人。我不知，烈士本人永远不能回来了，已是光荣的存在。但军属烈属们的那种自豪，已感染到周边许多的人。

军歌浩荡，使我的崇拜有着现实的土壤。山里人，祖辈都想改变贫穷落后、愚昧无知的状况，可多少年过去，山水依旧，面貌难改。解放了，人民做了国家主人，人民子弟兵立下了不可磨灭的功勋。“全国学人民解放军”，那时家喻户晓。山里的变化有目共睹，山里人希望走上更加美好的前程。山里子弟想参军，想立功受奖，为家庭为家乡争取荣誉。

响彻我童年耳畔饱含军民情的喇叭声，不仅是美的歌声，它还在我童年埋下希望的种子，青少年时代慢慢地发芽长大。那时，我曾有一把玩具手枪，硬塑的、黑色的，伴随了许多乡间生活的日夜。夜晚一人出门，把它插在腰间，为独行壮胆。童伴们玩打仗，在冲啊冲啊的呼声中，夸张地挥舞。我希望像解放军战士那样，为国为民建功立业，但战火硝烟早已散去。一些时候，电影书本里从年少到年老的英雄，一个个都鲜活起来，在梦里、眼前和幻觉中，生龙活虎地翻滚、卧倒、冲锋。和平岁月令人珍惜，为国奉献者的高大形象，在我的脑海里更加清晰，挥之不去。

沿着童年的向往，眼前走来一个壮实的家乡军人。那是个冬天，小县的老红军回来了。老红军的事迹虽没做什么宣传，我对他并不了解，但同样令我振奋。当年我是本地报刊电台的业余通讯员，对这位家乡的有名人物，有着想去拜访的热切希望。忐忑不安，鼓起勇气，在一个下午穿过县政府招待所寒冷、灰暗、短却漫长的走道，敲响油漆斑驳的木门。那是个愉快、满足和洋溢崇高情绪的一天，年近八十的老红军的无改乡音，亲切地响起，他朴素得像乡间的老人，用洪亮的笑声，驱散了我的紧张和拘束，让我至今难忘他的豪爽和祝家乡繁荣昌盛的浓浓情思。

童年喇叭里听到的那些歌声，还培养了我群体的信任意识。无论读书工作和生活交往，无论在乡间还是城镇，我对穿过军装的人都敬佩。我有幸见过一些老军人，从长征的枪林弹雨中打出来的和从和平中孕育成长的，都精神饱满，军情满怀。一些穿着或穿过军装的朋友，高兴时，大家一起在豪饮

中高唱军歌。而童年喇叭里的那些歌，或许有点古老，或许已化为我的幻觉，我们好像都没有唱过。

月挂中天，繁星闪烁，耳畔有时会响起一些军歌，远远地、淡淡地，在远方飞翔。有些，令人热血沸腾；有些，百听不厌。有时，我们也会唱上几句。在壮美雄奇的旋律中，童年喇叭声的共鸣，从童心一路奔来，浩浩荡荡，裹挟着一些无畏和豪壮。像经典歌词一样饱满的橄榄绿，让我们对生活的平安幸福满怀信心，充满期待。

上泰山

第一次上泰山，运气有点不好。紧赶慢赶，到达已是下午。领队是位祖籍北方的老人，见几个年轻人焦急，放下一路娓娓道来的传统文化点评、易经国学的知识普及，转而给我们讲山东一带的趣事。好在泰山有了我国几大名山的第一条上山缆车，为我们节约了不少攀登时间。

乘上缆车钻入浓雾弥漫的景区。这之前，我没见过缆车，以为上山还如看过的作品所描绘的那样，劳力费时，路途艰险。领队老人有意拉我与他同乘，一路上给我讲他的学习心得。泰山为什么会成为我国的五岳之首，泰山对封建王朝意味什么，泰山在民间的影响和地位……我折服他的博学，在缆车悬空的忐忑中，云里雾里。缆车窗外云遮雾罩，山风吹得我们摇摇晃晃，但我感觉不到从山崖往上攀登的难度，轻轻松松，就上了南天门。

雾大，行进中只见眼前的路，不见远景。来过泰山的老人主动当起了我的导游。这座山历史丰厚，典故很多，他把我多年前模糊读过看过的一些东西，串了起来，我试图通过他的介绍，擦拭清晰。这也像雾中的泰山，雾散时，我分明看见了它，可瞬间，它又踪影全无。如人们期待看到的泰山日出，无数前人已将亲身经历和道听途说，描绘得头头是道，甚至神乎其神。再正常不过的现象，也变得脱离自然规律了，被赋予了意义。作为南方人，又生长在边地，我对这些懂得不多，觉得它离我的生活特别遥远。产生在泰山之下影响深远的孔孟思想，直到现在，于我们那里也是似有若无。好像多年来，泰山有一种煞气、正气、骨气，于国于家、于官于民，敬畏，但遥远。就像百姓上高山见日出，毫无皇帝和手下大员看泰山日出、祭天求神的那种震撼与气概。多少年的朝廷迷信，百姓愚弄，或许对谁都是一些安慰。只是，登高望远，心接神思，这于百姓可能是梦中之梦了。百姓好梦难圆，当有噩梦之后，身边的北方老人说起他们那里的习俗，是长辈带晚辈迎接日出，说几遍："昨夜梦不祥……太阳照一照，万事变吉祥。"我已经记不完整他说的了，只觉得他投入的那个样子，像回到了家乡和童年。

数年前一个夏天，我带着刚上中学的女儿，又上了一次泰山。

这次登泰山，老天开眼，一路上阳光明媚。汽车行走在弯弯的道路上，眼前青山树木、楼舍、溪流，格外清晰。井然有序的停车场，来去如梭的景区车辆，不断放下、接走兴致勃勃的或筋疲力尽的中小学生和老人。

女儿从神圣的激动中，进入拥挤的排得长长的等车队伍。开始颇为自信的她，一直沉浸在读过的有关泰山诗文的境界里，炎热拥挤，慢慢地打磨着她这中学生的耐心。

五岳之首的泰山，这些年已在我心中有了一些分量。在我的经历中，向往坚强、向往崇高，更向往有机会体验从庙堂之上到山野民间的共同认同。人们说登名山可以读史，近年我登山似乎有了一点自觉。面对帝王封禅的碑石典故，我试图感觉一下山水、人物被钦点和宠爱，到底是何等气概。可在大观峰摩崖下，女儿与我，我们与大家，在片片红色的题刻前，还是漠然、淡然。我实在进入不了那些宏大的圣境。小时候，家乡老人说起皇上，就像羡慕天上的神仙，其实他们哪里知道，那些人也有责任沉重的一面。为了江山社稷，有的做过多少生命攸关的事，或伟大崇高，或卑鄙悲戚，不说战场的厮杀、宫廷的权斗，就是上泰山祭天，也不是一件容易的事。车马止步，轿子难行。在缆车上俯瞰，陡峭的十八盘，还是那样惊心动魄。

“稳如泰山”，是一个非常美好的理想。在摇晃的缆车中，我敬畏前人，他们为了到达，不知要做多少比攀越高山还要艰险的事。

上到天街，女儿已饥肠辘辘。在阵阵叫卖声中，我们买了两个各包着一根大葱的烤饼，体验在南方从没见过的吃法。我上次来，有云有雾，又要赶最后一趟下山缆车，步履匆匆，没遇上一个游人。郭沫若先生的诗歌《天上的街市》，就像在眼前活着。而眼下，人流拥挤，五味杂陈，人们虽身在高处，但大呼小叫、随处乱扔垃圾等行为，不时可见。

吃过东西，我们有了继续上行的劲头。玉皇顶就在前面，泰山的最高点翘首可盼。人的河流分成左右，往下的瀑布喧声不断，朝上的一波一波使劲地上涌。太阳很热辣，但凉风却不时光顾。冷热交替中，人的身体感觉不到哪一点汗水是太阳晒的，哪一点是让人挤出来的。女儿说头晕，冒了一身冷汗。我拉着她冰凉的手，一级一级台阶，慢慢地上行。

我和女儿没条件做旅游的发烧友。比如登泰山，有的人为了看到震撼心灵的日出，住在山顶等待。有的估计不到天气，乘兴连夜爬山，但却败兴而归。有的一而再，再而三，好像在与大自然比拼毅力。我与女儿只坚守一个信念，既然来了，就一定登上山顶，不留遗憾。

站在玉皇顶上，女儿的冷汗神奇止住。她没有登过这样的高山，在壮观的景象前不知所措，赶忙拨打她妈妈的手机号码，一家人一个一个地说话。

从巍峨山顶四下望去，连绵的山峦如长龙游动。云雾飘荡，随心所欲涂

抹山头。美好，神秘，不断变幻，让汗流浃背却兴致勃勃的游人，感觉一下什么是“国泰民安”。

游人们的兴奋，在玉皇顶到达沸点。有如梦寐以求接到日出，有如思接千载的志在必得，人们没有“安之若泰”，纷纷地“一览众山小”，把心灵的感觉，定格在高处。

我的眼前，大自然以神秘之力，从人们视野最接近太阳的地方，从人们的眼前和心怀中，把一群群雾霭中的山峰，轻轻地拔了出来。我们看得如梦如痴。此时，我和女儿没有说话，思绪像在冥想中的一个地方，不断地上升。人们纷纷静立，似乎融入其中。

我开始感觉到，我们挺直的腰板里，有着硬硬的骨骼。那一刻，我们笔直地站在泰山上。

滋味

去过的地方，看过的一些景象、村落、园区企业，有的留下不少好的印象。因景因人因事唤起回忆，再尝吃过的有感觉的食物，回味会掠起许多思绪，品出不同的滋味。

我算不上个喜欢游玩的人，长沙周边乡村的美景看得不多，但几年下来也去过不少。近一点的在城南，长株潭的绿心区，远一点的在长沙县和望城浏阳宁乡。几次去浏阳，前后看过文家市中和乡大瑶镇等处，听秋收起义等红色故事，参观耀邦故居，接受灵魂洗礼。看烟花安全生产，通用机场建设工地，尤其是园区朝气蓬勃的先进制造企业，感受这些年的飞速变化。去浏阳必赏美味，哪怕在简朴的农家院子，黑山羊的醇香拨动味蕾，一道道蒸菜大多出类拔萃。浏阳蒸菜可以做到食物皆蒸，鸡鸭鱼肉，荤菜素菜，新鲜的腌腊的，用茶油，用猪油，鲜椒干椒青椒红椒白椒，剁椒酱椒，还有魔术般点缀提味增香的豆豉。从美食的变迁，感受到生活的美好变化和美味的乐趣。

头些年湘茶发力，工作与生活中有许多机会去品尝它们的神韵。星城一款绿茶叫“为人民服务”，得而饮之，浮想联翩。多年前曾陪同家乡的村干部赴长沙县农村学习，该村支书工作扎实，思路清晰，无私奉献，村集体和个人获得的荣誉多，见过不少大场面，对村未来的蓝图描述尤让人兴奋。基础设施基本完善，产业加快发展，全村人均收入排在前列。村民的获得感幸福感实实在在。村人从出生起，就得到村里重视关怀，幼儿园、小学、休闲娱乐场所、敬老养老场所，吃住行娱，都做得不错。家乡村干眼界大开，对比自身边远地区的贫困落后，他们看得很细听得很具体，提出许多想不通的问题。在市区吃剁椒鱼头、红烧肉、臭豆腐时，打开乡间习惯每年期望吃腊肉、油茶、糍粑和喝米酒的胃，就着湘菜美味，几杯白沙液酒喝得热血沸腾。那时长沙的茶虽也好，但没有这一款“为人民服务”令人印象深刻，品味口感相比欠了一点。而端起一杯新茶，我就会想起在群众身边默默“为人民服务”的基层干部。一款款毛尖银针和普通绿茶，一杯杯红茶黑茶，无不令人在每个季节都有理由回望乡间，激起对美丽乡村幸福生活的向往。

今年初春，我与家人去道林古镇。那天天气宜人，游人极多，停车场塞满了小车，浏览车牌，本市的、外地的，省内的、省外的，让人感到疫情后人们出游的激情和消费市场的重启，心里游过一丝喜悦，这才是生活应有的景象。

我们去农家民宿吃饭，路过一所乡村学校，周末校门紧闭，据说学生少了，还听说边远地方有的规模极小的学校停办了。民宿所在风景优美，土鸡与鲜鱼自然好吃，屋舍旁菜地上由我们自采的小菜美味，但来去经过的学校，却勾起我的思绪。年轻时分配到乡中学教书，我们学校每天都大门张开，生机勃发。那年全县期末统考，抽调我参加集中阅卷，地点在城郊一所中学。大家吃着比乡下略微好点的伙食，工作起来特别有劲。譬如一个辣椒炒肉，乡下以肉为主便全是肉味，而县城就讲究多了，配料多，火候把握也好。津津有味时，家庭负担重的老师谈感想，给我不小的震撼。教师工作条件差，没有影响半点教学，全班哪怕只有一个学生争气，就觉得值。吃得简单，感受的酸甜苦辣却是工作。我运气较好，当班主任带的班和所教的两个班主课，取得了较好成绩。没过多久我被调进县城，从学校到机关，离开了学校也稍后离开了家乡。往后回乡，我发现集中阅卷的那所中学不见了。过后听说，这所学校改换门庭，迁到了更宽敞的地方。我为自己的教师思绪，品出了难舍和理解的滋味。好在这天道林古镇之行所见丰富，儿童乐园、湖湘精粹、街巷生活、传统风习，无不展示春天里的新农村魅力。这天一起就餐的有当地老师，说到乡村学生进镇入城读书，改善的教学条件，提升的教学质量，让人欣慰有加。

餐后时间尚早，晚霞从风电转动的叶片掠过，从山顶送来清爽的微风。我在小亭外的竹椅坐定，喝着家乡气息浓郁的绿茶。面向温馨阳光，看低处的养鱼池游鱼嬉戏，看几丛金灿灿的菜花开得正美，感到愉悦充满了整座山间。

晴雨里的蒿艾

顺着洒溪上走，阳光一下子明亮起来。小镇色泽斑驳，横七竖八缺规划的木楼和青砖楼房，拥挤无规则地遮挡着清爽的光线。童年感觉荡然无存，以前斜靠门边晒太阳的慈祥老人看不到了，一张张年轻的脸童稚的脸完全陌生，多年前争先恐后热情招呼的场面再也不见。我乐得清闲，在溪边有个水塘的地方停下。曾经整天见面的小溪，在我眼里越来越小，自然河床被水泥石头规范，窄得不能再窄。溪水清澈，但水上面人影不再是当年的青葱少年。将目光移向对岸，淙淙水声唱得最欢的地方，一丛青嫩植物映入眼帘。阳光会意地聚焦拢来，溪风轻轻摇动，我闻到一股浓郁的蒿香。

一蓬多好的蒿菜啊！我几乎断定，它就是我小学放学后经常欣喜的那一蓬，打猪菜割去的叶子，几天后又长了出来。我曾因此相信过神话传说的宝贝，它有生生不息的神力。我幼小心里，时常期待那种神秘力量的降临。

绕行百把米，过小桥，来到那丛蒿旁。感谢春天正午的阳光，挥发掉湿润空气中沤过的冬季味道，让我的回忆清新起来，一些童年画面亲切而美

好，画面里有父母的身影，还有很多母亲的声音。我手提小竹篮握着小镰刀，在溪边田坎边山脚下打猪菜。许多野菜一直叫不出名，而生长茂盛的蒿菜到处都有。

中餐在一个亲戚家吃的，炖家养土鸡，辣椒炒腊肉，刚打的小菜，丰盛美味。遗憾的是，在长沙可以吃到的蒿子粑艾叶粑，这次回乡没有吃到。

在大湘西的山里，吃蒿子粑粑是多年前不少人的共同记忆，它是缺粮年代解饥的难得的补充。说是补充，在没有东西填肚子时，它再不好，也能起到饱肚子的作用。它美的时候，就是有些糯米籼米与蒿菜泡好后磨浆，放入白糖，蒸成细腻香甜的蒿子粑粑。小时吃的蒿粑，没有白糖，不会影响到它的香甜。过年糍粑的软糯，供先人教粑的粉硬，打平伙小粑丸子的润滑，是妈妈那些年做粑的拿手好戏。稻米收成不多，总有一些日子需要仪式感，米粑成为生活的需要。某年一个节日，我在家看见几个菜粑，说是姨娘送来的。火上一烤，吃出了不一样的清香味道。姨娘说，他们那穷，饭都没吃的，才做点菜粑走亲戚。

吃过姨娘的菜粑，妈妈忘不了再三跟她讲，没得东西就不要拿，多来走一走，喝口凉水都甜。

姨娘说：“姐，空手进屋，我就不来。”

姨娘从这小街嫁去的地方，相距不过十几里，山多田少，困难是自然的。她出嫁时，我少小不记事，没有丝毫印象。弄清楚她的家朝哪方向走，是我读书时看跑通宿的同学，从那里来回才知道的。第一次去她家，是小学三四年级随学校宣传队下村宣传。晚上在村小的小土坪上演出结束，我们十几人被三三两两分到条件稍好的人家，当晚住宿，第二天各吃早饭再集中返回。

窗户严实，天没见亮，散发霉味汗酸味的床上，我们睡得好香。蒙眬中听见姨娘的声音，她可能是在喊这家里的主人，讲来看看，看外甥崽睡在这没。

拉开门，一团好大的光斜照过来，我看见个子偏矮的姨娘高高地站在门口。待看清我们后，她很高兴继而又很生气地讲：“来了姨娘家这里不晓得找姨娘，再差也要在家里住一晚，再穷借也要借东西送你吃。”

我不知道怎么答她，赶快起来，邀同学跟姨娘去她家里吃早饭。

姨叔话少，已从自留地打菜回来。他们头天收工晚，家里事做不赢，没看演出。姨娘家房子窄小，大队干部没有分人去他们家住。

我隐约记得姨娘的家，在我们演出的地方下一个坡，穿一些田坎，经小木桥过溪，再上一个坡才到。寨子里有几棵古树。从桥头开始的一条小花阶路，往山上走时，开枝散叶连接起一栋栋大大小小的木楼。姨娘家的木楼像个偏厦，紧紧依偎在一栋正屋旁边。那栋正屋，是姨叔家长辈的。

我高考外出读书，再没去过姨娘家了。寒暑假，经常看到姨娘上街赶场，来看外婆，也来我家坐坐。有时吃点饭，有时说几句话，就回去了。她有时还带点粑来，但菜粑就再没拿过了。

调到外地后，我每次回家，需看望的长辈不少。当年祖父、外婆、舅公还在，与父母一辈的，叔父在外地工作，家乡乡下有两个舅舅和姨娘。舅舅家很近，姨娘一般都在外婆的家里看到。

时间很无情，它不仅改变了我们的容颜，还将一个个老人带走。家里长辈，眼下只有叔父和姨娘了。对他们除一些问候看望，为哪个单独前往，却是不多的。但清明节的假期，必须回去。每次回去，我都要看看他们。姨娘的家，从溪对岸搬到水泥公路的坎下，木房变宽了，配上了一间小砖房。车到达后，步行几十米就可进屋。那些季节的屋前屋后，到处都有绿茵茵的蒿菜。

每回沿洒溪行走，都会遇到散布溪岸的蓬勃蒿菜。对它们的味道，我已经越来越熟悉和习惯，越来越有更多体会。

我当年打猪菜割了不少蒿菜，妈妈在砍猪菜前会细心挑一些出来，当时不知道为什么，最近才听家乡人说，那种蒿菜做社饭好吃，可它略苦的涩味，影响猪的食欲。我曾经生嚼过这种蒿菜，在砍柴做农活手脚破皮出血时，将它嚼碎贴在伤口，苦苦涩涩的味道至今还浓郁在口里。

妈妈做过菜粑，有时是稻米不足，有时是为了口味。我很喜欢吃妈妈做的次数不多的菜粑，尤其是我们叫作“粑菜”，侗话叫“吗定”的那种野菜做的，与米有着不一样的白，吃时拉扯出丝，泛着山草的清香。我在山田边见过成片的粑菜，在绿色的围护下摇着毛茸茸的叶片，开着金色的花朵，好可爱。它们大多在向阳的地方，露出纯洁的憨态。对这植物我查问数次，才知道它学名叫鼠曲草。多好的一个植物，以鼠为名，不知谁命名的，令人少了好感。好在家乡人至今不知它的学名，还在亲切唤它粑菜。

妈妈她们妇女做农活时，发现哪有粑菜会留意，需要时采摘就是。也有些时候，他们劳动间隙顺手采来洗净晒干，经常做粑的还会磨成细粉备用。

姨娘带来的菜粑与妈妈做的味道略有不同，我过后得知，她是用一种大蒿菜做的。经过比对，我才知道那个高高的青蒿，是我这些年在星城看得比较多的艾草。艾草在家乡也有，溪边田旁少见，山坡才见到它摇曳的身影。艾草的叶子比蒿菜和粑菜的大，个头也高，尤其是粑菜，对它只能仰望。城里在端午节把它扎成一束一束的，长长地挂在门上，驱虫辟邪。有的做成艾香，点燃以后，以做室内香薰。

年间，很久没吃到家乡的蒿菜粑了，刚有点小馋，就收到晚辈从家乡寄来的蒿粑。那是四五月间的事。从精致漂亮的外包装，可以看出乡亲们对这个以前缺粮代餐的野菜粑的重视。如今城里人乡间人注重吃新鲜讲健康了，无疑是件好事。

蒙蒙细雨时，或天放晴时，我眼前常出现家乡的蒿艾，蒿艾旁还常常出现妈妈和姨娘的身影。

粑叶

初秋回乡看到的植物叶子，明显地有了沧桑感，它们有过雨水，有过更多的阳光，没完没了的强烈光线，白天黑夜光顾的鸟虫，慢慢改变春天给它们描绘的青嫩模样。尖细的、圆润的、宽大的，有的叶子已难以显示青春的完美，有的卷缩，有的破碎，虽如此，但完整如初的还有不少。

这些在许多地方令人不屑一顾的叶子，在我们山里，在勤快妇女手上，将有重要的用途。她们的贤惠，会将平淡的日子营造出千滋百味来。你看，要过节了，老人家要过生日了，赶场顺路看看亲戚，都得准备点礼物。没钱，当年远处仅有的小店也没有什么东西，她们只能勤快点，自己动手准备。

她们乐于辛苦，田间地头劳作之余，把目光放入山里，采摘蘑菇竹笋蕨菜，还有口感不错的山果，增添一些食物的不足。但要作为礼物送人，她们会觉得寒酸简单了。哪像现在，人们走亲访友有的不会含糊，根据情况去店里挑糖买酒提水果，总能选上满意的，因人应景地奉上，互相满意。我小时候，人们温饱尚未解决，往来送点吃的，无疑多受欢迎。那些家庭主妇们将

自产的粮食做成粑，用山间不同的绿叶包裹着，就可以放心地送出。不同原材料、不同内馅、不同叶子包裹的粑，丰富了自家的生活，也让她们在亲友来往中赢得几分肯定。

某年一个青黄不接的月份，我家收到亲戚送的几个苞谷粑。新米未出，亲戚舍得将嫩苞谷摘下，用石碓打碎，做成清甜可口的苞谷粑。粑扁圆而大，蒸熟前用洗净的桐树叶包的。青青的桐叶蒸煮后与苞谷的颜色变得一致，金黄好看。我吃得新奇、开心。嫩苞谷充满甜浆，苞谷皮虽不能完全打碎，却不影响口感。这样的粑我吃得极少，那种粮食自带的略甜的味道，特别是包裹的大片金黄的桐叶，至今留在我舌尖和视觉的记忆里。

有一年的一个节气，妈妈要做粑过节，我看见她准备了米和黄豆，放在盆子里用水浸泡。磨米浆前，她一个来往密切的姐妹急匆匆送来了一包树叶，青油油的。妈讲“我路上碰到随便讲句，你真的送来了”。那孃孃讲她丈夫才爬树打的，最新鲜了，他们也要做粑，这是顺手的事。我妈想送她一碗黄豆拿回去，她一脚跨出大门，讲叶子是树子自己长的，又不是她家种的，扭身就走了。我看着妈妈磨米，看她炒黄豆磨黄豆，吃了几粒喷香的试味。洗得干干净净的树叶一直摆在筛子里，妈妈好沉得住气，只要我不揉烂树叶，就对它们不管不顾。这些叶子，有什么用呢？我记得送树叶的孃孃跟我妈讲，那是她家大板栗树上的，包的粑好香。她的话让我想到了在当时乡场上见到不多的板栗，和印象更深的板栗球的尖刺。这些叶子，幸亏没有尖刺。

米浆即干，可以捏成粑了，妈妈洗净手坐在筛子边，我搬个小凳子也坐过去。妈妈的手很灵巧，三下两下，一个粑的形状出现，再在中间按一个小窝，用调羹舀一勺黄豆粉倒进去，手顺势一抹，黄豆粉不见了，洞也不见了。一个豆粉粑做好，妈妈很细心地拈起树叶，将粑放叶面一包，置于干净的筛子里。筛是一个较大的细筛，摆了一排，又摆一排，一排一排清一色地好看。筛子满了，开始蒸粑了，我帮忙添柴加火，在热气腾腾中焦急等待豆粉粑出笼。

过年的糍粑、供先人的教粑，直接呈现，不用什么包裹。而平常做的籼米粑、菜粑，可以不包，但包了叶子后的看相口感，明显美多了。米粑、菜粑、红薯粑，根据家里物产所有，可以做黄豆馅、豆馅、瓜子馅、板栗馅，而红薯粑自带甘甜，不再放馅。那些包粑的叶子，除了各种栗树叶等带清香的青色树叶，还有更好规划长短大小的芭蕉叶。

我10岁左右与父亲去老家鸭塘看望祖父，几十里山路走下来腿都酸痛了。在祖父家吃了饭，听见叔祖父与叔祖母商量，没有什么招待我，就做点粑吃。我叫叔祖母满婆，当时听见满婆在大门口对坎下木楼喊，“老英，帮我扯几片芭蕉叶来”。下面木楼是她侄女嫁过来的人家，那家男人在姚家正是她晚一代的辈分。大家长幼有序，相互照应。满婆侄女家木楼不远的地方，有几棵还不太高的芭蕉树。临时做粑吃，芭蕉叶恰好派上用场。

我掩饰不住心头的高兴，从扶罗来鸭塘，有粑吃了。

叔祖母有个儿子，按我们那地方喊，我称他大爷。大爷是病死多年的叔祖父生的。后面的叔祖父满公从贵州来，当年给寨上人家做工。叔祖父很勤劳，性格也很好。大爷读过一两年书，从小身体有病，靠满公满婆生活，他四五十岁了，满婆喊他还像喊个小孩。大爷家以前家境好，有些田土，遗憾的是他找过老婆没有小孩就分开了。他一直与两个老人一起过。我与父亲回来，他们就像过节一样高兴。我喊满公满婆，喊大爷，他们笑得甜蜜蜜的。多年后我在县城工作，回鸭塘为去世的满公送葬，大爷去世时，我已在长沙工作。满婆最后十多年，是我父亲照顾的。这是后话。话说芭蕉叶洗净拿来后，满婆与满公自己忙碌。大爷除了在集体劳动时帮看过牛，再也没做什么事，做粑自然也帮不上忙。他这时最开心的，是拉着我在寨子的大路上站一

站走一走，等寨上做农活回来的、看牛牵羊回来的男女从身旁经过，等他们喊我或者我喊他们。

一幅山寨夜归的图景慢慢趋于平静，大爷也就拉我回家了。灶上大锅子蒸的粑，已香气四溢，米香芭蕉叶香盈满火铺间，从堂屋飘出。

这些年，我吃过好多好吃的米粑菜粑，也有用树叶包的、用芭蕉叶包的，对它们我从不感到土气。有的树叶不仅好看，含有山野的清香和树木的气息，难得的是有的还有珍贵的微量元素。如今的粑叶和粑注意了看相口感，四季如春的树叶，与老百姓一起张开了产业化的翅膀。它们走上城市的餐桌，在绿色环保健康的理念里，在网红快递物流里，越来越惹人喜爱。

草木方

满舅家屋门口的小园子，栽有能做草药的植物。植物的药用，听舅公说过一些。我羡慕他们怎么认得那些叶和花、茎和根，有的天差地别，有的枝叶却几乎一样。

开花的时候，白色的、红色的、黄色的，还有夹杂着不同花色的，各自芬芳，各有神韵。我喜欢看鸡冠花和美人蕉，在大太阳下，深红色的花冠花朵没有半点艰难畏惧的样子。它们在花草中总是高出一头，显眼，并不因太阳的强烈照射而枯萎。指甲花容易生长，花苞变黄自己爆裂时，种子四散，不用管它，来年会从泥土里密密冒出来。指甲花长得多，花也开得多，姿色在花里实属平常。还有的花我叫不出名字，却开得很有韵味。

满舅家与我家相隔一里多路，小时候一个人不敢前去，自然不知道那些花何时开，何时谢。我对花熟知不多，几乎可算是个花盲。而屋边有花的满舅家，凡过年过节与大人去吃餐饭，总忘不了多看看那个地方，像有素养的样子，对可见的花朵显出兴趣，对不一样的叶子表达喜爱。出了小街，顺着

黄泥巴和砂石的马路，上一个陡峭的矮坡，从水井边一绕，就可以看到满舅家簇新的木楼。这个小山弯里，他家一栋木房，屋后面还有一户人家的木楼。若下方公路没有人或车经过，那地方冷清得吓人。更可怕的是旁边的山上，除了参差的杉树、枞树，成片的低矮草木中零星有些冒出头的坟墓。把这地方做居住地，他们没现出喜欢，没有其他屋基也毫无办法。我外出读书那些年，满舅家才搬到小街上外婆和大舅家的屋后。

我在舅舅家火铺上，间或听到大人们说起家的周边、山上及更远地方的花草，比如七叶一枝花、土三七、大血藤、小血藤、打不死、扯丝皮，田边路坎最常见的金银花、葛根、麦冬、半夏、接骨草、老鸦酸，他们交流花草们生长的信息和以它们为主的药方子，青的、黄的、高的、矮的、甜的、苦的。病是乡间常见的，头上身上脚上，外伤内病表皮内脏，病人则是三病两痛的亲戚熟人。他们说到那些病，就像在说来往还算密切的邻居，说到方子里的根、茎、花草、叶子、种子，俨然三天两头见面招呼的亲戚，谁住在哪个山坳，谁待在哪条溪边，清清楚楚，明明白白。在我的感觉里，一个方子配齐的草木，与一个和谐家庭聚齐的大人小孩毫无二致。

在外婆那一代人里，舅公知道的草药最多。这与他的经历有关。外婆舅公他们的老屋原本在数里外的伞寨，看中了这里有水有田是个好地方，前来落脚。当时周边有点想法的人也朝这集中，一来二去，设街建房，慢慢就有了一条数十户人家的小街，经过几十年乡村变迁，有了现在聚集不少人口的建制镇。舅公对草药感兴趣，大抵与他脱肛或内痔严重有关。在他 60 多岁时，我看见他从山上采挖一些草根树叶，在家里熬水，以坐盆法治疗。当时假期要参加生产队劳动或放学后和同学砍柴，我感觉力气增长慢，便自己身体锻炼。舅公主动参谋，练什么，怎么练，还给我挖来草药，要我泡米酒喝。我搞了练习，药酒泡了，因不会喝酒而作罢。在妈妈舅舅等前代人里，

几乎每个人都认得数根草药，对用得最普遍的一两根很熟悉。厉害点的，却是大舅妈和舅娘。

一服药里面，什么东西配多配少有所讲究，用叶用茎用根，用什么季节的，与治疗对象的病况和草木药力密切相关。像一个家庭家族亲戚朋友间的情况有差别，谁家条件好，哪个素质高，谁能够多出力。既因人设事，发挥所长，又不单打独斗，各自为政，大病面前讲求目标一致，共同应对。往往亲人中有危急病人时，可以看到人们的心齐，大家的感情深不深，都体现在求医问药和陪护的细节里。

舅娘是村里的接生员，有时候半夜三更也要出门，满舅陪走夜路，男人不方便的场合，就是女的陪去。舅娘帮了很多人家的忙，为一些妇女解决病痛。满舅当过大队会计，舅娘是接生员，在好几百人的村里算是有点文化。大舅一直是生产队干部，在满舅卸任后也当大队干部，舅妈则用她家祖传的药方，为左邻右舍救治了不少病人。各自为家的一大家子，得到一些感激羡慕。遗憾的是在生小孩方面满舅舅娘没有如愿，不像大舅舅妈有儿有女，他们一连生了几个女儿。有人私下说他们，满舅心有不甘的愿望日益强烈。他满有信心要生个儿子时，又遇上计划生育。他不当队上干部了，甚至成了躲计划生育的人。舅娘不记得为别人接了多少儿子，但自己偏偏没有一个。在好好的一服药里，他们这一味似乎是难以配齐的了。听说舅娘很会唱歌，尤其擅长为小孩打三朝之类的歌。家乡多年流行着，亲友组织去远处吃婴孩的三朝酒或满月酒，一大队伍里必有一两个最会唱歌的女人。进寨时要对歌，贺生男孩的酒席上会很激烈，外婆家与公婆家都有高手时，通宵达旦地唱，祝贺，恭维，问答，一边为难一边解难，都想争个输赢。舅娘长得漂亮，歌唱得好，请她去做客很有面子。参加的次数多了，满舅舅娘因没男孩而心酸。某年舅娘得了急病，公社小医院治不好，他们屋前的草药也没起到作用。舅娘去世后，没过太久，满舅的房子就搬了。

时至今日，我不知道满舅家以前屋前的花草还在不在，按说现在都成了菜园了。满舅家出了大的变故后，亲人们住得更近，来往也更密切些。满舅自己有想法，大家也张罗，新的舅娘进了屋。我猜想，他们这时的结合，生育已经比感情重要得多了。

满舅家搬到小街，表妹们在长大，家里热闹许多。在市场有所放开时，满舅做起了挑担摆摊的营生。每逢赶场，大舅妈卖自己加工做的米粉，满舅则卖从外地批发来的小五金和农用工具，两家都有做生意的。一两年后，村寨参与的经营者增多，满舅只能随大溜去周边乡镇赶四八场。后来的舅娘还算争气，她之前没有小孩，这时不用躲计划生育，一连生了一女一男。满舅终于舒心扬眉，在小街上说话也大声了很多。

几个表妹组建家庭后，靠自己努力，一个个进县城做事，购房安居。只有满舅和表弟还在当年的小镇。大家像一服药里的花草，有的移栽远方，有的还在原地，需要合在一起时，以满舅为中心，都会赶回小镇。相比以前，他们为眼下的生活，栽上了更多的花草，增添了更多的甜味。

父亲的奖品

父亲在得过脑梗和高血糖、痛风病后，说话缓慢，行动不便。每次回家，他都高兴地与我聊他工作时的事。说起那些往事，他一脸的笑容，慈祥而满足。

父亲一直在乡间的供销社做事，站过柜台，当过负责人，但退休前一二十年全是在村寨做药材烤烟培植工作。我曾在假期跟他下乡，对漫山浓绿的随风起舞的花草枝叶，对村寨周边黄土垒砌的醒目的烤房，有着浓厚的兴趣。推广指导没有什么文化的山寨老农种植经济作物，往往得做很多思想工作。他们种过黄花茶叶和烤烟，种过天麻、川芎、白术、茯苓和金银花……

走在乡间的小路上，“姚师傅来啦”“姚师傅辛苦啦”的问候声时常响起。我耳闻目睹农民们对父亲的热情，沿路的和不当道的人家都邀他进屋吃甜酒吃饭，让我感到这才是最好的干群关系。

父亲全身心的付出，一次次得到农民群众、单位同事和上级的肯定。只要评比先进，他几乎次次入选，方有一些机会去县里、地区和省里开会，直

至上京参观。供销社的培植工作，主要是在大队小队落实中药材、烤烟的种植计划，指导栽培和烘烤。经济作物收入成为当时地方集体的主要副业收入。县里成立烟草部门时要调他，他考虑我母亲生产劳动辛苦，我与妹妹正在上中小学，许多事情需要人手，便婉拒了调动进城。

我从记事时起，就觉得父亲的工作就是下队，是每天风雨无阻地下到村寨里去。他下队回来，天没黑就在家里做饭，好让我放学及时吃饭，回校上晚自习。我曾经在冬天的火桶里做寒假作业和复习，翻看过父亲的记事本。他的本子上密密麻麻地记满了每天的工作，如下乡了解哪个地方的作物生虫害病，哪个大队生产队的干部带信来，烤烟哪天要点火开烤，哪些问题需要帮助解决，等等，以及天晴下雨情况和生活安排情况，如在哪个队安排吃饭，哪天需住哪队哪家，交钱多少粮票多少。但我看到最多的，是全公社的每个大队、生产队一处一处的年初计划。大到一条弯，小到一块土，种植几亩几分的落实情况，交卖的等级比例，年底的收益，等等。有的东西我看不懂，感到非常的新奇，引起我的思索和想象。有时中学同学告诉我，我父亲哪天在他家吃住，我们就有了亲戚一样密切的感觉。

过年前，我总能看到父亲在某个晚上的单位散会后，带回家来的奖品。那时不兴奖金，奖品也价格不高，几角钱到几块钱的都有。一支笔、一个笔记本或一个搪瓷脸盆、一个搪瓷水杯，很有实用价值，但意义更大的地方，是用红色的漆写上去的“奖”字。这能唤起人们的羡慕和赞扬。这些奖品写着县里单位的居多，若在某次父亲出差数天后，往往能够带来更高级别的奖品，东西还是本子茶杯之类，但多了印制不错的奖状。当年他去安江参加黔阳地区的会，带回一本精美奖状，还带回了香甜有名的安江柚，说是便宜，自己拿钱买的。他去长沙和省外，都买一点当地糖果回来。而去韶山，却给我带回了让我兴奋激动不已的纪念汗衫。穿着印有红色的“韶山纪念”的白

色汗衫，在初中操场上，我收获了好多羡慕的目光。

父亲成绩的取得实在不易。上坡爬坎，日晒雨淋；早出晚归，忍饥受冻。这不是只需一天两天做到就可以的，而是要一年两年、10年20年的长久坚持。他每天至少步行一二十里山路，多的时候，四五十里都不在话下。每年下来，他的斗笠、黄布包、解放鞋，都要经过缝缝补补或者更换，如夏天用汽车轮胎底做的凉鞋，带子常常崩断，换了一根又一根。他手上的茧、脚底的茧，一直都是厚厚的。

一天放学回家，我看见父亲的头包着白色绷带，安静地坐在灶膛前。我问他怎么了，父亲轻描淡写，说是帮农民修烤房，一根木头掉下来，砸伤的。我不知他这天在哪个寨子，出了多少血，走了多久回来。他脸色苍白，说话变得有气无力。他没去几百米开外的医院住院，只按要求去换绷带，拿草药回家熬着喝。数天后拆了绷带，他又开始早出晚归地下队。他头部伤好后，却留下了后遗症，天气变化就会头痛。为此，他每年去医院开些止痛药带在身边，不论下队还是在家，痛了就吃一两片。

父亲不仅顾不上家里的生产生活，还时常带病下乡，且他负责的培植工作在全县直至更大的范围名列前茅，就有了更多获得表彰的机会。他奖得的钢笔本子，我大多用于学习记录，有时写心得体会，有时摘抄生活学习警句和名人名言。树立理想、艰苦奋斗、乐于奉献等美文佳句，抄了一页又一页。其中有些化为不断争取进步的精神力量，鼓舞我在遇到困难时不会后退。但更多的内容沉淀在我的血脉里，让我养成了认真、努力、坚韧、奉献等品格。

外出读书时，母亲把父亲获奖得来的一个红色脸盆给我。我很珍惜，一直小心使用。随着读书和工作调动，我把它作为一件生活必需品带在身边，也作为父母的一件珍贵礼物，从新晃带到了怀化，然后又带到了长沙。我小

心翼翼使用，生怕摔出了坑，刮掉了漆。特别是那红色的“奖”字，对我一直有着激励的意义，好像每天都在提醒着我。几十年的使用，它还是掉漆生锈了，直至近年，我才不得不恋恋不舍地拿出家门。

如今父亲愈益衰老，他得到的奖品一件件地用烂了扔掉了，我不能再一睹它们当年的模样和风采。我只能多回家陪在父亲的身边，听他多说一说，当年他认真做过的事情。我很欣慰地望着，他那一脸的笑容，慈祥而满足。

孤田

第一次给舅公上坟，走过那丘长长的弯弯的阴冷的荒田，我免不了忆起当年的劳动场景。栽秧、薅秧、打谷，集体中醒目的与不露声色的勤快、躲懒，开玩笑，一幕幕从眼前走过。眼下平整的田还没被犁开，杂草一团一团，涂抹着初春的痕迹。几个深深的牛脚印，注满了浑水，好像一些漫长等待过后迷茫的眼睛。

好多年了，我已对这样一丘普普通通的冷浸田麻木，就像对舅公当年远在千里的病逝，没有更多表示一样。叶落归根，舅公去了他该去的地方。想着田坎上清冷的孤坟独碑，心中悲戚。一大辈子独过的舅公，生前不麻烦别人，死后也不希望人家打搅。地方，朝向，全是他生前所选。对这地方，我听家中老人说起时没什么可说的，只觉得不可理解。

这丘毫不起眼的小田，原在生产队时就没给我们参加农忙劳动的中小学生，留下多少好印象。面积小，形状不规范，犁田耙田比较麻烦，栽秧也没有好的看相。我上小学时，喜欢到那些热闹的大田去，喜欢在那些参过军的

大人身边，听他们讲些山外的事情。其实有的当兵也在山里，但羡慕他们至少坐过汽车火车，出过远门。而那些时候，我舅公却离开热闹，要求去这丘僻静的孤田，一人或两人安静地做事。在大队生产队按自然寨和田土的所在分为村组后，我们队分为两个组，我工作离乡，不知这丘孤田分到了哪个组，分给了哪家耕种。

清明节给舅公上坟，我们从小街出来，沿着洒溪，在万磨坝坎上的花阶蜿蜒慢行，快到板栗山地界，就到了那丘我几乎遗忘的孤田。舅公的坟，就在田的后面。坟离大路不远，一个小小的山弯挡着，若不注意就看不见。舅公的坟不高，十多块洒溪的石头，围着一堆黄色的泥土。那堆黄土，在孤田黑色的背景上，越发醒目。黑泥黄土之间，一块应有的碑石，静静待在它应该所在的位置。灰白的碑石很是简朴，矮矮小小，但立得端正，尤其是两行碑文，就像铺陈在田里的黑色泥巴，自然随意，不加修饰，简单得像口水话一样朴实平淡："终身辛勤劳动，一世淳朴为人。"在这丘舅公经常劳动的孤田边，这两句简简单单朴朴实实的话，把他们紧紧联系了起来。这也是舅公 80 岁人生最好的总结。往后，孤田和他将形影相随，互相映衬。

我与表弟们走过孤田，在舅公的坟头摆好熟肉、米酒、糖果供品，把三炷香插在坟前。"舅公啊，我们看你来了，想吃的东西就多吃一点啊。"表弟说着，作三个揖，然后烧几把香，一大堆的纸钱。

在"噼噼啪啪"鞭炮声中，我们爬上舅公坟后的台地。顿时，一番渐至开阔的气象汇入眼前。宽阔的万磨坝，一丘丘绿色的水田，追随悠悠吟唱的洒溪，向热闹的小街铺展过去。万磨坝两边的山岗，草木葳蕤，菜园斑斓，尽收眼底。

我知道，眼前的每块田地，都曾经人欢牛叫地热闹过，也都留下了舅公勤劳的足迹。在有着近百年历史的小街上，勤快的舅公常常在山上田头最早

迎接晨曦、最后送走夕阳。我不知舅公是哪一年，从10多里外的伞寨来这里定居。可小街的岁月，却融入了他几乎一辈子的寒暑交替、喜怒哀乐。

舅公中等个子，年轻时帅气，早早就出门在外，在70多里外的老晃城开过小店，快解放时担心打仗才回到这里。他有过老婆，耕耘数年却无儿无女，最终孤独一生。有人建议他带个小孩，他从不回应，但在60多岁后有了过继一个的打算。我先后见过几个从深山来的10多岁、20多岁的人，在他那里吃住，一起劳动。我读书工作在外，那些人怎么来怎么去，不太清楚。最终，那些前后来他家里接受考验的，没一个留下来，都默默回了山寨。

说舅公勤劳一生，他坟前的孤田可以见证。大集体年代，舅公除了积极参加劳动，其他方面也令周边的人家望尘莫及。比如，自己养猪、种菜、砍柴，在街上的小集市卖一点买一点，亲戚邻居有红白事情去送一个礼。照他的讲法，是“麻雀虽小，肝胆俱全”。之外，他更乐此不疲的，是一天天默默地去做好人好事。

表弟手朝夯溪洛上下指点，说那些地方的路、岩坎、小桥，舅公修得最多。我也清楚记得，那时回家过年，白天去他家没人，只在洒溪的周边，才可能发现他修桥铺路的身影。就是这丘孤田边的花阶路，田边的沟坎，都被舅公一次次地砌石修整。

像那丘默默无闻的孤田，舅公身体力行多做好事，行善积德，却不愿扬名。他一个孤老头，不愿享受乡村的照顾，由于勤俭会安排，生活过得去，还无私帮助过许多人。有时赶场天，一些不认识的外地人遇到困难，他帮忙后马上“闪人”，感谢的话也不想多听一声。

舅公内心活动丰富旺盛，就像他坟墓周边的草木，像他坟前孤田里年年旺盛的庄稼。这丘田不显眼，但黑泥肥厚，草木浓密的最里边，有一股不动声色从不干涸的泉水。这里光照较少，庄稼成熟稍慢一点，但产量却比较

高。舅公热爱田里的庄稼，热爱眼前的一草一木，就像热爱身边的生命。他没上过学读过书，却零星认得一些汉字，懂得不少才艺。他是个好人，在强者面前刚强，但更难得更值得敬佩的，是他出自内心善待弱者。那些年周边有几个智障人、聋哑人、残疾人，有不懂事的小孩碰上，觉得新鲜，做出一些欺负人的举动。舅公会训那些小孩几句，把他们赶开。或许年老后的舅公感到自己虽无儿无女有点可怜，而那些特别的人，他觉得比他还要可怜。

我回忆当年寒冷夜晚，在我家或舅公家向火（在火塘边或火桶上烤火），舅公说过的故事唱过的歌，试图从中找出一些他对生死的看法和感受。但除了一些过于忧伤的平面化的碎片化的语句，没有找到什么内容。无疑，当时舅公比本地人见过更多的世面，能力和聪明超出旁人，连下乡知青都对他表示尊敬。人们叫他“师傅”，有时开点玩笑，但也名副其实。人多嘴杂的事，麻烦的事，人们习惯问他，看他怎么说。可能是经历和见识的缘故，舅公佩服当地一个有文化的老者。我听舅公多次说到那人的机智和诗句，还说那人对长工、短工怎么怎么的好。一些夜晚，舅公用山歌的调子，哼唱过那人的诗词。

一生勤勤恳恳，由于中华人民共和国成立前去过县城，舅公从没任过集体的职务。但他无疑是个优秀的百姓，是值得肯定的人。他动脑筋种田，种田交税，与左邻右舍亲如一家。人们认为的坏事，他不会去做；古今提倡的好事，如今愿做的人越来越少了，可他生前，却做了许许多多。

在孤田的上方环望，山前坝上，再也看不到舅公做好人好事的身影了。在他孤碑的周边，苍翠的枞树杉树说着我听不懂的话，一株株旺盛的羯鸡窠梅秀榭（侗语称谓的一种野草和一种野树），情绪浓郁，交头接耳。

我的目光越过田坝，越过眼前的那些桥和路，在夯溪洛那边的山头，久久停留。半小时前，我们刚在那边上坟。高高矮矮几十座坟墓中，有我的祖

父、叔祖母、妈妈和大舅，还有我舅公的姐姐、我的亲外婆，也长眠在那个地方。这些老人生前客客气气，非常融洽，我不知道舅公为什么不与他们一起长眠。舅公生前，与那一片向阳热闹的坟地几乎低头不见抬头见，只要去坝上去莱土，走任何一条路，抬头都能看到山上的亲人。一年到头，不知他会去那里多少次。他相信人死了魂还在，所以每逢七月半，他都会摆供品、烧香纸，虔诚地对待阴间的亲人。面对生前身后的他们，舅公早就有了自己的想法。我想我终会明白，舅公死后，为什么不去那个地方，不去与他们热闹地相聚。

我读初中时曾与人在孤田收割稻谷，手握一株株粗壮的谷秆，打下一颗颗饱满的谷粒，心头生出不少欢喜。插秧时脚下的冰凉，薅秧时双手的疼痛，早抛到九霄云外。唯有收获，才让一天天一季季的劳作，让天旱的担忧和下大雨的忧虑，在这样一个生活的节点上，想开放下，舒心展眉。舅公的临终选择告诉我，不是每一个人都能够人生圆满，但他生前的习惯，死后还想照样坚守。

在舅公孤零零的碑前，我感到孤田的泥土里，埋藏着一些生命的信息，在一点点地涌动。它们沿着时序的道路行走，一直飘着泥土的芳香。

蚂蟥田

我被一封“公病逝速回”的电报，从读书的学校叫回了家。80多岁的祖父春节期间病危，在我开学时已好转不少，想不到他在开春后还是没能挺过去，没有翻过那道坎。匆匆三日，祖父的丧事按习俗办好，大家忙完了累够了，而妈妈治不断根的哮喘病，却严重了不少。

过两天就要回校上学，面对咳个不停整天不能休息的妈妈，我劝她：“我和爹陪你去医院看看，跟队长请两天假吧。”

妈说，身体一直都这样，没事，今年工分少，要多做点。

这天，队长喊出工的声音又熟悉响起。我外出几年没参加过农活，早就不知道农忙的滋味了，听说是去大河边的长田栽秧，按定额记分，就跟妈说去给她帮忙。

在我记忆里，那丘田对大人小孩有着挥之不去的阴影。我读小学中学时农忙劳动，最怕去那里栽秧打谷。田太长了，每栽一厢秧割一厢谷，腰弯久了直不起来，手则被田泥或稻秆磨得发亮脱皮，腰痛手也痛。我怕去那里栽秧，田泥深，泥里成串的蚂蟥非常敏感，纷纷向我们手脚响动的地方聚集。人们一两分钟不拔脚看看，黑黄的、黑红的蚂蟥会叮得紧紧，从瘦瘪瘪开始吸血，变成胀鼓鼓的东西，在脚上撕扯不去。唉，你不知它何时到来，一旦感到痒痛，它已经吸饱血啦。

我们挑着绿茵茵的秧苗，光脚涉过冰凉的河水。几个爱开玩笑的中老年人，这时以开我的玩笑为乐。有的把城里干部第一次下乡诸如穿鞋下田的趣事，转弯抹角挂在我头上，以此来构成一些笑料，重温乡间的融洽和善良。他们知道我家人在失去老人的悲痛中，只想让我们开心一下。

我妈的定额本来是一个人的数量，我去了，人们又给了一些，好使我们多得些工分。我们估算着，把秧苗按一定距离一把两把地扔进田里。妈妈先下的田，起了一横六蔸。我从她的右边下田，也起了一横六蔸。一阵刺骨的冷，通过黏稠的田泥，包裹着我们的双脚小腿。我们靠手脚不停劳动，增加热量暖和身子。随着左手分秧右手栽秧，在手起水响瞬间，一蔸蔸横看很直竖看也很直的秧苗，稳稳站立在田泥里。妈六蔸我六蔸，栽两排退一步，十二行笔直的绿色，在我们眼前慢慢延伸。

我沉浸在手起水响的愉悦里，突然感到小腿肚上奇痒无比。抬起右脚，我看见三个饱胀的黑里带黄的蚂蟥，叮在那里一动不动。我用力抠，好不容易才把它们抓下来，放在田坎的石头上。再看左脚，两个刚到不久的蚂蟥，好像很陶醉，一阵阵用力吸着。我左手使劲一抹，它们跌在了水里。我怕它们再来，摊开手从水里捏住它们，也放在了石头上。

往下，我难以聚精会神栽秧，因蚂蟥骚扰而心顾几头，速度明显慢了下来。

妈妈本来就有哮喘病，双腿经冷田水浸泡，还不停弯腰插秧，开始一阵紧似一阵地咳嗽。我要她上田坎休息，她不肯。她看有人栽到了前面，半天

能够完成任务，心里着急。

“唰，唰，唰……”“咳，咳，咳……”耳边的栽秧声，不时夹杂着我妈的咳嗽声。一些既无可奈何又像心脏受到重压般的感觉，突然明显出现，占据着我整个的心脏。

高考头年，也是在这丘田，我参加队上打谷。腰痛手痛令人难受，可我需要学习复习，想通过高考改变命运，心里的焦急紧迫已难以形容。学校上课少质量不高，学习资料也没有，暑假是自己学还是参加劳动，颇费周折。恢复高考两年，家乡几乎所有的考生名落孙山，人们已不抱什么希望。就我而言，眼前也仅有那么一线小小的曙光。怎么办呢？家里生活需要工分，但我的未来，是唯有考上，才是出路。

大队支书家在我们队上，他和队长在开会和劳动的场合从没有讲过，学生应该在家学习。

我跟父母讲，想在家学习。他们觉得高考太难，但还是由我，只要我兼顾一下砍柴挑水做饭就行。学校放假，我不参加生产队的劳动，支书没讲什么，队长也没多讲一句。可是，在蚂蟥田打谷栽秧那天，工分高，我妈觉得机会难得，我也觉得这一天重要。

见我跟在挑秧队伍后面，队长说：“欢迎欢迎，明年考起大学，不要忘记我们农民啦。”

大家你一言我一语地说笑，支书从前面回头说：“你们莫笑，我看，老茂肯定考得起。”

可有人觉得，他们每天的工分，比我们寒窗数年最后冲刺的高考分，还要重要。我开始觉得，眼前的蚂蟥田，开始与我有了距离。

好在我考上了，吃了“国家粮”，逃离了农田和农民身份，也逃离了和妈妈一样的农村生活。几年后再下蚂蟥田，听着妈妈揪心的咳嗽声，我的心里又重新复杂起来。

妈妈继续咳，腰蜷缩成小小的一团，弯得像一株挂着果子站立不稳的矮树，也像一只被生产队的稻谷装满压歪了的箩筐。一天天严重的超负荷劳动，像一丘丘“蚂蟥田”的蚂蟥，吸干了她的青春，吸去了她的健康。

我靠着年轻手脚快，想尽量在田里多栽一点，以自己的辛苦尽量减少妈妈病体的痛苦。这最后一次在长田农忙栽秧，既是近距离感受妈妈艰难和病痛的劳动过程，也是对农村人艰辛和困苦的触景生情的思索过程。

我无可奈何地同情妈妈，还在往后同情农田里忙碌的一个个熟悉的飞快老去的人们。

蚂蟥田留给我的回忆，从此有了对当年农村多劳少获的无奈和身不由己的悲叹。

妈妈去世后，我多次回乡却再也没去过蚂蟥田。后来听说，那丘田没有了当年集体“双抢”的热闹，也由于距人们的家比较远，渐渐地被乡人冷落。

流经古城的情韵

岳父是邵阳武冈人，我很早就想去他老家看看。我不知道，岁月给建制了 2000 多年的武冈古城，遗下哪些细碎的枝叶。它如今以怎样的面目，坐落在湘西南的群山中，矗立于时光的某处。有些远而深邃的影像，在我脑海模糊闪过，迷蒙而遥不可及。一个周末我得个短暂机会，去那里进行简单却又难忘的游历。

“我们武冈是有历史的啊。”岳父生前不止一次对我说过，话语中有念想也有自豪。夫人虽在老家非生非长，但对老人的话一味附和，使我感到他们家乡非同寻常。数年前我因公路过，到达天色已晚，第二天清早离开，没留多少印象。这次接到友人邀约，我记挂着的心里，便春草般地萌动起来。那天，我们并非专程去拜古城，到了武冈却在毫无主题的转悠中，相遇一些往昔的遗迹。

盛夏的下午，三十七八摄氏度高温，我与友人汗淋淋地登上古老的宣风楼。很有年岁的城门高墙在最初的基础上，由宋朝至明清重建，威严坚固，棱角分明。清灰的台阶，一些角落露出干裂的石缝，像岁月张开一张张小口，在无声叙说什么。离城门几十米地方，矗立一座银白色的石牌坊，“楚南胜境”几个大字在炫目阳光照射下非常醒目。我岳父没到过这里，热爱书法并有一定基础的他，肯定没见过那几个金光闪闪的大字。要不，他去世前的许多日子，一定会向我讲述那些字的特点、框架、笔法和气韵。

站在宣风楼上，眺望声名远播的云山。云山是佛教圣地，也是森林公园，山峦起伏，美景连绵。此时太阳虽大，但一些游荡的白云和清灰的云朵流连山前，遮掩着名山的景象。苍山莽林，香火古庙，只能在想象里呈现。这天没时间上山，有点遗憾。我想，岳父很小外出求学，年少因经济拮据，年老后又因健康状况欠佳，没上过云山。我倒希望眼前的某几朵云，白的好灰的也罢，能带着他的遗愿，不声不响在山间逛逛，满足他生前的一些愿望。

从云山收回远望的目光，可以清晰看见右前方红色的楼阁。友人用手指点，强调那是武冈有名的文庙。我不假思索对他说，“走，去看看”。

下了轻风习习的宣风楼，顿感一股热浪从城墙门洞涌出。汽车摩托车穿城门而来，“轰隆隆”从我们身旁经过。机器响声，裹挟着陡然升高的温度，来回流动。喧嚣与闷热，一改我多年对古今学堂的印象。文庙周边，应该静静的啊，即便是夏天，也应该清凉和幽静啊。

百米开外走到文庙，遗憾的是，大门紧闭。文庙门外的迴龙路不宽，却摆满汽车。伫立门外，近在咫尺的渠水潺潺有声。文庙周边，河的对岸，全是现代建筑。我仔细端详大门及两边红墙，仰望庄重清晰的“礼门”，在雕塑中品味一个个教育的典故，真是羡慕。门前石碑记载：“武冈文庙位于武冈市旧城区宣风楼南侧，始建于宋崇宁五年（1106）。原址在宋城宣恩门外，南宋绍兴八年（1138）迁建于此。”作为省级文物保护单位，文庙经道光十五年（1835）、2004 年两次大修，现存建筑有宫墙、厢房、状元桥等，特色

是砖木结构、彩绘斗拱。门内看不了，友人侧身把我引到一苍老的树下。看过石碑介绍，这树让人肃然起敬。“双银杏”极老，树龄1700多年，是著名的陶渊明的曾祖父西晋名臣陶侃，任武冈县令建设学宫时所栽。银杏老态龙钟，生命力却很旺盛。它应是武冈古城，最长久的见证了。

这个匆忙的下午，坐坐车，走一走，看一看，我对武冈城有了一些了解。长长的老街，木楼砖楼流淌着古城雅致的文气，一条按察司巷，把人带进一截古老时段。法相岩是武冈称为都梁时的十景之一，几个洞口有些著名的摩崖石刻。从武冈二中大门进去，国家文物保护单位“黄埔军校第二分校旧址”，静寂掩映在数株参天的大树之间。

第二天早餐，是在一个颇有年份的南门口粉店品味的。我知道武冈卤菜很有名气，此前却不知它的米粉也有厚重的底蕴。有口古井，水好，店家经选米和浸泡，磨浆和干浆，蒸煮和揉坨“三关”，配以精油、主料、辣酱、腐乳等“八景”现炒作料。一大碗米粉，几样外面买来的卤菜，使我们几个外乡人着实开了眼界。武冈美食，果然不虚。

记得岳父生前聊天，说起武冈二中，说起黄埔军校第二分校，爱乡爱国之情浓烈。抗战往事及他父亲在县国术馆任教的故事，时常出现。他13岁赴衡阳考学，孤身前往读书，忍饥受冻，刻苦上进，考上长沙的大学，并留在长沙的专业学校教书。时代有需要，他又有专业知识，年轻时日夜奋战在建设一线。在他们学校，他是最早一批获评高级职称的老师。他业余写作，在《光明日报》《湖南日报》等报刊发表了不少文章。而长年与水打交道，他在50多岁就患上了严重的风湿性心脏病，瘫痪在床，靠岳母贴心照顾与他自己的坚强康复和医院治疗，不仅站了起来，还可近距离自由行走并生活自理。他的工作学术业绩被载入过有关书籍。可他不断说起的武冈古城，被他描述得时常身入其境的家乡，却因不能前往而显得非常遥远。

武冈美食，岳父赞誉有加，但南门口有名的米粉，他应该没有吃过。他老家年前节后带来的猪血丸子、油豆腐，以及亲友带来的卤铜鹅、卤豆干，使他大开胃口时，也让他一次次怀想家乡。

岳父说到武冈的古迹，就会把我带进他的老家古村。许多年前，他曾拿出省内几份报刊，整版的图片和文字描述，使我明白他自豪并津津乐道的原因。我们所住武冈酒店的桌上，几本当地的画册、宣传文集，都有他老家的介绍。当地友人高兴地对我说，浪石古村的美名，越来越响。浪石村是明永乐年间一位姓王的退隐官员始建，村内多是他的后代。经 500 多年，建起了 88 座古民居群，其间散布古井、古桥、古墓、古寺。

岳父老家是省级文物保护单位，还被中国楹联学会命名为“中国古楹联第一村”。一些古民居大门的两侧，有不少青石刻下的对联。作为“鸡鸣五县”的边远村，浪石曾是个几不管的地方，宏大背景的风云变幻往往在这里没起大的波澜。耕读，勤俭，勤奋，祖传家训，好的家风，给浪石打上了中国优良传统的印记。青石上古对联，有的一直教导着村里后人，有的在岁月中模糊了，渐渐地跟不上时代，但一股凝结祖上家风精神的力量，总在催着人们奋进。家族的血脉，浸润着文化的传承，潺潺地发展壮大。

浪石古民居的对联，岳父曾给我讲过一些。我现在记不起多少，只觉得再好的居联，也不外乎几种情形。歌颂先祖美德的，抒发历史感慨的，赞美家乡美景的，畅想美好未来的，激励晚辈奋斗的……我在浪石的资料上看到两副，引起共鸣。“月白风清，志甘淡泊；云环水绕，气抱中和。”一个清明节我回乡扫墓，先送岳母去了浪石。车是从隆回过去的，一路风光旖旎，到了浪石，就感到一些不同的气象。那不是一个美字好字或是一个毓字秀字可以概括，那里有一些隐而不露的气韵，在宁静地环绕着日益美好的变迁。

我看到浪石的另一副对联，契合了岳父的生平。“万里前程从此起，一生大业看将来。”岳父因两个叔叔靠读书，当上乡村教师和普通干部，对他激励很大。他克服多重困难，艰辛付出，争取进步，才有了在省会的学习工作和家庭发展。从浪石，到衡阳、长沙；走路，爬汽车，挤火车；没学费、生活费，做小工，勤工俭学……告别家乡，开创了一生有所贡献的前程。

我记得那个非常艰难的夜晚，他在湘雅附二医院急诊室，与死神顽强搏斗，做着一个个噩梦。深夜，只在他说起武冈乡音时，才慢慢地平静下来，并往后奇迹般地转危为安。

古老而年轻的武冈，在岳父越老越清晰的记忆里，永远是当年离家时的模样。少小离家，老大难回，他心存遗憾。

吃过米粉，采购了著名的空心饼、卤豆干，我们与新楼林立而古韵犹存的武冈作别。我想，我还会再去。上云山，领悟时光的云卷云舒；在岳父家乡浪石古村，拨动几片沾满怀念的细碎的枝叶。

苦李

小时候，每次经过大舅家屋后，我都会在两株苦李树下仰望片刻。耳边，“地地菜，地地根，我是嘎婆的亲外孙，打破嘎婆的花花碗，舅妈骂我断手杆……”童谣的声音，连绵不断。可是，看那两株李树丰满结实、精神焕发的样子，尤其是有的年份结着的密密的李子，心头真是直吞口水。

炎热的正午，在家休息的大舅妈听见小孩们“窸窸窣窣”的声音，或听见抛起的石头落地的声音，就会在屋里火铺上或出到菜园边大喊：“哪个哇，李子还没熟哇，吃不得，痛肚子。”

我们一群小小玩伴，听见声音，瞬间全不见了身影。

那李子是不好吃，青的时候很苦涩，黄的时候酸甜酸甜的，空肚子多吃了几个，就有可能肚痛拉稀。

我知道仅仅因为李子，大舅妈是不会骂人的。在我的记忆里，我在嘎婆家没有打破过碗，大舅妈大舅很早就和嘎公嘎婆分家过了，就是打破了几个，与她也没有什么关系。但说到痛肚子，寨上街上和左邻右舍大多知道，

我大舅妈从深山里嫁过来时，学过治这个病的药方，似乎还特别地灵验。

我高考前得过一场急病，可事先毫无征兆。那天晚上 9 点多，我从学校晚自习回到家里，忽然肠胃翻江倒海，上吐下泻，汗水淋淋。我妈见状，并没有送我去几百米外的卫生院，而是三脚两步往下边街跑，去大舅妈家喊她。大舅妈二话没说，急忙地来了。她简单问我几句，要我妈打来一碗清水。接过那大半碗水，大舅妈大大方方泡进一些草药，神秘兮兮却又神圣地在口中念念有词。片刻，她让我端碗喝了一口，然后拿着剩下的药水，喷洒在房里房外。非常奇怪，一二十分钟后，那些药就止住了我的疼痛。

我大舅妈的这个本事，让寨上街上的一些人应急受益。同时，也让小孩们有一点敬畏。如那两株李树，是上街下街的人家在屋后唯有的水果树，每到挂果时节，孩子们心怀幻想，早有打算。但是，大家觉得谁不相信我大舅妈的话，提早吃了那些李子，肚子就会不舒服。他们实在忍不住偷吃几个，我不会参加，他们也不会告诉我。至于肚子痛不痛，有哪个痛过，也没有哪个注意。这些李子在当地丰富的李子品种中，虽然比不上皮青肉红果大的色李，但还算比较好的。我们那时赶场见过一些李子，简直是难吃极了。

那时候，大舅妈赶场天卖李子，碰见了也会抓一点给我们。当时几分钱一斤，卖不了多少钱。随着交通便利市场发展，天南地北好吃的水果进到山里，苦李没人买了。某年，满舅因舅娘去世要从山窝窝搬回街边，需要在外婆屋后的菜园开屋基。大家一商量，就砍了那两株苦李。

大舅妈再也不用看李子树卖李子了，只是偶尔还要免费帮人治病。有人看她一天天变老，包括家里的人也怀有心思，央求她，要她教教治病的方法。她笑笑，好像她和她的师傅有什么约定，或她自己有什么想法，一个都没有教。现在乡医院越办越好，找她的人少了，好多年轻人不知道，她竟藏有那个本事。

我往后回家，看不到那两株苦李了。但每次从那里经过，我都情不自禁地望望那个地方，提醒自己去看看大舅妈。大舅妈在六七十岁后，严重气喘，身体很差。

大舅妈的大半辈子，是比较享福的。她没做过多少日晒雨淋的苦累活，当年经人推荐，在公社、供销社几个单位食堂做过饭，为生产队创收。不搞大集体劳动后，她独自摆起了米粉摊，为家里赚几个小钱。她最享福的时候，是去长沙看大儿子。在我还是中小学生时，特别羡慕她和表哥，感到大城市的幸福非常遥远。她每次从长沙回乡，都向左邻右舍讲见闻，看到了什么，吃到了什么，说得人家啧啧神往。

我刚到长沙工作时，每回到扶罗老家，喜欢一个人或和一两个中学同学这里走走那里看看，有时经过大舅妈的米粉摊子，也随她一声喊毫不客气地吃碗米粉。面对她这小本经营的辛苦，我大多时候绕路躲开，不想白吃。

大舅妈年老后，不能治好自己的病，也不能外出摆摊，还得省吃俭用筹钱买药治病。在长沙的表哥、大舅先后去世后，大舅妈的生活每况愈下。有时不是病痛，有时不是缺钱，大多时候是子女忙碌，她长期一个人坐在家里，气喘孤寂。

我觉得，大舅妈前半生开花结果顺顺利利，但老年的生活，却像极了她家砍掉的那两株苦李。顿时，心生一片叹息。

酸甜坛子

乡村供销社日杂用品柜卖的坛子，大小不一，粗糙却都一样，刺手感明显。他们摆挂柜台墙上的日用杂货，不怎么醒目，而水泥地上，坛口大张的、抿嘴盖着盖子的坛子，四散排开，不蛮整齐，显眼，很有意思。赶场天，乡民们抠出皱巴巴的纸币，买去装甜酒米酒，装酸水酸菜。

我家堂屋进厨房的过道，贴靠板壁的几个坛子，是先后从供销社买的。大的 30 多厘米高，矮的也有 20 多厘米，有的用了好些年。客人进屋，从光线不好的过道难以发现它们，而它们却给我家生活带来一些惊喜。

高考后一个炎热中午，我做农活回家，劳累的肌肉刚放松，门外传来熟悉的叫声。一位老师从门口经过，关心我前途，一见就问是否接到录取通知书。老师们和我自己觉得可以考上，但等待时心里的不踏实，像猫抓过老鼠的地方一样乱。

我把老师请进屋，父母不在家，没提前准备，不知怎样招待。我拿父亲的茶杯给老师泡了一杯茶，眼睛刚好望向过道。好了，那些坛子可以应急。

母亲在农忙“双抢”（抢收抢种）前做了半坛甜酒，我头几天打谷回家吃了一碗，顿感沁甜舒爽。上好的糯米，做工精细，甜酒给人清心甜蜜的感受。我小心揭开坛盖，一勺勺舀了大半碗，给老师泡上。凉水甜酒，正好解渴饱肚。

家里坛子用时较长的，是两个酸菜坛子，一个是水坛子，一个是干坛子。酸水坛子的年纪可能比我还大。我稍懂事时注意到，外婆身体不舒服时会从下边街上来，用勺子舀一碗酸汤水，像吃糖水一样享受地喝下。老人们说过，老酸汤水可以治一些病。舅公年老也天天做体力活，他来我家几乎从不喝酒，很累那天只要一碗酸汤水，就露出舒服的笑容。怪不得人们说，“三天不吃酸，走路打捞蹿（趔趄）”。言下之意是没有力气，连走路都会摔倒。我嫌那水太酸，只对泡在酸水里的东西感点兴趣。有时吃饭没菜，我掀开坛盖，用筷子从酸水里夹出下饭菜来。坛子里，竟被母亲像种地一样耕耘，品种四季翻新，汤色微黄，韵味悠长。手上筷子变魔术一般，把母亲先后放入的一些美味，请了出来。在我们自留地的出产里，进入酸水坛的有萝卜条、白菜梗、长豇豆、菜辣椒、芋荷秆，某年还放过大菜梗、嫩黄瓜。有的菜夹出来就可以上桌，有的用来炒菜配菜。长豇豆切短加辣椒炒，或者直接作油茶的作料，酸脆爽口，开胃下饭。

干的酸坛子其实不是真干，里面还是有一些酸水的，只是没有达到盖住东西的程度。这干坛子常年装的是酸辣椒。在新鲜辣椒上市时，母亲会在菜地把辣椒摘来，父亲有时还在市场上买些。一色的红辣椒，微微弯曲，光滑漂亮。择好，洗净，晾干，就可以放入木盆剁碎。剁辣椒之前的事情，母亲做得多些，父亲下乡回来后，洗好木盆，再在昏暗的灯光下剁辣椒。我有时好新鲜，从他们手上抢过铡刀，几个几个地放入，几个几个地剁，手提小小的铡刀往下剁，力气要适中。哆哆哆的声音很好听，快慢由着心情。辣椒没

剁几个，就有一股辛辣的气味直往上冲，刺激鼻腔，眼睛不由自主想要流泪。制作的过程很刺激，一股辣味伴随始终。平时在剁辣椒里放一些生姜，可以说是绝配。姜生吃不被推崇，但在剁辣椒里腌过，味道从单一变成复合型，口感丰富起来。淋雨受寒，几块辣椒姜会驱走湿气，提升阳热，舒服得打个喷嚏也是幸福。

那年有亲友听说我收到学校录取通知书，主动上门祝贺，条件不好的，说声贺喜，有的留下了自产的大米或小菜。条件稍好些的，递了块把钱。父母在我上学前请他们吃饭，酸坛子里的东西发挥了作用。父亲与同事晚上在皂溪捉了不少鱼，家里养了鸭，市场上买几斤肉，还算蛮丰盛的。那天的鱼味道很香，虽无醋无酱油，但父亲用甜酒剁椒做了油炸水煮。猪肉有用酸豆角炒的，下酒开胃。

客人把祝词讲了，便与父亲喝米酒。围着架起来的圆桌，他们高声地互相劝酒，有时一小口，有时大半杯，有时一口干，不觉酒至半酣。忽然，门口传来敲门声和“嘿嘿”的笑声。母亲放下碗筷喊，“哪个客，快进屋”。门外笑声依旧，母亲猜到是谁，马上开门去迎。

哑巴见狗不肯进屋，在堂屋咿咿呀呀，笑容可以用灿烂来形容。以前他从门外经过，家里人给他些吃的，哪怕是酸菜拌饭，他也会千恩万谢。今天他进了堂屋，母亲说什么也要拉他进屋一起吃。见狗死活不肯，客人同情这单身，也知他有自己的讲究，都说算了算了。母亲只好装满一海碗饭菜，不夹酸菜，多夹点肉，由他在外面吃。

小插曲一过，客人更加尽兴，最终有两位醉意蒙眬。他们的酒话好像比开始讲得精彩多了，语词之间尽是甜酒的味道。这时月亮已经又圆又亮了，他们谢过我家的住宿挽留，执意回家。母亲见状，马上找来干净的碗，打开了酸水坛子。这下又热闹了，醉酒的要喝，没醉的也要喝，一下子坛子浅了

不少。喝了酸汤，客气话没讲多少，人们清醒了好多。好在他们回去是整天没什么车行走的马路，才放心让他们出门。

干酸坛子真正干的，家里也有一个，只是我从来没有翻弄过。老人们将半个人高的大青菜，洗净晒干，切得细细的，把坛子装满。这就是平常炒酸菜打酸汤的主角了，在冬季旱季没有菜吃的时候，显得尤为珍贵。那些年主人家招待亲友，上酸菜是小气或不客气的，这个坛子日常便不被看重。

一人在家时，我经常会听见几个坛子哧哧嗞嗞的声音，有的短暂，有的低沉。我在听的过程中揣摩，好像能够猜出个一二，有的坛空了，有的水少了。我有时会舀小半瓢干净水，学着母亲的样子，往坛沿即将干涸的水槽，无声地注入。望着那一线清亮亮的泉水，心中涌出的是甜酒的味道。

年饭

中午开始，寨子里就有阵阵冷寂的若即若离来而即去的气息，在大路上迷漫。我家的屋，显得无精打采，没有一点过年喜悦气氛。有的人家，早早贴上了大红对联，只等一切准备妥帖，就进入大年三十年夜饭习俗。

经过的人，凡往我家门前打望，就知道我家这年出了变故。木屋门框、柱子上，贴上的对联与别人家的不一样，往年的红色春联换成了黄色，一点点红纸只在天头地脚轻轻地点缀。对联内容不是常年的喜庆，而是“爆竹声里方知新年春节到，团年桌上又忆昨日慈母恩”。

我工作的第二年，我妈永远离开了我们。我感到那个春节比往年寒冷，也不会如往常一样快乐早早地来到家里，它早已从我们的身边远去了。

妹妹在灶膛边烧火，爹一次次把一片比巴掌大的铁片烧红，再用它向一个大猪头和一块三四斤重猪肉的皮上烙去。白色细毛被一点点烧干净，“滋滋”的声音响过，烟子飘起，阵阵肉香四处乱飞。等把猪毛烧净，就把猪头猪肉放进装满水的大铁锅子，慢慢煮熟。

我一人在堂屋，将神龛下木桌摆好，用一块湿布在桌子上轻手擦抹。桌子四脚四面早干净了，桌面也不知擦了多少次，总觉得还有往天的痕迹，还有往天留下的油印子，尤其几个凹下去的地方，好像老有什么东西抹不干净。这杉木桌用七八年了，表面桐油已经浸入里面，冬天放炉子架火锅的一团地方被炭火高温烫过，留有几个黑黑的疤痕。我用水抹湿，浅红的油漆显露出来，用布一擦干，一个个黑疤非常醒目。

我睁大眼睛，上看，平看，侧看，觉得桌子摆正了，干净了，才从堂屋进到灶屋。

“咯”一声响过，我从碗柜拿出六个“牛眼睛”酒杯，放进盆子里洗。这些牛眼睛大小的酒杯白中带灰，家里好久没用它们了，里外沾上了一些灰尘，还有油烟留下的滑腻。洗过第一盆水，水有点变黑浑。我又用第二盆水，感觉还不很干净。我再用第三盆水清过，才放心拿到堂屋。

爹将煮熟的猪头和方块猪肉，还有一只煮熟的整鸡，一起端到堂屋。妹妹拿盘子和糍粑糖果，也来到堂屋。我和爹在供桌上摆好猪头方肉和鸡肉再和妹妹摆好糍粑糖果。

我爹点燃两根红烛，然后烧香烧纸，在堂屋外放鞭炮。妹妹进了灶屋，我默默地往酒杯里倒了六小杯茶水。六是个常数，表示所有应该在场的或者能够来到的老人。我妈和祖上的一些老人从不喝酒，我先给他们摆的，是一些茶水。

香棍燃得很慢。白色的烟慢慢从裹满香灰的竹棍子尖尖，一丝丝吐出来，扭动着上升，几秒钟散开，不见了踪影。黄纸烧得飞快。红红的火与干燥的冥纸，一碰就腾起火焰，搅和一起，燃烧过后，剩下白色的灰烬。蜡烛继续闪动着火苗。

我把茶水一杯杯轻轻洒在桌下，接着往杯子里斟上满满的米酒。过年了，也要为一些逝去的先辈敬上米酒。

火铺传来炒菜的声音。几盘荤菜，要炒好，摆好。餐桌上尽量摆上妈妈爱吃的东西。妈妈去世几个月了，即使是过年，我们还是茶饭不思，鱼肉不香。在这家家团聚的日子，我们心情很低落，要戒荤，再饿，面对热了又热的素菜，也不想碰一下筷子。

火铺只有炒菜的声音，谁也没有说话。我家的鞭炮放得最早，这时，寨子小街开始断断续续响起了炮声。远处人家打开了刚买的收录机，软绵绵的时髦歌声一阵阵往家里跑来。

往年这时候，我或妹妹会去下街喊各自居住的外婆和舅公，请他们一起吃个热闹的年饭。这年我们不像过年，不吃荤菜，还怕他们两老在儿女辈中最喜欢我妈的姐弟，睹物思人，担心他们见这样会哭，讲那样也会哭，就提前讲不请他们了，由他们去哪个舅舅家过年。

妈妈在时，她会在堂屋的桌子上摆肉摆粑，非常虔诚。烧纸的时候，她会念念有词，对“神灵”和一些死去的长辈说谢语说祝词，为家人子女说些来年的请求和吉语。过多的劳累，较多的病痛，早让妈妈的腰微微弯曲，在微白的头发下，额头眼角布满了皱纹。数年间，除了做山上的活儿、田间的活儿，她还要照顾三个儿女，兼顾几位老人。除了不停地劳动，她没有什么闲暇，连话语也不多。

火铺上饭菜早做好了，一些香气沿着黑黑的过道，袅袅飘来。我把堂屋门开到最大，让外面的风能够自由出入，也让烟火味饭菜香慢慢回旋，轻轻地、无声地飘出去。

妹妹来喊几次吃饭了，我好像没听见一样。

陪夜

我不知道那些夜晚为什么老是躁动，夜色也不像夜色，一个巨大的不确定性，笼罩在父亲一次次住院的医院里。父亲一直身体好，病况的鸡毛蒜皮，对他无异于微风撼树，无甚动静。正因如此，我们大意了。

父亲进县城后还喜欢下厨，直至高龄习惯依旧，除了一直喜欢的口味，也是为增加运动，防止痴呆。眼神差，手脚变慢，下厨难免出现意外。一天他在厨房切菜，不小心菜刀“哐当”掉下，小脚趾被砸破块皮，家人立马清洗包扎。问他痛没，他说没事。结痂时，好多天难以闭合，包了一些草药，无效，无奈前往医院。我多次电话询问，家人朋友觉得奇怪，这种情况周边的人从没有过。说是病吧，又不痛。这次常规治疗数日不愈，才急着上大点的医院全面检查化验。一查惊呆，血糖很高，嘌呤很高，怪不得过不多久会手脚骨节痛，而高血糖却不知伴随了他多少年。我匆匆赶回，动员父亲住院系统治疗。父亲爽快答应，入院非常顺利。这是父亲多年来的一次住院。

家乡县城的医院在湘黔边界相当不错，每次为父亲在医院陪夜后外出早

餐，看到医院前坪停着不少贵州和县外车牌的小车。这里人来车往，却比大城市的医院有更多的宁静。一栋十几层的崭新主楼，窗明几净，设施先进。高学历高职称的医护、崭新的设施和规范的运行，早已不是多年前我见过的水平。说到父亲住院，我最先提出去长沙或怀化，父亲首先不同意，家人们也不赞成。就父亲的病况，医师都说没有必要。

入住县医院，两人一间，空调热水卫生间一应俱全，父亲颇为满意。看望的亲戚熟人多，治病不用花很多钱。在县里住院，父亲内心其实还有个想法，就是怕死在外面。

父亲对这次住院期待很高，医生教授在病房查房，让他放心。主治医师和护士说的做的，他非常相信。要量血压就量血压，抽血就抽血，整天笑眯眯的。对他而言，这就像出门走亲戚玩一趟。医师说高血糖高尿酸是富贵病，父亲听后觉得好笑。近年连乡间的一些年轻人也得这个病，父亲更觉不可怕了。

入夜，病房寂静，陪夜的心绪也很平和。崭新的钢架病床，父亲要我们摇起来的时候不多。白色的灯光照在雪白的墙上。打开电视，看新闻、看电视剧。父亲睡着后，我关上电视，在时光缓慢的病床边翻看带去的书和杂志。

父亲住院回家一段后，我回去看他。那天到家时，饭菜已提前做好。父亲精神状态好，明显高兴，躺在床上说，“你们赶快吃饭”。他是怕我坐车回家饿了肚子。看我们午饭吃得好香，他闭眼休息。待我放下碗筷与妹妹去喂他吃东西时，只见他嘴唇嚅动，没有声音。我们大声喊，“爹！爹!”，摇他的肩膀手臂，都不回应。我按压他的人中虎口，片刻，他才睁眼醒来，对我笑，张口还是没有声音。大家丢下碗筷围着床铺，妹妹问“你怎么了”，他笑，妹妹说“你莫吓我们”，他笑。我马上拨打 120 电话，又把他往医院送。看来日常生活的控制和节制，对付血糖尿酸的同时，也使他体质下降了。父亲思想有了很大波动，这是为他好还是不好？克制餐饮的动力大不如前。我从长沙带几本医疗保健的书给他，让妹妹读给他听。医师的要求，我们的恳请，作用忽大忽小。这也不能吃，那也不能吃，他日渐消瘦，腿力锐减，减少了在县城的街道上这里走走那里看看。在供销社工作时天天进村下组，一天几十里山路，跋山涉水成了他雷打不动的日常和爱好。腿迈不动了，他很不情愿坐上轮椅。某天他终于按捺不住，提出抗议。八九十岁了，八九十岁了，那一些不爱听了，讲多了不爱听了。他坚持自己的理由，这大年纪了，爱吃什么吃什么，喝酒吃肉，水果饮料，只要高兴，活得一天是一天。我们考虑他的感受，吃饭做什么菜都以他健康为主，酒也不是常喝了，虽然他一如既往喊我们，喝几杯喽，喝几杯喽。看着老人一段时间不如一段时间的身体，看着他那深藏着内心想法的表情和眼神，我们已少了喝酒的心情。

父亲这次住院稳定下来，而我陪夜就是睡不着。眼望吊针缓慢的药滴，担心每一瓶打完不及时换而出问题，眼睛紧紧盯住药的水位下降。及至打完拔针，绷紧的注意力才得以放松。天快亮，看着父亲的病床，加 32 床，突然有了要表达的情绪。“加 32 床，是病重的父亲，在新晃医院的住院号。一连几天，他在那昏睡，偶尔睁开模糊双眼。我想对父亲说，断断续续，几天没说什么话了，这是这天输的第五袋液体。此刻，静谧的凌晨 5 点。可他昏睡，滴注的药水，还流在昨晚的河床上。我想在父亲清醒时说，哪个指标降了多少，哪个没有多少起色，千辛万苦，只与病危拉开了几丝距离。冷寂的河流下面，还没有我祈盼的宁静。加 32 床，在医护眼里，是艘经历 88 年的老船。抽血检验扎针滴液，弄清白天晚上的某分钟，血压多少，心跳多少，血糖多少……我最期待，加 32 床上，这艘老船重新修好，早日驶出临时的港湾。”这是 2016 年 6 月 17 日凌晨，我在新晃人民医院的祈愿。

出院后，父亲这艘老船又无惊无险度过了两年。真是“千里之堤，溃于

蚁穴"，想不到一个脚上的溃口久治不愈，让父亲在最后一个春节受到折腾。因溃口住院，时间一长，他在病床上翻来覆去直至烦躁。按时换班的医师护士按时间节点到病房，有的喊爷爷有的喊姚伯，他应得清楚，有时声音还大。一轮轮地量血压、测心率、抽血化验、吃药、打针，往后接上了监测仪，仪器"嘀嘀"的声音在耳边时快时慢、忽高忽低。从凌晨到深夜，从静寂无人到挤满病房的问候，只要来人，父亲始终报以微笑。他确实没有感觉到哪里痛，仪器提示、医师检查，都是器官良好。

每次我盯着监护仪，父亲都会问："还好啵?"夜深人静，父亲睡不着，喊喝水时，有时还专门问："那些指标，那些个指标，还好啵?"

我看得很仔细，不用骗他："都好。心跳 70 多，血压八九十到 120、130，比一些年轻人还好。"望着父亲笑脸上的眼睛，我告诉他，心电图很正常。屏幕上有规律起伏的线条，看起来令人舒服。

看着监测仪和吊针瓶，我在药味弥漫的病房浮想联翩。读小学时曾陪父亲在山里的供销社收购站守夜。一栋一层楼的砖房，单独在一座阴浸山脚的路边。收购站里存放没有运走的烤烟、中药材、废旧物品。山后是个乱坟地，屋里散发着杂陈的气味，烟冲味、发霉味尤其刺鼻。平时住的职工那天有事，父亲喊我来做个伴。夜虫唧唧，不时还有猫头鹰的怪叫，我实在坚持不住睡着后，不知父亲那晚睡得好不好。初中时陪过父亲的徒弟晚上下乡，经过一座烂木桥边的几座坟墓时，脚都是软的。医院的病床上大多死过人，这些年陪住院老人多了已无怕意，此刻在父亲身边对当年的害怕更是毫无感觉了。

父亲这次主动要求住院，可能他有不祥的预感。一天我问杨医师，我父亲这病问题大没？他不假思索说病不复杂，但高龄老人难得说。父亲院已住烦，听说监测指标好，心情才稍好。碰到医师按惯例查房，与我交流轻松，父亲的心情也好。为早日康复，父亲自觉在病床上进行腿部锻炼，双手手指锻炼。医师护士“爷爷”“姚伯”喊得亲甜，大大提升了父亲的自信。人与机器药物合力，一天天地博弈，我们一直觉得会是赢的一方。

父亲的胃口每况愈下，一位辈分与父亲同辈的姚医师告诉我老人住院多是这样，我们也觉得是住院久了的缘故。妹妹三四月间曾跟我说，只要有空就回来，爹见一次少一次了。她们好像也有不好的预感。医院陪护，白天是姐妹们为主，夜晚是弟弟妹夫我们轮流。在父亲身体状态最不好时，我必在他病床边。一个个夜晚的难挨，是我在长沙为岳父医院陪夜深有体会的。那时年轻一些，一晚不睡对第二天上班影响不大。这几年断断续续的疲劳战，尤其这年春节至今的疲劳，让人在某个时间点突然仿佛，特别是天快亮时，即使心有大事，也顶不住瞌睡的侵袭，仪器的“嘀嘀”声和一种强大的精神支撑，使即将陷入睡眠的自己几秒之内猛然醒来。几秒钟很短，却也漫长，吊针注入的一点一滴虽然很慢，但希望它快一点起到作用。心中的祈祷，凝聚在夜深人静的意识上，期待时刻盯着的屏幕出现奇迹。希望父亲一直可以不断示意，喝水，喝水，这应是那些夜晚我们最多的交流。水冷了，加点热的，水多了，倒掉一些，好让父亲喝舒服些。连一次次为父亲放尿袋倒尿，都小心观察，尿多了少了，什么颜色，无不让人增减一些焦虑猜想。

“车声浇浓一晚的愁绪。新晃城轻微的夜风，陪我守护病重的父亲，下晚的路灯不似往昔的安宁，给街巷弥漫忧郁。车灯体会不到失眠，亮闪闪从窗户无忧跑过，由东向西或反身转回，轰隆隆地亮，暗一下，再亮。我想静谧里轻轻入眠，无奈车声的风太大，在这飘满忧愁的夜晚，我被梦拒在门外，灯光一样灰白。”这些句子便是那些天陪夜的感受。

为父亲治病尽力，看得出父亲也很努力。打针，吃药，连每一次吃饭，都尽力，给我们一同高兴的表现和理由。我们相信只要吃得，没什么可怕，因为没癌没痛。可病情变化，就像那几天的天气，晴雨没有规律。某日，父亲肺部出现炎症，在大家的紧张努力中炎症减退了，却又伴着高烧在每个傍晚后来袭。几个反复，拉低了他的抵抗力。尤其夜晚，需要关注的指标开始与人捉迷藏一般，不是这个低了又是那个高了，或者有时来个互换。打吊针也是，除了每天要滴注的药，据病情还需添加减少不同的药，总的是药的品种和数量在增加。躺得久了，父亲脚上的豁口未愈，身上由于我们勤翻勤洗，既无气味还皮肤完好，可某日还是避免不了地出现了不好的状况。越来越感到阴影的扩大，在我头顶心中一直盘旋的不良预感，日益向父亲和我们靠近。我们神秘中祈望的某种力量没有出现，关键时刻，科技和药物与我们一样无能为力。

夜色深沉时，我曾匆忙跑去喊医师护士，应付突然的变化，生怕父亲在监测仪刺耳的声音中离我们而去。每过一夜，焦虑增加，眼皮沉重，便在某天捕捉了“眼皮上的叹词”：整天睁开的电灯，惊讶我第几夜没好好合眼，它对父亲全神贯注。一个白天像一个逗号，又一次熬过漫漫长夜，意味又有新的语句，为我们修饰对父亲生命的继续。白天带来的温暖衰减，我努力睁开有父亲的一天，像努力在县城河岸，找他拄拐杖的脚印，脑梗后的语言，省略成一串叹息。当年他许多佳话，从县广播站传往省市，一人下一车车重货，经管乡村的培植，坚守深山几十年。一个叹词跳上他的眼皮，牵动许多人的喜忧。这次的叹词非同一般，比左跳财右跳灾沉重，我使劲睁着的双眼，也无法承受它的重量。

某个清晨起来，父亲再吃不下饭了，连喝汤喝水都异常困难。这样的夜晚，提心吊胆，悬着的心，沉重，有痛感。每一次陪夜，可能都是最后的诀别。

医师与我们一样着急，除了长时间的吊针，得采用进一步的办法。申请白蛋白注射，没扭转困局，只有通过插管喂食，才能使父亲的身体有营养维

持。插管前，医师跟他讲，会有点难受。父亲点了下头，没有说话。有经验的医师护士小心翼翼插管，看得出父亲在整个过程中的难受，可在喂食时，才知道某个地方没有到位。管子拔出来了，父亲好受了许多，再要插时，他闭口拒绝。为了一次成功，医院将重症室最有经验的护师请来，父亲微微张口，可那条在我眼里寄托希望维系生命的细小管子，已难以到达他的胃部。父亲的感受一定与我们一样，对他生命的前景渺茫。

深夜，除了仪器“嘀嘀嗒嗒”的声音，病室陷入难堪的寂静。父亲以自己的宁静融入一种宏大的空里，那里除了混沌，什么也无法看见。晚辈们白天站满了走廊，无不悲戚。姑父与父亲年纪相当，每天来看。叔父年过八十也要来陪夜，我们劝阻不住。此时，除吊水照常进行希望不大的治疗，大家对父亲的病已毫无办法。家乡俗话说，治得好病，治不好命。可能命里有某种注定，父亲的病已难以逆转。怎么办？有人提出新的方案，下一步得把老人接回家里。鸭塘界的祖屋几十年前被寨上人家失火，烧掉了。扶罗的木楼破烂不堪，也拆掉了。我和叔父跟父亲说回现在的住处慢慢治，他点头同意。

与同病室老迈的病友告别时，他们都流下了眼泪。

我知道至此，在医院为父亲陪夜的机会，再也没有了。那些漫漫长夜，再也没机会经历了。

消逝的花街

家乡上百年的小街，我们叫它花街。几十栋木楼近水靠山临田坝，分立两边长达 100 多米，高低错落。所谓的花，是大家从溪河里捡来规整的石头，砌出漂亮的卵石路面。

花街上亲情浓郁。这条小街上，我外公外婆、舅公、姨公姨婆、大舅，加上我们，五户人家相距不远。很小时我就发现，站在花街大声一喊，特别响亮。

我大舅是村干部，喊过开会出工。那些声音一过，人们就像闻风而动的鸟儿，纷纷走出家门。很小时，我一人去外婆家，要走过拐弯的街中间。街两旁的木楼，多数黑黑的，一家家堂屋门张开着，阴天的夜晚，幽深可怕。只有看到了外婆家和大舅家，我喊一声，听见回应，“怦怦”跳的心才安定下来。

一段时间，父母忙没人管我，就请外婆的姐姐我的姨婆帮忙。姨婆住我家对面，80 岁了，慈祥温馨。在我对生死毫无概念时，姨公姨婆相继去世，尤其姨婆的死，让我出门上街很不习惯。以前，几米宽的街，我兴冲冲奔过来跑过去，现在变了，感到街头街尾总有老人的身影。上学年龄没到，我在大人做轻松农活时，去田边玩，看妈妈和大舅他们一丘一丘田地耕耘。稍大，外婆有时在下头街一喊，我就腰挂小柴刀，或手拿镰刀，肩扛一根小钎担，跟她上山学砍柴。

雨天，堂屋外窗外挂满屋檐水，滴滴答答在花街弹奏，优美动听。夏天正午，明亮的阳光从楼上沿着板壁下来，无声走上花街，随时间推移慢慢地从另一面回去。逢年过节的街面，成了每家的一部分，被我们打扫得干干净净。

在“对门坡上有根柴，弯弯扭扭走过来”的谜语中，我经历着砍柴对蛇的恐惧，同时，背起书包上小学了。经大舅他们基层干部商定，我们这些小学生，从三四年级起，开始学做农活。街头上，我和同学你呼我唤，拿着农具，高高兴兴加入劳动的队伍。

花街当年最有意义的事，是上面组织一些大活动。街后山坎上，是有两栋木楼的乡级政府，小会在木楼里进行，有庆祝一类的大型会议，便安排在一两里外的中学操场。来开会的人群经过花街，敲响手中的锣鼓，把街上变得喜气洋洋。开基层干部会，花街也会热闹很多。外婆家对面是只有一个干部的税务所，木楼破旧却宽敞，旁边一户人家的楼上也很宽敞，便被安排开会人员住宿。在讨论环节，大家把凳子搬到街上，坐成圆圈。念报纸的声音、教唱歌曲的声音，常常激起我的向往。

街上一些人羡慕我大舅，他有两儿一女，大儿在省城当工人。他没什么文化，但有境界，低调、实在。随着我从花街走进县城、远赴省城，一次次接信，外婆办了丧事，舅公办了丧事，从老家接来的满婆也办了丧事，大舅都和我父亲商量，事后才告诉我，不让我千里迢迢奔波，也不让影响我的工作。

花街，留给我最痛苦的回忆，就是我妈办丧事的场景。街上，摆着许多亲戚同学和单位送的祭幛花圈，锣鼓唢呐鞭炮声，亲人们的哭声，成了永远也磨不去的记忆。

春节回家，走过花街，看着一栋栋熟悉的房子，我都会想起一个个老人。大舅因年龄偏大不当村干后，热心起公益事业来。他四处联系，改造花街。当时街上人家有的买了汽车，有的买了拖拉机、农用车，早出晚归天天在外赶场，卵石花街车行不便。为这事，邻居们也热心。在得到一点资金支持后，大舅和村组干部喜笑颜开。他们亲力亲为，出力流汗，把花街变成了水泥路面。

过后，大舅又与大家计划修进山公路、修河堤、修旅游景点，老年生活过得越来越有境界、越来越有味道了。

每当想起花街，想起亲人，想起那些忘我的村组干部，我悲喜交集。一年回家，我看到大舅病得很重，心头很不是滋味。花街没了，老人也一个个走了。一个夜里，突然接到老家的电话，说大舅去世了，我的心头，久久不能平静。

这以后再回家乡，我看着一栋栋拔地而起的砖房旁边剩下的几栋苍老默默不语的老木楼，就会想起一个个逝去的老人。走在没留下一点花街痕迹的水泥路上，我会默默地陷入回忆。

套缸酒

父亲目光浑浊，在鸭塘界上为老辈扫墓时的对视，让我猛然震惊。何时开始，一双山间溪水般清澈的眼睛，涂抹过村寨数十年炊烟后，何时又被抹上了城市难以消散的雾霭。我没注意过这种从未有的变化。一些不安在我心中翻动，我担心他的健朗被嵌入某种倒计时的器件，现出远处朦胧的休止符。属于他日子的长度，已在某个地方出现令我们难以接受的标记，并日益接近。那个清明节的头天，太阳亮眼，山林道路刚被一场缠绵的细雨洗过。父亲正抬头望向一片茂密的树木，非常专注，好像那里有他的长辈在召唤，或者他记起了什么遗忘过的人或事。黄土路上的立定，几分钟，静且漫长。

其实那是片没有祖坟的地方。

随同眺望片刻，我问父亲，那里有什么特别的？

父亲到了近 90 岁高龄，与我们讲话不再斟酌字句，多年前一次脑梗，极大影响他的思索速度。他表达明显放慢，曾有一段结结巴巴，看得出他内心的焦急。父亲浑浊眼神里含着笑意，几字一顿，有的地方担心我听不清，

还加重语气。

“杠桥那片山，你太公买下来过。那时候，好多古树子啊。”

太公是我祖父的父亲，我没见过，在这明显地处高寒、生产生活环境并不美好的地方，他怎么能买下这点山林，他哪来的钱呢？

“你太公当过石匠，一年到头做事，一年到头做事，集了钱呀。”父亲说他祖父当年方圆数里有名气，胡家坳梅溪老寨土楼坪三佰佬，找他做事的人家多。家里一栋大木房子，这片山，还有一点田土，都是他起早摸黑做事一分一厘存钱做来的。我第一次听说太公的事，从父亲神情里感觉到他的追思和崇敬。可以说，父亲和叔父读了点书得以在山外的单位工作，就是靠太公遗下的基业，不卖山卖田，他们哪有今天？

在交衿离（地名）坟山挂坟时，我对太公的坟墓多了些关注。公路旁上坟山的小路平常没人行走，几个地方被牛蹄和雨水破坏，茅草长得很高，掩盖了路面，那些草也掩盖了一些低矮的坟墓。遗憾太公的石碑业已歪斜字迹模糊不清，他享寿多少不得而知。看父亲说话吃力，我没对很多想问的事情追根究底，其实好多往事父亲也记不清变模糊了。

叔父说他小时的鸭塘界热闹，一个姚姓的大肚子掌管周边，办过小学堂。花阶路上，有个寨子的地主每次骑马经过，几个人跟着跑，好雄啊，他只敢远远地看。世事变迁，鸭塘界只剩几棵古树，在静静叙说岁月的沧桑。

鸭塘界西北边高处，是个叫血饱屯的地方，几百年前的先人曾抵抗过远处来的侵略者。说到这，长辈们现出前所未有的团结、崇敬、义愤。距鸭塘界数里外的殿溪，20 世纪 20 年代就有姓姚姓田几位青年共产党员开展红色活动。变革的启蒙，给周边山寨洒下了星星之火。

父亲他们急迫改变高寒艰辛的生活。鸭塘界距老晃城龙溪口几十里，距湘黔边界的较大集镇大鱼塘、玉屏、大龙也不远，有点见识的数户人家就送

子读书。中华人民共和国成立后，一些年轻人得以先后外出参加工作。

当年前后不久，父亲叔父分别在杠桥的田间山上做农活时接到招考通知，不久也接到村干部转达的报到通知。叔父在辰溪代号861的企业上班多年，为与家人团聚退休前与人对调回了新晃汞矿。父亲常年在远离县城的扶罗。

我20多岁被调往外地工作，父亲也在妹妹们进了县城、他的年龄大后，进城租房居住。实行长假公休假，是个很人性化的安排。我年轻时工作忙交通不便，一般春节回几天家，连外婆大舅等老人上山安葬都赶不回去。回家的路，这些年变化明显，从辛苦两天时间的公路铁路，到大半天的高速公路，近年又是仅需两小时的高铁，我与父亲家人的见面便捷了很多。翻天覆地的变化带来的幸福，使老人对每一天都充满期待。陪父亲聊天是我回家的日常。妹妹她们在厨房把饭菜做好，弄得满屋子的香味。大家一起陪老人，在一起就像过节。晚餐往往最热闹，大家到齐，父亲叫我们喝酒，他自己也稍喝几口。父亲一直喝酒，脑梗以后才戒的酒。其实他一辈子忙工作，唯一的爱好就是喝酒。我们在家多是喝米酒，有好酒时，父亲等我或妹夫他们到场，才舍得拿出来。

这次扫墓的后几天，恰逢父亲生日。大家按惯例做了分工，妹妹们准备饭菜，妹夫按每次聚餐轮流备酒。近年父亲生日喝过一些瓶子酒，本地散装酒喝过高粱酒、米酒，我说上街买两瓶来，他们不乐意。度数高，花那些钱干什么。喝什么呢？待他们提来一塑料桶，浓稠的液体倒入每个酒杯，他们才轻描淡写，说这是家乡近年才有卖的套缸酒。

首次听说套缸酒，没喝过，父亲与他们开始了介绍。套缸酒是传统的泡酒，我说喝过泡酒呀。但这有更复杂的做法和口味，可以说从形式到内容改变了单一进入了复式。套缸酒在古晃州的侗乡以中寨为佳，最好的出在恩

溪、梭溪、稳溪和公道一带。家有老人，会日长年久地添加泡制。我听得新鲜，猜想着不一样的口感。这酒酿制特别且沉淀了时光的味道，真是众星捧月般，像是酒里面德高望重的老者。想象人们精心做出甜酒，那种期待多么虔诚。有了上好甜酒打底，耕耘可以开始了。恰以时日，人们往甜酒里加入同样优秀度数较高的米酒。时光从此有了念想，酒娘与蒸馏的米酒开始对话，共同谱写家居生活乐章。老人每增添一岁，每做一次上佳的甜酒米酒，就将最甜蜜的汁液和最浓香的米酒添加进去。那种纯，不仅是山寨宁静延长的时间，更多的是家人朝夕相伴的亲情，是岁月攀升对老人的寿愿。酒香浮动，我们心中平添更多期待。望着妹夫筛出的酒线绵绵不断，父亲高兴，大家都很高兴。

一个个玻璃杯，套缸酒倒满不溢，略显黄色，明显有了不少日子的沉淀。花儿般绽放的酒香，增加了新的话题，吉祥寓意的酿造过程，给父亲的生日增添了喜气。

父亲用嘴抿几小口，脸露红光，眼睛亮了不少。我望着父亲薄雾里泛红的眼睛，看不出他此刻的心境。他脸上爬满了笑，用有一点尖细了的声音喊我们，“你们多喝一杯，多喝一杯”。我们应答，举杯。

喝着套缸酒，我想起父亲的父亲，我的祖父，他可是个滴酒不沾的人。父亲被安排在扶罗供销社工作后，小家就建在扶罗。鸭塘在我最初的记忆里，是个嘴边常挂的词语，“老家”。第一次有印象回老家，是为祖母送葬。几十里山路，进龙塘上岑恰坡，过晏家翻血饱屯，我是轮流在几个舅舅的肩上背上赶去的。到达鸭塘界，从高处望去，老家是一片黑黑的房子，花阶路盘旋而下，隐约传来唢呐的咽声。出殡时，人们抬着黑色宽大棺材的印象很深，红薯藤不时把我绊倒，我在有的地方被人拉着抱着，而祖父没有给我留下什么印象。往后与父亲回去过年，才与祖父有些交流。他不太说话，吃饭从不喝酒。而父亲在我记忆里，一直爱酒，缺粮没有米酒的日子，喝的是很差的苕酒。我快高考时，年老祖父从鸭塘来到扶罗，那些年，父亲喝酒的次数和酒量，大为减少。我试图与祖父多些交流，但他从不主动开口说话，经我所见和老人们所说，对祖父最深的了解，就是他一生特别勤劳和简朴，细细沫沫。他来扶罗那些年，家里条件有所好转，父亲提前退休，大妹有了工作，我考起了学校不需家里负担，何况母亲小妹在村里还有田土。祖父节俭如常，多穿点什么吃点什么都舍不得。我放寒假会给祖父带点东西，考虑他牙齿不好，买点鸡蛋糕，他放许久都舍不得吃。至今，我不知道他是不会喝酒还是舍不得喝酒。父亲从那之后，小酒小肉人客常有，可祖父还是老样，年过八十，吃穿节制。看样子父亲的爱酒，不是遗传。

我工作多年不会喝酒。母亲过世早，祖父相继过世，我的工作也从乡里调到县里省里。那时回家，我偶尔帮父亲酌酒。而喝酒，是我在妹夫陪父亲喝却劝他们少喝点时，开始了兴趣。叔父也住进县城后，父亲两兄弟喝酒机会多了。餐桌上，说到刚工作的事，父亲有的讲了多次：一是经常下班后到货，找不到人下货，他一人硬是把满车的货搬到仓库，被县广播表扬；二是下队在广播喇叭里听见通知，要他连夜赶到县城，第二天早早参加县供销社紧急会，他打手电走了六七十里夜路赶去。他与老百姓熟，以干部身份站柜台搞培植，多年后我才了解他组织百姓发展农副业，那种上山下田十多年搞培植的艰苦和意义。我小学假期曾撵在父亲身后下队。在桐木八岱的山弯里，看着蓬勃茂盛的宽大或长条的绿油油的叶子迎风摇曳，盛大景象里的一股自豪感油然而生。帮老百姓建烤烟房，父亲曾被木头砸破头，白色的绷带在头部绑了好久。那些烤烟药材非常争气，让父亲去地区上省城，受到了不少表彰。父亲两兄弟酒量都好，等我春节回家参与其中后，家酒的高潮，出现在我一次次归家之时。

喝过套缸酒，父亲精神更好，吃什么都香。他一辈子热衷下厨，大抵与酒相关。酒香菜好，相辅相成，简单实在欢喜。父亲年轻时为改善生活，晚上与同事去皂溪网鱼，洁净溪河里的小鱼带着甜味，改善了我童年物资匮乏的生活。当年我家屋后有个几平方米的小坡土，除了有几年栽几株开花漂亮的草药，再是栽过一株梨树，白花开过，结出又大又甜的梨。而令我记忆犹新的，是一行惹人喜爱的黄花菜，和一蓬长势茂盛的紫苏和绿茵茵的山赖，紫苏山赖煮鱼煮羊肉特好。父亲一位家在湘西的同事，家属子女都在老家，时不时来喊他去干鱼（围网捉鱼），吃点鱼宵夜后，把余下的鱼留给我们。那位叔叔在我外出读书时，被调回湘西泸溪，在我父亲住进城后，还来新晃玩过几天。听父亲说当年的老同事一个个去了，包括湘西的那位。

春节长假，我与家人早早购票从长沙赶回，父亲非常高兴。夫人给他买了新衣裤，他穿上，一脸笑容。过年吃饭，吃喝什么，有依他的时候。父亲胃口很好，每餐几乎三个“一大碗”。米饭或米粉油茶主食一碗，肉禽与素菜一碗，80多岁了还能喝米酒一碗。但发现血糖高、嘌呤高后，按医生要求改变了不少。父亲为进入高寿的生日备了几坛五六斤一坛的白酒。我跟他说，85岁起，每过个生开一坛。他戒酒后难得地举杯笑笑，连答几个好噢好噢。我又说，活过100岁再多买几坛。他觉得也是，小孩一样天真，连连点头笑。他的语言和神情，看出他既已满足，又看淡生死，有时他自己主动说到死，轻描淡写，随意平常。对终将到来的百年后事，他与大多在县城在农村的老人一样，多年前就为自己备了棺木，近年又自己买了墓地。

控制饮食也能治病？父亲笑得轻松开心。发现糖尿病尿酸高后，日常饮食有了许多要求。怕血糖升高，每次饭前注射胰岛素，饮食禁忌不少。怕嘌呤难降，同样增加许多饮食禁忌。不用过多提醒，父亲的酒戒了，他喜欢吃的鱼肉和晚辈送的一箱箱水果，统统都在禁忌之列，他意想不到，人到高龄还要忌口。看着我们劝酒吃喝，他双眼露出的神情是不太情愿。有时在我们不注意时盯着酒瓶或酒杯出神。对一些瓶子酒，他也会细细看包装和上面的字。

我以为父亲几月后将过 90 岁生日，这个春节会很快乐。家里备菜多，晚辈送些鸡鸭米酒，春节的气氛浓于往年。阳台上可见的风雨桥，挂上了几排通红的灯笼，闹年锣的声音从㵲水对岸一阵阵传来。太阳好时，父亲要我们用轮椅推他，在阳台上晒太阳。阳台下面街道两旁，满是固定的流动的摊贩，农贸市场来去的人流，大声地叫唤自带热情豪爽。在浓郁过年气氛下，我们晚餐都喝一点酒，而大年三十夜的十斤套缸酒，大家左劝右劝只喝了一多半。晚饭后，妹妹背着父亲跟我讲，父亲脚底最近裂个口子，看过几个医生买了好多药还不见好，医生讲比较麻烦。我听后焦急，摸出电话到处找人咨询。父亲血糖可能太高，若一直不好，预后就不好。我动员父亲马上住院，他说这点小事急哪样，没得哪里痛，饭又吃得香，过完年再看。

一天我跟父亲说："爹，你脚还没好，我问了医师，要去医院治才好。"

他思索片刻，对我说："没得哪里痛，正月间，不住院。"

我很平淡跟他讲："脚上这又不是病，治好了你可以走路，走不了路你身体就会垮啦，拖的时间长了，还怕拖出其他病来。"我还讲问了医师，刚好有病床。

话讲到这，父亲同意在我回长沙前去医院。可三十年夜才过两天，父亲竟主动提出住院，我们始终相信他能活过 100 岁，但也不能大意。他住院后，望着医师护士诊治细心热情，心情很好。次日病情开始好转，我得以安心回单位上班。

那段时间我几乎每天至少一个电话，不忙的周末，就赶高铁回去。

父亲但凡状态好，就向我做更多的忆旧。基本不说扶罗工作和县要调他进城的事了，说过刚工作进县大队搞训练，防土匪破坏，还没见过土匪就准备抗美援朝，没有下文就被安排下去当供销干部，当时一个供销社管几个乡。他当过负责人，见过几次运动再不愿当了。热衷于与纯朴老百姓打交道，与不会与人争斗的药材烤烟打交道。下乡每天角把钱的补助，如果餐后老百姓不收就在他们来扶罗小街时，请到家吃饭。早出晚归，日晒雨淋，父亲年底拿回单位奖励的搪瓷脸盆、茶缸、钢笔、笔记本成为常态。单位食堂办得不错，除非过节家里买不到肉去打个荤菜，舍不得多花一分钱。家亲高龄老人多，祖父、叔祖父、叔祖母、外婆、舅公，需要孝敬接济。一个个老人安享晚年后，父亲也慢慢成为和他们在世时一样的老人。

五月初雨声不歇的夜晚，大地万物都在生命萌动。感谢医师护士，为我父亲生命的康复辛勤付出。作为病室里的高龄老人，他们视为自己的长辈，无微不至。父亲住院以来，我们再没在他屋里聚集吃饭，更不用说喝酒了。剩下的套缸酒摆在陈旧的桌边，孤零零兀自强调它的存在，没人多看一眼。

漫长住院，每个人说话都还那样平和，似乎日趋严重的病人及疾病与我们无关，其实大家心头已准备与老人永别了。最后几天，租买了氧气和设备，父亲被我们用救护车接回在县城临时的家里。没有福尔马林消毒水的气味，没有医护不间断的巡查治疗，身边一下子冷清下来。但这种静反而更让人心堵。怎样安顿好临终的父亲？这里没有农村山寨老规矩的火铺，他不能睡在火铺上与大家诀别。还有一个规矩是拆卸一块门板，给临终的老人睡在上面。父亲躺在棉被厚厚的门板上，吸着氧，毫无生气。

一连两天，死寂的静谧把每个人笼罩。每隔一段时间，我们与父亲说话喊他，他看不出有何反应。老人临终前，手脚会慢慢变冷。我们每隔点时间，轮流抚摸父亲的手脚，发现他身体的热气还传递着他的坚强与不舍。在生命最后时刻，父亲在想什么呢。

那天室外的雨已经大大地下了一晚，空气湿润像刺人的高浓度清醒剂，凌晨的寒冷及没有休息好的身体，突然让我打几个寒战。记得小时一年大雪，大家还没起床，父亲为给灶膛起火，打开厨房后门时大说一声，“好大的雪啊”。我望着白得刺目的窗外，感受寒冷的战栗。此刻希望父亲能喊出，“好冷啊”，可他哼都没哼一声。灯光无助般昏黄。其实，父亲和我们一样已有心理准备，他一直闭着眼睛，头脑大多时候清醒，一脸慈祥，在静静地等待某种召唤。我们每隔不久，喊一声“父亲”；每隔不久，摸摸他的手脚。

突然，父亲闭着的眼角流出泪来。他感受到了什么？他要表达什么？

我们拿着纸巾，帮父亲擦掉。父亲还有什么话要说？还有什么需要交代我们？或是还有什么未了的心愿？他住院那么久，几乎处于清醒状态，该说的话老人家应该都说了。他对后事没提要求。我们对几天没有回应的父亲说，“您放心走吧，我们都会好好的”。妹妹还哭着喊他，“爹啊您要保佑我们哪”。我的眼睛也瞬间湿润。

父亲在我们给他擦干眼泪后，突然睁开双眼，脸上缓缓地露出微笑，便迅疾凝固了一切，留下一脸安详。

我们哭声四起。这是 2019 年 5 月 8 日，清晨 5 点 30 分。父亲刚过 90 岁生日一个多月。

每当想起父亲，他桌子旁我们再也不会喝完的套缸酒，就会在我的记忆里，飘出他生命岁月的沉淀和醇香。如蜜的甜酒为酒娘，浓郁的米酒为酒父，子嗣不断加入，套缸酒揭示着生活绵延的希望和期待。如今套缸酒的香味还在，它冲淡了医院那些日子消毒水和药水的味道，冲淡了那些昏暗夜色和我们处于灰白间无奈的心情。我们那年与父亲喝了套缸酒，我相信天堂里的父亲，一定能够感受到我们思念的气息，与酒一样浓郁。

雨迹

清明节的雨是所有的雨里，最有仪式感的。汽车行走在雨路上，感觉车窗外的雨，淋湿在自己身上，有的还淋进了心里。这时的雨，是归心、是忧郁，也是宽厚、是博大，但总归，是回忆。

离乡多载，很少在清明节回家。那些年年轻，没有假期且把工作看得很重，家中长辈也从未提过要求，何况千里之遥，来回一趟要几天时间。时代进步，有清明节假期了，年近八旬的父亲提前一个月打来电话，说该为去世20多年的母亲扫墓。我虽每次回乡都去到母亲的坟头看看，但清明节，只是一次次的西望。

细雨绵绵，从长沙到新晃，经过湘潭娄底邵阳怀化，一路上，浓浓的清明气息令人窒息。雨，一直在耳边说着什么。有些怀念故人的情绪如同对生者时常的牵挂，像春天经风的蔓草，不仅苏醒了，更在眼前心中一丛丛地蓬勃起来。途经城市乡村的山坡村头，在宏大的雨幕里，无不是青烟袅袅、鞭炮声声。

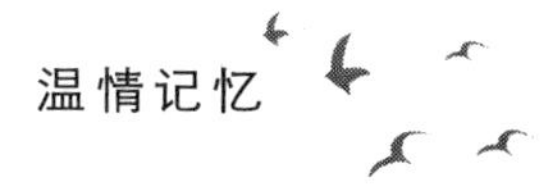

到家已是晚 7 点多，吃饭时一家人把两天的安排，商定得拍拍满满。

第一天，爹带着我与妹妹、妹夫及外孙子女直奔扶罗。两个堂弟带小孩也从县城随后而来，这里不仅有他们的外公外婆，也有与我共同的祖父。上午 10 点左右，一切准备就绪，大家到洒溪边的山岗集中。两个舅舅，表弟表妹及其子女，有的拿祭品，有的拿镰刀柴刀，也在我们前后爬到山上。这个山岗是一个和谐的坟山，安息着一些不同家庭、来自不同地方的人们，其中就有我祖父、外婆、叔祖母和我母亲。这几老中，我祖父姚本芳逝世最早，享年 80 岁。他 60 多岁时，我父母把他从距扶罗 30 多里的祖居地深山接来赡养，十多年后他在扶罗辞世。我母亲杨兰芳逝世时年龄不大，我当时在扶罗中学教书，她老人家若能活到现在，就是 70 多岁了。外婆姚梅红逝世时九十有余，我那些年从长沙回乡过年，哪怕给她带去一点点东西，她都舍不得吃和用，高兴得从上街讲到下街。她去世时，我没能赶去为她送葬。叔祖母去世时，虚岁 100。我叔祖母年轻时命不好，叔祖父去世早，两个儿子中的老大聪明过人，中华人民共和国成立前曾在贵州玉屏县做事，二十来岁病亡。我称叔祖母的小儿子为大伯，他长于我父亲，长年有病，于十多年前先叔祖母而去。叔祖母中年时，招了个叔祖父上门，他是贵州松桃人。这叔祖父去世时，我在县城工作，骑着单车赶去为他送葬。那之后，叔祖母先在新晃汞矿我的叔父家度过几年，来到扶罗就不愿走了。她天天喝米酒、吃肥肉，帮我爹养鸡，常常在猪圈边与公鸡母鸡说个不停，那些鸡长得又大又快……

这坟山向阳，堆堆黄土已成黑泥，泥里的树蔸草根初春冒头，到这时已繁衍很快，与旁边菜土的青菜浓郁成一片。人一聚齐，大家拿着工具开始修坟。我用手为这些老人的墓碑扯去四周的野草，眼前分别露出他们生前的笑容，像过电影一样。修整停当，我们摆上供品，杯盘里有熟肉、糍粑与水果、糖、饼干、巧克力、萨其马，有橘子、苹果，还有白酒，男墓前还敬点燃的香烟。幸好下过清明雨，大家才敢用火。烧香的，恭恭敬敬将袅袅青烟插上碑前坟头。烧纸的，按规矩分成一绺绺，不紧不慢。只有鞭炮，快一下慢一下、高一声低一声地炸响。大家先后鞠躬作揖，然后拿起供品，邀他们一起享用。

接着，我们穿过扶罗老街，沿洒溪下行，赤足渡过平溪，去大坪寨扫墓。堂弟一家则另行一方，去为他们的外公外婆扫墓。在大坪寨后山上，葬着我妈她们那一宗的一些老人。我见过的，除了两个舅妈，就是我非常感激的姨婆。姨婆在我小时带过我几年，后来在我上小学期间去世，享年 80 多岁。我至今记得她无微不至照顾我的一些事。我默默地在她墓碑左右的泥石间扯草，在碑石转角处，发现两个小小的蜂子窝。在我准备摘掉蜂窝时，舅舅他们说有这个是好事，我便没有惊动它们。

午餐非常丰盛，就着刚响起的雨声，大家热闹地吃。大坪寨的两个表哥准备很久，将我们十多人分成两路。由于多年没来，只好这家的火铺上坐坐吃一点，又上那家的火铺上去吃。

第二天，我爹又带着我们与堂弟他们家里人，从县城赶赴鸭塘界。这是我家祖居地，祖坟较多，涉及几处坟山。踏着雨后深一脚浅一脚的泥泞，我们商定，从远到近一处处地上坟。

一群人，从宗族里血缘关系较近人家的屋里，拿出锄头刀具，在他们的陪同下匆匆而行。头上飘着毛毛细雨，脚下的黄土一会就沾满皮鞋，使步履显得过于沉重。上坡过坳，我们先是去看上门而来的叔祖父。接着，去一个开阔山岗上看一些老祖坟，这是些属于“绍、祖”辈分以上，我们这叫太莽、太莽莽以上有数百年历史的老人坟。满鬓斑白的爹，在一棺老坟前停留良久，说他和叔父外出工作，主要得益那位老人的保佑。站在坟头，他先是正前方、然后左方右方，用那双有点浑浊的目光打望。只是那坟多年没有维护，墓碑歪斜，连字都看不清了。

过后，我们去到一个叫俩留的地方，为四棺祖父母辈的坟扫墓。坟后30米不到的地方建有木楼，听见我们的声音，鞭炮未响，就有人从屋里高声而出。原来，是我小学二年级在这深山插班同窗几月的同学，一出来就喊我。这30多年后的见面，他焦急地要我说出他的名字。待我说出他来，他便使劲拉我不放，非要进屋吃饭不可。左说右说，他看我时间很紧，才不情愿松了手。

最后，我们去到鸭塘界上寨与中寨之间的古树林。这是我们家从"绍、祖"的辈分往下来，主要是"本、沅"辈的坟，至于"绍"以前的先祖太久远，"茂、敦、伦"以后的在未来，许多辈的事，谁也理不清说不明。几十棵古树多是枫木，历时数百年，高大葱郁，早已成为方圆数里的风景。树下的姚姓祖坟，涉及好几个支系家族。老人们也搞不清，最古老的坟在哪，先人在学会汉字前有过什么标记。

我陷入沉思，对着雨中数十株古树出神。无数大雨，在漫长时光中消逝。披满阳光的古树出落得郁郁葱葱。一个个人生，一份份亲情，在阳光风雨中延续。古树间的山寨生活，一辈接着一辈，犹如树上的绿叶，从冒芽到成长成熟，直至枯萎飘落，无一能离开大地泥土。无数雨水，汇入古树扎入深厚土壤的根系，就像一个个长久的家族，阳光雨露下，根深才能叶茂，才能撑起血脉浓密的家亲，虽经风历雨，也会生长不息。

雨中的祖坟，是仪式感聚焦的地方。一座座祖坟，沉淀着一段段时光，也是一个个生命的归宿，值得我们由衷崇敬。活着的人们，是他们血脉和生命的延续。这些水之源、树之根般的祖坟，牵系着我们绵延不断的血脉，是我们生命的源头。对生命崇拜，对祖先缅怀，我们用清明节传承教化着后来者，涤荡着一些曾经数典忘祖的心灵。沿着辈分这个脉络，我似乎看见山寨静谧的深处，有过的一些生命的雨迹。有温暖的阳光，有死寂的灰暗，也有一些忽明忽暗的光芒。

上完坟，我们一改严肃的神情，从堂弟开来的车上拿出在县城购买的糖果，去看望几个健在的族亲。这家那家都要留吃饭，父亲早就电话做了安排，我们便有说有笑跟着他，到一个辈分较高的人家吃饭去了。

那次因开始实行清明节假，亲人到得最集中、去的地方最多的挂亲扫墓，一晃又过了多年。父亲年事已高腿脚不便后，不再去上坟挂亲了。如今，父亲已去世几年，清明节也在等待我回乡扫墓。生命的无奈在疫情肆虐的几年不断提醒我们，要珍惜活着，珍惜身边的亲情。那次一同上坟扫墓的大舅、满舅和表哥，相继去世，成为现在上坟摆供的对象。

细雨里的往事，在小树、大树、古树间游过，有时留下清晰的雨迹。我的眼前，总有一群群老少男女提着供品，沿着宽阔的大道和如丝的小路，穿雨而过。我觉得，生命中的生老病死和缅怀回望，如亘古不变的书页，清明节只是其中一个平凡的章节，是岁月的风雨，将它们一页一页地翻过。

亮堂的夕阳红

夕阳红处，霞彩满天。至今，我印象里最美的夕阳红，已留在了故乡，燃烧在我翘首西望的云贵高原边缘那一方的天边。

当年，我并不知道夕阳红象征着美好的老年生活。原来，家乡人们祝老人利吧（即健康快乐），就是祝愿幸福的夕阳红啊！此时回想起来，说明当时的我因年龄小还不太懂事，懵懵懂懂。时间的无情，是我在深深想念家中一个个老去的长辈时，得到的最无可奈何的体验。我们还没长大，家里老人怎么能一个个地变老了呢？我觉得，他们中有的人变化太快，仿佛一首敬老歌还没有在年节或生日宴上唱起开头，昨天还在火塘边忙碌的身影，今天就在火铺里头萎缩了。在我们毫无思想准备时，这些恩劳（即老人）纷纷成了脾气更好的慈祥有趣的老人。他们似不温不火的夕阳，装点着我们的山寨和家庭。

嘎婆（即外婆）无疑是在某一天变老的。一直以来，她天天服侍身体欠好的嘎公（即外公），承担了她那两口之家的所有家事。每当小孩们在火铺

念“嘎公嘎婆，骑马过河；滚死嘎公，气死嘎婆……”的童谣时，身体好得连喷嚏都不打一个的嘎婆，却生怕气坏了嘎公。到嘎公离世之前，我都感到她还真正的不老。那时，队上的农活她不用参加了，但还是与另外的老人一起给队上看牛。看一头牛，可以有一点工分。可是，家里的大人们就是不同意她为队上看牛。她眼前有二子一女，除了我妈，还有两个舅舅，她还有一女即我的姨娘，嫁到本乡十多里外的地方。子女们不愿让她辛苦，更不愿给人留下不孝的话柄。她就只好从队上“退休”了。早晨打开响声亲切的舵(即门)，接着是去几十米外的洒溪挑点水，一天为自己侍弄两餐饭，上山砍点柴，或带一下孙子女或外甥子女，日子也过得飞快。

我跟嘎婆上山砍柴，从不感到累与寂寞。她老后的变化，我们在去砍柴时，不时可以感觉得到。上山时，见到哆夺（即牛）在路边吃草，她会停下来，和颜悦色地跟它刚窘（讲侗话）。鸟儿在树上叫，长蛇在坎下爬，她听到看到了，都会对着它们念上几句。上山踩在滑滑溜溜的砂石上，身子摇晃了一下，她会脱口而出：“三天不吃酸，走路打捞蹿（即趔趄）。”60多岁的外婆，砍柴蛮快的。四五十斤的担子挑在肩上，也看不到她有多累。不过，回家以后，她会像渴望了许久似的揭开自家的酸坛子，舀半碗腌菜水，笑眯眯地、有滋有味地喝。

舅公不吸烟、不喝酒，到我家来，喜欢的是吃一碗甜甜的歌攀（即甜酒）。平素日子，吃碗甜酒非常随意。夏天口干进屋，用凉凉的井水泡上一喝，那种凉爽不仅让五脏六腑感觉舒服，就连人的骨头皮肤直至毛发都透出快意。过年的甜酒，我妈她们办出了花样，在鼎罐、铁锅、铝锅扑朴翻腾的，有糯米糍粑甜酒，小米甜酒，还有白糖或红糖甜酒。那些随水汽飘起的香甜，使整栋木楼都充满了兴奋。舀满了甜酒，在酒碗上放一根筷子摆过“老人”，大家才开始吃。吃过甜酒，舅公最大的爱好，就是给我们摆古。他

讲的东西很多，我没头没尾地记得一些，但大多没有很深印象。他讲的爱情故事，主人公多是穷人与富家女，最后，多数会有比较圆满的结局。如一个捡瓦匠腊曼（即青年），从屋上看见富家女在闺房做麻亮（即针线活），看她看得滴下了口水。那娜耶（即姑娘）知道他在上面，其实心中早喜欢了他，也看重自己手上的东西，生怕擦坏了，就一点点地把水舔干净。当然，爱情发展了，结局非常好。舅公讲得最多的，是砍柴婆到官府搞笑的故事。他绘声绘色地模仿砍柴婆和官老爷的对话。“大老爷，我了了（即掉了）一把冠（即斧子）。”“你讲什么话？”“我是黄檀度的把（即用黄檀木做的斧把）。”官老爷对手下一吼：“打！”（即要打砍柴婆）。砍柴婆做成没听懂的样子：“打？打也不是我那一把。”（即要铁匠重新打，也不是我掉的那一把）。讲到最后，舅公的脸上笑弥陀了（脸上的肉笑成一堆）。

我的公（即祖父）从深山里的鸭塘盖来扶罗时，有70多岁。他本来是不愿意来的，子女亲人都不在身边，重的活路也不能做了，只得把宽大的祖屋，一把锁锁了。在扶罗吃饱了就坐，坐够了就睡的日子，他一点都不适应，这种清福他实在不愿享。我的公话不多，也不愿主动与人打交道，一天到晚坐在屋里。他在灶门口“吧嗒吧嗒”抽旱烟，一言不发。实在觉得怕坐出病来，他就坚决提出要帮点忙、做点事。最初，他要我爹给他买了几只羊，更老后，他要给他买几只笨笨的土鸭或洋鸭。

我公每次牵羊出门，都现出轻松快乐的样子。他记得我爹妈交代过，不要走远了，所以一般是去一里左右的地方，如万磨坝洒溪的边上和勤妹坡天农山的坡脚。边上没什么庄稼时，我公会放开那些羊，随它们吃树叶青草野菜。我公也没有闲着，砍生柴，捡干柴，有时一小挑、有时一小捆地挑回来背回来。我公刚来扶罗时，我还在怀化读书。每次放假，我都会用节约下的几块钱，给他和嘎婆舅公等健在的老人买点蛋糕等软糖。他生怕我浪费了钱，

接了糖却舍不得吃。我回乡工作后，家里来客很多，他生怕影响了我们。寨街上的人，都讲我公好细（即很勤俭自律）。别看我公七八十岁，一点点地往家里背柴，积累起来，在柴屋也堆起了一座小山。那几年做饭、煮猪潲，冬天妥谓（即烤火），许多是用他砍的柴。我公不高不矮、不胖不瘦，没有生病住过一天院，实在是我们晚辈的福气。他的那些羊，养得很肥，除了过年杀一只，其他的都卖了。在他更老后养的鸭，基本上都改善了我们的生活。

我满婆（即叔祖母）是在我公在扶罗去世、我满公（即叔祖父）在鸭塘去世后，从鸭塘来扶罗的。当时，我妈已去世，我已往长沙工作。每当春节回家，妹妹都会跟我讲，90 多岁的她，也是个闲不得的人。那几年，我都吃到她喂的鸡。那些鸡，一个个健壮得很，也香甜得很。鸡在我们侗话中叫哆钙，我满婆把它们当成宠物宝贝。喂食，或一人在家孤闷时，她就会爬上后坎的猪栏边，看着那些鸡，高声大气地跟它们讲话。满婆耳聋，有的话讲了一遍又一遍，反正不用对话，她乐此不疲。满婆年轻时很精明，此时记忆力也还很好，我从没见过她糊涂的时候。记得小时去鸭塘盖，我陪满公上山看牛回寨后，常常因为满婆的饭做得早，就没去公那里吃。每一次去鸭塘，满婆就会在某个晚上给我做粑，我看着他们艰难地舂碓，听着“旮拱嗑！旮拱嗑!”的声音，感受着家里最高的慈爱与礼遇。

家里这一个个老人，勤劳，性格好，从没得到蛮像样的享受。就那么生活过来，他们也很满足。我对人们常说的“家中有个老，就像有个宝（即宝贝）”深有感触。这几位老人，都生活过了 80 岁以上，嘎婆 90 多岁，满婆虚岁 100。

边地的一个个山寨，一栋栋木楼，因美丽的夕阳红而亮堂。

那些直接沐浴长辈恩情的日子，在我心里，已留下了夕阳的金碧辉煌。

斑斓田园

老辈滋养过的物件

默默发光的老铜锁，锈迹难以掩盖锋利的老犁铧，散发木质芳香的樟木箱……见到老辈留下的物件时，我就像见到了他们，听见了他们的声音，在这些精美的工艺中，对我叙说。

远离史上发达之地，远离中原发达文化，我们先人在长期偏僻开化不够的地方，何时创造、怎样制作出这些一代代传下来的物件，方便提质着生活？边地的葱茏山水里，那些物件对他们有何等重要？

类似问题，我多年前问过县里参与考古的老师，离乡后，看点相关文章，问过读书较多的学者。

我脑海里，翻腾着一些想法，但全然混沌不堪。

外出时，我利用一些闲暇，逛当地的博物馆。

我国史上那些文化强劲的步履，从水路陆路，到达东西南北，影响着世界很多地方。面对故乡边地没有文字缺乏记载的历史，我大脑空白一片，像面对寸草不生的蛮荒之地。麻木之时，脑际恰巧吹来一阵渐渐清朗却又还有

迷茫的轻风。

我是这个地方人类文明开创者的后代，还是外来者与之融合后的晚辈？我们之间遗传着怎样的信息和密码？我此刻的想象能够接近遥远的他们吗？会不会差之毫厘谬以千里？

我曾浏览过家乡的县志和县情概况，在县民族博物馆和古夜郎侗族农耕博物馆参观流连。休长假的夜晚，我关掉电视，放下手机，浮想联翩。

最先进入我思绪的，是家乡考古最远的发现。20 世纪 70 年代，在㵲水沿岸出土的旧石器，证明距今 10 万年至 5 万年前，这里就有人类繁衍生活。境内商周秦汉文化遗址，证明这里与古越人的生产活动有密切关系。零零碎碎的史书记载，我看到多灾多难的先人，在朝廷面前，在自然灾害面前，无助和艰辛。是中华人民共和国，让曾经受尽压迫歧视的“蛮人”“僚人”“峒人”，得到了平等，使他们的后代成为中华民族大家庭享受平等权利的一员。

几块石头，长的、扁的、椭圆的，在天然的表面有人为的痕迹，是人类最早的生产生活工具。那应该是穴居时代最前沿先进的东西啦。1978 年 5 月的文物普查，在新晃兴隆镇的柏树林、长乐坪、沙田、新村、十家坪和波洲镇的白水滩、曹家溪与洞坪乡姑召溪口等处，发掘发现了旧石器遗址。一件件石器，在我们的眼里普通至极，却引起专家们的兴奋。那些不起眼的石头，石头上砍砸出来的痕迹，如暗夜里的一道闪电，划破了人类曾经灰暗无边的愚昧。

几个并不起眼的洞穴，掩藏在㵲水岸边的树下。偶有一些凶猛动物，在洞外梭巡，嗷嗷的叫声，毛骨悚然。先人在山洞里害怕，担忧短暂的生命无保。他们懂得使用工具后，他们懂得团结就是力量后，一切就有了改观。

他们或许说着最简单的音节。他们对母亲，是否开始叫出妈妈的语音，或是侗语“美”“迈”以及相近的音节。

时光推着他们成长。他们从穴居巢居，到杆栏木楼，到成村结寨并耸立起享誉四方的鼓楼风雨桥；从爬行直立，到行走奔跑，驾驶飞速的汽车；从吃野兽野果，到驯养耕种，开辟特色的产业；从手提肩扛，到挑担借助简单的工具，到高速公路高速铁路运输的贯通；从不会说话，到歌满山乡，到侗族大歌享誉世界……

我生长在家乡最好的时间节点上，这是边地奇迹最多的时代。我以好奇的双眼，从故乡出发。我以纷繁的思绪，回望家乡。

一面铜鼓，在民族博物馆的玻璃窗里，静静放射出细腻的光芒。一些花纹图案，默默地表达着先人们的情绪和思想。这面鼓，在漫长的岁月里敲响过吗？为祭祀祈祷，还是为征战杀敌，或是在丰收之后狂欢？

我听见鼓声，响在1954年以来湘黔边境的考古遗迹发现现场。除了石器、陶器、玉石器、骨角器和铁器，大量的就是铜器了。它们有铜锄、铜钺、铜钱、铜犁、铜矛、铜戈、铜镞、铜剑和铜鼓。1979年，新晃林冲乡马王村出土的一个明代铜鼓，高29厘米，直径58厘米，重15公斤。这面鼓凝聚了人们无数想法，见证过史上许多事件，久远的记忆，默默在边民的生活中延续，一直传承到了明代。

精美的铜鼓，静静坐落在一个展厅的中央。民族文化志愿者黄老师介绍着对它的发现。参观者变换着角度，从鼓的正面侧面或鼓身上下，仔细观看。

人群的挪动，调节着灯光对铜鼓的照射，明亮处炫人眼目，灰暗时发出清幽而顽强的光亮。铜鼓表面光滑，融入了当年高超的工艺，代表着那时的冶炼水平。一丝丝默默无声的毫光，是能工巧匠们智慧的思索，也是长久使用的人们对它的爱抚、寄托或发泄过后遗留的情绪。我想，它当年的功能并不是为了展现一件物的美，也不是为了给人们考证某个文明时段的美的观念或人们对美的展现技巧。

这一定是先辈们离不开的珍贵器物，是偶尔使用，还是爱不释手，时常出现？最让人难以琢磨，它是怎么深埋进岁月的时光里的？

我不知，我这条血脉上的先辈有没有缘分与它相见。我不敢想象，我的哪一代先人能有幸使用过它。

一条长达一两丈的背带，在家乡民族博物馆橱窗的墙上，像展开的翅膀，把我带入儿时的记忆，带入一些边地族群共同的记忆。

婴幼儿时期的白天，我们大多在母亲的背上度过。每一天的家务劳动和相对于男人轻一些的农活，总是一件接着一件，母亲们没有可以松懈的时候。起始的母爱不是一支歌或几句话，而是使还不能独立行走甚至还需要哺乳的婴孩，真切感受到形影不离的母亲全天候的存在。

背带让人想起母亲拥抱孩童的双手，想起母亲温暖宽阔的脊背，想起一代代艰难母亲的爱意。

那条背带很长，也很美。如此编织得精细牢固的家织布，表达了母亲们对子女的一份责任。侗家纺织娘挑灯夜织，一道道工序里，注入了她们的细心、爱意、执着和艰辛。她们用彩色丝线在家织布上，绣出美丽的绿叶花朵和活泼的蝴蝶、蜻蜓、蝙蝠。我有时想，那一条条或长或短的背带，不是为了方便劳动，把小孩左一圈右一圈地箍在背上，让他不吵不闹不动，而是一片有温度的云彩，环绕着家庭最温馨的画面，托举起孩子想象的天空。有时像一个有诱惑的传说故事，让孩子在背带温暖的环护下，远离不适，进入梦乡。我有时还想，母亲们的背带里，不是一个个累赘的儿女，而是她们贴心的肉，是从她们脊背起飞的未来和希望。

在故乡万磨坝沛溪弯，在岑妹坡夯溪洛天浓山，我在母亲的背上见证了许多艰辛的农活。妈妈站着薅秧或摘豆角时，是我比较舒服的时候。我在背带里，感觉到平稳，大口呼吸庄稼草叶的气息。而有的农活需要用力，我就会感到难受。在做插秧、打谷、挖土之类身体起伏很大的农活时，大人们只好把我们连同背带放在安全的草地上，不时来人看看哄哄我们。我最害怕背在母亲的背上时，她要挑着沉重的担子。山路不平，妈妈不高，她走起吃力。担子需要换肩时，是母亲们最担心的时候，生怕扁担从一个肩头转到另一个肩头时，碰到了孩子。

每次劳动遇到要挑担的时候，妈妈对我说，“放你在姨婆家，要听话啊”。有时，把我放到外婆家。我就被交到住对门木楼里的姨婆手里，或放在住百米开外的外婆手里。姨婆七八十岁了，不能背我，把我放在安全的火铺里边。她满面的皱纹，笑起来很美。外婆五六十岁，平常要为生产队放牛。

背带就是这样的日常传承，一代接着一代，印入孩童的记忆。它们背过家乡多年前所有的男孩女孩，背过小时候时常背我的妈妈外婆，也背过比她们更老的人的童年。

从我们这代人往后，没几人会做背带了，也没什么人用背带了。它进了博物馆，让我们及后人参观，面对着它回忆。让我们的后代，在它的面前感到稀奇，揣摩它曾经的一切。

同学老黄喜欢研究侗文化和夜郎文化，一年春节邀我与老蒲几个同学到他家吃饭。望着火铺上琳琅满目的腊味，大家颇有回到深山农家的感觉。我不知道，这个时光倒流的环境，是不是他为民俗文化研究而有意营造的。

他家那天的米酒好喝，是老黄口念一首歌词后我的感受。本来火铺上几位一杯接一杯，连干了几下。平常不怎么喝酒的老黄，忽然来了神：“老坛泡酒香又醇，枝头喜鹊叫喳喳；山间木楼开口笑，喜迎同学到我家。”他念完，大家“嗦拜”一声，酒碗即刻见底。

一碗入口，老黄的一股忧虑涌上心头。乡间一栋栋上乘的木楼建筑消失了，使用数百年凝聚着先民智慧的生产生活工具消失了，一些很有文化艺术价值的工艺用品和制作手艺、一些非物质文化遗产在加速消亡，大家痛心疾首。他有一个很大的计划，他要为此做一些事情。

醉意很浓，我知道他不是随便讲出的酒话。几年后，我去城郊看老黄，醉在他的古夜郎侗族农耕文化博物馆里。

梅子坪在县城的盆地边，可见高高的岑站坡，穿城而过的㵲水和附近的龙溪景象优美。梅子坪一年四季把自己打扮得花园一样，100 多户人家，惬意生活在那一片风景里。

初春下午的梅子坪，我一到就知道想一睹芳容的梅子并不存在。代替它迎接的，是人们屋前楼后成片繁茂的苗木花卉和果树，有桂花树、红豆杉、罗汉松、香樟、紫薇，有葡萄、柑橘、柚子、枣子、李子、桃子、枇杷。迎风招展的绿，捧着鲜嫩的枝叶，散发出这个季节特有的清香。

没容我过多赏树观草，老黄把我引到一个颇有特色的侗族开口屋门前，好像我进屋晚了，一壶热酒就会冷了一样。

我们从堂屋到左右两侧的起居室，从堂屋后的火铺，到两侧的饮食物品储藏间，再到屋旁另一栋侗家跑马楼，从楼下到楼上，边走边看。这里的展品涉及古今，琳琅满目，生产生活用具是最多的部分。

我从能够做事时起，使用过一些生活用具。烧火煮饭，会用到火钳青架鼎罐，用柴刀砍柴，用扁担水桶挑水，用竹篮提菜去洗。老黄的陈列远超我的见识和想象，有的生活工具我从没见过。如装生熟食物的工具就有竹篓、竹饭盒、粑盒、谷桶、饭桶。农村生产劳动时，一旦地点有几里路远，人们会用竹饭盒装上午饭，中午就地解决，免得跑冤枉路。涉及食物生产加工，有的工具成系列配套，令人眼界大开。水碾，是先辈利用水能碾碎桐籽、茶籽、油菜籽的工具。水碾边的榨油坊，结构和榨的程序也较复杂。桐籽、茶籽、菜籽在火炒以后，碾成粉末，蒸熟，再用稻草铁箍把它们做成大圆饼，放入油榨槽子，人们用油锤、木尖等撞击工具，使劲击打，把圆饼挤出油来。

家具展区，几铺明清的雕花床，在静静叙说一些往事。床的顶部和两边有一些人物场景浮雕，一幅是一个故事，或几幅连贯成一个故事。人物生动形象，有的栩栩如生。我佩服那些工匠，想象他们劳作时的场景，想象雇工的主人，想象睡在床上的幸福新人。我想象床的主人应该有一点文化，对乡间的艺术应该有所知晓。想象与雕花床相配的新娘子，漂不漂亮，她当新嫁娘时穿着哪一种颜色的侗装，娘家有多少会唱歌的人送嫁，结婚时人们唱了多久的恭贺歌。然后，他们生了几个小孩，孩子是否聪明，他们长大以后在做什么……

泡酒和腊肉的香味，浓郁着这个傍晚。老黄的电话不时响起，几个文友前后赶来，我知道这个晚餐又会思接古今。

新消息的提醒不停闪烁，我放下手中的书籍，看了一下微信。

家乡一个文化群正热闹非凡，把一个周末的夜晚搅起一池春水。

侗寨迎春：木楼已经不合时宜，价格不低，结构不蛮好，采光比较差，尤其是怕失火。讲千讲万，我们应该提倡建砖房。

夜郎志大：砖房有什么好，进屋冰冰凉，冬天冷飕飕。还是我们传统的木楼好哇，冬暖夏凉，利于身体。

寨佬：从文化保护来讲，有木楼，才有特色。传统村落，加传统生活方式，伴以优美著名的侗歌，符合国家支持的民族特色村寨建设。这让侗家游子的乡愁，也有个归依。

侗寨迎春：木楼是有特色，但树木要保护，砍伐没指标。建好以后，整个村寨的木房子，谁组织保护，堆来大天管消防？过去自愿敲锣喊寨的老人家，越来越少啦。你没看见一到冬天，烤火不注意就有失火的，一年四季还

怕电线老化起火。这几年都有侗寨失火噢。

姗姗来迟：我过年回家，就着手准备建新房了。打工住惯了砖房子，哪个还想住木楼。我家就要建砖房。现在木匠师傅也找不到几个，建的速度也慢，哪个有时间天天在乡里耗。

寨佬：建个四四方方水泥盒子一样的砖房，那有什么意思。没得火铺，没好玩。

姗姗来迟：木楼住起不习惯啦。你是讲烤火烤糍粑熏腊肉有过节的气氛，问题是没有天天过的节，我要外出打工，回来生活方便啊。

夜郎志大：我们那个特色村寨就是木楼吸引人。你建砖房，哪个来看来旅游。

……

我住在都市的高楼里，常与家乡文友讨论美丽乡村建设、旅游产业发展，近年还认识了非物质文化遗产传承人，有时纠结于一些矛盾。

我祖上老屋是一栋结实美观颇具特色的侗寨开口屋，我在那住得不多，但一直有一种自豪感。我自豪于祖上的勤奋，大树虽是自家山上出产，但木匠人工的工时不会很少。我钦佩木楼的建设者们，设计师、石匠、木匠都有出彩的工艺，从大处到细节都极少瑕疵。从我父亲的祖父建成居住，到我的祖父父亲生活传承，这栋木楼没有一点老去的迹象，在我眼里是个奇迹。某年邻家失火，这样一栋可以延续数百年的木制建筑，最终化为一片灰烬。

微信不断闪烁。有关现实与传统、保护与传承、保存与创新、保留与拆除……老话题、新观点，还会一直谈论下去。专家不断抛出新的论断，地方文人有时热烈参与，老百姓也会各执一词。

像木楼的消逝一样，传统的物件一天天减少，现代化的东西一定会越来越多。往后，那些沾过老辈体温的珍贵遗存，如铜鼓、背带、雕花床，还有

承载着我们童年少年时光的木楼，许多会从我们眼前消失。那些陪伴先人生活过的物件，在完成它们的历史使命后，将慢慢淡出人们储量越来越繁杂的记忆。

乘上回乡的高铁

我家乡在湘黔边界，千里迢迢，地处偏远。那年春节，家人提早网上购票，想早点坐上才运营一个多月的高铁。在我们心里，多年艰难的回乡之路，终于变成美好的旅途。

这天阳光灿烂，我们乘上一辆干净的士，前往火车南站。家人没坐过高铁，提前去车站转转。我们兴冲冲，从步行楼梯下到售票处。几排取票的长队，在几台自动售票机前有序流动，人工售票处也挤满期待早点回家的队伍。人声鼎沸，摩肩接踵。出站口，携着大包小包的旅人，波浪似的一阵阵涌出。

离出发还有 20 分钟，我们踏上自动扶梯去候车室。过了安检，再乘扶梯上行，进入宽敞明亮的候车室。从热闹的负一楼上到二楼，像进入一个安静的世界。人们秩序井然，有的坐椅子上轻声说话，有的静静翻看手机，等待检票上车的喇叭响起。

上车后，在柔和欢快乐声中，我们舒适坐好。半分钟不到，车子向着我

们期待的方向开动。

多年来，回乡的千里长路，把许多节日的欢愉，化为不少遗憾。归家难，难在路途远。登上都市的高楼，我脑中曾出现“不忍登高临远，望故乡渺邈，归思难收”的诗句。眼望迷蒙星空，我对“月是故乡明”有着不断加深的理解。长年身居闹市，有时期望身边如水的月光，能携我“轻舟已过万重山”地归去。

简洁明快、干净舒适的高铁车厢，让我想起多年前乘坐蒸汽机车回家的情境。在一节节粗笨破烂的车厢里，挤满了人和行李。臭黑的煤灰一点点落在人们身上，缺氧的空间让人摇摇欲睡。一浪一浪地挤，一站一站地停，白天变成黑夜，环境之差车速之慢，使人陷入焦虑。

我们也曾搭汽车回去，峰回路转，山高水长，一次次体验思念着的家乡是多么遥远。“人言落日是天涯，望极天涯不见家；已恨碧山相阻隔，碧山还被暮云遮。”汽车横过湘江，闲庭信步般经田原穿丘陵，经益阳到常德已过半天。大多时候在桃花源或官庄的路边小店吃中餐，继续在沅陵群山中无尽的弯道上，晕晕乎乎地前进。有些年，我们从湘中的南部走。汽车慢吞吞过了湘潭娄底邵阳，紧赶慢赶，到洞口县山里的小店吃中饭。下午汽车翻越雪峰山，若遇浓雾弥漫、雨雪冰冻，将在弯急路险中深刻体会回家的艰难。每次，我们都赶在天黑前后到达怀化，第二天又继续回家的旅程。

近年沪昆高速开通，我们半天可以到家。但在数百公里的高速公路上，眼见悬挂省内外车牌的小车竞相追逐，庞然大物似的货车加速行进，让我们在人与路和车的努力和谐中，不断为春节出行冒出虚汗。

高铁时代名不虚传，我们不知不觉过了湘潭韶山，又过了娄底邵阳。才一个多小时，怀化那些熟悉的山水，就在视野里飞速奔来。那是绿如春天的茶山，那是丰收过后的橘园，那是非常亲切的鼓楼风雨桥，那是欢快流向远方的美丽清澈的满水……

故乡就在前面，一栋栋木楼砖房，装扮一新。沉寂一年的闹年锣鼓，被擦得发光闪亮。家里老人，又为我们准备了丰盛的年味，有乡间的鸡鸭鱼肉，有浓郁的米酒，还有那些很土却又无比美味的盘子粉、糍粑、灰碱粑……

“新晃西站就要到了，请大家……”车行两小时，车厢响起了甜美的声音。一路很是享受的家人似乎没有反应，看样子是嫌路程太短。

回乡千里路，从坐火车汽车需要两天，经历难受的拥挤和倒胃的摇晃，到高速公路上川流不息钻山穿洞的半天，再到驰骋飞速的两小时，我们多年来回家团聚的愉悦期盼，终于成为舒适美好的现实。

手机一阵唱响。家里人打来电话，他们在出站口广场，等我们走出这趟意犹未尽的高铁。

甜的田

一年四季，田涂抹、穿戴着不同的色彩，美丽装扮着村寨。有的田，安静地怀抱溪河；有的田，兴致勃勃爬上山坡。黑泥黏糊水面明净的春田，禾苗青翠随风起舞的夏田，金色飘香稻浪翻滚的秋田，丰收之后闲暇一时的冬田，让我好奇的童年，目不暇接。

田，深深地影响着人们的生活。田，与乡间的习俗息息相关。

我家乡开门见山，出门见田。在依山而建、临水而居的山寨，先人们以家族、宗族聚集居住，其周边的农田，多属这些寨子的寨民。大大小小的田，按一个个家庭的居住地，相对集中。儿子们长大成家，多数家庭分家时，农田就是主要财产。田不够分，人们可以向一些田多的或迁移别处的人家购买，也可以在自己家的山边开荒，在荒无人烟的地方挖土造田。由此，有的家庭才有了远在数里的田地，有的家庭还会搬家，向田靠拢。许多年以前，谁家有 些离水近、离家近的粮田，那将是乐享天福，令人啧啧羡慕。

一丘丘养育生命承载生活的田，让人们经受苦难，经历辛酸，也带来许

多甜蜜和希望。

在我幼小心灵的田边，飘荡的，却是久久弥漫、难以飘散的香甜。这种感受，来自一丘在小小的平溪岸边没有突出特色的田。这田不方不正，长条形，坐落在许多田的中间。上小学前，小朋友们在寨上玩着玩着就喜欢往田坝跑。坝上，有时见到大人们在田间地头做活，有说有笑，令人羡慕。但大多时候，坝上空无一人，因为田太少，人们把精力放在山上，挖山开土，种旱粮。有段时间，人们在田坝两边的山腰修渠，想把一些旱土变成粮田。锄头挖泥的声音，铁锤砸钢钎的声音，人们开玩笑的声音，有时突然停顿下来，在人们四下躲避后，“轰轰”几声巨响，放几个岩炮，震撼山谷。我们玩在田坝溪边，春季唱着“吃泡要吃三月泡，讨个婆娘一样高”的歌谣，摘些三月泡、映山红，甜甜地吃。夏季洗澡、捉鱼，口干时，手捧溪水往嘴里一塞，那种感觉非常过瘾。秋天在田边摘一种植物绞在一起拉扯，“牛打架”。有时为了斗赢，大家到山边去找又粗又大的“牛角”。坝上田里的风光在季节交替中，在作物的调整中，慢慢起着变化。那丘甜田，就是在季节的推移中，鹤立鸡群一样，一步一步，走到我的面前。

秋的时节，当周边的稻浪几天之间消失，金色的田野变得空空荡荡时，谷香却还隐隐约约，似有如无，勾人心魂。我们再到坝上去，映入眼帘的，是孤独的田里的一抹绿色。我不知那是什么，但到了后期，枝叶越来越大，茎秆越来越粗、越来越高，让我们刮目相看。我远远地望它，心中满是疑惑。山谷的风迎面吹来，我们听见和松涛不一样的沙沙声，闻到了一股山风带来的淡淡的香味。某天，生产队的人砍伐了它们，将它们一根根齐好，捆扎起来，就地埋在了那丘田里。同时，也在我的心中，埋下了一个浓浓的问号。

不记得那个冬天，日子是怎么难熬的。大雪纷飞，一大朵一大朵的雪花，先挂满山上寨外大小树子的枝头，然后给一丘丘干田铺上一层白絮，最后覆盖着山寨木楼上的青瓦。一些湿地和风口上的地方，结着晶亮溜滑的冰。缺棉少布，人人都穿得单薄，多数人整天坐在火铺烤火。若要出门，家庭的事是上山摘一些菜、在溪里洗洗菜；集体的事是有的人为队上看牛，要给牛喂喂食料，加垫一些稻草。

烤火时，我默念着那一丘埋藏着绿色植物的田。

要过年了，人们从那丘田中刨出由青变黄的捆扎物，留下需要卖的，再按每家的人口一根根分发。我们扛回家后，抽出一根扯掉叶片，将棍子样的东西砍成一节一节，削皮一吃，真甜。大人说这是广广，我们却不知汉语把它叫作甘蔗。心中的谜底被揭开，我这才知道，田里能长粮食庄稼，也能长出诱人的甜蜜的东西。这田，是甜的。

我对农田由热爱变为崇敬，即使外出工作，也没有一点改变。过后经历多了，便对当年种田的生活思绪万千。比如，要走走亲戚，队上因种田不批假，是走不了的。再如，你想去另一个地方生活，因为田在这里，根本就不能离开。如你要从事种田以外的职业，必须由上面给你安排，不然就只是梦想。多少年来，田已经把山里的家庭人们，紧紧地牵系住了，成为长期稳固的存在。

头些年，农民走上田坎，可以外出打工，改变了一些人的命运。尤其是走出校门没种过田的山里青年，对田的感情不断淡薄，有也好无也罢，种也好荒也罢，不太在意。因为现在的田，已经不能主宰他们的生活。

多年前清明节，我回老家祖坟山挂亲。走在高山小路上，80多岁的父亲陷入回忆。在我们那个老山寨，每家每户都多多少少有一点田。走过曾经劳动的地方，他驻足环视，手指不远处的一片青色，说，那里很多年前树很高大，密得一个人走过，都害怕。接着，他朝狭窄的山谷，手指几丘不大的农田，说，那些田，以前是我们家的。当时家里人不少，这点点田，物产不

多，吃什么？父亲先默不作声，片刻手朝山路远处指去，好像是远一点的地方，还有田。我知道，家里那点薄田的产出，除了应付吃用，还东挪西借甚至卖掉田土，才能让我父亲、叔父读书。因为认识一些字，他们离开了农田，参加了工作。

有时，我望着那些祖上耕耘过的农田，看着那些杂草丛生的田埂和田边印着一线线蓝天的水沟，心潮起伏，感到四周飘满庄稼的声音。那些能够连通我内心的声音，有的是叮嘱、有的是叙述、有的是歌声，每一句都携带苗香、菜香、泥土香。我感觉得到，老人们像对待儿女一样，服侍田土，爱抚田土里的每一蔸生命。收获时节，那些由劳动耕耘收获而来的稻香麦香和红薯土豆的味道，被一担担挑回木楼，把一个个普通的日子，过得有滋有味。一年一年，田地里孕育出的果实，变成了火铺上男女老少平实的笑声。

家乡的田，田里的物产，在季节的时光里不断变化，有的在我心中五味杂陈，不管过去多久，它们总能勾起我五彩斑斓的回忆，溅起一片甜甜的味道。

大堰

大堰，是我童年少年生活范围的一条界线，是家乡人们生活劳动的一个地理节点。大人说起大堰，其尊重程度不亚于说起会唱歌摆古的老人，其自豪相当于家里有栋像样的木楼。小孩们，却对它有点爱恨不能和敬畏的感觉。

在总共只有几公里流程的洒溪上，大堰当年的工程量，需要几个生产队的劳力辛苦几天。所拦的水，蜿蜿蜒蜒、分枝开叶地走了蛮远，灌溉几个队的水田，还给人们一个错觉，它们像是向高处流去。

小的时候，出小街去洒溪潺潺的山谷，大堰束缚着我们的双脚。童年的游玩，不能越过大堰。路边的溪不深，比较直和宽的道路非常好走。堰下的水塘，高过我们胸口，却从没让小孩出事。而走上大堰，就有了许多不确定性的顾虑。堰水深了，最深的时候一个大人站不到底。两岸的田坝狭长开阔，两边的山有蛇有野兽，视野的不远处还有一些高低隆起、有碑无碑的坟墓。过了大堰，胆小的小孩害怕，喜欢想事的小孩会增加一些心事。好像自身的能力，超越了寨于小街的直接领地，有如脱缰的小马，战战兢兢，闯进一个未知的疆域。

那时大堰对我最具诱惑的，是深深的水塘。正因水塘的存在，大人才严管小孩不上堤坝，不过大堰。我们最初只能在参加集体劳动的间歇，与大人坐在堤坝上歇气，望着水中天空的倒影，偶尔发呆。

天晴，塘边的生活很有趣味。不说水中美丽的各色鱼虾，就是大人劳动之余在这碰上，洗洗涮涮，开开玩笑，也蛮有意思。若是小伙碰上过路的姑娘，开玩笑或者唱山歌，更有味道。有兴趣的或者大方的姑娘，回应或回唱几句，若遇上腼腆的或急着赶路的，笑一声就抽身而逃。有时小伙朝塘那边的姑娘丢一块泥巴，有时是姑娘捡一颗石头，往水中一丢，笑声和着溅起的水花，在波浪里荡开。

大堰是小街最近的野外，当年只属于大人，排斥着我们小孩。它因此使我不能忘怀。许多与大堰相关的画面，在慢慢地淡化，而让我偶尔主动回想的，却是几幅水牛在塘里难分难解打架的场面。

一天夕阳落山，大堰两岸挤满了人。村子里的大人，一个个紧张异常，有的朝水里伸出长长的木棒，有的顿脚，有的发出“嗷嗷”的吼声。

外围的人，不让我们靠近。我们只在晃动的人影中，见到一些割裂的画面。

黄牛打架，不很激烈，打了就跑，像在山中打游击，也像突然冒出的山溪水，来去都快。而水牛，特别是倔强的骚牯，沾上了就脱不了灾，赢了不走，输了不跑。我曾看见水田里的两头水牯牛，打得不可开交。粗壮有力的弯角，顶过来刺过去，厚实的毛皮，渗出了红色。不可理解，非常震撼。

眼下的场景，比那次更加难忘。两头健壮的水牛，从岸上你顶我撞地来到水塘，好长时间不分胜负。人们用棍子设法把它们分开，戳、挑、敲打都不起作用。好不容易在水里找到了牛鼻绳，人们把它们的鼻子扯出了血，也毫不后退。水波像热锅里的沸水，阵阵翻滚，牛鼻息变成了粗喘，四只眼睛像见到了仇人，鼓暴，通红。

血气方刚的几个小伙幸灾乐祸，要看胜负，被老人痛骂。几个老婆婆用侗话在喊，像劝说着闯祸的儿孙。我想起赶场看见大人吵架通红的眼睛，想起有人因事打架的哀号，心头一阵难受。我觉得其中之一像是外婆为生产队看的牛，想起一起过田坎，一起爬山，甚至它一天到黑犁田耙田，特别是想起我手拿一把把青草喂它的情景。它柔而有力的舌头，温暖湿润地在我手上卷过；它温柔的眼神，特别敦厚。它天天和家里老人一起，起早贪黑劳动，就像含辛茹苦的家人。不知为了什么，它被逼上梁山，舍生忘死地搏斗。我忍不住流下了眼泪。

终于，有人从牛栏拿来稻草，捆在木棍上。拉鼻绳子的，棍棒敲打的，用稻草烟熏火燎的，才让不分胜负的两头犟牛，很不服气地分开，不情愿地上岸。

人们没有及时散去，有的津津乐道，有的及时总结，更多的，则感到痛心和不解。

那是大堰最热闹的时刻，也是我心情很不舒服、很黑暗的时刻。

大堰好像变得更复杂了，除了向往和埋怨，还在我心中增加了许多细腻，增加了许多的不可理解。天晴见底的水里，似乎有着我发现不了的秘密。我尤其想不通的是，两头勤勤恳恳、脚踏实地的牛，因为什么，突然变成了夺命的仇人。

因为大堰，我开始了一些思考，有的思考稀奇古怪，甚至还如影随形地伴随了我许多年。

馥郁的黑油茶

年少时对家乡吃油茶的场景有过体验，心存许多美好画面。当时的生活场景有如那些长期传承的跑马楼开口屋的侗家木楼，有的在我们生活中日渐衰微，有的却在回忆里焕发青春。近年回乡，发现公路两旁的木楼大多从人们的视线里消失了，变成了砖房，使我不断增添新的陌生。就像油茶，在我离乡几十载后，我怀疑它们是否会成为老家消逝的木楼，只把回味留在我的记忆里。

新晃县志记载，侗族人喜吃油茶。油茶作为一种佐餐食物，常被用来待客和做饮食调剂。这个习俗，留下了文字的印记。

家乡的油茶分为甜茶和苦茶。苦茶是将秋天的茶叶采摘下来，洗净水潦加工发酵，做成原料。煮茶时，用猪油熬茶等做好汤底，再放入主打的食物，配上丰富的小吃。我吃过米粑油茶，也吃过苞谷红薯的油茶。配料有炒黄豆花生，特别是炒米是吃得最多的。苦茶端上来汤色显黑，许多人称之为黑油茶，它香味扑鼻，浓郁可口。甜茶就是汤底不放茶叶，其他的做法配料

都一样。一直以来，人们喜欢油茶，而把油茶作为主餐的人家极少，因为大集体年代人们的劳动强度很大，它不经饿。

在没有节日没有人家办喜事的劳动单调的日子里，一有勤快的妇女在田间地头提出煮油茶，大家就一拍即合，以“打平伙”方式，你出油出茶，她出米出黄豆，商量好去厨房宽敞的人家煮。在没有什么文娱活动的20世纪六七十年代，男女老少们聚集一起吃碗油茶，说笑打闹，生活增添许多趣味。我印象最深的一次煮油茶是暑假期间，妈妈她们又忙又累的打谷栽秧“双抢”结束，邻居花娘提出去她家煮油茶。我家拿去了一碗黄豆半碗炒米，花娘家出茶出油，下厨的是菊娘。五六家的小孩闻讯而去，找些由头故意在灶台边乱转，既催菊娘快点，说我们肚子饿了，又让她施展不开手脚。花娘在火铺翻炒的黄豆飘出香味，我们纷纷伸手去抓，烫得“哇哇”直叫。她吓得连连自责道歉，赶紧用什么油抹在我们的手上。

办喜事的人家少不了油茶，上品的苦油茶深受客人青睐。我曾在山寨一个婚礼上吃过非常好吃的油茶，至今记忆犹新。那是一个贫困家庭给儿子办喜事，因为像打平伙一样地操办，最后给办成了全寨人的喜事。为了给这困难户帮忙，整个寨子俨然成了一个很大的家庭。

那天新郎家虽然陈旧但散发着桐油香的开口屋打扮一新，门柱上窗户边已有人贴上了红色对联，晒坝堂屋和邻家的门口已摆上干干净净的八仙餐桌。我没在头晚跟着迎亲的队伍去凑热闹，人小不愿走夜路，还特别不想听那些心头甜得很却要唱得哀苦的陪嫁歌。“陪嫁陪到夜五更，屋外金鸡啼声声；本想同娘坐到老，哪想长大把娘丢。鸡叫声声肝肠断，转眼妹是他家人；留也难来分也难，嫁妹出门泪涟涟；妹妹出门莫心伤，姑娘在家坐不长；丢爹丢娘丢了伴，心中好像吃黄连。”听着这些歌，怎不影响吃油茶呢？

那天煮油茶的孃孃厨艺真好，老远就闻到特有的香味。她唱着年轻时候的情歌，看我们几小孩在边上玩，就提前给一人舀了一碗。我们正饿得慌，接过就狼吞虎咽，那香哪，真香，味道好得至今难忘。黑色的茶汤上漂着油花，米粑灰碱粑藏在里面，点缀着的绿色是香葱。我手中的油茶吃完，碗底一个显眼的“芳”字露了出来。“啊哦！哈哈哈。”我像中了大奖，对小伙伴们说：“我妈的名字，我家的碗。”我高兴得像自己家有喜事一样。同伴们也兴奋，说着油茶里的米粑黄豆炒米，“这是我家的”，“这是我家的”。

那时的油茶，放有米粑花生的极少。粮食产量很低，人们起早贪黑，把稻谷上交公粮后，剩下的很有限。凭工分分到每家每户的，基本上是红薯土豆。自留地的出产，能做主食的也是红薯土豆，但也有不少的苞谷。老苞谷是难以做饭吃的，人们曾经形容寨子的贫穷，用山歌唱道：“没得哪家吃米饭，餐餐都是吃苞谷。”在我们那里，苞谷最好的处理就是煮油茶了。做苞谷油茶很费柴火和时间。家庭主妇在煮油茶前，必须花好几小时在鼎罐或灶锅里煮苞谷。煮得很久的苞谷，像一张脸上咧开了笑口，金黄的苞谷皮微微张开，露出里面白白的部分。煮着煮着，漫出淡淡的香味，香味里慢慢地出现了甜的味道。但是，这种油茶口感不佳，苞谷嚼起来有种粗糙的感觉。记得我妈她那几个好友打平伙，按季节变着花样做，我们吃过红薯的土豆的，也吃过象征性地有一两个小小米粑的，但吃苞谷油茶极少，那种粗硬的口感，是小孩们不太喜欢的。

农村经济条件得到较好改善后，人们吃上了鸡鸭鱼肉和米饭，程序烦琐的油茶便没有人愿意做了。我千里之外回乡，看着一栋栋木楼变成了一层二层的砖房，春节的餐桌上几乎全是荤菜，便得意于家乡的变化。往后外出的人渐渐多了，大家回到家乡，对与山外一样的大吃大喝不感兴趣了，而谁家有小米粑高粱粑吃，都会引来邻居的羡慕和参与。随着妈妈她们那代老人一个接一个地去世，我们这些游子多年都没有吃上油茶了。大家在一起时，免

不了陷入一些回忆。近年，勤快又有闲的人，从中看到商机的人，又把有点生疏的油茶厨艺重操了起来。如今，你若遇上热情的主人请你进屋吃茶，可别指望捧上一杯开水绿茶慢慢地品喝噢。请吃茶，那就是请你吃油茶了。近年在新晃侗乡，我发现从乡下到县城许多人爱吃油茶，尤其是有的上了点年纪的人，还把它变成了一天的主食。听妹妹她们说，市场上有做油茶的茶叶销售，几块钱一斤，质量特别好。煮茶的汤汁水平也上了几层楼，从清汤寡水，变成了猪筒子骨汤，更加香鲜的还有土鸡汤。条件好了，油茶的配料也越来越丰富。大集体年代的配料除了葱蒜，就是点缀的几粒炒米。做炒米要有好米，蒸熟晒干，需要时慢火油炒。有的人家还将红色的植物色素把米染红，象征红运吉祥。一粒粒膨胀的炒米，脆、香，用红色点缀在黑色的茶汤上，有时就像一幅画。那些年油茶配料有炒黄豆也平常，当年在田间地头种的黄豆，收获后没空做成豆腐，只能炒熟来吃。炒花生是田土到户可以自主生产后才多起来的，产量不高的花生给油茶的香，增添了新的诱惑。有的黑油茶还根据饮食者的口味，配上剁辣椒酸萝卜，让一股酸味辣味，在苦中有香、香后回甜的感觉中游荡。

我忘不了煮油茶的大灶锅和鼎罐。当年山寨办红白喜事，搬出来的大锅子和鼎罐，让人惊叹。锅面大的，要几个小孩拉手才能围抱。笨重的，也要几个少年一起才能抬得起来。煮苞谷时，一大堆破开的杉树枞树，在土灶或火铺上熊熊燃烧，锅盖鼎罐盖被沸腾的开水不时掀起，水汽袅袅婷婷，诗意盎然，但却效率低下。望着一大堆柴火化为的灰烬，我想起伤痕累累的山头，心中就蠕动着一些难以消除的负罪感。好在近年人们用电和燃气做能源，灶锅鼎罐不少退出了农家的厨房。家乡打平伙的聚会时常还有，人们用现代工具加工共享的美食，除了本地的出产，还有我国东南西北的美味，甚至还有来自海外的特产。如今，故乡的山青葱叠翠了，油茶也更加地香了。

在家乡，捧上一碗香味浓郁汤色微黑的油茶，我味觉里的忆旧情愫会顿时活跃起来。无论是木楼的火铺，还是砖楼的餐桌，油茶都以它特有的风味，丰富着我们日常的生活。时光流逝，它们不仅没有被淡忘，反而会在家乡日益美丽的风景中，不断留下我心情的喜悦。

吃着当下浓香满口的黑油茶，我甚至想，活在淳朴民俗中的这个风习，往后还有无可能，在新修的县志里沉淀。

来路归途

虽是多梦的季节，一点也睡不着。那时的时间就像家门口的洒溪，蹦跳着进入缓慢的平溪，不知道在哪一刻，又轻轻潜入穿县城而过的㵲水。在离㵲水数百米外那个唯一小旅社的二楼，在又热又臭的硬板床上，我与同学你一句我一句地讲话。

下半夜的火车，什么时候到啊。

“咚咚咚！”终于，住隔壁的同学和他哥用劲敲响我们的房门，也敲响了对门女同学的房门。“快起床！时间快到喽！”同学他哥从民办教师考起“中师”，正在县教师进修学校读书。

我们挑上行李，深一脚浅一脚，磕东碰西，朝数百米外的小小火车站赶去。

从新晃到怀化，现在看很近，车费也不贵。但当年车少、没钱，我们几个一同考上学校的同学没别的选择，只能牺牲睡眠，坐这趟只停两三分钟的慢车。

九年寒窗跳出农门，我们从一条条蛛丝般的小路，交织进梦想中的都市。

如今，从故乡跋涉而来的山花般的青春、纯真，已在凋零。我不知它们远去的足迹，是留在故园日渐凋敝的回忆里，还是飘散在城市灰蒙蒙的日子中。

我是从破烂不堪“晃凉公路”的扶罗车站，坐班车进城的。

“晃凉公路”起于新晃县城，终于湘黔边界凳寨乡的界牌，继续往西，是贵州的三穗县。这是县内最长的公路，常因暴雨垮塌，像一条不时梗塞的动脉。全县一半以上地方的大小花阶和泥巴路，和它密切相连。客车像一个喝醉酒的老人，慢吞吞走着，高一脚低一脚，左摇一下右晃一下，一路念念叨叨。我们随着路的曲折摇摆，随着路的起伏晃动。

一同出山的几个同学，这年高中毕业考上学校，比起那些当民办教师的、复读的和绝大多数当农民的，算是吃上了“天鹅肉”。在长达 70 多里到县城的路上，我们眼前不断出现几天内快乐的一幕一幕。卖粮，转粮食关系，转户口……一路绿灯，一路恭维，一路笑声。

车出扶罗的一段路很直。笔直的苦楝树在两旁微微晃动，它们伸出不太浓密的枝叶，尽力遮挡炎热的阳光。汽车几分钟到了地钟寨，接着就看见了伞寨。

伞寨是姚姓人家的一个聚居地，我外出读书时没多少了解。回乡工作后，我接触了几个有心于民间故事搜集和文学创作的老师，接触过几本小小的内刊资料，知道了县内的几个传说故事。伞寨的传说流传较广，说是在开疆辟土的年代，居住境内的姚杨吴等几姓始祖冒雨经过这里，雾散雨停，遗忘雨伞。他们许久返回，那伞还在。该地便得名伞寨。我在扶罗中学教书时，观摩过伞寨的敬祖活动。农历某日方圆数里的人们来到伞寨，举行仪式敬奉先祖。“当当”的锣声，“噼啪”的鞭炮声，“呜呜”的牛角声，响彻平溪河岸。人们在祖先留下的稻田，用长长的竹竿在“阳春”（农作物）上扫过。有时那些壮汉“呜喃呜喃”地喊着，朝小伙姑娘多的田坎扫去。站在

田埂的人早有防备，一哄而散，把一片笑声洒在干田的周边角落。竹竿扫过，意为扫除了灾难病痛和污秽，百业丰收，人丁兴旺。仪式完毕，响起邀客的歌声，来客朋友三三两两进寨，进屋喝酒吃饭。

公路沿着平溪下行，只要稍微留意，就可以在周边的山口溪边，发现一些沧桑古道的影子。我曾久久凝望那些断断续续的花阶，眼前也出现过早先的一些画面，揣摩着，先前极少数去过县城及县外的人，一定是从这些花阶或羊肠小道，一步一步地跋山涉水。在我与老一辈的交流中了解到，山里稍有点钱的人去求学看病买东西，山民去做必需的买卖，都靠双脚一点点丈量，即使是相对有钱的乡人，也舍不得乘滑竿坐轿子。

车过伞寨，李树乡的坪地寨就出现在眼前。每次经过，我都喜欢隔着车窗远远地看。这有四五个男女同学，望车窗，却从没有见过一个。公路坎上的房子一栋一栋都很漂亮，外出工作的和在家务农的同学的家，到底是哪一栋？心中全是雾水，满是猜想。我在某个同学的口中，第一次听到这里的另一个寨名：焦坪寨。很久后，我才从一些资料见到一些描述。早前在这出山的路上，兵荒马乱很使人害怕。1922 年，县外一土匪头子带人抢劫，在坪地寨和伞寨一带烧毁木楼 200 多栋，还残忍地杀害 60 多人。吃穿都还过得去的坪地寨，残垣断壁，哀鸿遍野，连屋角地坪都被烧焦了。坪地寨恢复生机，靠时代的发展，也靠老老少少的艰苦努力。坪地寨还得到了大自然的一点青睐，连平溪也有所眷顾，给这里铺开了比较宽阔的水面。当年林业部门在公路边修了一个小砖房，让人们把上游顺水放下的杉树枞树堆在门外的坝子上，派人定期下来丈量结算，再由汽车将一座座“小山”搬走。

往下走，就到李树街上，再往下是禾滩乡。平溪到禾滩的街边纳入了一条较大的支流。

小时候随大人去县城，站在“油蚱蜢”似的手扶拖拉机的后厢，虽黑烟黄灰颠簸一路，但见到沿路的几栋崭新窨子屋，看到“晃凉公路”起点上的县城，宽阔的㵲水、雄伟的大桥和隆隆的火车，我的心情为之一振。

从“晃凉公路”走出大山的人们，沿途留下许多故事和思索。最初，零零星星出去参军、工作。我中学毕业那几年，前后的校友、同学，通过高考、招工、招干，一个接一个地出去了不少。近些年，是一群一群的打工者，往东、往南，被埋没在大小的城镇之中。

好日子总过得太快。一个一个的长辈变老了，有的长年留守山寨，有的成了一堆黄土。我不时陷入思索，变得喜欢忆旧。家乡的山水一天天地变着，家乡的人们有的变得让我不敢相认。乡人们有的成为城市居民，有的四处漂泊，杳无音讯。在变宽变直的“晃凉公路”上，熟悉的面孔已经越来越少，离乡者的故事也糅进了不少的悲摧，伤心的信息偶尔传来。

在各类的离乡者中，人们最牵肠挂肚的，是大大小小的打工者。有一年过年，我到一个寨做客，下火铺出堂屋去寨边呼吸新鲜空气。一个妇女在菜园砍白菜，露出一脸的伤心。她女儿打工几年没回家了，没征求老人意见嫁了很远，许久没联系，过年连电话也没一个，不知是死是活。刚成年的儿子在外省打工，要回家过年，老板不给工钱，他求了两次求三次，求不到，气得打了老板，结果被关，说是年后才得出来。这样的家庭故事，不时让那些小小的山寨伤心。

我左转右转，走到公路坎上，在一片稀稀拉拉的油菜花前，看见一棵小小的黄连树。油菜薹的甜味和黄连的苦味，一同涌上心头。山外，并不是甜酒糍粑香猪肉啊。不幸的青年，是笑呵呵坐上外出的汽车，带着一身的职业病回来。极个别的还不知所终，死在了外面。不知从什么时候起，山里的生命被看得有点轻贱，人们满足于打工赚钱，成功的是变为入流的城市人，次一点的是把山寨的旧楼建成新房。而早逝的生命，就像一阵轻风，在无边的

山林间悄然消失。我为那些生命，心头难过。

突然，一辆熟悉的车从山寨前闪过。我掏出手机，拨通了那个熟悉的号码。同学熟悉的声音立马响起，他问我，什么时候回城?

我失忆了一样，突然记不起来去的日子。

眼前是我们的胞衣地，是孕育我们的母地，我们剪断脐带就奔向了远方。面对这生命的来路，我在心中铺开了无数的归途。此刻的我，像在一条不能停歇的路上穿越，心绪不宁，阵阵语塞。

老街的小店

一栋二层木楼，在我家斜对面。小时候，我喜欢在它柜台外边玩。柜台很高，看不见里面货架上到底有些什么。我扶着家里的门槛，朝那边凝望。买东西的人屈指可数。我见过路过的青年穿着较讲究，听人家喊他们假时髦，很好笑。这是个对山寨小孩很有诱惑力的地方。上小学时，我常按父母的安排，拿着他们摆放在碗架上的几分、角把钱，去那里买盐。柜台里地板上，一瓦青色 20 多厘米高的粗糙坛子，揭开盖子，就可见到那些显得有点潮湿和暗黑的食盐。若是海盐，一般颗粒不大，不怎么干净，咸味似乎不够，还总有一些渣子在里面。而碰上岩盐，颗粒大，似白若黑的晶体，给我留下深刻印象。炒菜放岩盐时，用调羹在盐罐是难以一两次舀准的，撒下可听见“咔咔”的落锅声，不易溶化。那些生活中必不可少的散装食盐，哪有现在袋装的干净，包装精美。

这店还卖糖。白砂糖当年凭票供应，这里没有购买对象，几乎没有卖的。一些放在透明糖缸里的硬硬的饼干和饼子糖，非常让我们眼馋。当年似

乎有个规矩，亲友往来的礼品，基本上是成对的饼子，既是甜的又是圆的，象征甜蜜和圆满。水果糖也是有的，但很黑硬，听说是由红薯熬制而成的。这里也卖酒，一般有一两个品种，酱色坛子里不是苕酒就是其他非粮酒。我见过农民挑担子经过，将肩上担子“啪”地重重放下，从衣裤深处摸出两分钱，买上一小杯，仰脖，独自干杯，然后，摇晃而去。

食品柜另一头，是品种不多的日用百货和更单调的文具，我只买过小小的作业本。

卖东西柜台隔壁，是理发的地方。一个与我们同住一街的老师傅，带着个外地年轻女徒弟。我理发，总是等师傅有空了才去。那时我头发浓密、坚硬。老师傅说理平头，我的最好理。卖货的是两个老头，说话南腔北调，与当地口音相异。他们家属都在县城。加上理发的，他们四人都是吃的国家粮。我从外出读书到回乡工作，店里四人除理发师傅去世，另几位不知是回城了，还是什么原因，一个都不见了。供销社改制，商店过后也卖给了本地人。又过几年，我被调入县城后，曾在县城的国营理发店见过那个女师傅。可能是我长高变大的缘故，她没能认出我来。

街中间，是几家裁缝店。裁缝师傅有其他村寨来的，也有本小街的。他们一般是身体不太好或有残疾，不能下田劳动，做不得重体力活，才在集体的同意下从事这小小的副业。

一条百米左右的街，特色明显的，是街两头的店子。

地势稍高的上头街口，是个铁匠铺。这整天烟火弥漫铿铿锵锵的地方，距我家四五十米，由父子几人经营，是生产队一个重要副业收入来源。风箱的拉动，鼓起炉里通红的火苗，大铁锤在砧上“叮叮当当”响过，一口犁、一把镰刀或柴刀，雏形已备。这里成系列门类最多的产品是锄头，分挖锄、薅锄等。有挖岩石的尖锄，挖泥土的厚厚的老锄，淘河沙的薄薄的宽锄，除

草的不宽不窄不薄不厚的薅锄，还有既能挖青钢岩又能挖沙岩、一头尖一头平、两头都各有用途的锄头。他们根据使用者年龄、力气大小，打成轻重不同的工具，有的好看得如乡间的工艺品。我上学每次经过，若遇他们累了歇气，就羡慕地与他们打招呼。

公路坎下的下头街口，是一个染店。店里平时无人，赶场时，匠人才走出农田，从家里赶来。我感到染布是门神奇的手艺，印得好的，有如件件美术作品，让人看后有种吃饱了东西而满足的感觉。一匹匹家织白布，有的纱线很粗，用手去抓，重且厚实。我没机会拢去观看，对印染原料和操作流程不了解，只感到街口那个大灶和灶上大铁锅的热气腾腾，浓浓弥漫着山间植物清新香甜的气味。店子经营时，染布操作的人挥汗如雨，公路坎上站着许多人观赏。不知道经过几道工序，白布一块块变成了深蓝、浅蓝或黑色。然后，匠人们在洒溪漂布，在岸边晾晒。悬挂着的布匹像飘扬的一面面旗帜，场面非常壮观。布上图案，大多为花鸟鱼类，栩栩如生，有着侗民族的审美情趣。那些纯蓝纯黑的，被做成人们身上的衣裤。印有美观图案的，大多成了人们家里的被面、床单。遗憾的是，这个热气腾腾的店子，于20世纪后期默默消失了。

染店靠街里的这边，有个维修店，能修乡间少得可怜的单车和一些小小的日用品。做得最多的，是用废旧车胎割出一双双胶皮凉鞋，钉补有点破裂的塑料胶鞋。在暑假做农活的日子里，我们脚上与大人们的一样，全是废旧车胎割出的凉鞋。每当脚上哪个部位被这车胎凉鞋磨破了皮，或者挽住鞋面的胶带断裂，我们都会不约而同地想起这个小店，想起上学劳动常在一起的同学的那位父亲，这位祖籍北方的唯一师傅。

街上的店铺从不争抢生意，也没一家挂有招牌。

龙溪口

龙溪古镇，静静泊在源自贵州的㵲水边，泊在新晃龙溪汇入㵲水的口子上。漫长时光里，人们一直称它为龙溪口。

初夏一天，我漫步于明朝清朝就成为沅水上游商业重镇的龙溪口。多年来，我走过它的正街、福寿街、万寿街，也偶尔走过它的擂弄子、鸡弄子、糠弄子、姜弄子、麻弄子、烟弄子。脑海里，不时出现数百年来它“三街六巷”的一些繁华景象。清同治十年（1871）纂修的《沅州府志》载：“龙溪口在㵲水之北，临水架楼而肆者为新街，又躐次而上俗呼老街，市上五谷俱集，饭豆尤多，凡产自贵州之马鞍山、平崖场诸处者，由玉屏朱家场肩货于此……至于江、浙、闽、粤之货，亦毕集于此。”来自㵲水上游㵲阳河的贵州特产，下游沅江、洞庭湖、长江沿岸的物资，在当时的大码头、沅州码头、水码头和万寿宫码头，繁忙装卸。清末民国初，龙溪口产生许多大商品牌，人们概括广为流传的“七子”：“杨春和的银子，春和元的谷子，付老五的房子，杨永泰的锅子，张大生的儿子，龚信泰的顶子，胡岩寿的包子。”湘黔

边地特产购销，因一些大商号设立而畅通无阻。周边汇聚于此的桐油桐籽，几乎全是洪江油号收购外运。洪江古商城里的庆元丰、复兴昌、大德等六家油号均在龙溪口派驻专庄。桐油淡季，他们从上海、汉口等地运来纱布等商品，赊销给各个商店，作为新油上市的付款收购桐油。

悠闲走在正街石板路上，享受温煦阳光，我却记起前人说到的龙溪口天空的数度阴霾，甚至暗无天日的岁月。商业的繁荣，曾让湘黔两省军阀垂涎而武力争夺。20 世纪 20 年代，湖南军阀陈长佑与贵州军阀王家烈在风火井背坡激烈枪战，最终王部因不敌而撤回贵州。1928 年前，贵州数名军阀先后盘踞，横征暴敛，无恶不作。1923 年，龙溪口巨商杨辑五被贵州军阀袁祖铭以莫须有罪名拘押，要 7000 两白银赎人。1925 年，贵州军阀蔡巨酋强令商会筹措巨额粮饷，商会无力承担，报县政府批准发行流通票充当粮饷，在市场上强行使用，而流通票在老百姓手上只是一张废纸。1928 年，湘西军阀陈汉章接踵而至，盘踞龙溪口 3 年之久，商户百姓深受其害。

在人流渐密的足声里，我来到春和瑞商号前。仰望它的屋顶，眺望屋顶上灿烂的天空。那是从历史烟云中穿透而来的景仰，是龙溪古镇永远不变的思念。1936 年 1 月 2 日、3 日，任弼时、贺龙等率领的长征部队红二、六军团先后抵达。任弼时、贺龙就住这栋楼上。这里成了军团司令部驻地。红军的到来一扫往日的阴霾，除暴安良，扶危济困，影响深远。贫苦人民看到了希望，100 多侗乡男儿参加红军，妇女们则热情为战士洗衣补衣。1 月 4 日，红军在春和瑞召开前敌委员会会议，书记任弼时，委员贺龙、萧克、关向应、王震、李达等参会，研究开辟湘黔新苏区，部署便水战役。国民党李觉纵队、陶广纵队一直尾随布阵，意欲在此围歼红军。1 月 5 日开始的便水战役，在芷江新店坪与晃县波州一带歼敌千余人。三天后，红军向贵州玉屏的田坪田冲方向挺近。春和瑞商号盐店姓贺的老板在此期间积极为红军筹款，

捐了8000多银圆。贺龙临行前赠他一把茶壶，现珍藏在怀化市博物馆。

抗日战争期间，沦陷区的新闻、金融、工商企业、伤兵医院等机构陆续迁入，大量人口涌入龙溪口。闻一多、冯英子等不少西南联大教授和报刊名人曾栖身于此。宁静的福寿街，梁思成、林徽因夫妇曾住过半月。街上的两个老油号，建筑幽深雅致，现已开辟为“若水居”和“孝友堂”，用于餐饮文化活动经营。油号对面的临阳公栈，是梁思成、林徽因的栖身之地。进入宽厚院墙大门，走过小小的院坪，踏上不高的台阶，便到了二层木楼的檐下。1937年12月某日，为躲避战乱从长沙前往昆明的一群人到达晃县。其中，有梁思成及其妻子、女儿、儿子和他的岳母。路途生病的林徽因此时肺炎严重，不得不到龙溪口取中药治疗。他们四处询问，找不到住宿的地方。在临阳公栈也毫无办法。绝望之际，二楼传出小提琴的旋律。梁思成上楼，一群逃难的大学生听他主动一说，纷纷给他家人让出地方。林徽因疗养期间，梁思成带着小孩在龙溪古镇四处考察写生。据他子女回忆，当时他画了周边不少的地方风貌和民居建筑。抗战时期的龙溪口，商家达到四五百户，经营范围有绸缎、布匹、花纱、百货、粮食、油盐、南杂、医药、文具、金号、牙行等，以织染为主的手工作坊有200多家。如正街上的龙溪书院，前身就是个大的油号，它的隔壁曾是药店，后被改为一个规模不小的烟厂。

在临阳公栈和清匪反霸两个展馆，讲解员小姚认真地给游客介绍讲解。中华人民共和国成立前的龙溪口，老板多，会馆多，还有宗教活动的场所多。有较多宗祠庙宇，有佛教、道教、伊斯兰教，还建有基督教的福音堂。那些年，龙溪口的匪患，更是臭名昭著。电视剧《乌龙山剿匪记》、电影《湘西剿匪记》中的榜爷，作为晃县巨匪载入《湖南省志》。他为匪多年，曾白天当保商大队长，晚上做土匪，中华人民共和国成立前被国民党地方势力任命为县保安二团团长。1950年12月某日深夜，他打算从蒋家溪横渡㵲水

继续逃窜，被剿匪的解放军和民兵围堵，惊恐中从小船上跳河，被淹身亡。

在天翻地覆的社会变革中，龙溪古镇发生了惊人变化。铁路、高速公路、高铁从新晃城经过，㵲水运输功能已经消失。人们工作生活节奏加快，闲暇的慢生活又把这里推上了一个全新的台阶。窨子屋旁、石板路上，我看见游览的人渐渐多了。

龙溪口往事传开，人们逐渐知道，任弼时书记、贺龙元帅、萧克将军等伟人千里转战来过这里。在抗战避难的人流中，写过《七子之歌》《红烛》《死水》的著名文学家诗人闻一多先生来过这里，著名建筑学家梁思成及他同样是建筑学家的爱妻、著名作家诗人林徽因来过这里。龙溪口也许知道，伴着林徽因的爱情故事，她的作品近年又红了起来，一些书籍，收入了她的《你是人间四月天》。

路边田

回到小时摔过、爬过、奔跑过的老家，我几乎每次都留意当年最热闹的地方。一条公路、一条大路在那交会，一条小溪从旁边经过。我眼前又晃过了那一丘路边田，又出现了田边的木楼和木楼的主人。

这是位于大路边肥沃的收成好的一丘田。我没想到，它像田边木楼和木楼里的主人一样，成为故乡风物消失得最早的一些内容。

我最初对好田差田茫然无知，只是对这田边的人家，有点羡慕。

读小学时一个雪夜，我就着积雪的亮光，经过路边田。当我敲响赤脚医生的堂屋门时，身后的风更大了。我一边喊快起来，一边说我隔壁的叔病得更老火了。

很大的风，好像尾随而来。我从雪路上留下浅浅的脚印，有的地方还有滑擦的痕迹，而在路边田摔倒的印子非常明显。

我隐约听见，木楼的地板低低地响了一声，接着是房门清脆地被拉开，堂屋门沉闷地一响。一个和蔼的中年人，背着药箱出现在面前。

人们知道，住在大路边的人家，不会冷清。处在大路边的田土，大多种得漂亮。我看出这一点时，是小学三年级左右。当时的小学生们，被生产队喊去学搞劳动。那是暑假，我们在坝子上栽秧，突然遇到雷雨。大家躲雨最快最近的，就是进路边田边的木楼。火铺上，堂屋里，坐满了人。大家与这家人开玩笑，喝井水、炒黄豆吃，像办喜事一样，而这家的主人赤脚医生却不在家。

随着年岁增大，我上初中时渐渐看出个门道。路边田的令人喜欢，除了肥沃收成高，就是方便耕种了。离家距离近，进屋抽支烟喝个水，躲雨躲太阳，方便极了。有时捧一碗饭，在屋檐下坐着，突然发现秧田中哪一团有稗子或疱讲菜茂密了，或高过了秧苗，放碗就可以下田，拔出了稗子、疱讲菜，那碗饭就吃得更香。这些田和田里的作物，就像生活中的一些家庭和人，得到一些便利，占着成长的先机。

住在路边田旁的赤脚医生，其实像那丘田一样，让人喜欢。他为人敦厚，沉默寡言，遇到人可以随时露出期待需要的笑容。他可以随时随地让人感觉到存在，感觉到他对这一片地方的价值。他 40 多岁，个头不高，在我感觉中他一身黑衣黑裤几乎像个老人，而他背着药箱行走的样子却显得脚步有力并形象高大。他认得少许汉字，虽比我们小学生多不了多少，但比我们过得轻松自在。他不要上山劳动，不要下田耕耘，腰痛肩膀痛手脚酸痛的事，几乎可以不沾到边。我们集体出工时，赤脚医生就像一个自由的鸟儿，背着一个小药箱，有时在公社坎脚、中学小学的边上经过，有时出现在洒溪沛溪弯，有时从寨上下来过了我们的门外，几十分钟后，又出现在龙塘边的木楼旁。

那些年，在以农民身份可以从事的职业中，赤脚医生无疑是当年乡下最令人羡慕的一个。我小学四五年级想过这个问题，长大后如果没机会参军读大学，如果也没有机会当个地方干部，那就努力成为一个赤脚医生。这比干农活有价值，尤其是可以为人家解除病痛，人人都需要。学习劳动之余，我注意老人对一些草草叶叶的收集，他们眼里的草药，到底是哪些可以做什么？我舅公有次劳动受伤，我见他从山里采了不少东西回家。晚上我去他家，闻着他药罐飘出的草药香味，听他讲一些草木的故事。打不死，扯不断，大杆小杆，神杆座杆，我至今不知道是些什么东西。他说过一直找不到三百棒，我就要一个在深山有亲戚的同学帮忙，找来了一些细细的却精神抖擞的树苗一样的东西，栽在我家和他家的屋后。我想，有了草药，与赤脚医生的距离就在慢慢地接近了。

某天砍柴摔倒，尖锐的石头划破左手，我在家换了几次草药，伤口没有好转却流出了脓水。一天下午，赤脚医生刚好从我家门口经过。我喊了一声，他马上来到我家堂屋。他从我的肉皮血印子上，轻轻扒掉经咬碎嚼烂贴上的草药，用酒精、碘酒一类的东西细细地洗，把脓水和肉皮里的泥沙清理干净，再给我用纱布包扎。几天后，伤口愈合，可以劳动下水了，这比用草药好得快多了。我有点不可置信，一遍遍地想，呃，他小小药箱怎么有那么多的好东西？语拙话少的他，还真有这个本事？从村寨人们的口述中，我了解到他的部分医事，我不得不真心地对他佩服。

从他家屋边进山的大路，一边是路边田，另一边是从不断流的洒溪。不是周末假期，我们学生不参加队上劳动，但挑水洗菜砍柴，每天总有一样事需要往洒溪或者洒溪弯里去。我每天会看到路边田，看到赤脚医生的家，可赤脚医生还是基本看不到。我想象得出，这个精瘦少言的中年人，会沿着小街、寨上、沛溪弯、洒溪弯，凡是有本村人家的地方，一天一天地走，主动询问，等人家喊他，或在吃饭时睡觉后，被人匆匆忙忙地叫走。遇到他处理不了的大病难病，他才叫人抬往距他家一里多路远的卫生院。

我家里人生病，几乎都是找的他。我在内心里，一次次感激这位召之即来的人。

在我外出读书工作后，集体劳动没有了，赤脚医生自然也就没有了。路边田和赤脚医生家的木楼，在某年，一同被县里的一个单位征收。那个地方，从此变成了眼前的两层砖楼。

松柏与栀子花

一周没见吴医生，没想这次见他，是找他看病。

“哪里不舒服哪?”他一如既往笑容满面，细语轻言，面对我这熟人，与对从未谋面的病人无异。

乡医院距中学不远，我一路捂着肚子，与同事慢走。过扶罗寨子，遇到几个出门做事的村民，对他们的问候，我微笑，连大点答复一声的力气都没有。

我强忍肚腹部疼痛的翻江倒海，向吴医生挤出一丝笑容：“快帮我开药打针，肚子难受得很。”

狭小简陋的诊室没其他病人，吴医生把摊在桌上的书挪开，给我诊断，写个药名，要陪我的杨老师先到药房取药，待我吞下两粒药，才开始望闻问切。

这小小诊室，我是熟悉的，小时感冒咳嗽来看老医生开过中药，妈妈生病时我背她来过。以前能开草药的医生在我读书回乡后，突然地就不见了。像当时的中小学，老教师退的退调的调，这时见到的是陆续分来的年轻大中专院校毕业生。

我对医院的熟悉，体现在熟悉他们的人上，如何治病，几乎无知。从外出求学起，我就感到身体特好，有种健康洋溢身心并一身阳光的感觉。读中小学的假期，全是早出晚归全身酸痛的劳动，使我产生了脱离农村的想法。毕业回乡当老师，脱离了农业，却没有离开农村，生活改变了，但觉得周边并没有很多的改变。直到融入这里单位上的年轻人群体，才突然觉得，慢条斯理的乡镇，它的血液在加速流动，寨上街上所在单位的年轻面孔增多，好像突然间见到的一切都年轻化了。工作不久的人们保持着上学期间的好习惯，纯真的笑容，谦虚的语言，简朴的生活，尤其是爱好学习。大家像喜欢走村串寨的各单位前辈一样，在单位间你来我往。

“杨老师有空来医院?”门口飘过两个护士姑娘，走过去又退回来，眼望光线并不明亮的诊室，看清后说：“哦，姚老师病了?”

望着杨老师与她们聊天，我尽力挤出笑容。她们问吴医生把我安排哪个病室，好去准备。我讲吃几颗药就好了，当班主任事多，不住院。吴医生也说过一下再看，万一不好，就在他宿舍休息观察。毕竟他的宿舍干净一些，吃药喝开水方便，何况这天不值夜班。

医院人不多，大家都认识，有的还一起吃过饭。吴医生喜欢艺术，拉得一手小提琴，在只见识过二胡笛子的乡下，有知名度。而中学老师中的文学氛围比较浓，无疑也会引来一个个爱好者。那时没有电视也没什么娱乐活动，大家聚在一起，多是在中学操场上看周末电影。

杨老师回校前，护士们喊他去食堂吃晚饭。她们到中学看电影，杨老师摆凳子占地方，有空时还去街上买肉做好请她们。这天我需空腹，不能吃饭，望着他们在香甜的晚餐后道别，留下观察。当时求医没什么化验检查，对病人的观察，无非是察看和等待病人吃药后的反应。

病好后，我更深刻感受到了医院的亲切。对医院的人和事，忽然有了兴

趣，连平时从不关注的医院景物，也变得美好，时到如今对那里的印象有时还会清晰起来。

每去医院，人们最先见到的不是那些笑容可掬的医生护士，而是矮矮的小砖房和木楼，还有几株像人一样永远迎在门口的花和树。

医院门口的两棵松柏，四季青葱，静立两侧，看不见生长，简直多年不变。我小时见到它们那样高，回乡工作了，还是那样高。旁边几蓬栀子花，应该是近几年栽下的，倒是特别茂盛。它们枝叶葱郁，枝条撑开，在我印象里喜欢开花，花期还算比较漫长。那些花很香，老远都觉察得到它的弥漫，已盖过医院福尔马林的味道。

比我早一年工作的吴医生比松柏矮一头，却比栀子花高出一头。虽来自县城，两年过来，他除口音没变，其他已与长期在乡里工作的人相差无几，小城的习惯已被调理得与这里的习俗水乳相融。村寨老农春节前杀年猪，他会跟着年老的同事或家在村里的熟人应邀前去吃庖汤，年后也会与大家一起这家那家地吃年饭。我们来往较多，不是因为一起走村串寨，是他那顺手拈来的小提琴演奏，听起来也还优美的乐曲琴声，给我带来一些愉悦享受，以及我学中文积下的较多文学书籍，为他打发一些寂寞时光。

早年间建这小医院时，不知谁的主意在门口栽下乡间少见的松柏。离乡多年我才知道，肃穆的松柏不应出现在类似场合。它庄重压抑，不宜栽在这个地方，不能为病人心理上减压，反而让病人家属感到某些沉重。栽种者可能考虑它生命旺盛，长年青翠，无须打理。母亲生病进出医院的次数多了，忽然某天，我望着它们，感觉到它们存在的合理性，如熟人一样生动和亲切。四季如一，默默无闻，守望着医院的白天和黑夜，关注着乡间来去的人们。这不正像我熟悉的一个个医生吗？我为我这突然的发现激动。当然，这个想法至今藏在心底，连最熟悉的吴医生也没有说过。

护士们像那些栀子花一样美好，尤其那种花的芳香，非常像她们的热情、辛勤和细腻。母亲住院时，她们轻脚细手量体温、打针、喂药，让我这个对医院没有一点常识的人非常感动。在我妈不想吃什么东西时，不知谁送的白糖水，让她老人家念念不忘。

医院门口的栀子花，那些年一年比一年开得旺盛，花苞密集时，会有医院的人摘些到小街上送熟人。我们学校的女老师，也经常把它们装入水瓶，置于逼仄宿舍的书桌上。我回家吃饭，看见妹妹把栀子花拿来放在灶房间，家里一片芳香，妈妈很是高兴。当时妹妹在街头的供销社上班，与那些护士也略有熟悉。

一晃多年，我生活中的许多已经改变，故乡扶罗及那小小医院的一切，也已经物异人非。唯有那两株松柏树和几蓬栀子花，在我的记忆里，还是旧时葱茏馥郁的模样。

侗歌

侗歌，曲折地走来。

它来得很远，我用《越人歌》搭起凉棚，看不到起点。

它飞快远去，在夜郎王名噪一时的地域，不时升腾、消散。

我曾在湘黔桂边的群山寨旁，拜访侗歌经典，寻找历史的踪迹，看它星星点点春草般蔓延。

数十年前飞翔的蓝天上，它以祖国欣欣向荣的青春风采，以多声部无伴奏、无指挥的和美风姿，降临巴黎，引起世界音乐界轰动。如今，在我国东西南北，在异国他乡，一次次天籁登临，豪情绽放。

侗歌，养育着边地艰难的生命。

当鼓楼从山间露头时，山寨挺起了腰杆。

面对一次次灾害、一场场病痛，它像乐观的父亲、勤劳的母亲，一次次稳住艰难的人生。用一句歌词，记录一个生命的降临；用一声唱腔，伴一个灵魂归去。

赞美生死之约，见证爱情苦难，跨越艰辛岁月……

它心口相传，使山寨坚强，护佑一草一木、一叶一花、一鸡一鸭、一牛一羊。最终，它成为山寨凝心聚力的组成部分，成为木楼不可缺少的一枋一板、一铆一钉。

侗歌，擦亮眺望的人生。

春夏秋冬，穿过风雨桥，一遍遍复述山寨的思绪。有它遮风挡雨，短暂的人生，就有了喜悦的经历和感受。

低迷时，像家中粗黑的瓷碗，用油茶苦酒，浸润我们卑微的生命；高亢时，像一只只牛角酒杯，阵阵飘出米酒的沉淀芳香，鼓舞前行的人生；歇停时，像寨脚地边细碎的花香，洒满田间地头，默默弥漫。

从希望的星空，不时照亮弯弯的花阶，照亮我们偶尔昏暗的心灵。

侗歌，在山寨的忧伤中蝶变低迷，在坚实的日子里传承期待。

当勤劳的儿孙走出大山时，美如诗画的木楼露出沧桑，有的村寨人迹渐稀，优美的词汇捉襟见肘。

它描不出时尚大街摩天高楼豪华汽车，只在心底回望煎熬的亲情和远去的牧歌。

它在心中挣扎，在旅游区游荡，在舞台上盛装表演……

我们伫立在汹涌而来的浪潮前，伴随它，感受城市与乡村中，那些坚守的抒情和灵魂的慈祥。

甜蜜的月亮菜

遥望升高的月亮，我感到家乡那片小小的夜空，这天应是特别的澄澈。又一个节日不能回乡，从外出读书至今已经习惯，浮想联翩。跟老家打过电话，洒满月光的路上，走来几段甜蜜的回忆。

校园后的老树，是否还有夜鸟的低声鸣唱？门前的小街，小孩们还会不会大声唱起“月亮光光，讨碗米汤”的童谣，继续玩山里的游戏？

读高中过中秋时我偶尔发现，懂事早的同学有私下邀约，眼神怪怪的。他们沉得住气，放学后才有些神秘的表情。我起初不明白这天的晚自习，怎么会有请假的。看来我这个班长埋头读书，感觉迟钝。

“对晚上请假的，尽量说服啊！”班主任吴老师轻轻走到我面前，偏瘦的身躯像飘进来似的，低头说道。

我赶忙抬头，轻轻答道：“作业蛮多，没人请假。”

吴老师环视教室，确实坐满了人。我心中却在嘀咕，等会儿有没有同学请假，搞不清楚。

当校园坎下轻轻吟唱的平溪，慢慢卷起一片片游动的白色浪花时，月亮

已从山尖爬上空中。两三个同学向我请假，我说除了上厕所，谁也不能出校门。他们果然听话，只是一脸的不高兴。出了教室几分钟，他们就纷纷回到煤油灯下。这时有一些歌声，在远处的山脚躲躲闪闪地响起。有人放下书本，想在那些声音里寻找哪是熟悉的某人。

哦，山寨的青年已出家门，好像外班有人去偷月亮菜了。他们教室的煤油灯少了几盏，会不会显得多了昏暗。我们是重点班，大家向往高考后有一条比月光还亮堂的道路。或许有同学偶尔走神，却也如往常一样静悄悄的。

深山的侗寨这天热闹好玩。有的男孩女孩早就观察好心中喜欢的人，他家菜土是瓜是豆还是青菜讨人喜爱，趁着月色，悄悄摘来，再上门讨骂，然后一起煮一起吃。热闹过后，再两个三个地对歌。

这是个温馨浪漫的民俗。时而朦胧时而明亮的月光下，有多少爱情会萌芽成长，成天劳累的山里生活也由此增添了趣味。

班主任吴老师家在县城，妻小不在身边，中秋节什么节都以校为家。从食堂吃晚饭出来，穿过操场就进了十二三平方米的宿舍，书桌上两个班 100 多本的作业，像两座小山。如往常一样，他推开窗户，从苦楝树枝叶遮掩的空隙，增加一些采光。他偶尔抬起头来，朝我们这边望望。在他关上窗户开电灯那会儿，我突然发现他中等个的身材变得高大，在他来教室看我们晚自习时，我这感觉更加明显。

吴老师教我们以来，每期就进城一次，回一次家。城里人讲中秋吃月饼，他家的中秋肯定是饭菜不香月饼不甜。有家长邀他家访，要用养肥的鸭给他过节，被他婉拒。山里年轻人的活动离他很远，煮得香味直冒的月亮菜，仿佛相距更远。但他知道，明月、菜香，在青春萌动的中学生心中，如清晨的小鸟一样已经醒来。

在这月亮关乎爱情、关乎快乐和团聚的节日，我与大多同学没有偷月亮菜的体验，只在教室偶尔抬头，望着窗外“十五的月亮”。当时没什么歌曲也不流行情歌，我们不知《月亮代表我的心》《明月千里寄相思》，没关注过《弯弯的月亮》和《月亮之上》，也没欣赏诗意的《荷塘月色》。吴老师那时一定也不知道这些，但他一定有更多的体会，在那些体会里，一定有着家中老小的大事小事，还有一些埋藏心底的情感。每当过节，他都像忘记了自己的家一样。

明月不断升高变亮之际，也是山乡缺电关灯的时候。校园星星点点的煤油灯，散发昏黄的灯光，也散发着刺鼻的气味。吴老师常常又在这时进入教室，有时讲解题目，有时静静地陪着我们。

下了晚自习，寄宿的同学挤进暗黑木楼的寝室，我们通宿生则沿着寨中的小路，踏着月色回家。

我家的屋檐较宽，过节在家看不到月亮。小街狭窄，楼房拥挤，月光也照不进窗户。好在我住的楼上装有几片亮瓦。我看见几小片浅浅的、淡淡的白色，在头顶的亮瓦上无声走过。

这晚我看了很久的书，心中翻腾着许多想法。仿佛，平溪岸边的歌声，也慢慢有了甜美的味道。

高考过后，我与几位同学升入高校。几年过去，我又被分回母校教书。当年的老师，大多成了我的同事。我望着他们增大了几岁的面庞，看着他们辛苦却神采不减的容颜，敬佩又增添了几分。但我诚惶诚恐，生怕教得不好，拖了母校的后腿。老师们了解我，校领导给我压担子，我这当年的学生会干部、班干部，只好更加努力。

我读书时的黑色教室，经过白色石灰的粉刷，但室内拥挤依旧。操场也变宽变平了，但还是怕雨的泥巴地面。晚上电灯多了不少，但停电的情况还时常出现。

我接手初二一个不喜欢安静的班，当班主任，教两个班语文。我这从初中到高中读了四年的母校，当过我班主任的吴老师、杨老师、田老师等几位也还在继续当着班主任。从课桌到讲台，从学生到老师，我在母校老师的面前，有些心虚。他们是月亮，我只是星星。即使他们在所有的场合，都对我“姚老师”“姚老师”地叫着。

高中毕业后，我们班同学接二连三考上省内外学校，一改多年山里中学曾“剃光头”的现状，吴老师成了有名的班主任。教学间隙，他回忆起我们的同学，在说到这个那个的升学和工作时，表露出来的神情，比侗乡年轻人吃到月亮菜还甜。

一天下了第三节课，我听到宿舍前的热闹。原来是在我之前考起高校的一家人来看老师。恰好，他的班主任也是吴老师。听说他读书时家庭困难，吴老师尽力地关心他。他理科成绩突出，有女同学喜欢找他问题目，害得吴老师时刻担忧，比有人去偷月亮菜还让他紧张。如今看到学生成家立业，老师们的高兴难以形容。吴老师激动得一连几个“这这这”，竟忘记招呼他们进屋坐了。

我心中羡慕，但觉得自己的学生，一样也会很有前途。

我向自己的老师学习，开动脑筋、创新管理、钻研教法。从太阳东升到月亮西沉，一天天忙碌而充实。不管什么节日，我与吴老师他们一样在校加班。一个个夜晚，月亮从缺变圆。花台的花冒芽了、长大了、开花了。窗前苦楝树的树叶枯了掉了，又冒芽了绿了。有规律的教学生活，夜以继日。县里统一中考后，全县张榜，我们的学生上中专的进一中的不少，高考的情况也同样不错，大家心头甜蜜蜜的。

暑假，吴老师等几位老师奉调进城，几位年龄稍长的老师被提拔在周边学校当领导。那个中秋节前，我也随吴老师一起成了进城的老师。

搬家时，我一个装衣服的木箱，几纸盒书籍，脸盆开水瓶，非常简单。工作两年，除了买书没添置什么东西。而帮吴老师特别是拖家带口的几位老师搬家，见他们工作多年连破旧的家具也没几件，心头泛起阵阵酸楚。

一群心中装着他人的人，由此奔向城乡四方。大家此后有些走动交流，从不比生活得失，个个都铆足劲，默默进行教学竞赛。所在学校、所在班级或同事自己，有什么好消息，大家都会一起高兴。

吴老师回了县城，小家近在咫尺，但他把学校还是当成自己的家。我在县城的小街散步，在比平溪宽阔数倍的濉水旁走走，从没见过他的身影。只在学校的教学楼才会看到，他并不结实的腰渐渐佝偻，脸庞多了皱纹淡了红润，毛发渐稀的两鬓愈加斑白。

城里没有月亮菜，但也有着甜蜜的故事。当知道吴老师因业绩突出多次被上级表彰，也当了校领导时，我的心里也甜甜的。我教过的学生有的也有了工作，上大学的、读博的，在城市的、在农村的，取得的成绩也让我高兴。多年来我历经数个岗位，工作一直较忙，中秋节也只能是一次次地西望。

在都市的月夜，我听见有人吟诵："露从今夜白，月是故乡明""举头望明月，低头思故乡"。吴老师的子女通过高考，也离开了县城，他们或许不知道山里的月亮菜，但他们的生活应该与家乡的月亮菜一样甜蜜。

往事如风，吹走了一轮轮圆月。家乡青年如今很少偷月亮菜了。当年的老师有的已不在人间，如吴老师一样健在的大多也成了高龄的老人。我想念他们时，有时会望着天上的圆月祝福他们，有时还记起当年春心荡漾的月亮菜。心中有些甜蜜和满足的感觉，会在周边静静地蔓延。

闲谷游记

夜郎谷是家乡一条有名的山谷。它近年成名，得益于鬼斧神工的山峡和随谷而行的一溪好水，玩的是水上漂流的有趣刺激。

当我想去现场感受时，这条人们曾趋之若鹜的山谷，却闲了下来，沉寂了。

一个周末回乡，有半天闲暇，我邀文友同去看看。他说好啊，就四处联系起来。

这出名不久的夜郎谷，原来叫什么，我却不知道。

一会儿短信来了，文友说，走全程要四五小时，时间来不及。我们从两河口进去看一段，返回坐车，再到贵州万山特区（今万山区）的高楼坪，下夜郎谷那头看看？我说，好。

人员一集中，竟有五六人。大家分乘两辆私车，过瀰水，经坳背罗，沿着一路欢腾的溪水，飞奔而去。

车往山里走，我发现山寨和田土渐渐没了身影。公路下还算宽阔的溪水，像一棵屈曲的大树，“主干”往上逐步变小，长着长着就忽然变成了两个枝丫。这“枝丫”分岔的地方，就是人们说的两河口。

大家走下公路，踏上跳岩，跨过一条宽一二十米的“枝丫”。

水声潺潺。跳岩，像一些随意的音符，棱角分明的，圆润光亮的，在水的冲击下发出不同的声响。它们有的挺着胸，有的刚好从水面冒出一点点头来。我们脚一踏，就明显地感到，有的摇晃，有的湿滑。大家嘻嘻哈哈，轻轻地踩，用劲地跳，做不到“水上漂”，有的湿了裤脚。

两溪交汇处，一条长满茅草的浅浅水泥路，朝一个山谷的深处伸去。我想，那就是夜郎谷了。

走在前面的同学，研究夜郎文化有了名气，他津津乐道一些往事。夜郎谷更名前后，县里组织了几次徒步考察。吟诗、填词、作文，还有的写出洋洋万言的文章。

夜郎有什么特点，这里有无遗迹，人烟稀少的山谷有何价值？同学、文友互为补充，还说到外省周边几处对夜郎的开发和争议。

沿溪而行，我观赏两边的风光，发现几座山、几棵树、一些石头的美，心头乐乐的。走了个把小时，发现好些地方无路可走，需要一次又一次从跳岩过溪。再看景时，感觉有的地方平常了点，露出美得累了、疲惫了的样子。我心中明白，一群群游人被激发而来，不是徒步看山，而是漂流。

水，成了游动的灵魂。

夜郎谷溪水的美不是看的，需要亲近和交流。它们清洌透明，花朵绽放，一尘不染。一群文友、摄友、画友，水上漂，溪里走，于一段与世隔绝的时光中，洗涤一阵思想灵魂，不失为一件乐事和雅事。

忽然，乡里同往的乡干兴冲冲地叫，莫急着走路，抹抹汗水，翻翻岩头，溪里螃蟹多，红的青的，蛮漂亮呢！

我多年没翻螃蟹了，听说有的地方鱼蟹几乎绝迹，不信这里还有那个好事。将信将疑中，我把手伸进五月的溪水，轻轻揭开一块巴掌大的石头。哈哈，一个红红的小蟹，开始爬动了。我小心翼翼，把它轻轻拿出了水面。

文友捉了一个大的，乡干捉了一个小的。

大家观赏片刻，又将它们抛进溪水。

同学在讲旅游往事。溪水的源头在贵州的万山，漂流由两地合作。那几年夏天，漂流热得一浪接着一浪。夜郎元素刚要深入，漂流却淡了下来。来客多，水量就不足；来客少，没有利润。

如今，一个个漂流的筏子不见了，闲下来的夜郎谷人迹罕至。清凌凌的溪水，在寂寞地默默流淌。

几月前，一外地商人想在溪谷的山头，做娱乐项目。乡干说着，双眼充满期盼。

望着溪水，我像望着一册历史的古籍。我试图打开它，但翻不动封面，也就无缘探究夜郎尘封的故事。

乡人喂的鸡鸭，在溪边觅食。一二十头白色的山羊，在山麓“咩咩”地叫，吃得很甜。溪水中，它们像从蓝天白云间，轻轻地走过。

我们从两河口上车返回，走了一段高速路，几十分钟到达万山的高楼坪。一块有关夜郎旅游的牌坊竖在交界的地方，与我们新晃的宣传遥相呼应。

下车后，乡干在前，文友和同学在后，我们绕过几户农家，穿过葡萄蔬菜基地，几分钟走到一个观景台。文友说，往下走，是当年漂流的起点。

远望，一幅雄浑苍茫的山水画，以美妙绝伦的景象勾人心魂。夜郎谷山崖的精华，汇聚在这里。一股股泉水从山崖喷出，像在倾诉夜郎先民因一个谦虚的询问而带来的千年屈辱。一个小水电站，在山腰扬起一袭小小的瀑布，像姑娘在耳边轻轻哼唱。谷中的水，绿绿茵茵，时隐时现。

我体验不到漂流的乐趣了，目不转睛中，看到了山谷的遗憾。一条闲谷，一些闲水，点缀着闲适的傍晚。细细碎碎的水声，悄悄地浇灌，让我涌出些忽远忽近的联想。

小城暖年

老家小城如先前一样美丽，春节倍感亲切温暖。

“回家过年?”“回来啦?”熟悉的笑脸，不时从人行道上或路边的门店里闯过来。有时一只大手，在肩上轻轻一拍。

我像去到一个新的地方。人口激增，高楼林立，街道纵横，车流如梭，已不是熟悉的旧模样。在县工作时，较多去过的几个地方已没一点痕迹。当年陪同记者采访过县烟厂、酒厂、皮鞋厂、化油器厂，当时很出名的金雕、云湖、侗乡烟和㵲水大曲、刺梨糯米酒，等等，全不见踪影。它们留下的那些自豪、那些味道，不时从老人的口中蹦出来。县城长高变大，与沈从文先生《沅水上游的几个县份》中记下的20世纪初晃县的山水美丽，那种淡淡色彩，相隔天高地远。沈先生出自湘西苗乡，笔下风情留下了小城老旧的元素，让当地后人能够探视过去的破败。遗憾的是，因文献缺陷，晃县主体民族的侗族和生活在这里的苗族，被先生写成瑶族。这不能怪文学大师，这只是漫长历史的一个疏漏。往后，较多描写这个小城且很有名气的诗人作家是

柯原，他作为侗族后代，手中的笔自觉地、饱含深情地，讴歌这里中华人民共和国成立后翻天覆地的变化。他笔下的龙溪口、老晃城、贵州街、太阳坪，山水情、故乡情、亲情，一次次走出大山。

沐浴冬日暖阳，我与家人漫步在㵲水河岸。在穿城而过的水上，一座美丽的风雨桥人如潮涌。县城已有好几座桥了，一座铁路桥，两座公路桥，一座人行吊桥。刚建好通行的这座桥，以侗族元素给县城增光添彩。

桥栏边，一干部模样的中年人向一个老农打招呼，响亮的侗话，像中寨和禾滩一带的口音，我顿时感到久违的亲切。

打工回来的青年赶时髦，用手机拍个不停。

过年去得最多的地方，是县城热闹的广场。

广场，像一张不断变化的名片，展示小城的变迁。我首次来这里，是读初中参加县中小学文艺会演。返乡前，老师组织我们在这照集体相。广场阔大，砂石的地面平坦，远远强过我们学校的操场。照片后方，高挂一幅县文化馆老师画的巨幅彩画。那几天，我们早早在广播站的歌声中醒来。“东方红，太阳升……”一唱响，我们从招待所的大通铺上一蹦而起，草草洗漱，列队进入餐厅，每人领一个在乡间没见过的馒头和一碗酸菜汤，吃完后去观赏和表演。要去剧院，必过广场，那时的印象，深深刻入年少的记忆。这之后浏览广场，是几年后高考升学来县城体检、填志愿，以及外出读书的暑假寒假。当时最大的愿望，是毕业后在县城工作，不时去广场转转。

广场建了灯光球场和体育馆后，每到过年，都会招来湘黔边界几县市聚焦的目光。当时县篮球队，尤其是女队，所向披靡，四处夺冠，佳话频传。接着，县歌舞团也排出许多很有侗乡特色的歌舞，四处获奖，甚至出国表演。

广场最著名的设施是一排阅报橱窗和一排宣传栏。白墙、青瓦、玻璃

窗，国际国内时事，县内外大事，吸引小城百姓眼球，还引来各路媒体的注目。一天宣传部召集开会，部长说，国庆节的宣传，团县委也有专栏。我们只有两人，为此绞尽脑汁。我想，内容要紧扣侗乡特点，要鼓起边地青年的信心，以本地人的先进事迹来教育本地人。几番周折，找不到资料，原因是多年没宣传什么典型。找来找去，我在民政局找到几位在战场牺牲的青年军人的事迹，而党早期的几位著名晃县先烈，却没得到资料。我的文学梦还在，为国庆写诗一首，斗胆贴出。诗题是，“我爱祖国”。我写道：

我是祖国大地上一棵小树
吸饮着祖国浓浓的乳汁
沐浴着太阳的融融光热
我爱祖国肥沃的泥土
用根把感情向深处开拓
我爱祖国明净的天空
用枝丫将愿望高高举着
我以早晨怡人的芬芳
向高山平原城市村落
向生长我同胞的每个地方
长久地抒发
我爱祖国

调离县里那年，湘黔桂鄂四省区侗族文艺会演在这里举行，我应邀与会，连续几晚，激动于广场上的歌声鼎沸。第一次听到几十人无伴奏、无指挥地唱响侗族大歌，那种激情和豪迈，一直在心中翻腾。往后，广场几经变化，拆了体育馆，建了极富特色的夜郎广场，面积也大大地扩宽了。

过年气氛从广场向四周蔓延。这里成了小孩们的天堂，在大城市见得到的游乐设施，大多都有。气垫上的、水上的、轨道上的，还有四个轮子到处跑的，热火朝天。清晨傍晚，一大群老人跳广场舞。广场一角，以前听到许多唱侗歌的，也听过唱京剧的，今年有人不时地比赛闹年锣。听说上年正月全县唢呐比赛，还有哆耶联欢，人如潮涌，可惜我回单位上班，没机会观摩那种盛况。

千里迢迢回老家过年，我受委托，要去落实一件事情。

上年清明节，我回祖居地扫墓，村支“两委”负责人找我，反映小孩读书难问题。祖居地在高寒海拔 800 多米的山腰上，自然条件不佳，经济贫困，村里无力对破烂不堪的学校进行修缮。在 1996 年停办村小后，读书难就开始了，尤其近年外出打工的增多，留守儿童的上学读书，给家庭和社会带来许多问题。去乡中心小学要经过一个陡坡，下雨下雪非常危险。去临近的镇中心小学，许多家庭也承受不了。有人算过账，“一人读书一人陪”，一年的费用就是好几千元。村里要修缮学校，我这个曾经插过几个月班的学生，责无旁贷。

回长沙后，我了解当时财政没有村级幼儿园的项目，而村小的恢复，还要经教育部门批准。我通过熟人联系做过慈善的企业家，可不怎么顺当，他们愿捐在长沙，因为许多事需在这办。

某天我在办公室，突然想找在企业工作又在本单位兼职的同事，想听听指点。第一个电话，我打给了崔代表，话刚说完，她明确答复，这个事她负责。同时，她还想资助 6 个品学兼优而家庭困难的学生，这让我喜出望外，也打消了我本来要给这个那个打电话的念头。

2012 年夏天，9 名爱心人士翻山越岭奔赴深山侗寨，捐出修校费 10 多万元。崔代表还当场给 6 个困难学生，一人捐 2000 元。新年到来，她想把心愿和祝福继续送给他们。

除夕头天，我带着温暖的助学款往乡间去。公路正做水泥硬化，高山界上的路段结冰，车子只好从禾滩、李树、三江绕道而行。乡里书记已通过值班干部通知学生和家长，上午 10 点半到乡政府。

几栋两三层的砖楼，短短窄窄的水泥街道，一拐就直达老家的乡政府。除了街道和部分新民居，眼前几乎全是多年前见过的景象。这是县内成立历史较短的小乡。乡政府一栋小楼，一圈围墙，只圈住一个巴掌大的地方。配套建筑，是个小小的食堂。

我提前到达，6 个捐助对象到了 2 个。值班干部小杨早将炭火烧旺，捧上热腾腾的茶水，请我在家长、学生和老师间坐下。

几平方米办公室，一个火盆，四周挤着桌子和一些椅子长凳矮凳。若火盆换成火铺，顶上挂上腊肉，这与人口多地方挤的农家，没有二样。

烤火半小时，学生全部到齐。有父母、公（祖父）陪来的，只有一女生是一人来的，她父亲脚有病行走不便。我一一询问学习表现情况，将装有现金的贺年封，送到每个人的手上。希望他们懂得感恩和珍惜，好好学习，将来更好地奉献社会建设家乡。

那位有脚疾的学生家长打了书记电话，想给长沙的爱心人士送腊肉糍粑。他正想办法搭车来。

我回绝了他的美意，他虽一再坚持，看我没有松口，只好算了。

过年，飞机火车汽车日夜穿梭，将一年四季人满车挤的城市淘了又淘，把大多数的人口送往乡下。一座座城池累了一年，终于有机会松一口气，舔养一下疲惫的身躯。就像一库爆满的水，终于在这几天快速地退去。农村却迅疾热闹起来，返乡的人们如饥似渴地呼吸清香的空气，喝久违的泉水，吃简单却越吃越香的饭菜。

我家的年饭由老人准备了好久。一条鱼，数碟荤菜，一大篮新鲜的蔬菜，只是少不了一个满满的飘香诱人的土鸡火锅。物资匮乏时，主菜是猪肉猪脚。要吃侗乡特色，得到乡间去。山寨客气的人家，早晨一碗糍粑甜酒，以香甜，开始新年的头天。正餐前，还要吃油茶。用滚热的油，爆香茶叶和花生黄豆炒米，煮开灰碱粑，就可以品尝了。茶叶是用一种树叶加工发酵制成，香，略苦带甜，助消化。灰碱粑的上品，需用金黄的糯米稻草燃烧后提取灰碱，再用上好的大米精心制作。山寨农家杀年猪，会请邻居亲友吃“庖汤”，将猪肉内脏好吃的部位一样一点，煮在一锅，鲜香四溢，表示主人大方，一年辛苦养大的猪，里里外外都请客人吃到。过年吃不完的鲜肉，会被做成很有名气的侗乡腊肉。

这个春节没往年疲累，不用去馆子应酬，减少了推杯换盏，老人们也高兴。去长辈家拜年，面对沸腾香甜的土鸡火锅、土鸭火锅或者鹅火锅，在电视连续及时地公开 H7N9 禽流感的个例时，我们没有城市人戒禽的恐慌，放心地吃。尤其是小菜，不用化肥农药，吃出一种甜甜的幸福感来。

小城街道上，人们红光满面，吃得好，穿得也好。年轻人喜欢名牌，讲漂亮。以前年纪大的穿侗族服装，现在基本看不到了。不像在通道侗乡，不时看见侗族姑娘盛装出行，花团锦簇，银饰叮当。

多吃了几餐鸡鸭鱼肉，家人惦念起这里闻名的酸萝卜来。外甥女带他们去了一个小店，据说那里生意最好的一天，营业额有几千元。过后，我忍不住拿起牙签试试，果然很脆，酸中带甜。

老家过年，我常被农家米酒灌醉。每次醉，都让心中更加清醒。大年初二，我去舅舅家拜年，感受着最热闹的氛围。舅舅在家，他女儿女婿约好，加上我与妹妹几家到齐，备了两桌。镇值守干部在闹年锣，篮球、拔河比赛结束后，来同喝“农家乐”（自酿米酒）、同吃农家饭。喝着米酒，我高兴地听着老家的变化。农历二十八赶年场，四面八方来了 3 万多人，好些客商

来自湘黔边界的数县，市场交易非常火爆。

高兴之余，我还感到大家对发展的迫切要求和忧虑。修公路，建基础设施，产业发展，治理灾害隐患，处理垃圾……几杯米酒，浇灌出人们无数的心事。

自然条件不好，青壮年几乎都外出打工，贫困地方面貌不易根本改变。这些年上级支持多，而以前太边远的地方连平均的“口粮”都吃不到。有的时候令人无语，但大多时候让人欣慰。老家人过年的关注点，已从重在吃穿，转变为急迫要求发展进步了。

蓝天白云，没有雾霾，时间飞快。“我们适应能力很强，到现在，都没有晕氧啊。”年后，我们不得不回城市，继续在“现代文明”中过雾里看花地生活。

回望年节，县城最让人萦怀的，是那座崭新的风雨桥。它像一位许久不见却打扮一新的老人，笑盈盈倚在水边。桥廊是它的腰带，简洁，美观，散发大山的清香。它的头上，宝顶如画，翘檐如飞。这侗族特色的建筑，为绕城而过的㵲水，画了龙点了睛。将对岸山水的美，揽入小城怀中。它改变了小城的风貌，抹去了不少跟风都市的建筑阴影。“老人”不语，我分明听见它在我的耳边摆古、讲款，轻轻诉说沧桑和历史。在它的雕栏画栋前，我洞察它的心事。它心中一定希望，一首首玩山赶坳歌、一段段情垒，还能被年轻人唱出来、讲出来。

深山腊肉

出差回来，收到亲戚从老家快递来的腊肉。他头天短信说，他家已从山顶搬到山下靠近城镇公路边的安置房，乡村干部帮助，扶贫款支持，加上打工和养殖，脱贫啦。我高兴，少不了祝福和鼓励。

我感谢这份心意，他们搬家前尽心熏的几块腊肉。谧黑的腊肉，洗净后，晾干快递打包，一天就从边远山区到了省会长沙。剪开压紧的包装，腊肉浓郁的香味，扑面而来。寄之前他再三讲，这是养了一年的土猪，全喂青菜萝卜红薯熟饲料。他担心我不收，强调这是他们解决温饱后的一点心意。这久违的味道让我迫不及待。我翻出闲置多时的厨房小砍刀，眼光在一块腊肉上琢磨，是从挂过棕绳的肚腹处砍起，还是把刀剁向含着骨香的脊骨边，抑或是腰部的五花肉？想象的过程满口生津，要过过故乡味道的瘾，于是选在肥多瘦少的地方砍切。洗毕，水煮，切成肥多瘦少的大块，在米饭熟时，就可以炒腊肉主菜了。

这个心情舒畅的晚餐，我醉意般地兴奋。百年前家乡读书人期待“一夜水田新涨足，家家煮酒庆丰年”。近年，亲戚一家为解决吃饱穿暖，没日没夜种田养猪，投入高，产品价格低，加上雨旱影响，收入一直上不去，

“煮酒庆丰年”的梦想没有实现。现实生活中，开销的地方很多，小孩看病和读书，用去他们大多数收入。看着短信，眼前一幕幕出现近几年见面的场景。过了腊肉瘾，我的回忆从亲戚家迁居的城镇，奔往他家数代居住的深山。

那是一个高山小寨。十几栋木楼占据了大半边山，弯曲的小路紧连接着木楼，游丝般伸向山顶，还像苍老病人的手指一样伸进小水田小菜园。亲戚家在一条蜿蜒上寨若微拐弯的路旁，上辈留下的木楼已经歪斜，在一棵沧桑的古树前显得渺小和破败。开口屋，两重檐，黑板壁，木楼摆出一副有气无力随时倒塌的姿态。头几年他们条件稍有好转，在楼旁修了一栋小木屋，虽小但十分地醒目。青色泥瓦，白色板壁，屋柱不粗壮，却给人稳固扎实即将旧貌换新颜的印象。几只比较雄壮的公鸡母鸡活跃地进出，它们灵活的嘴巴把门栏周边啄得干干净净，看得出亲戚事先做过过细的打扫。小木屋饲养牲畜家禽，有一头大猪和两头小猪，猪圈旁堆放着从山上砍来的木柴。时在夏天，我与几个亲戚应邀前往。汽车出县城，可见产业园几个欣欣向荣的企业，举着醒目广告牌在路边展示特色和目标。出城几公里，就从省道斜出，进入一条明显是新修的水泥路。窄，弯，沿高山爬升，车头指向碧绿绿的群山。

堂弟开着极简版爬山越野，手握方向盘，目不转睛叹道：“弯好急啊！”

表哥下乡多，更险的公路走过不少，面带微笑，气定神闲。

我在外工作几十年，下基层，访贫困，更急险的道路也见过，感觉如公园的穿行。

对堂弟的驾驶技术有信心，我们也再三提醒。狭窄的弯道，好不容易遇到直路，刚好有点心思欣赏两旁树木，便又是悬崖峭壁。碰到迎面而来的货车摩托，大家心往上提，不是担心自己，就是担心他人。这样的山路，亲戚他们一次次去乡镇进县城，买东买西，真是难为。

在岔路口等我们的是表姐，几年不见明显苍老，年近六十比实际年龄大了好多。她笑眯眯地招呼，声音洪亮，一改往日细细沫沫的形象，许是穷居山间，好久没几个亲戚一起来走走他们了，这天终于迎来我们。“客走旺家门。”他们的兴旺已初见端倪。表姐说，扶贫队已驻村，乡村干部查看过危房，除了扶贫产业，他们将搬迁到城镇边去，在那里找打工上班的地方。

到堂屋门口，我准备迈脚进去。堂弟拉我衣袖，说外头空气好，先四周看看。

堂屋门口与其他家庭一样，有一个坪，平时晒晒东西，坐一坐人，天气好的时候家人与客人可以聊聊天吹吹凉风。表姐家的屋坪比人家的小，一是地理条件限制，有什么想法也施展不开，二是上一辈条件也很差，没有什么帮助，也没有留下什么，他们没有实力做与人家同样的打算。屋坪坎下即是我们刚刚上行的小路。屋后不远处有一棵古树，虽距木楼有一点距离，这天大太阳还是显得阴凉压抑，可见阴雨等不好的天气给人的感觉会非常阴郁。古树枝丫四开，叶子非常浓密，不知道这些年给他们带来的是福祉的庇荫还是希望的遮掩，在木楼需要充足阳光的时候，人和木楼一样享受不到光照的温暖。狭窄田土里的庄稼已让他们食不果腹、衣不暖体，古树这样一逼近，家里的湿潮就接二连三，牲畜长势一般，表姐的身体也明显瘦弱，有些年经常生病便好理解了。我上次看见表姐，是父亲生病住院，她提了一只鸡前去看望，喊过大舅，问过病情，才跟我讲他们的情况。我对他们那些年的生产辛劳和家庭困难深感不安，要给他们一点支持，她再三推辞，最后还是在父亲出院后，请父亲代转。

表姐说，表姐夫在近边的企业打工，正骑摩托回来，等他回来杀鸡。

我们闻到了木楼从火铺堂屋飘出的香味，一股腊肉香正徐徐而来，让我感到亲情的游走和乡情的迎候，在一种熟悉的氛围里慢慢浓郁，聚拢散开，并进入内心深处。从16岁外出读书开始，暑假寒假回家，总是吃到母亲做好的腊肉。有时开学，还用玻璃瓶装上腊肉炒洋姜炒酸菜，就着学校的饭菜，与同学共享。当年我家的腊肉是母亲一天天用熟猪潲所喂的猪肉做的，在火铺上炕制时，挑选有香味的木柴，夜以继日细火烟熏，干湿恰到好处，香气细腻入微，诱人的感觉弥漫着家里的整个冬季。表姐家的腊肉肯定也是这样精细地做出来的。

表姐说，火铺鼎罐里炖的，是为我们专门留的腊猪脚。

表姐夫回来了，摩托往坪里一放，洗手要去杀鸡，被我们制止。一只腊猪脚，加上堂屋放着的一大篮嫩绿蔬菜，肯定吃不完。

堂弟开过小餐馆，要为腊猪脚配个糊辣子。他从菜篮翻出芫荽、蒜叶，抓几个干辣椒在火上烧出猛辣的呛鼻香味，放擂钵里鼓捣起来。

趁没吃饭，我与表姐夫聊起他打工的事来。湘黔边界的工业园区有一些企业，他在新晃的厂子做，也去贵州那边的厂子做过。近年属于西部的建设项目优惠多，而从打工者来说，表姐夫他们找到就业的机会就多。我从他脸上看到了打工受肯定的满足。

端着米酒杯，他们再三表示，再努力一把，搬进新房也要添上像样点的家居用品。

虽有酒意，我却是清醒地离开他们摇摇欲倒的家，我相信他们说得到也做得到。往后，我在妹妹她们来电话时，零零碎碎问过一些，父亲生日或大的节日，他们拿鸡拿米拿菜，问候殷勤，经济境况一天天好转。

过年前的一个多月，他们一家高高兴兴地与同村的几十户搬进新居，电话报喜，却深表歉意。喂猪不方便了，原来那些好吃的腊肉不方便熏做了。我为他们家的搬迁高兴，那蛇曲盘旋的路、贫瘠散碎的田土和油盐寡淡的日子，早就应该改变啦。生活迈上了一个大台阶，再香的腊肉与之相比，岂不太微不足道了？

岩壁上的微光

老家群山秀丽，方圆数里少有陡峭山峰。我由此羡慕所知的那些名山，它们有无数名人足迹，有诗词歌赋闪烁的星光，有的还有帝王将相留下的碑刻，尤其有的还令人眼红嫉妒，有着一个数个神仙的踪迹与神话传说。这些名山往往成为一些象征，与山相关的文化点滴浸润着周边的一切，它们的影响，深入一定地域内人们的精神和生活。

相比我家乡虽柔和起伏、郁郁葱葱却名不见经传的山峦，名山往往雄奇高耸，悬崖峭壁随处可见。名山之上，悠久建筑傲视四方，像英雄豪杰，像鲁莽蛮汉，“大风起兮云飞扬”，一派壮美，有的甚至趾高气扬。当年在家乡天天见到的山，以及上山下山的耕种放牧砍柴，即使春光明媚阳光灿烂，也在我心里留下许多畏惧的阴影。我觉得它们高险，没有哪天不折磨我们委实不易的生活。即便如此，可在响当当的名山前，它们能算什么？它们没有可以“排排坐分果果”的资格，要称兄道弟无异于做梦。实际上，除了感情因素，考虑它们坐落在云贵高原的边缘，充其量也只能在那些雄山峻岭前，算个跟班的小弟。不过在我人生的地名谱中，它们却排在那一座座如雷贯耳的名山之前。

我在记忆中寻找当年家乡生活时见过的悬崖峭壁，翻了一页又一页，也觅不到多少踪迹。或许我孤陋寡闻，或许是离乡较早，在家乡游历有限。

在离我家几里远的地方有座高山，叫天浓山。坡度高，泥土较厚，草木茂盛，却没什么田土。我与同伴曾在冰雪后天晴融雪的日子上山砍柴，发现坡顶的枞树杉树，有的拦腰折断，有的枝丫撕裂。我们捡了不少好柴，但我深深同情这些四季都生命青葱的树。它们处于比周边的山更高的地方，生命却得不到保护。它们根本就不知道，山尖上的危险更多。看来，大山高山，也有它脆弱的时候。

而在山腰，我因参加集体劳动修渠，改变了对这座山的认识。在镰刀柴刀把树木刺窠杂草砍尽之后，锄头钢钎就忙碌了起来。一层湿润的黑土被毫无费力地剥开，露出一层紧实的黄土碎石，人们开始汗多气粗了，再往下努力，就越是艰难。当钢铁一样坚硬的花岗岩摆在面前时，大家停下了唱山歌讲笑话。挖锄出现了小小的缺口，尖锄只留下浅浅的痕迹。最后，靠铁锤钢钎放铁炮，才把那些渠道修成。没显山露水的石头，让我对山的内涵，产生了新的想法和敬佩。

我曾经去过湘西一个叫不二门的地方。在进“门”之前的路上，我默想着那该是个什么样的地方。一路风景，和我家乡没有二样。到达时，才知这比我家乡普通的山，大有区别。先说那“门”，不是一般木柱木枋木板做的，那是悬崖下的一个洞口，天生的高大宽阔。石壁之上，横写的字、竖写的字很多，“门联横批”令人眼花缭乱，很有文化底蕴。用笔写上去的，力薄色浅，历史短暂。深深刻入的石头，饱经风霜，不减当年。我不知道“门”内是些什么景象，急迫想进去的原因，是听说当时火爆的大湘西剿匪的电视连

续剧，有些场面是在这拍的。剧中有个匪首叫榜爷，原型就是我家乡的。我在迷宫一样的石缝里钻了两遍，不得不佩服人们对这一块地方的发现。不熟悉里面道路的人，走一两遍确实走不出来。这些高低错落的石头，神了。

我家乡没有不二门那样的地方，虽耸立石头的山不多，但中华人民共和国成立前也有土匪。响当当的榜爷名声很大，他六七十岁时仍健步如飞，徒手能捉住奔跑的狗。当年一些土匪及时改变命运，接受收编，赴朝鲜打仗，成为保家卫国的人。榜爷不愿投降，逃跑中被解放军击毙。家乡与零星土匪相关的故事，我只记得模糊印象中的几个地名，比如什么坡、什么坳。据我了解，那些地方或许高，或许有险隘的悬崖山石。

其实美的石山，在我家乡也有一些。悬镜山，是海拔近千米山上的一座巨石。高山像个基座，巨石像一面镜子，那是一个多大的梳妆台啊。青山新雨后，太阳高悬时，绿色背景中的悬镜山像明亮的镜子，熠熠生辉，照亮了山下的侗寨。乡人对美好石头的赞美，大多也非常直接。家乡西边有座海拔千米的高山，它的山峰像一位美丽少女，被人们称为“美岩”。有的石头还留下传说故事，反映了社会现实，寄托着人们的期望。在湘黔省界的群山中，一座山的山顶有两座石头，酷似一男一女。一个多年的传说是，一对恋人相亲相爱却不能成为夫妻，他们反抗包办婚姻，逃离家门，到那山上化为了两座坚贞的石头。

我没有机会一一拜访家乡的大山名石，对了解家乡的人文地理典故，只能唏嘘遗憾。

我当年上学和回母校教书时，住在家里。从小小寨街出来，会经过公社的门口，然后上一个陡却不长的坡。读小学一个细雨蒙蒙的早晨，我一人来到那里，身后，传来一阵紧过一阵“突突突”的拖拉机声。我闪开身，让大队的“油蚱蜢”从身边爬过去。黄泥的路面很滑，“油蚱蜢”声嘶力竭，有气无力。驾驶的师傅从镇定变得紧张和无所适从，双手紧抓着驾驶杆，左一下右一下地扭动，想以“之”字形爬上去。我有过帮忙推的念头，但觉得没那么大的力气，怕拖拉机打滑压人。犹豫之间，我想象不到，“油蚱蜢”突然加速后退。驾驶员手忙脚乱，被操纵杆猛地一拐，推到了路的里坎。既不能上行，又无人操纵，“油蚱蜢”喘着粗气，朝路下面的农田栽了下去。这是一个小石坡，并且是个现在看来微不足道的小小高度，却给我带来了亲眼所见的小小灾难的深刻印象。

上学继续走，是一个岔路口。一条黄土公路，前行几百米一分为二，穿寨子东头走向小学，从寨子中间过大队部拐往中学。另一条是花阶路，沿着寨西边沿，从坝子的坎上眺望平溪，起伏跌宕地走向中学。

我几乎每天白天走花阶上学。在那个视野开阔的岔路口，我一次次眺望田坝，让心灵从长长的石堤来回，浏览溪岸的景色和溪里成群结队的鱼虾。终有一天，我从熟视无睹中注意到对岸那座比较雄伟的山，注意到山的一角，有一个草木不生的石壁。

那个至今不知名的石壁，在我记忆里，却留下了崇高的痕迹。

我上学路程一二十分钟，每天安静得连警觉的词汇都没听说过，更别说有什么感受。比起那些每天十多里山路早出晚归的同学，心中尽是风和日丽莺歌燕舞。但早晚广播和大小会议，多次将“警惕”那个绷紧神经的词汇充斥耳边，提醒我们注意。

一天上过晚自习，我与同学追逐回家。借着大队打米厂的灯光，我们从会堂边笑闹跑过，大家提议比赛，看哪个一口气第一个冲上前面几十米的陡坡。

“快点去，寨口有人在看囊子（什么）。”

陡坡没有灯光，一个人在黑黑中对我们说。我们什么也不问，就跟在他后头跑去。

“莫作声!”寨口已聚集了五六人，有人见到我们就挥了挥手。我们立刻停下没跑热的双脚，睁眼挤在大人身后。

一双双警惕的眼睛向着平溪对面的山上梭巡。像在寻找，也像在分析判断思索。耳边，是大人断断续续的声音。

“可能是偷树子的。那里没大树，没事。”

“要偷树子，从那岩壁咋背下来?”

有人分析是偷树，多数人不信。有人分析是年轻人谈爱对歌，大家更不信。多年不准唱情歌了，也不准玩山赶坳，哪个敢爬那岩壁约会?一个老点的人说，可能是搞迷信的，以前好多人在那石头下求神，那里挂了好多红布。

我曾经与大人们在距岩壁百米开外的田里，做过一些农活。在割谷栽秧弯腰很久后，伸直腰杆，往往一眼就看见那个岩壁。上面没有泥土，草木不生，在我心里一无用处。我也曾经见过那些红布，但一直不懂有何用意。

一直不讲话的民兵营长开口了。他分析，坏人搞破坏的可能性较大。说到这里，有人说有光闪了几下。他逐一分析大队的几个人，觉得不可能破坏什么，一一排除。思来想去，头绪不清。

民兵营长叫了个人，要他赶快回家取枪，一起去看看。

我目不转睛面向几乎天天见的那座山和岩壁，好像它渐渐变得陌生。此刻，我想搜索到星光下有危险因素的丝丝变化。我看见一束手电光斜斜地从眼前下山，在平溪岸边突然消失。我知道是民兵营长和民兵过了河，摸黑而去。

我突然有个感觉，电影上捉坏人的场面就在眼前，大家都有机会成为英雄了。说不清是神圣、是期待还是自豪，我全身热血沸腾，觉得我们这离祖国心脏很远、离边疆也很远的小小地方，可以出名了。

有人说，山上的光在动。我没有看见。

有人说，好像有打架的声音。我也没有听见。

几十分钟后，刚才见过的那一束手电光，从容地在山上亮了起来。我们悬着的心，随着那一束慢慢移动的光，在渐渐明亮的星光下，一点点趋于平静。

从我们站的地方到那边岩壁，直线距离不过几百米。那时，从眼前到那边，却像隔得很远很远。

我紧张等着的几点枪声，一直没有响起。而那岩壁上细微朦胧的星光和手电光，却在我的记忆里，一直晃着。

大田

大田在家乡的所在位置，不如街头的路边田那么让人眼红，但也是使人惦记并充满魅力的。我无事时面对地图，喜欢看高速公路和高速铁路穿越山水，有时还会把目光停留在家乡的位置。我曾经想，若把过境街头的公路作为当地一级道路的话，那大田边的路，在一条条纤细的盘山路田坎路前，无疑就是不错的二级路了。这条沿着洒溪穿过田坝的大路，很早前的许多地段曾被人们用鹅卵石砌过花阶，花阶的前方有大大小小的村寨和乡镇，这还是不绕经县城就可以通往贵州玉屏等地的近路。除了这条通往远方的路，大田在百米开外的地方，还有一条四季从不断流的洒溪。溪的上方，人们拦了水堰，使沿着山脚潺潺而来的溪水一路灌溉，从容过了大田再继续往前。路又好水又近，耕种又很便利，大田在坝子上属于旱涝保收的良田。

人们一直惦记着的大田，大约一亩宽，说不上四四方方，但也周正，犁田、耙田、栽秧、打谷，较为顺手，效率也高于其他的稻田。大家眼里，这是丘名副其实的好田。

大田首次进入我的记忆，是读小学时。我独自一人经过，看见个穿黄色衣裤的青年犁田，周边没有生产队其他劳动的人员。我知道他是槐叔家的老大，参军几年不见，长高了，“国”字形的脸也明显比乡人们的红润而有神采。我喊了声“河哥”，他笑着应我，看样子已猜不出我是哪个。

后来我才想到，一丘颇为醒目的大田，他一人“哌啊哌啊”地呼牛耕犁，或许是他个人的主意。在部队大熔炉里锻炼过，就是与一辈子脸朝泥土背朝天的老乡们不一样，力气、技能、速度，肯定比没见过世面的人们强。也可能是支部书记和队长的意思，他在外几年到底怎样，学到什么本事，能不能培养，需要观察和考验。

我当时不懂这些，心头澄明如镜，非常敬佩他出过远门。劳动在人群里的河哥，着一身洗过多次的黄军装，说一口杂着书本上普通话字音的土话，劳动的动作、走路的姿势都精神十足，与大家有许多不同。

我亲近大田近距离接触河哥，是小学四五年级时。大人看小学生们结伴砍柴像模像样，有的一挑五六十斤，觉得新一代的劳力可以用了。栽秧薅秧打谷，便成了我们农忙假暑假的主要生活。

河哥劳动时从不与他父亲槐叔一起，他像个预备干部，天天在支书或队长身边。一次在大田栽秧，支书队长开会去了，学生们围在他边上，想听他讲部队往事，好开开眼界，满足一下心中的向往。谁知他低着头，敷衍我们。我们很不满，商议加快栽秧速度，有意地斜栽过去，从两边把他合围起来。幸亏他发现及时，没被我们包围，几行秧只被减少了一蔸。许久后我们才知道，大队民兵营长的位子，已经另有他人。

队上搞定额劳动后，大田的工分是最好拿的，但也觉得做起事来是最累的。分任务时，哪几人能在队长那里争到大田，会高兴几天。往往这时，河哥像我家那个极有个性的舅公，提出一人或两人去包另外的田，而对大田不屑一顾。

我知道，他们是不想热闹，需要清静。他们或许觉得一人做多做少都是自己的，而不是谁做多了谁做少了没有区别，谁占谁的便宜，过后生出意见。

分田到户时我在外地读书，队上人很照顾我家。我家人少，不奢望大田，大家就把大田边的一丘田分给了我家。一个暑假我在田里打谷，问边上的大田谁种。分田时，队长的兄弟心愿强烈，但河哥一家更加盼望，他家有几兄弟，劳动力多，也很需要较高的收入。吵了几场架，河哥家终于对大田如愿以偿。

随着回乡工作以及调离家乡，我没有了下田劳动的机会。一次春节回家，发现当年建起最早砖房的汽车站不见了，班车一溜而过，停在街头的小桥边。下了客车，我见桥头修了栋新木楼，河哥从堂屋出来，喊我："椿嗯，回来啦，进屋吃碗粉再回屋去。"他放下扬起的手，走到门外香气扑鼻的灶台前。我回家心切，脚步不停，连连摆手说谢，连连祝他的店生意好多赚钱。一天我去坝上散步，在大田边停了下来。好好一丘田，被一分为二了。河哥父母去世后与弟弟分家，这丘好田，他与一弟一人一半，另外一弟中学毕业考起外地的学校，分在外边工作了。

这是一个冰凉的冬天，虽然冰雪的景象在年前已经过去，但在山上田间，还留着许多寒冻过后的痕迹。年轻人已一群群外出打工，上好的稻田，再也没有以往的冬田储肥酿水备耕的景象。分田以后，一条条田间路田坎路明显变烂变窄。田里一些稀稀拉拉的白菜萝卜，有的强壮不够，略显病态。看得出，大田的一半在收完稻子后就一直荒着。看来，这些田对乡人们的生活影响变小了，它的分量在人们心中越来越轻。

我想去河哥家小店坐坐，但怕他太客气，也觉得他着急发家致富，影响他的生意。听家里人讲，他那里生意不错，位置好，来往的多是吃盘子菜的。赶场天，他还要请一两个帮工才应付得过来。

一年春节我又去了大田边，看到一个大的变化。围绕着大田，洒溪的坝上两岸的山上出现了一幅幅立体的图画。一条条清油油的藤蔓，蛛网一样爬满了葡萄架。藤粗，叶不密，一定是上年结过不少葡萄，处处现出丰收后留下的景象。我近年吃过家乡的葡萄，一粒粒紫色的颗粒晶莹透亮，像阳光下默默露着光泽的宝石，吸引人的眼球。一粒入口，满嘴甜蜜，让人止不住地不断品尝。可惜我当时没向家人问一声，这是不是大田或它边上的田结的果。

今年葡萄采摘前，我接到河哥侄子的电话，他问我有没有空回去，说村里办葡萄节，到时会很热闹，已邀请湘黔边界一些客商。我还没说话，他强调，他大伯河哥是节会的顾问。我在心中默了一下，到时肯定没有空，只能请他向顾问转达我的谢意和遗憾。过后听说，节会办得成功，我又像吃了家乡的葡萄一样，甜甜的。

从这些年的发展变迁，我感觉到河哥与大田之间，像有一些什么东西，一直把他们紧紧地牵系着。

辛涩的早饭

我 13 岁暑假中的一次砍柴经历，与那天的早饭一样，百味杂陈。

乡里农忙时节的早饭，一般是清晨做一气活路，八九点回家吃，大多吃的是头天的剩饭。而这天，因为头天队上的放假安排，一切都被打乱，剩饭也不能按时吃了。

那时山里的人口一天天增多，而田土本来就不多，口粮分到户已经越来越少。束手无策时，生产队决定在远处的大山开一块土栽红薯。开土先要把坡上的树木杂草砍掉。而这个将要开土的地方，离我们的住屋有几里路远。

天刚露白，小街上听见一家家堂屋门先后被拉开的声音。鸡窖里守时的公鸡刚叫不久，被人们提早的出门声吵醒，开始与这家那家的母鸡小鸡交流起来。

我与母亲水都没喝一口，就随着赶早的人们出门。

队长头天中午向大家宣布，除了粗过大腿的杉树枞树归集体，柴可以放手砍，多砍多得，不去不得。

社员们笑声一片。这些住在公社街边的人家，地方平坦有几丘好田，

但所属的山比较少，山上的林木相对更少。一到过年，深山的熟人就笑我们，说年三十夜都没烧到一块好柴。街边人家生活用柴基本是上山砍一些，赶场时在街上买一些。乡场上一担百把斤的块子柴，从几毛钱慢慢变成了一块多钱。这些人家种田养猪收入不高，能够多砍点柴减少支出，高兴得求之不得。

我与母亲出了小街，过马路时，被两个脚步很急的人超过。望着他们急迫的背影，母亲笑喊菜花妈，是去砍柴，又不是去捡财。他们笑出了声，走得更快。

沿着洒溪弯上行，没看见一个人影。忽然远远看见老碾房边人影晃动，我喊哪个，等哈。正走的地方，白天能清楚地看见两边山上的坟墓，我这时心里害怕。

我们跟上去，见是舅舅家隔壁的，合走在一起。

到达那座山下，听得见此起彼伏的砍柴声。山顶有响声，山崖边也有。我知道那些地方的杂木又粗又直，但是砍的难度也大，挑下山搬下山都很困难，何况要多次上下，太累。

母亲带我选了半山腰上的地方。这时天色亮了不少，远处的人能看个大概轮廓，面前的草木已清清楚楚。我妈把坡度小没有刺丛也没有划人的芭茅草的地方给我，她把自己安排在草木较深的山窝。我使劲把扦担插在显眼的地方，像做一个标记，也像竖起了一根旗杆。我的内心有个愿望，一定要在半天内砍一大堆好柴，要比一半以上的人家多。当年没有成就感的说法，任何事只论个好坏、输赢。在砍柴的半天，一定要赢。怀揣这个强烈想法，我从“旗杆”下开始，面向草木丛生的山头，一根根一丛丛地用力砍去。

我有多年砍龄，随老人学过些经验，自己也总结过一些道道。在妈砍了一大堆柴时，我的一堆也出现了，只是相比略小一些。我看母亲的柴大根干净，而我的小些又挂着零星的枝叶。我换了一处边上的地方，麻栎树青㭎树，越砍越来劲。

“芳娘，我回家有事，帮我看下柴。”桂姐笑着红扑扑的脸，挑柴从旁边经过，用脸朝坎上仰了一下。我顺着她脸仰的方向望去，哇，好大一堆，起码有了三四挑。

我妈答复“没事，没哪个动你的柴”。在我们这地方，要放在一二十年前，在存放的东西上打个草标，随便放多久，别人碰都不碰一下。

太阳老高了，全身早已汗湿。太阳已从一个温和的姑娘变成了火气很大的汉子，像有排解不开的闷气无处发泄，便对见到的人乱喷一气，热浪一阵阵袭来。柴堆增高，饥饿感从肠胃开始向周身蔓延，此时明显占据了整个身体，砍柴的收获感完全变成了肚子里的煎熬感，累也升级为几处小范围的痛。连续抓柴的左手有了不少长的深的草刺的划痕，握柴刀的右手很是酸痛，手掌已经红肿。快中午了，我们开始捆柴。

用小树做好柴绳摆好，大柴夹着小柴，数分钟捆好一捆。捆扎时，肚子一阵难受，有几次还提醒或抗议似的“咕咕”叫起来。真是饿极。

时间已进下午。妈妈捆好了自己砍的柴，又来帮我，最后我数，我们共有 24 捆大小 12 担柴。

母亲要我挑小捆的，说到老碾房放土坎边，再回来挑，全挑完后，下一轮往家挑。

我与母亲每人六担，一趟趟用肩挑往老碾房。

这时，饿着的肚子用难受连接着机械挪动的笨重的双脚。双肩被扦担磨红磨痛，柴的重量从腰部传导下去，让双腿在过沟坎时抬不起来。

碰到几个挑柴回家转来的人，他们说太累了，一天挑不完。山上路上，却没有看到永远都是焦急忙碌的莱花妈。

我站在山腰时，希望老磨坊近点再近点，马上就到。到了磨坊，却想的是腿一抬，就到了家门口。

好不容易第一担柴到家，想到清甜的凉水和饭菜马上成为现实，我像实现一个已经漫长却又迫不及待的梦想。

柴没放下，隔壁的杨孃对我妈说："菜花妈在岩坎上滚下来，送去医院了。她早饭也没吃，怕要做饿死鬼了。"

再去挑柴回家，我的眼前已经不是早饭，晃来荡去尽是菜花妈匆匆的背影和山谷两边黑黑的坟墓。

我和母亲把 12 担柴挑回家，已过下午 3 点。我忍着肚子饥饿的难受，狼吞虎咽吃着"早饭"。没有油水没有香味，但第一次感觉到有饭吃的幸福。同时，我第一次在心中泛起了许多对母亲和乡人劳动生活的无数隐忧。

油炸粑香

眼前又有在家乡桥头吃油炸粑的情景。那些喜欢得紧抓手上不放的美食，温暖过饥饿的童年。离乡多年后，当时的情景和味道一次次唤起想念。

油炸粑什么样子，怎么做的，味道怎样？说来，这并不只是我家乡的特产，在其他地方也见过，有的甚至也让我难忘。在湘东某县街头，我像遇见老友一样看到它。车子驶过，无缘品尝。当地人告诉我，他们称它灯盏粑。这名称，太逼真和传神了。某年赴湘西出差，有人说早餐天天馒头包子稀饭没味，朋友买来酸萝卜蒿子粑粑，大家叫好，待一大包油滋滋的食品袋被打开，露出金黄的油炸粑时，我们眼睛顿时瞪直，嘴里馋得流出水来。可见油炸粑出现在哪，都一样招人喜欢。

我家住在扶罗小街北口隆起的山包下，山谷流来的溪水在这里斜斜地画上一笔，停顿片刻，就清澈地南去。从新晃县城修来的公路经几十公里到这里被小溪阻断，就在溪上架了水泥桥。桥头，成了小溪小街和公路的交会处，也是人们喜欢集聚的地方。

每次回乡，我喜欢在这桥头下车。人多，热闹，进街回家便捷。那些年外出读书和工作的乡人节假回去，一下车就感到一股浓浓的情味。人们一见面就笑容满脸招呼问候，乡里乡亲的热情能即刻把人融化。尤其过年，无事的街邻和山寨接人的老人小孩，总知道那些天有人回家，他们见谁都是亲人。而打招呼最勤的，是在桥头卖油炸粑的孃孃们。

“咦，转屋来啦。”她们见我，有的喊名字，有的用拖腔上扬又接着下抑的“咦”的一声，表示招呼和高兴。她们的下一句，肯定就是请吃，“吃个油炸粑”再回家。

闻着油炸粑香，我心中涌起有关这个美食的酸甜苦辣。

在物资匮乏童年的乡间，能有油炸粑吃，无疑是个奢侈事情。没有粮食，没有油，“巧妇难为无米之炊”。一个春节，我随父亲去他一个老表家拜年。地方不远，我们是吃了晚饭去的。表孃讲过年的甜酒没做好，麦子放多了，就要给我炸油炸粑吃。大人小孩陪我们讲话，表孃忙过一会儿，就开始在火铺上炸油炸粑了。

这年气候反常，菜籽不好，没有菜油，表孃家把家里的羊油拿了出来。油在菜锅里沸腾，最初气味清淡，一到炸粑时，一股羊膻味就渐渐地浓了起来。我看着慢慢冷却的金黄油炸粑，口水在嘴巴里打滚，想象着吃过的次数不多的美好味道，那个过程漫长而难挨。在接过筷子挑起油炸粑时，我猛地大咬一口，顿时，所有美好的想象停顿下来。羊油膻味，太难接受。表孃一家对这个味道，也万万想不到。

油炸粑最好吃的一次，不在家里，而是在热闹的桥头上。那个炸粑的孃孃，是从湘黔边界一个寨子嫁过来的，她娘家那边擅做美食，在这一带有点名气。那天赶场，我砍柴回来，肚子的饿让人阵阵眩晕。

“桂孃，买个油炸粑，我妈慢点给你钱。”我把木柴往地上一搁，腰还没直就说。

“讲囊子钱，拿去吃。”桂孃用竹签插一个粑给我。

我张口一口咬去，油炸粑少了半边。好吃！过瘾！

余下的粑，我要慢慢地嚼。怕影响桂孃卖粑，我把柴挪开，一手扶柴，一手举着油炸粑，小口地咬。一个小小粑，我竟吃了好几分钟。

买粑的，围观的，来来去去。桂孃炸粑手艺娴熟，左手拿着舀瓢，右手取放炸粑的提子，还要腾出手用长竹筷把炸好的粑夹出，放在竹筛子滴油冷却。第一次近距离观察，我发现平时不太引人注目的桂孃，原来那么能干。短短几分钟，竟然卖出不少。她的粑摊，比人家的热闹好多。我那天才知道，桂孃的粑，米浆磨得好，配料随季节变化，火候把握得也好。乡场上的粑价格都一样，人们喜欢她的粑，是她比别家的炸得好看、好吃。

桂孃那些年的变化，令人猜想不到。我从小觉得她毫不起眼，身材不高，长相一般，平常穿着虽干净，但老是黑不溜秋的颜色。集体劳动时，她老是最后出门的几个之一，走路做事，都在人后。田土分到家庭耕种，桂孃一下变个人样。她要男人和小孩务农，自己办起了小作坊。平时卖自做的豆腐米酒，赶场天卖油炸粑。几年下来，家境转好，添置了家电，重修了房子。小街在做运输的开商店的生意人多了以后，桂孃的粑摊随着她年龄增大手脚变慢，才慢慢沉寂直至消失。

我母亲那辈人炸过油炸粑的不少，住在街上的山边的溪边的，那些年总想把单调的生活，为老人小孩增添一些趣味。吃是大家最向往的，也一直都难以满足。那些当年三四十岁的孃孃，劳动之余打平伙，一家带点东西，煮油茶，做粑吃，很有意思。但炸油炸粑，一次都没有过，主要是没油。在油菜品种改良增加种植后，人们才在一些节日，炸油炸粑待客和自吃。

菜油在我们当地叫清油，炒菜香，炸东西味道特好。有了油，炸什么呢，一直没什么讲究。米少的那个年代，有的在磨浆时加入少许菜叶。有的地方苞谷多，也放一点与米一起磨。要增加嚼劲和香味，有的炒香了黄豆，撒在米浆上一起炸。

桥头一次看见几个粑摊，是我回到家乡中学教书时。上午作文课，我刚给学生上记叙文写作。两小时午休，要学生上街观察赶场。我在街头马路的集市上，停留较长时间的是桥头。我只熟悉桂孃，在她那看了一会儿。另外几个摊子，可能是贡溪新寨李树来的。这些摊子相距不远，大家客客气气，相安无事。那几位来自十几里路远的地方，她们不方便坐车也舍不得坐车，一般是她们男人或请同来的人帮忙，把米浆油与柴火锅子装成一担或两担，一步一步挑着来。中午是赶场人最多的时候，她们忙着炸粑，也热情地招呼熟悉与不熟悉的人。一个六七十岁老人，拉着两个孙子女，在桂孃的摊边停下，买了四个油炸粑，付钱时，被刚经过的一个中年男人抢着给了。我不知他们是一个寨子的还是赶场遇到的亲戚。在贡溪的那个摊子前，一个小伙请两个姑娘的客，说说笑笑，吃完还为她们打了两个包，要推辞再三的她们带回家去。绿色的芭蕉叶，在她们手上包过来折过去，草绳子一捆，几乎成了艺术品。

没想到，接下来的场面大煞风景。往后，我再也不想去桥头买桂孃的油炸粑了。

桥头秩序井然，忽从桥下上来个衣衫褴褛的人，人们纷纷让开。这是个精神出了问题的流浪汉，人们叫他黑崽，以往桂孃会给个粑打发他走。这天桂孃生意忙不赢，就急忙赶他走。黑崽可能好久没吃东西了，抓两个粑吃了起来。桂孃气从几处来，一巴掌把粑打落地上，又踩在脚下，还用扫把朝黑崽的脚杆扫去。旁边的人讲她几句，她火冒三丈，赶走黑崽，与讲她的人吵了起来。

我以后再也没看见过黑崽，也不想看到卖粑的桂孃。在桂孃面前，油炸粑变成了钱，钱变成了房屋和房屋里的家具电器，还变成了她从纯朴到精明的笑容。

家乡经济条件有所好转后，许多家庭过节会炸些粑吃。我家过节也炸过一些东西，但纯粹的油炸粑，几乎没有做过。有了清油，又有了空闲，节日的家里就满屋飘香。此前，我妈会把米泡够时间，再将放置屋檐下的磨子洗净抹干，就慢慢地磨米浆了。我很好奇，有时争着推磨子，左手不时往磨孔添一勺带水的米，右手握住磨子的木把顺时针转动，在一圈一圈的推磨中，米浆从磨子边沿流出，滴在磨子下面的盆子里。我感到这种枯燥重复的声音和动作很无趣，手转得酸痛，还没磨出多少，一时兴起，右手转得飞快，只听见磨子摩擦的节奏加快声音变大。妈叫我赶快停住，伸手把磨把接了过去。她怕坏了磨子，也担心米浆磨得不细。

炸粑时，我紧靠灶台边上。讲得好听是帮着烧火，实际是想早点得吃。我最喜欢吃家里炸的小鱼，裹上米浆的小鱼，在翻滚的油里，游弋出一阵接一阵的香味。米香夹杂着鱼肉香，还有菜油的香，是真正的满嘴溢香。吃炒黄豆炸的油粑，最有快感是咬碎黄豆时，随着清脆的声响，黄豆破碎飘出细微的豆香来。

多年回乡没遇赶场，桥头见不到炸油炸粑的场景，只有那些焦黄炸粑的香味，还在记忆中飘荡。我常记起最早卖油炸粑的桂孃，在她从我的心中模糊后，不知如今年过古稀的她，生活得怎样。“桂孃，你还好吗?”

杂粮麦面

“哐”地推开门，一股香味迎面而来。把黄色小书包挂在过道的钉子上。几米外的灶台，蓝色烟气夹着白色的水蒸气袅袅上升，飘着一股什么东西的香？从小学走一两里路，回家感觉肚子很饿。

“把那半篮菜洗了，回来吃饭。”爹仰头，嘴朝门后角努了一下。

“脚没得劲，走不动。”我想拢去看，什么那样香。

爹讲有客，煮的面条。

我不太情愿提着竹篮，出门下街。豇豆、茄子、降辣子，在清澈的小河里洗好。回屋时，听见客人“呵呵”的笑声。

客人是父亲单位同事，四五十岁，家在县城。草草打了招呼，我侧入厨房旁的小间看连环画。床下没上油漆的小木盒，就像我的百宝箱，十多本小人书有的被翻烂了，有的黑黑的，藏得很隐秘。

小人书有磁铁般吸力，全是打仗的，浅显简洁，乡下小孩最喜欢。我敬佩书里的英雄，对他们的勇敢和机智、不怕苦不怕死，很感动。里面的故事

和人物，一张张手掌大小的画面，引人无限遐想。小人书吸引我的，除了战争场面与英雄，就是与我们连绵大山、狭小田野、灰蒙蒙的山寨不一样的景象。山外的世界，北方一望无际的平原，风吹着金色的麦浪，打仗时群众给部队送的香甜的面食，他们的津津有味，从我的脑海里传到了嘴里。

书没翻几页，妈出工回来，爹喊吃饭了。我给爹和他同事摆好酒杯，舀碗饭就吃。没有荤菜，这一餐最香的，是面条。

而这天的面条不是主食，却是菜。

当年农村待客，有饭就相当不错了，青黄不接在乡间比较普遍。这年夏天，又遇干旱，土里的各种菜枯萎晒死，没有菜吃。大多人家吃的，是些没油水的酸菜。我突然醒悟，人们头年晒了那么多的青菜，宝贝一样沤在坛子里，原是为了防备冰雪的寒冬和旱灾后的夏季。

其实那些年家里有点麦子去换几把面条，也是偶尔的。面条打汤，漂点油星，奇香无比。一小钵子的面条菜，只能一次拈一两根，很不过瘾。

爹的同事常和他下乡回来较晚，供销社食堂已关门，那个夏天面条菜就成了常选。客来，我照样洗菜，照样溜进房里自顾自玩。小小四方饭桌旁，我开始对县城和山外感兴趣，对父亲同事描述的一切，不时神往。

父亲的同事一般身着的确良衣裤，那化纤的笔挺，是商品流通部门的优选。有时候是单位的主任，有时候是父亲做培植的徒弟，吃饭时扯扯闲谈，引起我时常竖耳倾听。这些声音，美过吃面条的感觉。

母亲参加生产队种点麦子，在我们以稻子为主食的地方，只是点缀。自家的自留地，按季节种菜或红薯土豆，种麦的也不多。只有粮食接不上、天气反常的季节，作为生活的补救。家里偶来亲戚，给我家送过些麦子。麦子不好加工，不像稻米那样受欢迎，可做许多美食。数量不多的麦子，有时蒸熟，与糯饭拌一起做甜酒，但发酵时间较长，影响口感，还易使甜酒变老，

缩短甜酒的存放。我家的麦子，多数拿去大队或粮店的加工厂打碎成粉，或干脆换成数把面条。

面粉换回家，怎么吃呢？供销社的小饭店那时做的馒头很香，可我们这些农村家庭没时间折腾，也做不好。父母商量，把面粉和好后，有时做成面坨，有时做成面片，等漂着油星的汤沸腾，放入煮熟。面条面片有了油星，成了我们想象不到的美味。意犹未尽，每一回都吃得香甜。

父亲同事许久进一次城回来，总能带来一两个报纸广播之外的话题。对我而言，与报纸广播的一样新鲜，却能动员我的想象。城里的街道学校单位什么样子？人们每天吃什么？流行看什么书和电影？我想象着城里，思维常定格在馒头包子上，有失落和羞愧的感觉，觉得中间隔着的障碍不可逾越。在农村人眼里，乡间单位的食堂偶尔有面条是很好的待遇，城里食堂的馒头包子是更好的待遇。人们还听说，城里不光路是平的直的，面条都细一些，还是雪白的。除了课本上见到的北京，县城就是我心头最向往的地方了。想象里，县城的人不会吃红薯土豆杂粮，我却不知道麦子也是杂粮。乡人们眼里瞧不起杂粮，经常吃杂粮也是条件不好的表现。遇上灾年，别说吃水多米少的稀饭，有杂粮填饱肚子也很不错，至于面粉是杂粮，它做出什么，在哪里吃好吃的面食，远远超出我小学生的理解和想象。

我家距父亲的单位百把米远，几截田坎的距离，一段时间会传来些好或不好的消息。父亲有同事中奖般被调进县城，有的被提拔到更偏远的地方，人们刚羡慕或惋惜，新的同事又来了。来过我家几次的人，我就听得出他的口音，是县城或其他乡镇的。在外面遇到他们，我会腼腆地主动躲开。心中自卑，不再羡慕他们有食堂的面和肉吃，而是感到比他们低了一等。他们有工资，工作是可以搭车进城，骑车下乡。我还第一次被他们收音机里的音乐，稀奇得双眼打转。

恢复高考后，我早出晚归上学读书，还手脚麻利做点家务，大脑几乎全是一道道题目，没时间与父亲的同事一起吃饭。有了高考，他们认为的新奇，说到的小城故事，也越来越引不起我更多的兴趣。这段时间里夜以继日的生活节奏，翻阅书本学习的滋味，已经覆盖了飘香的麦面，超过了鱼肉的香味。

每天放学，我匆忙热好灶锅里的剩饭，狼吞虎咽放碗就走。要回校上晚自习，与父母碰不上面。比剩饭加工复杂的面食，不知是粮食增多还是瓜菜好长，不管来不来客，家里几乎不做了。而那些待客时才有的麦面香，飘在我的期待里，在老师家人的激励下更加浓郁，也像高考一样离我更加近了。

我考上学校，生活由此改变，开始了有面食吃的生活。飘香的面食来得太突然了。天天早上的馒头稀饭或面条，使我感到比父亲的同事还要幸福。我给父母写信时经常写吃些什么，每月补贴生活费，馒头包子，几乎天天有肉，让他们放心，这比单位食堂不差。

某年假期，我在县城碰到父亲一个进城几年的同事。望着他侧身而过，我喊了一声，他一脸茫然。看来，他完全不认识我了。我从小学身高的 1.4 米多到离县时的 1.6 米多，这时已经 1.7 米多了，他认不出我情有可原。我没说父亲是他的同事，也没告诉他我在外读书，只默默地转身走开。于我而言，麦面的香味没有变，而他与父亲有的同事变了，有的变老，有的变得反应迟钝，有的也可能怕我找他帮什么忙吧。

我的身高超过父亲，也超过他那些同事，已经出乎曾经的预料。我一如既往喜欢吃米饭的同时，也一如既往喜欢飘香的麦面，它们融入了小人书的人物和情节，也融入了我对山外世界的疑惑和向往。我有时想，我的成长受益于时代，是每天吃饱饭和锻炼的结果，也可能更重要的是吃了麦面的缘故。从这些看，我该感恩麦面，感恩这乡间大家一直瞧不起的杂粮。

醉卧乡间

听到众多不知所以的地名，多在家里简陋的餐桌上。那时，我还是小孩，父亲正与农民朋友或单位同事喝酒。他们频频举杯，享受着自产自消（消费）、非常廉价的红苕酒。我安静吃饭，羡慕地听他们说到的那些事、那些人，尤其是那些我从没去过的地方。饭毕，父亲的同事回到百米开外的单位休息。农民朋友醉意蒙眬了，便就此住下。我真不懂，世间竟有那么多神秘的地方和神秘的人和事，如那浓酽的杯中之物，竟能醉人。

岑恰、岑庄、岑座、拱夫、美赖、马俩、曲板、八代……是父亲他们说得较多的地方。有的地方，我至今不知是何景象，是寨、是坡、是树、是水，不得而知。上中学时，来自周边乡镇的同学说过更多的地方，如甘屯、甘瘵、握弄、握梅颂、铁榜、高岑亚、交不悠、圭盖、圭架、盘岑佬……让我更是云里雾里。这是一些侗语地名，汉字记音，所以望文难以生义。

父亲那时下村组指导烤烟药材种植，说是下队。一般情况下，下队早出晚归，一天的下乡补贴是一角多钱。在农民家吃个中饭，有大队派的，大多却是好客人家争着抢着邀的，基本都不肯收那角多钱。遇到烟叶种植烘烤等关键阶段，或去的地方太远，就住在农民家里。我想，一天的劳累下来，父

亲与农民朋友肯定会喝酒，一大杯一大杯的苕酒，或许会让人醉眼蒙眬，醉言醉语中，或许他们并不在意那时乡间的窘况，一家一家的穷，没一点油水的下酒菜，还能在乎身在何处？

我曾疑惑过故乡的一些老地名，当年没请教老人，看来只能长期成谜了。小时候，我与同学喜欢去一个叫冈斤透的地方砍柴。那是我们生产队相对较远的一座山，一条似有若无的毛路拐着“之”字通到山顶，满坡的枞树和零星的杉树下，长着密不透风的杂木。走那么远的路，我们不会动心那些杂木，平时修砍点枞树枝丫，冰雪之后就是我们最兴奋的时候了。因浓密的枝叶撑不起冰雪，一些不大不小的枞树拦腰折断，成为我们丰硕的收获。枞树，好烧。十二三岁少年的肩上，挑得起100多斤的重量。同学一个个用秤称过，高兴得像喝了酒一样，梦里也念着，冈斤透。可是，冈斤透是什么意思，有什么含义，有什么典故？我琢磨不透，是指那个山顶比周围的高，还是指那整个的山有着旺盛的草木和生命力？至今，不知所以。

家乡还有一个更让我迷惑的地名。那地方处于两山之间的一个背阴处。老人说，从远处过来的一座座山有一条龙脉，似乎暗示周边将出了不起的人物。封建朝廷担心老百姓有领头人，就派人在那个地方挖坑，炼铜浇铸，说是斩了龙头。我不太相信那个传说，因为我与大人在那一带做农活时观察过，看不出明显挖过坑的遗迹。不过那里确实冷清，大太阳天也都是阴侵的，一年四季基本无人光顾。数百年前是否确有其事，难以考证。当年若真出这种事情，也不足为怪。只是那地名有点古怪，我模糊记得音节较多，且无法用汉字记准，我记忆里大概记着的是：国绺篚挥。那两山之间的山腰山脚、朝东朝西、路上坎下，好几个地点，还有一些名字，奇奇怪怪的，没什么印象了。

说到不懂的地名，其实并不奇怪。前人取名，不需要遵循什么规矩。如我所生长之地扶罗，就让我颇有思索。一说姚杨吴三姓始祖远道而来开疆辟土，行至该地，随身的壶“哐当”落下，便叫“壶落”，而外来的文化

人不知是兴之所至还是不假思索，记为扶罗。第二种说法便是我的想法，扶罗应为音译，但与读音相去甚远，我挑了很多汉字来记，读起来都不太像。若是记音，那侗语表达的是什么意思呢，我却搞不清楚。而在我数年前的一些写作中，却喜欢将扶罗写为“福乐”或“福洛”，因为这个地方，可算得上是县里的一大粮仓，还是歌乡、酒乡。每到年节或村寨有喜事，酒歌阵阵，不知昼夜。尤其是结婚、贺寿、进新屋和小孩“打三朝”，亲戚朋友的祝贺，往往演化为村与村、寨与寨热闹非凡的比歌比酒。比赢的寨子，成为响当当的地名。那些景象，让当年滴酒不沾的我，也醉眼蒙眬。当然，地名免不了受到经济文化等的正常影响，但也有盲目追求所谓时代性的，甚至还有崇洋媚外的，那就另当别论了。每思于此，我就有种心醉脑痛、劣酒灼心的感觉。

好在城乡有文化的人越来越多，造城市，修街道，国家有相关地名的法律法规，许多新名取得越来越美、越来越好听。随着有的边远村寨逐渐消失，人口向小城镇集聚，一些有典型意义的地名也会因情况变化而改变。近年回到扶罗，我发现一些原来人迹罕至的地方，也成为街镇的组成部分，建了房，住了人。外来人口或者小孩，对老地名肯定是讲不来了。

都市阳光下，我翻开家乡小县的地图，浏览乡间一个个音译地名，像在欣赏一首首诗、一幅幅画和一曲曲歌。我更感觉到，此刻，我面对着的更是一坛坛时久弥香的老酒陈酿。岑免、岑琅、岑榨、岑要、岑图、岑磨，八世、八屋、八崩、八项、八廖，烂六、烂九、八孟、五甲，隔梅冬靳、板靳、把美松、美赖、禾梅颂、高岑亚、盘岑佬，吉惹、吉涯、吉右、吉哟……

大多时候，老地名有故事，老地名有文化，老地名甚至还有了灵魂。对这些历史留给我们的东西，若不论青红皂白从生活中抹掉，总有一天，人们将会遗憾，甚至会痛心疾首。

一湾碧水书香远

平溪河自西而来，在经过它流域最大的田坝后，绕了一个大大的弯，再穿东边的田坝缓缓流去。一湾碧水，四季清冽，将扶罗寨紧紧环绕。在碧水弯弯的两头，有两个吸人眼球的校园，是我终生难忘的母校。

我的小学在水湾的下游。扶罗寨上比较热闹，学校离寨上人家却有段距离。校园不大，地处僻静，没有围墙，没有校门。河水在学校的小山包下幽深流过，深情款款。二三年级时，我曾离母校去祖居地的村小插班，与祖父生活过一段。在那高寒山上，偶尔想起这一湾河水。这儿童眼前宽阔的水面，勾起了遐想，也有不小恐惧。回归这里后，三四年级的暑假，我与同学躲着父母学习游泳。我们一个个站上深水边的石阶，学大人捧几捧水拍在自己的胸脯上，边拍边念："一拍拍，二拍拍，保佑老汉不着骇。"会游的，像一条白鱼轻轻钻入水里。胆小的站在较远的浅水边，拍打水花，露出羡慕的眼神。学过几次后，有谁还缩手缩脚，就有几个同学推拉围护，"扑通"，

“扑通”，顶多呛一两口水，也能紧张地游过河去。站在对岸，仰望校园，顿时感到成长的快乐。

我的小学不大，老师却可以列出不少名字，他们能识字有知识，让我幼小的心灵生出敬佩。我的班主任杨老师教语文。同学们刚入学，懵懵懂懂，有时见到窗外的家长，一溜就出了教室。杨老师没有批评，编一些通俗易懂的小故事，让大家遵守纪律。我们最初在苍老暗黑的木楼上课，有一年连烂课桌也不够了，我与三个较高的同学，共用一个乒乓球台作为课桌。上课，先是一个个字学读学写，然后教完整的句子。有的同学读书像羊拉屎一样断断续续，有的同学读得一口侗腔，引起大家欢笑，课堂趣味盎然。当时有本面向小学生的杂志，杨老师组织订阅，过后有的同学拿不出钱，他只得用微薄的工资来贴。这本小小杂志，打开了我们窄窄的眼界。

校园的凌晨朦胧宁静，操场上，十多个孩子弯腰、踢腿、压腿。“一、二、三、四……”普通话的口令声，回荡在侗寨的上空。从城市来的皮老师，组织我们练基本功。同学们很新鲜，打手电、火把早早赶到。有的看过京剧的宣传画，觉得那些姿势好看，就照着舞手舞脚。男同学学打翻叉，围着操场翻来翻去，破皮出血不哼一声。晚上，大家就着昏暗的电灯或忽闪忽闪的煤油灯光，认真排练。回家路上，女同学害怕，要走在前面。几个路段没有人家，我们也害怕，就把演解放军时用的塑料手枪从腰间拔出，紧紧拿在手上。某晚，一个调皮同学黑暗中怪叫一声，吓得女同学一片高叫。一年多的早出晚归，风里来雨里去，很有收获，许多同学第一次去县城，是参加县里的文艺会演。因这些熏陶打下文化功底，宣传队的同学进入中学继续努力，毕业后通过高考或招工招干考试大多进了单位有了工作。

我求学 5 年的这所学校，景色美好。我上学过了寨子，沿着菜土坎下的路，从两株四季常青的松树间进入校园。许多同学是从寨子毛细血管一样的

花阶小路、泥巴路，从前后左右进校读书。校园有一栋旧砖房，两栋烂木楼，中间有个不大的操场。砖房后面，是几株高大古树。站在树下，耳畔尽是潺潺的水声。

学校周边有不少菜土，有些不高的野竹杂树和亭亭玉立的花草，还有几棵比较高的果树。一个晴好天气的夜晚，老师宣布排练结束，几个同学意犹未尽，要我在校门口等着。几分钟后，我看见菜土边有手电光扫过，还有老师的声音在喊：“哪个打枇杷啊？是生的，吃不得。”接着，一阵急促的脚步声往我这边奔来。老师立在原地，更大声地喊：“莫跑啊，莫滚倒啦。”我听出了，是班主任杨老师的声音。但在第二天，直至往后，我们再没听见他提起这个事情。

小学母校给了我一些难得的锻炼机会。当班干部校干部，校宣传队几次下村寨演出。一次省里来拍忆苦思甜新闻片，小学和大队推荐几个学生参加。我在公社歪歪的黑黑的办公木楼里，面对架得高高的笨重的机器，心情兴奋。我们一连几遍听寨上一位沧桑的老农，讲苦难的家史。一盏电灯下，只有诉苦的特写镜头。我们在许久后放映的片子里找不到自己，但那种感觉很特别。

我 12 岁时，进入离小学一两里路远、处在溪河上游的扶罗中学。那是我向往许久的地方。操场比较广阔，校园大了几倍，同学来自周边的乡寨，老师有乡村的、县城的，也有大城市的。我的中学母校与小学一样，老师优秀，校园美丽。四年的初中高中生活，我学到许多知识，也因担任校学生会和班干部，得到许多锻炼。随着年龄到 10 多岁，理解能力增强，也更多地记得一些人和事了。我记得近 20 位老师的姓名，他们当过我初中高中班主任或上过课。时刻关心同学们成长的校领导，也至今让我感激。有的老师虽已作古，但我永远记得他们的模样。健在的老师，不管他们身在何处，我都

衷心祝他们健康长寿。当年一些老师把珍藏的书籍和新到的杂志，借给我看，对我毫不保留。我在家住县城乡里的几位老师家做过客，假期陪班主任去过几个同学家家访。老师的关怀、母校的培育，成了我心中长久的动力。涨水的季节，我曾站在教室的窗口，看平溪河来了即去的水，怎样一毫米一毫米地变宽变高，怎样一波一浪地壮大，加快远去的步伐。

我为母校引以为自豪，它有许多优秀师生。一位老师被调离新晃后，出版发表了不少写扶罗、写侗乡的优秀作品。他退休前任职于某市文联，每与我说起扶罗河、说起数年来回访下放侗乡的住户，那种深厚的感情，浓郁得像离乡在外的侗人。同班同学事业颇多建树，有的成为专家教授，有的成为领导干部。校友有本县第一个空军飞行员，非常优秀。校友们不管在什么地方从事何种职业，都奋力拼搏，争创佳绩。一些文学爱好者经过努力，成为较有影响的诗人作家，爱祖国、爱家乡、爱母校，发表了不少质量颇佳的作品。为民奉献、立功受奖者，比比皆是。那些优秀的事迹，可以编成一本厚厚的大书。

母校办学至今，经历了不少风雨。曾同时办有初中高中，现在只有初中。校名改来改去，叫过县三中、县四中，但大多时候叫扶罗中学。我读初中时师生明显增多，学校在乡间买了旧的木楼，我们在老师带领下，用稚嫩的肩膀，把一块块木板木枋扛回校园。高中阶段，老师们呕心沥血，同学们勤奋刻苦，考出去了许多人，学校开始有较大名声。我就是在这母校的考场，与来自贡溪、李树等地的考生一起高考。这一考，就改变了命运，走进了更高的知识殿堂。

我曾坐在一湾碧水的岸边，仰望星空。当年偏僻的家乡，经济贫困，知识贫乏，难以较多地找到一些与主流社会相联系的痕迹。这里自古以来读书人少，外出做事的人更少。故乡改变面貌，只在新的时代。那时直接影响我

学习进步的，是学校里的班主任和老师，他们不仅教我们知识，还让我们懂得许多成长过程中的道理。一年暑假，我和在西南政法读书的同学进洒溪龙塘边的小学班主任杨老师家看他，他和师母热情接待我们，吃了中饭吃晚饭，留我们住了一晚。路程虽近，但我们高兴住下，与杨老师聊过去谈未来，听他摆古。我想起去祖父那里的村小读几月书回来后，学习退步了，杨老师很着急，给我补课的情景。这年我刚分配乡下工作，便将杨老师给附近山寨百姓写的春联、打三朝联、婚联及老人去世的挽联等抄了一些，觉得以后用得上。想不到我与那位同学远离母校和老师，都工作奉献在外地。

校园最热闹时，是开一些大会。操场和泥巴垒砌的主席台，像一块巨大的磁石，把方圆几十里的人们紧紧吸引。自治县二十县庆，这里设了分会场。省慰问团的演出，让我们眼界大开。我经常砍柴，对爬上高高的大树心生恐惧。而那些省城来的演员，在木架竹竿上上蹿下跳，把我们的心提到了喉咙边，差点蹦了出来。一个演员微笑上台，没有张嘴动手，就将人们带进了一个热闹的世界。公鸡报晓，六畜兴旺，人声鼎沸，百鸟欢唱，最后，一列火车鸣笛远去。不可思议的杂技口技，让操场上的人们久久不愿散去。多年后我成了省城的一员，曾住在离杂技团不远的地方，有时路过，会想起在校园泥巴台子上的那些场面。校园自己营造的热闹，是同学们表演《侗歌向着北京唱》，是大家营造气氛敲锣打鼓的时候。有一个侗乡要赶上先进改变面貌的节目，锣鼓敲后歌声就响，“咚咚呛、咚咚呛”，“要赶上、要赶上”，非常来劲。休息时，几个肚子饿得咕咕叫的同学，轻轻地敲着“茄呛茄、茄呛茄”，大家笑了起来，他们是“只想吃、只想吃”。

校园安静的时刻，让人感慨万千。一个春节，我与同学代老师值班守校。远处的鞭炮声敬酒声一一散去，山寨已经安然入梦。我们踏着积雪，从校门口到靠近平溪的教室走了几个来回。四处静寂无声，“咔嚓咔嚓”的脚

步声回响校园。难以入眠，在老师陈设简陋的宿舍，我们就一点微红的炭火，大谈理想未来。有奔向美好前程的豪情遐想，有走出大山的雄心壮志，更有落榜的担心忧虑。两个不谙世事的中学生，直至深夜，还语酣耳热。

远离母校后，我曾在那些年的年节回乡时看过校园，在一些场合见过一些老师。心头就像那一湾碧水，常常涌出许多回忆。如今，两个老校园已经很遥远了，可在我感激的记忆中，它们随时都会出现，随时都能来到眼前。

歌乡盛宴

丁达的声音

心里一直有一个寨子，住着一个古老的歌师。他不知疲倦地教歌，教青少年唱，教牙牙学语的婴童发出稚音，也让古树、花阶、花草唱出声，让庄稼唱出声。活泼灵动的泉水、鸟儿，听过他的歌，唱得更好听。歌师的歌经过花阶，经过小溪，在鼓楼风雨桥吊脚木楼，让木柱木梁木枋和火塘窗户，都听懂那些歌。人们生活在这个地方，从有生命开始就喜欢唱歌。

第一次到锦屏这个村寨，我就有乐声遍地的感觉，有了和鸣的冲动。而这很平常的一天，劳动的，外出打工的，人们如常地忙碌，见不到人来人往，别说想听与我家乡韵味相近的各种歌，更别想遇见唱歌的高人。

其实我对村寨流传的那些歌，只会听听，怎么唱，不怎么懂。

泉水从丁达寨的后山上流出，清亮、洁净，潺潺有声。我没时间寻它的源头，站在山顶，眼追泉水，像与它一起清点寨子参差的木楼，从木楼的背面、侧面顺意流下。水成为寨子的血脉，更像流动的音符，我把它想象为山寨最早的歌师，让人们春夏秋冬精神爽朗，是劳动生活无穷动力与快乐的源泉。泉水的藤蔓上，一些楼前房后留下较大空地，挖出莲池鱼塘，备足消防用水，也结瓜果一样拓出一些小块菜地，还有先辈石砌的古井，“叮叮咚咚”，伴着村寨每天的声音，浪漫而实诚。丁达真正发出自己的声音，是在几百年前建寨起始，就像一座鼓楼、一座风雨桥、一栋木楼，开始选址，才有齐心协力的备料、设计、建造和落成。

这是中国传统村落腊洞村的一个自然寨，合村前就叫丁达村。老吴与老王、老张从凯里过来陪同当向导，而老吴就是丁达人。他哥是地方史志专家，他自己也在研究地方文化，在村里龙书记介绍情况时，他几句补充就会再升华、深化。

几层砖楼的村部干净整洁，几十平方米的村民办事服务大厅在砖楼一楼中间，厅内一个摆放电脑的工作台将办事人员隔在比较狭窄的里面，宽的部分是村民办事等待的落座处，两排线条简洁的椅子和城里公司的一样，没半点落后。四周墙上贴着些宣传、提示、要求类标语。高处还有一些荣誉牌，我特别关注到省侗学会授予的魅力侗寨牌。

丁达的声音，一开始就与山相适、与水和谐。陪同我们的老吴是住在州府凯里的丁达人，说侗族先人智慧里，就有生态文明的元素。我眼前出现一幅幅画面，温馨、励志，饱含智慧。先人们寻着水，确定好山，梦想里会有一大片可开垦的土地，依山傍水建楼，斜坡挖旱土，平地开稻田，最好山水要美，还有些千百年的古树。在某些地方建寨时，还会栽下象征村寨和美、人健畜康、子孙绵长的风水树。

我们从村部出来，过水泥球场，浏览一大排思想教育、文明创建、法制宣传橱窗，看农技服务等站点，从一个古寨门进老寨子。老王、老杨对传统村落眼下的现状简短交流，对老吴说，去他家老房子看看。怀化老石多年走过黔东南很多名寨，第一次来丁达，想深入了解。老吴家吊脚楼离寨门不远，话刚言毕就把我们带往楼的侧面。哦，吊脚木楼是从侧面进去。一绺板壁遮住一个木梯，“咯吱”几声，他直接上楼，我跟在后面。没注意他从何处取出钥匙，

“咔嚓”一声推开门。“还是清明节回来过。没人管了。”他一脸歉意，没水喝，没干净地方坐。光线不亮，他提过一把木椅，在一个楼柱边站上去，“啪嗒啪嗒”几声，几盏电灯突然亮起。“这是你读书和睡觉的地方？”“对。”“那吃饭的地方？”一张不高不宽简陋的饭桌摆在面前，猜得到。“烤火的地方？”他手一指，那边。吊脚楼一般一楼养牲畜做厕所放杂物，二楼是人们生活的主要场所。宽大，房间多。怀化来的吴设计师看得细，与老吴探讨，与北边侗寨的跑马楼开口屋不同的优劣。“村民提议我们回来建房，我哥退休在州里，我也在凯里，晚辈也回不来了，没有钱花费在这里。”

离开老吴家，大家从木楼中间的石头路走往寨子高处。这是一条有年头的路，村书记和老吴介绍，这也是一条红色的路。1934 年 12 月，中央红军第九军团攻打锦屏老县城后，一路部队 600 多人西进，在腊洞村的丁达、玉泉等寨住宿休整，给村寨播下红色思想。村里百姓热情安排，对穷人自己的队伍有了期待。红军战士江西人叶炳贵、铜仁人汪茂盛身负重伤，不能随部队继续长征，留在百姓家继续养伤。西去的寨门，常常有老百姓的眺望。在红军经过的花阶路旁回望山寨，敬佩之情油然而生。先辈为我们创建了寨子、田土、水系，让我们能够延续生命，过上基本的生活，但在那些漫长黑暗年代，我们没有作为国家主人的尊严，没有享有做人的权利，是共产党和其领导的革命队伍将国家从三座大山压迫下解放出来，让我们深山百姓翻身解放，不再因各种反对派而饱受欺凌。侗族群众的思想觉醒，来得比较早，也来得比较自然。

村里转了一圈，欣赏过鼓楼风雨桥，我在村寨最大的集体建筑前兴奋和激动。老吴说：“有专家在这称赞，说它是一座真正的人民大会堂。”一位作家被建造大会堂神圣的理想和激情感动，说“它作为无声的艺术，传达着侗族人民心中的歌、深切的情”。丁达人民大会堂，是民族地区很有代表意

义的地方，它的建造体现了村民的信仰、团结和奉献，它的价值是基层人民在党领导下，生发出管理好村里各项事务的萌芽。1973 年 10 月，村民商议，由本村建房师傅组织建造，地点在古水井旁。1985 年，因防火线规划，十多位本村人倡议，迁址于现在地方。大会堂是村里规模最大的一栋全杉木质结构建筑，占地 260 多平方米。分两层，一楼由八字大门、会场、戏台、戏台两侧厢房等组成，二楼为回廊式看台和两间厢房。屋面覆盖青瓦，板壁全用杉木板装修，楼上楼下可容纳 800 多人。节日来临，青年、小孩早早到来，锣鼓“咚咚”被敲响，歌声袅袅升起，文艺节目、武术表演，热闹非常。每有要事，村民议事会、村民代表大会在这召开。这里召开的最高规格会议，是 20 世纪 90 年代初黔东南全州水利工作现场会。当时村民修建了一条从田坝头到田坝脚的水渠，1500 米，一年内高质量完成。说到这些，老吴和村里年轻的龙书记很自豪。

丁达所在的腊洞启蒙东西沿线区域，在民族学上有独特意义，是国家权威认定的中国侗族南部和北部方言区的分水岭和接合部。讲北部方言的有锦屏此处以北，括天柱新晃、芷江、玉屏等县，此处以南，黎平榕江从江和通道三江等县讲南部方言。语言现状是北部区讲侗语的人极少，学生学汉语普通话，还要学英语，交流场景萎缩。老王、老杨、老石与大家交流语言南北分界特点，觉得挖掘特色文化发展地方旅游是个亮点。我听说外地年轻人前来打卡，冲着传统村寨、魅力侗寨而来，也有因美味的启蒙韭菜和酸菜而来，那何不制作几个网红打卡标牌，像头天在三省坡看到的，“我在三省坡想你”，直接又煽情，比到此一游有思想、有情绪、有意义、有价值。牌怎么做，配什么说明，纷纷建言。怀化来的杨博士北部方言区的侗话讲得好，他看到在晒谷的老人，前去对话，然后一脸兴奋回来。我关注丁达周边的民歌，有熟悉感觉，而又与南部侗族大歌和北部高腔山歌有所区别。

由红军队伍经过、休整、住宿，留重伤员疗伤，到集体事业大家关注参与，我听见了丁达发出的洪亮声音。丁达人的声音情感是细腻的，他们的歌谣丰富多彩。

月亮出来照阳台，妹在阳台做花鞋；

花鞋做了两三对，为何情哥还不来。

侗家阿妹是当年见过红军的那个吗？她在想念住在她家的某位还是住坎上叔伯家的那位，他现在哪，还回来吗？唱歌的阿妹是想念中华人民共和国成立后当兵的阿哥吧，还是想念走出大山追逐市场经济的阿哥，或许他们相约一同走出大山，去感受时代的新潮。我不知道新时代的阿哥会唱歌的还有多少，在很多民族地方听说年轻人不再感兴趣，必要性已大打折扣。我家乡一个老同事的微信，常发从湘黔边界去广东江浙打工乡友的山歌群，人们在群里话生活变迁，同过“三月三”“六月六”“尝新节”“中秋节”“侗年”……他们打工辛苦之余，在群里争先恐后回味玩山赶坳、行歌坐月。

山中蕨菜长满岭，情哥不知采哪根；

……蕨菜哪有蕨根香，香得情哥想断肠；

妹若住在山里头，哥扛锄头挖蕨芒；

情妹若隔几冲岭，翻山越岭情更长。

丁达的声音是多层次的，也是韵味悠长的，歌声和风声、水声、鸟鸣声贯穿着山寨的生活。有的歌越传越远，有的还藏在每家每户，蓄满老人的回忆，拽着年轻人的向往。这里的一个词、一个调、一句话，因一种语言的南北分界线，而进入相关的典籍。我心中那个古老的歌师，显得越来越年轻。古老的寨子，鼓楼、风雨桥、寨门、吊脚楼，古老的榉树、石井、水渠，都在焕发青春。丁达人民大会堂及服务村民的村部、农民远程教育文化站，在布谷白鹭喜鹊画眉的鸣声中，在一丛丛山花簇拥里，前行的脚步声密集响亮、紧迫有力。

琥珀色的村寨

那天，老王从凯里赶来，见面才知有点熟，十多年前在怀化一同开过会。他身后的老张、老吴第一次见，专家学者，笑容可掬。问候攀谈，聊了几个共同认识的老人，然后上车，往山寨进发。

肇兴侗寨是个有名气且颇有规模的大寨，由几个团寨组成。车到高处停下，黎平县老石大声招呼，大家聚拢听介绍。他多年前在这当过乡长，山巅沟谷，东村西寨，如数家珍，三言两语透出难忘的神情。太阳强光还在头顶倾泻，山风微弱，阻不住汗珠从额头沁出，他讲完寨情戛然而止，说现在发展怎样，等下自己看去。

老石比老王年龄略大、个头略高，清瘦矍铄，比我眼镜还厚的镜片里，露出火热与睿智的目光。他出版的书籍涉及民俗、哲学、音乐、文学，长篇小说也出版过。

公路沿着金色稻田延伸，一条河流从山谷穿过，看见木楼了，看见鼓楼了。将车在停车场留下，嘹亮歌声从宽阔处传来，前面有个旅游团队正在进寨。拦门酒、拦门歌，我们一行已有很多体验，便绕过寨门，直入小街。店门都打开着，走过些游人，几对帅哥美女身着漂亮侗装四处打卡照相。午饭时间已过，听不见餐饮店里的热闹。山腰僻静处的民宿，耀眼阳光下更加安静。

“吃午饭吧，老板，有牛瘪羊瘪。”

“我们有最好吃的酸汤鱼。”

餐饮店门口店员轻柔对我们说。老石怕他们再问，一律回答吃过了吃过了。

一个鼓楼旁，传出音量恰到好处的音响，两个青年男女也是轻柔地问看演出吗，民族民间特色，下午场很优惠。老王轻声告诉我时间紧看不了，他心里有数，哪些对于我们才更值得看。我们加快炎热中的步速，进入展馆浏览，不用导游，看的过程中就有的内容、表述，做自由交流。肇兴侗寨旅游有了名气，疫情影响前游客多，老百姓的旅游收入可观。街道店铺林立，繁华的痕迹到处都是。遗憾的是这几年的起伏，导致旺季偶尔有些淡日。寨中溪河在风雨桥、水车下和木楼旁流过，游路蜿蜒，树木葱茏，花朵鲜艳，若是晚上宁静时刻，该是多么美妙。溪岸上的小街，建筑和服饰有着浓浓的侗族特色，太阳照进没有遮阳的街中，刺眼，把我们暴露的面部和手臂晒得热辣。

乡政府办公楼改成了旅店，乡机关市场运作置换到景区外面，无疑是个很好的选择。景区内寸土寸金，空间狭窄，干部们若不思想解放而故步自封，难得的机遇和本就艰难的发展会更加受限。原办公楼前坪不大，在主街门面遮挡的后面，静静停着几辆大小不一的消防及救援车辆。老石说为了消防安全，拆迁部分木楼建安全隔离带，难度很大，他当乡长那会儿天天睡不着觉呀。这办公楼改造可见智慧、古朴、民族特色、美观，如不介绍，谁也想不到曾是砖房的办公场所。说到肇兴鼓楼，曾来过的老王不时给我介绍。高处远望时，我就

关注到那些高昂的尖顶，几个鼓楼的分布也有寓意和故事。最古老的礼团鼓楼始建于17世纪，为重檐攒尖顶宝塔式八角鼓楼，高13层，上下透出年岁的芬芳。我沉浸在古典诗词般雅致的思绪里，眼前和心里被一种一直隐约而吊胃口般的色彩占据，无论阅读和游走，却又没有展示出来。它成为一种稳固的存在，时在眼前，又很遥远。令人高兴的这刻，它的历史沉淀、现代美感，传来了传统和当下相融而迸发的信息。轻抚古色沉香的鼓楼，我禁不住有话想脱口而出。琥珀，琥珀色，这个发现让我对古侗寨无限欣喜，洋溢出埋藏很久的思索和热爱。琥珀，琥珀色，就是我们一个个历史悠久的侗寨啊！纯木结构的老建筑令人心痛不断消减，但依然坚强的那些还在湘黔桂的侗寨散发光辉，不少年代久远的鼓楼风雨桥早成为国家级、省级的物质文化遗产。这些灿烂如画的诗意传承，使侗乡旅游有了珍贵的载体、美丽的灵魂。

琥珀在古诗人的作品里，勾起我的遐思。李白的“兰陵美酒郁金香，玉碗盛来琥珀光”，白居易的“荔枝新熟鸡冠色，烧酒初开琥珀香”，李清照的“莫许杯深琥珀浓，未成沉醉意先融，疏钟已应晚来风”……

我想，保护与开发，开放与发展，成为肇兴这些年经济与文化较成功的路径与主题。黎平会议等丰富的红色资源，成为当地发展的强劲引擎。红色绿色，传统村落民族村寨，多种资源融合竞秀，经济文化比翼齐飞。

第二天去花柳古寨，是老石的家乡，它原生态的价值让我兴奋不已。数十棵古树环护，村寨古朴中现出欣欣向荣景象。一些楼翻新，有新风格前卫款的建材家电亮人眼目，也有传统的诸如木楼前晾晒的青蓝家织侗布，微风中轻轻飞扬。鸡鸭猫狗在收获后的田间和房屋前后鸣叫游荡，遇到的中老年人在做力所能及的家务农活。村寨中心像琥珀最亮眼的地方，有鼓楼、广场、戏台、萨坛。小广场上，我沉浸古寨生活变迁的想象里，却被老石兴冲冲引到鼓楼前。鼓楼不高，弥漫出琥珀色的光和木质的清香，门上方挂着落

款时间为2013年8月国家住建部授予的“中国传统村落”牌匾。建了一两百年的鼓楼技艺超群，却留下历史的沧桑。“大破四旧”时，差点被逼焚毁，那些人拆鼓楼到最底一层时不知是良心发现、道德发现还是文化发现，为代表人们的团结和信仰而幸存保留了一个基座。鼓楼一层得以留存，无疑是个奇迹。时光变迁，文化思想和社会的发展进步，终于迎来鼓楼的新生。从鼓楼二层以上重建不易，我们感谢和敬佩侗族的能工巧匠。老张、老吴在鼓楼内外“咔咔”拍照，对鼓楼内古旧的直柱两米高的牛皮鼓左瞧右看，老吴爬上站立的木板，持鼓棒轻轻敲击，仿佛听到来自岁月深处的声音。鼓是原物，它的制作保护有故事有新篇。

同行的老杨问，“老石，你家木楼在哪里”？有人添了一句，“看看你家方位，怎样通过奋斗出了人才”。老石露出谦虚神情，伸手右指，一个消防安全隔离带的空旷地方，就是他家原址所在。头些年有的传统村落因失火造成惨重损失，政府要求规划拆迁，老百姓工作不好做，关键时干部带头。老石是县里的科局长，把自家建在鼓楼萨坛旁、在戏台对面的木楼拆了。这一大缺口是密集楼房的安全隔离带，无意中让传统村落属于集体的几个古建筑，迎来了宽敞的阳光和自由的山风。

老王在职时是州里一个局的局长，退下来后重视传统文化传承保护，当一个协会会长，组织协助实地保护，调研写作，提出建议。在黎平县城拜访邓敏文嘎老，大家对优秀传统的传承保护和发展，有说不完的话题。邓敏文嘎老退休前是中国社科院研究员，是当前党和国家提倡的返回家乡帮促乡村建设发展的优秀乡贤。80多岁的老人，说起这些年在家乡的点点滴滴，像年轻人一样兴奋。他关注与本职工作相关的南方少数民族发展进步，如侗族大歌2009年被联合国教科文组织列入人类非物质文化遗产代表作名录，从提出、调研、论证、申报，他都做出了贡献。我和老王是开会认识的，现都不在职了，正好接续文化传承保护与建设发展的话题。我们在花柳村据说是极少不封顶的精巧萨坛前交流，感受先人自然崇拜的天人合一智慧。

老石把我们带到观看村景全貌最好的地方，说当下所在是一张椅子，前面隆起的台地，像个书桌。老杨是博士、高校教授，一路最年轻的、怀化来的吴设计师，两人一听点头称是。他俩加些描述，一幅意象画便活灵活现。大家开玩笑，怪不得人口少少的村，出了那么多读书人，当作家、教师和干部，也有农民企业家。其实成功不易，需要时运、勤奋和刻苦。老石夫人介绍当年的艰苦，俭朴生活和工作乐趣。十四五岁他们相识于黎平县文工团，老石于 16 岁离文工团当兵上前线，读军校当干事，原没什么文化，她送他的一本字典，成为爱情和事业的基石和动力。他们从红色节目的排演开始，演绎了一曲比翼鸟般齐飞的侗族歌谣。这曾破旧的村落，蕴藏着多少琥珀一样美丽的情感故事。

听九江的洪州琵琶歌和上三省坡，把我们此行的精神享受和振奋提上最美的高潮。洪州琵琶歌被誉为民间的美声、音乐的经典。它有珍珠的闪亮，有琥珀的异质。这些年人们见惯人工饲养的珍珠，缺乏天然和古朴。而琥珀，却还是少之又少。高音假嗓的唱法，以自制的琵琶伴奏，见证了多少爱情故事和幸福生活。我们在九江村寨听琵琶歌，在村民老吴家吃午饭，感受侗家的热情好客。老吴家屋门上钉着文明户的铜牌。琵琶歌传承人与我们一起共餐，为我们解答保护与传承的疑惑。我的耳畔，响起一曲著名的《晚辈要把老人敬》的侗语琵琶歌：

静静听着，我唱支歌说给众乡亲。家有好吃敬老人，家有吃穿同享用。晚辈有酒敬老人，晚辈有好菜把老敬，老人年长守家房，守在家中看儿孙，儿孙健康老人心欢畅。秋后九月野果香，野果香甜河堤旁，哪样好吃先把老人敬，麻辣苦涩留给咱。

音韵婉转，娓娓道来，传承侗乡美好的敬老传统，符合社会主义核心价值观。对比当下，特别有教育意义。

说到湖南贵州广西边界的三省坡，怀化的佳能兄有很多话说。他中学毕业高考入武汉读大学，留校任教，几年后又被调回侗乡。头些年经学习思索，提出建设三省坡生态文化保护实验区的构想建议。一时三省区相关地方领导、专家学者许多表示赞同，申报工作有的得到省厅层面的支持，可惜有的地方到市一级就止步不前。我曾多年前从湖南一侧上三省坡，高山连绵，步行上下，印象深刻。这次从贵州黎平上去，虽遇个小挫折，但感觉比以前简单多了。几台车在一座接一座大山不断抬升的水泥路爬行，往上时间长，而太阳又过分热情，带路车在半山腰开锅，水汽蒸腾，搞得我们很紧张。那车购买时间较长，高温下长时间爬坡，所幸只是开锅。黎平老石的战友夫妇与车留下，等拖车拉回县城，我们继续前进。转弯升高，不断地转弯升高，车终于来到高耸的山上，停在三省坡大舞台前。舞台背景清晰如新，两排红色大字醒目：“铸牢中华民族共同体意识，乡村振兴旅游经济发展”，“唱响三省坡，赏杜鹃花，上大舞台”。没落款时间，可能是今年春上的活动。我们急着看三省坡界碑，脚踏石阶，在两耳轰轰的风电机声中，精神振奋。见到界碑，发出赞叹。这不是我上次毛毛细雨中的所见景象。碑旁泥土细草全被水泥封住，碑身重新粉刷，三个面的“湖南”“贵州”“广西”字迹涂着红漆，每一面都有“国务院1996 年”的落款。拍照留念，然后朝向三省区的远方眺望。佳能兄和老石他们来得多，连说几次今天幸运，原来上山不是云遮雾罩就是细雨绵绵，最艰难的一次是想看雪景，没到半山就上不去了。冰雪溜滑，寸步难行。高大的风电设施是一座座巨型风车，在一些从近到远的山头画圈，它们借大自然的力量，将视野里原态的诗意解构成现代的元素。这是地方经济的需要，也让我对途径的候鸟和高寒地带本就艰难的植物产生忧虑。

上次来三省坡，我体会它的地域特色，了解它自然与民俗的保护价值和山下民众的脱贫渴望，在省开人大会期间，参与附议省人大代表所提的生态文化、经济发展的一些建议，有些时间也关注和写写三省坡：

向传说故事描述的美好靠近
在侗锦芦笙里仰望纯洁云彩
漫山的期盼翻越冬季
捧起侗寨的歌谣　开怀畅饮
从连绵小草读懂团结和坚韧
茶歌弥漫山谷　实心竹爬上高处
杜鹃花吐出红色的词汇
汉语侗语苗语　齐心迈上
新时代宏阔的舞台

我们不说指点江山的豪迈，回想家乡和自己这些年的发展进步，有不少获得感和幸福感。感谢灿烂阳光，我们今天在曾经非常边远蛮荒的三省坡能够看得更远。群山雄壮，绵延，波澜壮阔，祖国的江山如此多娇，人民的事业辉煌壮丽。做一只三省坡的鸟是快乐的，做一棵三省坡的草是幸福的，做一株三省坡的实心竹是幸运的，做一行三省坡的茶树药材是有远大抱负的。远处的山谷，一个个歌声飞扬的侗寨，演绎着春夏秋冬的传统农耕，迭变着改革创新的市场生态，变得越来越富有生机。它们底蕴深厚的一切，默默散发出琥珀色的微光。

山色

“色如渥丹，灿若明霞”，是古人对丹霞地貌的描述。

湖南通道万佛山，是大自然的丹霞风光杰作。方圆百多公里范围内，无数丹霞山星罗棋布，峰峦叠起，仪态万千。有的巍峨挺拔，俯视群雄；有的莲台端坐，心境澄明；有的匍匐在白云的下方，眺望天空。更多的，则是行走在逶迤的河边和如画的寨旁，醉心于淳朴的生活。

我与通道几位朋友，在一个阳光灿烂的上午，去攀爬万佛山的高峰。

多年前，我从陡峭简易的毛路，穿过拉裤脚扯衣袖的树枝藤蔓，爬上这座山。现在走安全的游道，台阶平实，一步一景。当时一起上山的有位老人，侗歌唱得好。我们爬着山，听他悠扬的侗歌声，感到周边一切的灵动、美好、快乐，越走越有劲头。此刻，我热汗直冒，站在一棵大伞似的树下问起他，几位朋友异口同声，他退休啦，住在老家的山里，养猪种菜，弹琴唱歌，舒服得很哪。

走在前面的朋友是位作家，胸前挂着“短炮”，上了无数次万佛山，还像第一次去赶歌会一样，激动兴奋，对着这边“咔嚓”，对着那边“咔嚓”。

我向他打听另几位熟人。其中两位走出大山，曾任职怀化。果然和我听

到的一样，两位经过繁华生活的老人，退休后长期住在乡下。我上次来爬万佛山，在返回县城时，上门拜访过其中一位。他再三留吃午饭，吃着他养的鸡、种的菜，听他描述山间的生活。他们不给单位添麻烦，不给子女添负担，情系家乡发展，与民同乐，果然心情好、身体好。

前方有几个外地游客，在听身着侗服的导游姑娘介绍路边的几棵大树，是什么珍贵的树种。待他们气喘吁吁走上一个休息平台，她问他们，喜欢听侗歌吗？

“喜欢！”一阵掌声噼噼啪啪。

“闷乃籁，……”

相隔一二十米，我身边这几位通道朋友也按捺不住，接声唱了起来。

“闷乃籁，……”

这首歌我听过，曾哼过几句，有点记不清了。歌的大概意思是，今天是个好日子。

阳光正好，山色正红。身边朋友唱完歌，端起相机手机，对着山，对着树，对着人，“咔咔”忙个不停。

我手上相机档次不高，也不闲着。大家热汗淋漓攀登，一路拍照，上到山顶。

我清楚记得，当年在山上伫立良久的位置。一座座神态平和不动声色的山峦，此刻在眼前栩栩如生。远处的，默默相望，宠辱不惊；眼皮下的，热情洋溢，憨态毕现。我大脑里出现了友人逼真的描述，将军山、七星山、海螺峰、烈马峰、玉玺峰……还有另一些情景在人们口口相传中，需从记忆里翻阅出来。所谓万佛，一种说法，是我们爬的这座雄伟山峰的崖壁上，朦胧现出无数的佛像，只要是有缘人，会越看越像，越看越多；另一说法，是在一个佛教兴盛的年代，这里的佛徒弟子，成千上万。他们潜心修行，聆听一种文化，体验一种生活。诵经声散，诵经人徐徐远去，留下这些千姿百态的山，唤起人们的思索。晴空之下，山峦露出虔诚的脸，露出一片片的“高原红”，精神焕发，将万佛朝圣的景象，宏大地铺展在我们面前。

沿悬空栈道，吹着凉爽山风，我们从一群群“长枪短炮”的摄影师身旁缓缓下山。山后，我印象很深的那口泉井，还原样地留在原地。恰好有个景区工作人员在井边凉亭擦抹座凳，见到我们，热情招呼。

我看这小姑娘戴副眼镜，问她，在外读过书吗？

她听我讲本地话，也把普通话改为本地汉话，说她在长沙读的本科。

高校毕业，她在广东深圳打过工，听说万佛山升为国家级景区，便回来报考。

我问她，对家乡的工作和生活，满意不？

她银铃般地笑出声来，天天跟父母家人一起，上班在风景优美的地方，吃油茶，唱侗歌，很幸福啊。她怕我不信，还给我举了好几个例子。有的回来考公务员，有的进企业，有的自己创业，过得都很开心。

我发现，上天赐给侗乡的万佛山，没有奇形怪状，不求一鸣惊人，但美得实在。它们有健康的肤色，有平常的仪态，用耳濡目染的美好，丰富着这一方的水土。

上山，下山。我想起当地风情浓郁的民族文化和风生水起的旅游产业，想起几位走出大山又返回的熟悉老人，想起上次在这里爬山的情景。山如人，人如山。回乡工作的小姑娘满足的神情，让我浮想联翩。她知道珍惜自己的山景，不嫉妒人家的大海。我们面前，山峦有一万个姿态，生活就有一万种人生。

成群结队的游人在我们身后，有的向山瞭望，有的对树凝神，有的与侗家姑娘对歌……

万佛山的丹霞，是与生俱来的底色。“色如渥丹，灿若明霞”，可以引人向往，启迪情思，也可以实实在在，营造生活新生态的场景。

欢动的庄稼

单位扶贫点，调整到通道侗乡的兵书阁村。这让我想起近20年前在湘东老区的驻村扶贫，回望中出现春天禾苗的成长和秋收的喜悦。

扶贫队员入驻时，通道的熟人老潘来电，激动地叙说他老家村民的希望。多年不见，我记得他的纯朴踏实和勤奋认真、诚恳热情。他笑声里传来了田野的气息。他曾将收集编印的兵书阁一带的民歌快递给我。捧书翻阅，耳畔仿佛传来侗乡苗寨的轻声倾诉。眼前，那些经济不富有却性格爽朗的乡人，正迈步在脱贫攻坚的路上。人们唱田野，勤劳耕耘，苦中作乐；唱山村，尊老爱幼，真诚善良；唱亲情，心声真挚，情深意切。这让我对老潘和他家所在的贫困村关注有加。我从了解那些民歌开始，就非常喜欢那个山清水秀的地方了。

兵书阁古老，而兵书阁村却很年轻。步入村里小道，穿过稻穗渐黄的狭小田野，遥望远处。国家文物保护单位兵书阁，低调坐落在古朴的村寨里。这楼阁建于1810年，与相邻的文星桥构成桥亭阁殿为一体的古建筑群。村

里占字苗寨近年成为中国传统村落，被列入全国少数民族特色村寨保护与发展名录。

身子硬朗的村支书从溪边的田间赶来，说起村子的来历，我才知道这个距县城四五十公里的村，设立才三年。以前隶属关系分分合合，两年前又撤乡并村。原来这拥有 12 个自然寨的村，要用兵书阁作村名，是要打赢脱贫攻坚战，举起既古老又年轻的旗子，谋划经营山间的未来。

许久没回长沙的扶贫队长见到我们，自然亲切，他毛发渐稀的头上，爬满田间访贫问计的焦虑。在拥挤于青山下的数块稻田和数栋新旧木楼的围护中，一个安静小院，院子极小，但一横一竖两栋砖楼，给贫困村撑起了脸面。鹤立鸡群的村部，比我近年见到的那些强多了。队长解释，这村部，是撤乡并村前的乡政府。我心头的忐忑，才从一个高处下落，趋于平静。

县扶贫调研的同志等候多时。我们从长沙乘早上高铁飞速穿过湘中丘陵和巍峨的雪峰山，在怀化换乘汽车，下高速又从田间道马不停蹄赶来，已时近下午 2 点。肚子早就咕咕叫了。与乡村干部寒暄几句，即进扶贫队的厨房。我们来之前再三讲好，吃什么菜，交多少钱。

三扒两口吃了饭，开始座谈。多年来我们虽关注扶贫与扶志和扶智、增强造血功能、产业扶持，等等，但种种原因，扶贫队走后，有的基础设施没人管、人心渐渐涣散、产业陷入困境、产品没有市场、产业同质化等现象，不同程度存在。开展精准扶贫脱贫攻坚后，情况大为改观。座谈结束，即行简单的捐资助学活动。单位女同事集了资，捐给村里的贫困大学生，并对往后的助学做了规划。

兵书阁村不因贫困出名，但山间的产出远远满足不了人们的生活需要。经济落后激起人们奋发，脱贫信心，来自红色历史的激励。人们记忆里，烙下了红军顽强战斗绝处逢生的拼搏精神。1934 年 12 月 12 日，毛泽东、

周恩来、张闻天、王稼祥等在距兵书阁数公里的地方紧急开会，决定红军从通道转兵贵州，改变行军路线，跳出将导致全军覆灭的敌军“口袋”。红军走往贵州黎平的石板古驿道，还被保存得比较完好。人们沿红军路重温历史，无不受到深刻的教育。

青翠山麓边的稻田旱土，庄稼长势喜人。村寨旁的潺潺小溪，清亮的水面，映照着边地的纯净。视野里绿意盎然，松树杉树和楠竹漫山遍野。这里水资源丰富，全县库容1.34亿立方米的最大水库的水域就在村内。而满目的绿水青山，怎样才能转化为人们向往已久的“金山银山”？

人们没有描叙曾经的破败与饥寒，眼神里的星星点点，除了希望，就是信念。我对村子的古朴和红色历史、绿色生态，早有仰慕。这次走访，感到当前的扶贫标准远高于我们当年，贫困村已经集聚近年各级帮扶的能量。扶贫春风里的丛丛山花，就要盛开。

在村里，我们遇见下乡调研的县长。在村部，与县人大主任和部门同志座谈发展。扶贫队长说，驻村以来，他们与村支“两委”反复对贫困户精准识别，重点走访300多户，一家家算家庭收支账，查评议是否规范、公开，看房屋有无安全保障、家中有无存粮、有无劳力、有无上学小孩、有无病残人，还看饮水是否安全。弄清“谁困难”，明确“扶持谁”，确定“怎么扶”，清清楚楚，明明白白。

兵书阁的村民言语不多，不会说漂亮话，但做起事来扎实。几年来，村里主要村道进行硬化，集聚的寨子安装了路灯，多数人家通了自来水，户户通电，通信讯号也有所改善。上级帮扶办起三个合作社，特色水果产业园、苗岭生态猪场和尚品中药材专业合作社，共接纳贫困户50多户。扶贫思路和措施可行，视野较宽，有前瞻性。他们结合绿色生态种植养殖，逐步发展电商产业。依托红色、绿色和民族传统文化，与省内单位合作，打算开发

“通道转兵纪念地—花界古驿道—四季果园—兵书阁文星桥—雁鹅湖—晒口水库”旅游线路。

听了村子规划，心潮激动，我掏出手机，拨打县城老潘的电话，可信号不佳，心里游起几丝忧虑。

几个在沟通项目的村民用笑容告诉我，一些问题，正在解决。

兵书阁村民的脸上，有着平静和自信，浮现出近年在贫困村所见的那些渴望和纯朴。

蝉鸣鸟语，在村寨掠过。傍晚田野，传出庄稼欢动的声音。

琵琶歌

弥漫的稻香，抒情诗般的琵琶歌，令人沉醉。秋日，我从长沙奔往湘黔边界一个村寨，走进一幅金灿灿的丰收画面。“饭养身，歌养心。”古朴的歌声，金黄的稻穗，妇女迎宾的盛装，侗家汉子手上的琵琶……

琵琶歌领头的老吴，敦厚结实，热情洋溢。寨口花桥上，一脸发自内心的笑容，就像沉淀过的琵琶歌。他与在县里工作陪同的熟人以侗话打招呼，双手用力握动。“好久没来啦?”“又来啦，又去你家喝酒!”他们的话语，声调音量高而洪亮。琵琶歌声掠过，唱歌的妇女红色头饰下脸膛儿红晕，露出年轻时的漂亮，没有刚见面时的拘谨。

这天琵琶歌的背景，是大自然为我们描绘的巨幅图画。天空无际的蓝，飘着洁白的云朵。田野在山谷中铺展秋天的画面，成熟的瓜果在山麓围绕金黄的稻田，弥漫丰收的气息。古韵花桥，保持当年神态，倒映在清亮的水里。琵琶歌声响起，我想起多年前在家乡新晃，听过的另一种琵琶歌。也是男弹琵琶女唱歌，但那婉转的倾诉、昂扬的抒发，打动的是我青春的情绪。多年过去，一些传统艺术显出疲态，我对那些歌声也逐渐淡忘。我曾疑惑，是自己的激情和感受力衰减了，还是当年喜欢的艺术及表现形式，跟不上时代的发展？

再一首琵琶歌起头，唤起我的期待和遐想。我仔细观察村寨的木楼砖房，看楼房外摊晒的稻谷，浏览楼前房后成片的或零星的菜地，感到人们很多年来追求的“饭养身”已经实现。听歌间隙，大家说起文化传承，有所忧虑。“村寨青年打工外出，还有人学琵琶歌吗？”“会弹唱的年轻人还有不少呢。”传统文化的自信，能像田间的庄稼，顺应时令，发芽、生长、成熟、收获。湘黔边地的人们爱唱歌，以歌交往，用歌抒情，美好旋律和感受，鼓舞他们战胜自然灾害、跨过人生的沟坎。“我们在家这些人，农忙下田种地，闲时弹琵琶唱歌，孙子女都喜欢听。”琵琶歌省级传承人讲他进校园，如何课外传歌。岁月里的歌，是他们养心的粮食。山间水畔，鼓楼侗寨，是他们歌声的粮仓。中餐在老吴家喝米酒，吃腌鱼、腌肉，传承人带头唱起了敬酒歌。养心悦耳的歌，怎不让人激动，怎舍得让它消逝。洪州琵琶歌，高音假声，独树一帜，被音乐家誉为民间的美声、音乐的明珠。探究它的产生，传说是寨子一对男女青年相爱，深夜谈情为不吵醒家中老人，不被他人发现，用假嗓音来唱，引得寨里青年纷纷仿效，成为爱情的创造。弹唱琵琶歌的男女，装扮一般男的朴素，女的着漂亮的服饰头饰，还佩戴银饰。大多由男的弹琵琶，男女对唱。夜深后，坐夜的歌声在情意绵绵中慢慢爬上一个个滚烫的心窝。

我开荒田你挖地，我种稻谷你种麻；
荒山土坡开一片，种了杉树种桐茶；
油茶三年结油果，杉树五年也长大……

优美的琵琶歌，没人能抵住它的诱惑，同行的老王老石听得很专注，老

杨和老张、老吴则轻迈双腿，寻找好的角度用手机录像拍照。我轻身站起，举着手机或录或拍，大场景小细节，想尽量拍得好点。这时一只九江村里的黄狗蹑着四蹄跑来，竖起尖尖耳朵，停在唱歌妇女面前，似与我们一样陶醉。花桥旁，一对老农夫妇在收割稻子。我问他们会不会琵琶歌，夸他家谷子种得好，稻穗线长饱满。他们笑着说好喜欢唱，男人直起腰，将左手上长长的稻把举给我看。妇女揭开遮阳的头巾，转过笑脸。手机“咔嚓”几声，我担心影响他们劳动，道别后匆匆跟上过了花桥的同伴。

进寨的路沿着一条小溪，河水清澈，稻香扑面。这条听惯琵琶歌的溪河，拥着蓝天白云，拥着丰收的景象，优美蜿蜒地向山外流去。

老家

老家离我出生地扶罗的寨街，有几十里山路，那地方叫鸭塘。传说一口水塘，在耀眼阳光下，有金鸭子熠熠生辉地出没。老家由此得名。鸭塘界上有个读书的地方，父亲读过几年书，中华人民共和国成立后有了工作的机会，离开了老家。

我不在老家出生、长大，却对老家感受特别。它的意义，或许与当前离乡的新城市人有所不同。回老家的经历，沿途景色，一些小小事件及由此而生的忧乐和思绪，有的越来越清晰，就像近在眼前，而有的已经迷迷茫茫，变得非常遥远。

大弯界

穿过扶罗街头的公路，沿洒溪往上游方向走，经过几个小寨，坝子越来越窄。溪两岸的山脉不断升高，收拢的地方，是个从没干涸过的湖泊。这叫龙塘的湖泊不大，周围草木阴森，四季雾气缭绕。前人对它不甚了解，加之敬畏，留下许多有如巫蛊的传说。

关于龙塘的来历有几个版本。一说，一个穷苦的看牛娃发现一大蔸头天割了第二天又有的青草，被财主逼迫，挖开草蔸，出现一个要什么有什么的宝贝。随之，一股大水喷出，淹没了一切，出现了龙塘。很久以来，这里的塘边水中，死过一些无辜的人。被水淹的、砍柴被树砸的、从悬崖上摔下的，不一而足。传得更神的故事，是一个整日懵懂的人，在塘边见到两条大鱼，大如家里晒谷的晒席，比双人床还大。他陷入无边的恐惧，不久病亡。还有人说，塘里的龙，在某年的大水时，随水走了，有人看见在汹涌的洒溪，一条大蛇很凶猛地冲出去了。

我回老家，一般不从龙塘边的小路往上走。一直走着的花阶路，在离龙塘几百米的地方，在还看不到塘和水时，就逐步抬升，朝着侗语叫岑恰的高山爬去。岑恰的坡很陡，但花阶一路向阳，两旁的枞树杉木高大繁茂，鸟声悠扬。我看见很美的大鸟，如红中带绿、斑斓的锦鸡，就在林丛树间，悠闲从容地飞落腾挪。它们艳丽的羽毛，展开时能让人感到，什么叫惊艳。在你期待清晰却未明了之间，“啪啪”几声，它们拍翅一飞，躲了起来。

上到岑恰坡顶，进入大弯界的地域。我不知大弯村有几个寨子，走在离山脊很近的花阶上，就像穿行在深深的密林中。有的地方，头顶是大树斜伸出的枝丫，夏天的中午也不见太阳。想在这截路看到周边的木楼，真是有点异想天开。兴奋盎然走着，清凉、幽静，一阵风把你带入一个古木参天的三岔路口。而每次经过这里，我都真切感到，一些令人害怕的气息，在周围一阵一阵地蔓延。

一棵黑黑的古树，像一年四季没晒过多少太阳的老人，略露病态。除了天生的脸黑、手黑、脚黑，还非常神秘地枝繁叶茂，叶子浓密得像那个老人从上到下罩着一袭黑衫。黑衫里面到底藏着什么，你悄悄伸出的想象，由于害怕，不敢深入。收回小心翼翼的目光，我发现树边不远的地方，摆着几块

方正的石头。石头前，数根香棍工工整整地插在泥巴里，还有几团红烛和黄草纸燃烧过后留下的痕迹。

我知道，这是人们敬神摆土地的地方。当地，人们习惯将土地神称为土地菩萨，缘于人们不懂得世界上几个著名的宗教，更不懂得教内的级别、分工。

也就是那棵古树，让人想起一些传说，我甚至有时认为，它至少成了精，是一棵彻头彻尾的树精，吓唬着天昏地暗或夜晚途经的行人。当然，它更有可能是棵树神，它从上至下直至树根，都神性十足，用许多细节展示着是神的更大可能性。一方面，它边上有土地神，我了解凡是神都是好的，神的群体只有保佑人、帮助人的，起码我没听说过神害过好人。另一方面，我在树干上不止一次看到过人们对它的崇敬和信任。在一人高的地方，常常贴着一些红纸，上面写着几行毛笔、钢笔字，意思是请过往的亲戚朋友知道并拜托转告，某月某日，大弯寨或某某寨某某家，有如某某老人八十大寿等好事，请亲友到时来喝酒，或老人不想烦劳大家，只请哪几处至亲，感谢其他亲友并请谅解，等等。我有次看见，上面贴的内容是："天皇皇，地皇皇，我家有个哭夜郎，过往行人念一遍，一觉睡到大天光。"下面还署名并说明缘由。我当时出于极大的好意，一连帮那家念了几次。我仔细端详，古树遒劲的树枝，像粗壮的手臂，能给需要帮助的人送上无穷的力量。树枝和树干的交接处，就像在人的腋窝的地方，缠着不少红绸，我想，那应是人们对它的还愿和谢意吧！

快到大弯坡，必然像遇到一个亲切的老人一样，遇到一眼清泉。走了一个多小时，肯定口干舌燥，来到泉水边，一种心想事成的满足或者对善解人意者的感动会油然而生。泉水叮咚响，一股甜蜜早已沁人心脾。但是别忙，不要着急喝水，先得轻轻拨开，在你之前喝过水的人留下的井标。

那些井标，多是一些黄茅青草，打着一个很好看的结。我非常感谢前人留下的这个习俗，它提示人们几层意思，说明这个水喝过啦，没有问题，也提醒过往的人，不要弄脏了，后面经过的人还要喝哪。有的人性急，撩几点水在边上洗手，手干净了就捧起水喝。更多的人会看到边上，那几丛早有准备的青树，你只需摘两片巴掌大的树叶，轻轻一洗，合拢一卷，就成了一个环保的真正绿色的杯子。捧着树叶杯，慢慢喝下汩汩冒出的甘泉，那种感觉，怎一个“美”字说得。

上得大弯坡，总感到有亮堂堂的阳光，突然降临。大坡绵延，小路平坦，眼前稍大的树木不多。向阳的坡面，虽然比较陡，但几乎全被开挖成旱土。路的两旁，曾给我带来许多快乐。杜鹃花开的季节，东一丛西一丛的大红、桃红，风中摇曳，特别地惹眼，摘几朵干净的杜鹃花放入嘴里，那种清新和淡淡的甜味，至今难忘。野果成熟的时候，路旁更令人兴奋的是又红又密的东西，侗话叫览产，我不知它是不是汉语中的山楂。那东西有点甜，水不多，助消化。吃过览产，就可以到坡中间的凉亭躲太阳、歇凉了。

鸭塘

14 岁那年我读初二，即将迈入高中，步入青春的行列。在向扶罗中学团组织递交申请书后，老师安排两个同学与我一起，去老家了解家庭历史情况。老师开过介绍信，我与同学在一个周末的中午出发了。这是在没有大人带路的情况下，我第一次寻路走向老家。

在几十公里人烟稀少、断断续续的花阶路上，我们有说有笑。同学对名声在外的鸭塘，心驰神往。

过了大弯，就要下坡。花阶边上，一股激流在不知疲倦地响亮鸣唱。由于河床陡峭，叫作陡溪，可在一些地方，被人们写作斗溪。

下过陡溪，弯弯曲曲走过一些田园，经过几个鸟语花香的小寨，我们看见晏家寨前横跨溪上的风雨桥。那桥不大，比较简陋，没有雕梁画栋，但已具备遮风挡雨的功能。运气好时，碰上一两个老婆婆或将成老人的孃孃，在桥头笑容满面卖粑卖粉。后面的晏家乡当时是个行政村，由于相对开阔，居住比较集中，那时设有如供销社的代销店一样的几个代办点，而最有规模、最热闹的，是村里的小学。我在县里工作时，曾在该校调研青少年工作。

往前，又要上一个大坡。当时从县城来的公路，途经鱼市公社，窄、陡、拐弯抹角地经过那个坡，才通到晏家。爬坡时，为缩短路程，我们走近乎笔直的小路，几次穿过大家称为马路的公路。上了坡，汗淋淋地沿着马路往前，不断曲折地往前，将到达一个叫血饱屯的地方。每到这里，我的耳边老是响起先辈们与封建官兵、与强盗土匪厮杀的声音。眼前模糊，树林草丛中似乎还有晃动的身影、斑斑的血泪。拐过小弯，走出这一段阴郁，前方，才姗姗现出一个并不怎么宽敞的山口。

“鸭塘界到了！”我手朝前一指，几个同学一起兴奋。

几棵苍劲大树，屹立山口。它们像一排威武雄壮的士兵，守护着方圆数里的安宁，保卫着一个个山寨。它们也像几位日思夜盼的老人，焦急地等待在那里，迎接远方的客人和外出归来的亲人。

站在大树边，远远望去，鸭塘的上寨、中寨、下寨连成一片。建房的坡不很高，依山建造的木楼从下往上，一层一层地上升。深色的屋，上面覆盖着黑瓦，浅白的翘檐非常醒目。人家不很多，但迎面张望的木楼很齐整，远远就给人一种团结的印象。

想必，同学已经知道，对面的那些木楼里，全是姚姓人家。侗族的聚族而居，延续得很好。一般地说，山间的村寨，基本都是宗亲家族不乱，同姓之间辈分不乱。这里虽不像南部侗乡，按宗族家族建有鼓楼，族群标志很外在看得到，但这里选屋场建房时，也会有些规矩边界。人们在侗寨出生，就

会在百花盛开的民俗中，打上地域文化的烙印。在新晃乡间，姚姓之间不能通婚，不知是哪一代人留下的规矩。而县内人口最多的杨姓，划分了如七甲杨、八甲杨等群体，不同甲之间却可以结婚。由此一来，就有了很多有意思的生活生态。如寨中某家在杨姓或吴姓的寨子娶个媳妇，那这个寨和那个寨，任何一家之间都成了姻亲。人们按联姻人的辈分，严格区分长辈和晚辈。贵客临门，被亲人们争抢着招待，若在一些大的寨子，一天到黑都会吃饭喝酒不赢。

我老家的屋，在上寨比较中间的地方。上辈勤劳，建的屋比较大，一栋主屋，还有一栋同样较大较高的厢房。

我与同学的到来，让祖父、叔祖父等老人非常高兴。他们竭尽所能招待我和客人，然后连夜去干部家开出证明。

风水树　母女井

从鸭塘界朝鸭塘寨子望过去，在上寨和中寨之间的一片古树，非常醒目。那些参天古木，一棵棵随便站着，从山脚到山腰，树冠几乎连成一片。记得很小时，祖母去世，我走走停停磨磨蹭蹭，轮流在父亲和舅舅们的背上，赶往老家。那一条山路，实在漫长，紧走慢走，都见不到几栋房子，看不到几个人。小脚磨出了泡，痛进了心里。到达鸭塘界的大树下，坐在草丛上，远望那一群老树，我感到了自己小的无奈。寨子上，吊丧的唢呐声，无力的锣鼓声，稀疏的鞭炮声，远远地传来。寨上的人看见了我们在界上的身影。有人迎过来了，我却看不见，只感到那一群古树表情凝重，离我们越来越近。

古树林为鸭塘增添了美。夏天枝叶葱绿，引来方圆很远的大鸟，一群群地飞来。中午歇凉休息，叽叽喳喳说个不休，或居高临下地高歌。有的把窝搭在上面，早出晚归，不知所往。有的喜欢热闹，听见树下有人经过，就拖腔拉调，来那么几句，不知所云。到了枫叶红了的季节，几棵枫树尤其显眼。枫叶一丛一丛的，在高处摇晃，像醉了酒的脸一样。偶尔会有小手大的枫叶，飘洒于风中，像一些红色的小鸟，飞在树间。

这个老树群落规模不小，每一株都高大俊美，生命力又极其旺盛，引来不少人拜访。有的考察，有的拍照，有的甚至想把它们中的某一棵买走。高龄几百年，矗立数十米，这些树成了这块土地上最老的主人，也成了鸭塘寨一股不散的灵魂。它们历经风雨往天空撑起的，不仅是赏心悦目的美，而是族群生命生生不息的风景。它们古老的身躯，展示着侗乡山寨的厚重。政府林业部门，已将它们登记造册，列为永久保护。

鸭塘上寨还有个有特色的地方，那就是水井。一股开口不小的泉水，从未干涸。泉眼下，一口透明的不太深的井，荡漾着每户人家清晨挑回饮用的甘泉。井口溢出的下方，是又一口规模稍大稍深的水井，井中的水，用于人们每天洗菜洗衣洗物。这像个“吕”字的上下两口井，当地文化人有的称为套井，我却称它为母女井。因为它，多年演绎着侗乡母女生活的生态。

有勤劳的母亲，也就有勤快的女儿。母女井旁，每天来得最多的，是寨上人家的女人。不论母亲女儿，还是婆婆媳妇，一日两餐三餐，生活中的洗东洗西，都需要在井边操持。大集体的时候，男女一样出工，稍有休息，男人们上山砍柴，女人们洗菜做饭。田土分开各自生产后，女人更是井旁的勤快人。一年 365 天，没人离得开这两口水井。

从母女井流出的水，沿着下行的水沟，灌溉寨里的稻田，还充实了几个水塘。外面嫁来的女人，从晚辈变成长辈，这里嫁出去的姑娘，也在延续山寨的血脉。母女井，从来都没有干涸。

母女井离我家老屋不远，200 米左右。在老屋 20 多年前毁于寨上火灾后，我近年清明节回乡挂亲，不想看那荒凉的屋场，就喜欢一回回从母女井边经过。头些年寨上人说干旱下雨井水很差，要求在更高的地方新开水源，为每家每户牵去自来水。我们在外的人积极捐助，圆满做成了这件好事。母女井被冷落了。而近年许多年轻人外出打工，在家的人减少，自来水没人管护，水差了，水管不通了。从而，母女井又被重视，又有人饮用了。

望着母女井水，我身边淳朴沉默的山寨，突然变得开朗起来。由井而生的小溪，是寨子的一个肢体，叮咚缠绵的声音像老人的叙述，潺潺不休的语言在慢慢流动。它与古树上的鸟鸣，相映成趣。好像鸟鸣是寨子的歌声，一会儿在树丛，一会儿在木楼，从这里到那里，不停地飞翔。山寨的女人没有闲暇打扮，没有工夫唱歌抒情，这母女井的水，就扭动着腰肢，把她们的婀娜，淋漓尽致地模仿再现。

老家黑得发亮涂满桐油的木楼，因风水树变得更有精神。一些男人走出大山，心中装着挺拔的古树，就有了顽强和力量。母女井的水在人们血液中流淌，常唤起他们的乡情和亲情。

老家，被拥在怀里装在心里，随我们走南闯北。在游子梦中，它是一片定格的风景。游子用回忆，将它一次次重温。

一栋楼，一棵树，一口井，都会让人怀念老家。一段生活，一些场景，一些细节，总在眼前挥之不去。

步入老家
需用农事歌
唱开寨子的封面
推开期待歌词的堂屋
从厢房唤出　叽叽嘎嘎
文采灵动的鸡鸭

黄桑短章

窗外景色一闪而过，不是“黄”的，也无“桑”树。

车刚停稳，双脚迫不及待。进入黄桑的沟谷，像步入一扇被美丽和舒适即刻打开的大门。

高低错落的林木，像一部起伏跌宕的地方史，铺开原始次生林天然的美丽。与湘西毫无二致的草木，用繁茂的枝叶，通过风和阳光，与我做着灵魂的交流。

笔直冲高的新竹，像寨上抽条的后生，立着稚嫩的腰。竹竿尚未结实的骨节，害怕风中闪失，吐出的词，压低音量，小心翼翼。

饱经风霜的参天古木，胸是凸的挺的，腰和背膀像集聚着使不完的力量。一阵阵沙沙声，不清脆、不高亢，像些阅历丰富的教导，平实、饱满、厚重，主导声音交响的秩序。

低矮灌木是非常好的听众，有的只在大风来临时发出一点附和，而心灵深处的倾诉，除了自己清楚，还在它们之间叙说。

执着表达的，是谷中的溪水。这从不停顿的溪流，清幽、晶亮，不染纤尘。一些弯道、一些石头，增加它的情趣，演绎着心路的抑扬顿挫。

鸟儿像得意的歌唱家，点缀大树的枝上，想唱则唱，想飞就飞。但它们不愿离开。这里有苍劲的树，透明的水，清纯的阳光，更有无须时刻警惕的环境。

无关尊卑成败，纯真原始，成为天然的幸存。

在一湾水旁，我陷入思索。把风声水声鸟声、大呼小叫的人声，屏蔽在听觉、视觉之外。

我从模糊混沌，进入纯净。在优美的天籁里，一些音符像一束束光，从思绪的远方斜斜射来，给岁月的孤寂，注入了霞光。

这美丽山谷，有那些大树很有魅力，何况还有无数自由鸣唱的鸟儿，还有几段洋洋洒洒童心一样清澈的溪流。

醉醒之间，我阵阵欢喜。

人间，如是黄桑，我们的生命之旅，就像行走在梦的里面。

歌乡的傍晚

前往地扪时，黎平的群山上夕阳很红。汽车沿着被晚霞碎片零星铺着的公路，左转右拐，爬上滑下，蜿蜒起伏前行。凉爽的风拍打车窗，沿路的绿越来越浓，地扪侗寨渐渐来到眼前。

车子缓缓转弯下行，在几位盛装的姑娘面前，轻轻停了下来。

她们将红绸子拉着，拦门歌唱着，迎宾的酒捧着。

县里友人把我推往前面。一首歌后，我们喝了拦门酒，随村里的干部走过寨门。

我们来到一处比普通民居明显讲究的地方。看过牌子，才知道这就是颇有名气的侗族生态博物馆。村干部做着简明扼要的讲解。

地扪是仅次于肇兴的大侗寨，从唐朝建寨至今 1000 多年。地扪是侗语音译，意思是泉水涌出的地方。经过一代代人口繁衍，寨子不断膨胀，一些支系渐渐迁出，像大水分流，也像古树的开枝散叶。母寨慢慢地分出了茅贡、腊洞、罗大、登岑等寨子。我们细看侗族人歌和侗戏表演传承的部分，并在原始造纸、传统纺织印染、刺绣的介绍前驻足许久。

出了博物馆，大家要在寨子间走走。朝着一个山色青翠的山谷，在一条较宽的田间小路上，一行人快步行走。我们不像是参观的，倒像是一群赶路的。叽叽喳喳的话声里，我有意落在后面，拉开一点距离，想仔细看看这里的景色。水田的禾苗已经灌浆，长势很好。路边的小河非常干净，白描出一幅南方山乡的清澈画面。我不仅眼睛舒服，似乎看得见空气的纯净，连呼吸都感到特别顺畅。我一直对湘黔边界的山水敏感，有一种目光和嗅觉的钟爱。我像闻得出人家感觉不到的清香，看得见很细微的风动和光线，甚至可以朦胧感觉到物物之间与人和物之间的一些存在或有地域意义的关联。从眼前这条明亮的河，我看见了地扪人的性格。在我漫无目的地思索时，一个姑娘迎面而来，在相隔五六米的地方停了下来。

"您好！辛苦啦。"她微笑着把小路的一大半让给了我。我知道这是侗家路遇生人尤其是遇见比自己年长的人，基本的礼节。

我道谢后侧身而过。在乡间小路上，我多年没见识礼遇让路的情景了，心头一阵温暖，很感谢这位姑娘。

转过山弯，一个很美的寨子瞬间把我目光照亮。民居鼓楼风雨桥错落有致，周边的山色变成浓郁的绿色，有的部分染上了晚霞的余晖。几株大树用浓密的绿叶轻轻招手，静静迎候。我在民居前兴奋起来，数十个小小吊脚楼般的禾仓，以它们的简洁实用和美观，沉淀着地扪习俗的厚重。我想象地扪秋天丰收的场景，感受着世外桃源般的风俗。有的禾仓与吊脚楼相隔很远，丰收的稻谷不用人把守，不用担心盗窃。侗乡有好的世风民俗，也有水稻种植优良传统。我接触过的糯稻，成长期长，口感极佳，是做糍粑和甜酒的最好原料。水稻种植中，稻田养鱼、稻田养鸭也是传统。鱼在稻田里有丰富的食物。鸭在禾苗里寻虫子吃，又帮人薅了秧。稻谷金黄时，也是鱼壮鸭肥的时候。每家一个或多个禾仓，

地扪人种稻的收获可以料及，生活的景况可见一斑。我想，地扪一定有着自给自足年代幸福的生活。

一户人家门口，有个老人正做木工活，他拿着短刨子在加工几块木板。见我们去看鼓楼，主动问候我们。我问老人家在做哪样？他说做几个靠椅。我停下来，问是自己用还是卖给人。他没有犹豫，说自用，有人要也卖。他笑着告诉我，每天做点事，身体才舒服。看得出，他过得随意、自在、洒脱。

看过鼓楼，我们返回村部吃晚饭。来时的路已没有晚霞，两边的山色渐渐变深，只有脚下的路面和小河的水面，泛出时明时暗的光。远远可以看见，我们下车的地方亮起了一些电灯，几盏路灯特别明亮。来到亮处，村干部把我们领进木楼的二楼，几个妇女姑娘已把一个小型的合拢宴准备好了。

顿时，菜香酒香把不大的空间飘满。村干部和县里的朋友轮番祝酒，然后互相敬酒，声音响亮。

一轮热闹过后，刚才见到的妇女和姑娘从门外进来，迎面站开。她们身着简洁的侗装，戴上了夏季简便的头饰。没有主持，直接开始侗歌演唱。

我看到了在小河边为我让路的姑娘。她换了件比刚才艳了点的衣服，头上衣上的饰物在灯下闪闪发光。她没有化妆，但显得更加漂亮。

歌曲是用侗语唱的。村干部与县里的朋友给我们解说。其实我知道那些歌表达的基本意思，我认真地听，想找到同类型的歌在不同地方有些什么不同。侗族大歌是这一晚的高潮，几米内的距离，歌声把我们包裹得密密实实，激动陶醉中，热血沸腾。

歌声里，我看见一幅徐徐拉开的风景画。祝福像阳光一样明媚，小河翻卷着明亮的浪花，稻田铺开了金黄，崭新的禾仓装满了丰收的喜悦……

黔东玉屏

一条宛如玉带的河流，源自瓮安，途经黄平、施秉、镇远岑巩到达这里。屏山优雅地矗立在河的北岸，无论什么季节，美如画屏。玉水屏山相伴，玉屏城得到大自然的垂青。

去玉屏城看看，是我很小时就想的事。当年我从扶罗去几十里外的祖居地鱼市鸭塘，听那里老人说到他们赶场和读书去得多的地方，除了大鱼塘、晃县，就是大龙和玉屏。玉屏属贵州铜仁，大龙是它的一个镇。对那些地方，老人绘声绘色的描述，让我羡慕得不得了。

外出读书工作，我与玉屏城的距离越来越远。每次回扶罗或到新晃城都匆匆忙忙，一直没有机会前往看看。一个“五一”与几位长沙友人买不到新晃返回长沙的高铁票，只得借道设于玉屏的铜仁南站，因此，有了半天的玉屏之行。

驾车送站的老吴曾在新晃黄雷乡工作，每次黄雷来回都要从玉屏穿城而过。我想他跑了几年的省际插花地，对这玉屏小城应熟稔于心。

汽车驶出新晃鱼市，穿过厂房林立的大龙，玉屏几乎就远远望见了。这个背山靠水而建的小城，确实如我心中想象的那般美丽。幅幅画图，是黔东秀丽山水的代表作，也是这块土地上人们不懈耕耘的杰作。

乘车在山水城中转悠，我和长沙的友人观赏得兴致勃勃。老吴忽然叹气告诉我，我想看的那些地方，他找不到路了。几年来，玉屏的变化太大了。

他电话邀来在玉屏开店的熟人。我们的车子才顺利奔驰起来。

㵲阳河的绿波，到达玉屏就像给上游的美丽打了一个标点。它们的一路奔腾，凝聚着黔东的一些期望和想象，在此渐渐拓出山水东进的气象。㵲阳河到达新晃地界，湖南人称为㵲水，是沅江的上游。玉屏㵲阳河上建有侗族风雨桥，连接着城市两岸，精美亮眼。岸边楼房鳞次栉比，新修的高楼雄伟醒目。

河岸最美风景，当数一年四季绿绿葱葱的屏山。屏山近年已整体建成公园。山林起伏，游道蜿蜒，侗族鼓楼从树间露出，箫笛的雕塑耸立在一个较为明显的位置。从古至今，这个天然美丽的画屏，为玉屏装扮了多少春夏秋冬，为人们装点了多少平安日夜。

㵲阳河沿着屏山流过，古称雄溪的玉屏，在山前经历着区划版图多次的调整变化，不息的河水梳洗着无数的往事。在“黔东门户”牌坊下，我注视着苍老的城墙和拱形的石门。长沙友人把刻在石头上的简介读出了声：“玉屏城墙遗址位于县城㵲阳河畔。明洪武二十三年（1390）设平溪卫，修筑卫城，为平溪卫指挥同知许升所筑。周长九里三十二步，高二丈，开四门。1958 年后，随着城市扩建，城墙先后被拆，现仅存北门，称拱宸门。玉屏城墙遗址是研究玉屏历史的重要史料。1981 年 12 月被玉屏县人民政府列为县级文物保护单位。2015 年 7 月被铜仁市人民政府列为铜仁市第一批市级文物保护单位。”600 多年厚重的城史，眼下剩存这一段破败的墙石和门洞，令人为之痛惜。

望着屏山箫笛雕塑，我耳边响起优美的箫笛声。玉屏箫笛，是国家非物质文化遗产，位列贵州三宝。《辞海》词条介绍：“玉屏箫笛，中国著名乐器之一，创于明代末期，采用玉屏出产的竹子制成。产品经过刻花、打磨、加工，式样优美，雌雄成对。”望着县箫笛厂珍贵的历史照片，我不仅对它刮目相看，还有许多新的感慨。玉屏箫笛历史悠久，驰名中外。它的制作始于明永乐年间。明清两朝，均被列为皇室供品。1913 年和 1915 年，在英国伦敦国际工艺品展览会和美国旧金山万国博览会上分获银质、金质奖章，在中国民族民间乐器中率先获得国际大奖。中华人民共和国成立后，被国家作为稀世珍品赠送外国友人。近年物质条件好转，国门打开加大交流，箫笛在许多地方却慢慢被国外的管弦乐器取代。风光过，沉寂着，玉屏箫笛路在何方？在这几年文化自信的渐渐回归中，优秀的传统文化放射出了新的魅力。如今人们又看到了传统的价值，玉屏将重振箫笛产业，研究探索，箫笛演奏教学进入了中小学课堂。从产生美，到传递美，箫笛被赋予许多思想和价值。“名曲随风飘，漫山是笛箫。”厂房里一堆堆来自玉屏新晃等地的金竹紫竹和楠竹，在静静等待音符光临。

一位家在新晃林冲的箫笛厂资深员工，带着我们参观，高兴时，随手拿起一管长箫，轻轻吹了起来。那首曲子来自多年前一个非常红的古装电视剧，几乎每集都会出现，舒缓低沉的旋律和宁静的音色此刻熟悉重现，遗憾的是那个剧名曲名我都不记得了。这让我想起小时家乡各种文艺晚会上，清一色民族乐器奏响在操场上晒谷场上的情景。除了锣鼓二胡表演，一曲笛子独奏《扬鞭催马运粮忙》，把我们带入劳动喜悦的意境。宽阔马路上，丰收后的农民驾车飞奔，喜气洋洋地向国家交售公粮。近在耳边舒缓的箫声，把我思绪从远处拉回到箫笛之乡，把我的游思带到了屏山的月夜，月光洒向波光粼粼的玉水，流淌着夜色中的一片空灵，倒映的星空无限悠远。

走在玉屏街上，长沙友人用手机、相机拍个不停。一些画面，在我心中唤起一些往事。有的与它的城有关，有的却连接着我童年少年的想象。读书时学校宣传队的笛声，一直悠扬在我的记忆里。

玉屏城的民居，清一色雅致，大多门店招牌格调典雅，经营箫笛的店子散发出艺术的气息。小城与山水，在一曲漫长的箫笛声中，和谐相融。路上微笑的行人，人们带着温度的话语，于我都非常亲切熟悉。

一见难忘，是玉屏城随处可见的温和与清美。

眼前的玉屏城，可以慢慢地观赏，也可以静静地倾听，还可以在离开后默默地想念。

拾梦深山里

时在盛夏，当天太阳已升老高，我们驱车离开炎热而人车鼎沸的芷江县城，跨过㵲水，向群山深处进发。几十公里的水泥公路越走越弯，不断爬升。烈日当空，我们在青山绿水中的感觉，渐渐地凉、静、爽。

车停在一个初具规模、尚未硬化的坪里。一下车，踩上沙沙作响的地面，身上顿觉一股肌肤接地气一样的清凉。一条不大的毛坯路，逆着哗哗响动下行的溪水，从草丛树间，往上游伸去。走到坑洼不平的泥石路时，大家互望脚下，一色的皮鞋，有的还干净光亮，我估计有人难以到达峡沟的深处。有人说，我们的准备不充分哪。说归说，却没有人叹上一声。一行七八人大多从小爬山，眼前，既不是耸入云霄的山岳，也不是险不见底的深渊，有什么大惊小怪的呢。

同游者中，想不到竟有登山的驴友。他嫌我们步速慢，说了几句客气话，倏忽消失在树林里，不见身影。

开始，大家有说有笑走在一堆，慢慢地，拉开了距离。有的走走停停，从树枝的空隙，眺望天空洁白的云朵；有的躲在树下歇凉，吹吹凉风，听听蝉鸣。我则与二三人，在咚咚潺潺的水声中，一会儿爬石坎，一会儿过跳岩，一会儿在人工的木梯上盘旋。不是成熟的景区，安全设施没有到位，大家一路小心翼翼。

我是经过一个多小时，汗淋淋到达小路终点的。按县里的人说，在终点处翻爬岩壁，可以到达近乎原始的林区，好像可以找到水的源头。算算返程时间，看看脚下的皮鞋，我与同伴只得在轰轰作响的水瀑前，无言，伫立。

那水，非常清澈，在下午的阳光下明亮闪动。我最为感怀的，是它那一阵接一阵的奔跑和经久不息的歌吟。奔着，跑着，毫不迟疑地从高处腾起，飞驰而下，轰轰声没有片刻的停顿。瀑布年长日久，在脚下的石板上砸出了水塘。塘不大，也不很深，波光粼粼，在当地人的表述中，被称为坑。

三道坑，就是从深山流出的那些水，砸出的三个较大的水塘。

我想，应该是那些浑身柔软的水，在这条峡沟中留下的最深的脚印。当然，也是山间远去的时光，留下的最引人沉思的脚印。

三道坑有着会抒情的水。随着季节变化，歌唱春雨，歌唱冬雪，让大自然的精灵诗意地降临其间。山岚飞过，平添无数神秘，那里面有无数山里人的希望和幻想。缥缈的岚烟里，催生出无数难以说道明白的传说故事。此时的溪水，像山里人的个性，敦厚、内敛、纯朴、清静。水体没受过污染，异常干净。岩石清澈，鱼虾自乐。徐徐展开的水波，像乡人清纯的笑容，非常平和、纯粹。水声，温情绵绵，像学生们在朗读一首远古流传的抒情诗，把抑扬顿挫沉淀下来，让声情并茂流淌开去。当然，也像侗家青年在山间林下，躲躲闪闪、遮遮掩掩地以歌传情，倾吐一日不见、如隔三秋的思念。

三道坑有着在思想的树。除了几小片新栽的花和树苗，眼前所见，多是一些上了年岁的杂木野树。可以想象得到，即使是寒冬冰雪，这里的林木也

一定不畏严寒，绿色旺盛。我老远就看见几棵高大的楠木，是这周边幸存不多的珍贵古树，被一株株挂上保护的牌子。楠木饱经沧桑，却枝叶苍翠，像几个眺望山外的大山汉子，执着地为大自然做着某种昭示。跋涉过久远的岁月，它们的故事可能最多。昂首挺胸，它们的目光一定看得更远。

我们几个文心满怀诗意尚存的人，这天同游三道坑，享受着美好的山光水色、快乐的阳光空气。不论是青年还是老年，都游兴盎然，梦想犹在。芷江的历史文化、和平文化和民族文化，像三道坑的山和水，浸润在岁月的山岚里，吸引着大家一路探究。游历在葱翠的大自然中，穿行在幽静的时光里，我相信人们会慢慢擦亮长久被闲适平静的生活埋藏和遗忘的一粒粒珍珠。

鸟鸣溪吟、山水唱和的三道坑，给我有关山水的记忆，留下许多难忘的印迹，也滋润出几许新的思绪。

岩脚的月光

妩媚月亮，从东边山坳露出半个头。合拢宴长桌旁涌来端着酒杯的姑娘小伙，欢快浓厚敬酒气氛感染着大家。我侧身而出，刚好与月亮打个照面。

我看见月亮的羞涩，像刚懂事的姑娘。夜还没黑下来，月儿的脸庞安静柔媚，光在一点点地聚变生长。月光达到一定亮度时，我发现它轻轻的脚步，在慢慢向我靠近。

“月上柳梢头，人约黄昏后。”月光沿着村口的石板路，来到岩脚侗寨，在古驿道和黑色木楼上，涂抹着传统的色彩。这个距靖州县城20多公里的村寨，始建于南宋，明朝中叶开辟驿道，成为湘黔和湘桂古商道上的重要节点。商旅、马帮的往来，使寨子到清朝的乾隆、嘉庆年间渐至繁华。我想象当年那轮照过曲折艰辛商道的弯月，怎样从四面八方照向这里。分布在东南北方向称为永昌、永宁、永康的三个寨门，把石板路和古驿道连接起来。漫长历史中，一栋栋木楼在孤寂等待中迎来人声的鼎沸。依山而建的干栏式吊脚楼和平地楼，在月光下参差错落，光影斑驳。民居楼上青瓦飞檐、翘角浮

雕，为月色增添了古老雅致的气息，透出活泼而鲜明的民族特色。聚财井水声汩汩。前门大开的驿站，与客栈、酒肆及驮运的热闹相互衬托。举着火把或提着马灯的客商，穿过夜色，在热情的木楼中畅饮、欢乐、思乡。

合拢宴上的琵琶歌阵阵传来，月光加快行走的脚步，像从一支缓慢的古歌中走出。夜幕的窗帘已被拉开，微光将山头和山谷照出诗意。我在来岩脚之前知道，岩脚寨的女人，值得许多地方的人们羡慕。我沉浸在月亮女神的传说中，感受着白天看到的场景和听到的故事。多年传承的生活习俗，留下了“丝路女儿国”的温情浪漫。寨里建于南宋年间的兔主庵，供奉着大家敬仰喜爱的月亮女神。每逢农历初一、十五，当地妇女会在玉兔山上的兔主庵祭祀，想象着女神的美好，祈佑夫妻恩爱、家庭和睦。东寨门古客栈前立于1801年的修路碑，被人们称为“女神碑”，记载当年村民集资修路的概况。捐资名单第一位，是头人杨门黄氏，她不仅是岩脚侗寨的头人，还是周边各寨的首领。碑上女神的头部，是人们时常仰望的月亮。这里的女人地位大多高于男性，她们像散落深山的一粒粒珍珠，在家庭事务的辛苦付出时默默发光，也在当地重大事务的决策中，闪现智慧的光芒。

在温情的风雨桥和高耸的鼓楼旁，月光和着合拢宴敬酒歌的高潮，将音符一样跳跃的亮色四处倾泻。古樟树枝叶絮语。琵琶谷虫声唧唧。月亮谷充满了月色和歌声的诱惑。伫立在舒爽的月光里，我凝视不远处的龟背鱼塘，宽阔的水面微波荡漾，银光闪闪。我想走向远一点的地方。这时合拢宴大门拉开，一个小伙来到面前，邀我回到酒桌上去。

我说：“这里的夜景好，我走走看看。”

“您若是夏天来，月亮最好看啦！”

小伙子看我没有回去的意思，乐得陪我说起话来。旅游开始火爆，大家得把山寨木楼整修好，搞住宿餐饮，还做种植养殖生产加工，把产业做好。

动员外出打工的年轻人早日回乡，生产服务需要更多的人。不用多久，当年忙碌的驿站，将会变成快乐的老家。

向月亮久望了一会儿，我与小伙反身朝热闹的地方走去。清爽的头顶，被洒上更多的月光，我有着像被母亲抚摸过的感觉。

我在内心里赞叹，岩脚的月光，好亮，好美。

家屋

相比穷山恶水生活不便而衰败的村寨，我家所在地秀水环绕，铺开狭长田坝，一片日益向荣景象。这人口不断膨胀的地方叫扶罗，是侗区一个小地方，在外人口里分扶罗寨、扶罗街，而我们原住民说起来就是寨上街上。寨和街由一家一户组成，一栋栋木楼聚集一起，就有了白天的阳光灿烂和晚上的满天星光，人们一代代延续着家庭木楼中日月交替的生活。

当年在扶罗乡里，我喜欢乡人见面或走亲访友时邀请应答的场面，真实、热情，如沐春风。头些年回乡，感觉依旧。在现代城市缺乏表情的人潮中穿行，眼前老是浮现家乡那些绽放的笑容，耳际全是一张张笑脸发出的朴实无华的声音："去你家屋玩去""到我家屋坐坐"。

去一个人家屋，其实不是一个路人进到谁家住宅那样简单。家屋是温暖的空间，充满了不变亲情。家屋是有记忆的，重要的人、重要的事，多年后还能一幕幕出现。家屋是有尊严的，连着纯朴善良的人，连着代际清晰老幼和美的家，也连着秩序井然的家族。家屋是语言和行动不断到达的区域，有着内在的范围和边际，也有着对亲戚或客人等外来者的接纳和融入。谁被主人家欢迎进入家屋，他在亲情或友情上，就进入了房屋人家的信任。

“到我家屋去”，是我在上学读书时，听同学讲得最多的一句话。

起初，同学之间好个新奇，喜欢到人家屋里看看。有的家木楼建得好，把侗族特色的跑马楼、开口屋，靠山面水地搭建起来。寨子中间的屋，有的边上有水塘，有的屋边有花草果树，还有的更令人羡慕，屋旁有苍翠高大的古树。小街上的屋，虽遮阳挡雨一栋连着一栋，但高矮不一、新旧不一，缺乏完整的美感，可是给人的感觉却很有人气。

我喜欢看新一点的、高大点的屋。当年凡住高大木楼的同学邀请，我大多会背着书包一起去。乡间小学放学早，大人还在田间劳动，我在小主人引领下，从张开的大门进入堂屋。要进火铺房间，必须进一道可以上锁的门。由于没什么贵重东西，也由于山寨的风气好，多数人家只象征性地扣上门扣，或是别一根细细的木棍，做得更像那么回事的是挂一个生锈的老锁。也有锁上了的，但一些外人也明知钥匙就挂在堂屋门后，或塞在门槛的石头下。同学很熟练、很坦然，当着我们的面取钥匙开门。这让我记起家乡的习俗，在婴儿头个月的某几天，大人会将他的小小衣袖用线缝起来，不让小手露在外面，叫作“月头封手”。老人说：“月头封手了哦，长大了不拿别人的东西，一辈子都不会小偷小摸噢。”行文至此，我给老家文友打去电话，他告诉我这个习俗用得少了，有的年轻人也不知道了。现在农村财产增多，路边人家要锁门，但侗乡的秩序还是那么好，个别地方还如以前一样路不拾遗、夜不闭户。“封手”的意义非常明显，“不乱伸手”进入了理性的道德的层面。由于这种纯洁，也由于侗族缺乏追求大富大贵的传统，以前的人多数宁可饿死也不讨不偷，许多山寨人家，除了木楼，没有更多值钱的东西。我曾听说，在一系列传统的教育下，现在有的乡人还没改变得过且过的生活方式，有的基层干部还是脸面皮薄，“求人”愿望不很强烈。虽然山寨的家屋日益光鲜，但难免丧失一些快速发展的机遇。

我喜欢冬天去火铺宽大的人家玩。小学放学饥肠辘辘时，去同学家，看他拨开火铺上火塘的热灰，用长长的夹钳刨出冒着热气的红苕洋芋，我们吃得高高兴兴。在外工作后，大多数冬天我都回到家乡，陪老人过年。寒风呼呼，冰天雪地，“哐”的一声推开山寨人家的堂屋，一股暖流迎面而来。坐上火铺，进入其乐融融的情境。年轻人热情摆凳子、添柴火，老人把通红的火子拨到你面前，家里掌厨的将洗得干干净净的鼎罐搁上三脚青架。在主人切糍粑开甜酒时，我与老人聊天。崭新的毛衣，从拉开的棉衣里露出来，他满是皱纹的脸，被火光照得通红。

“你老人家返老还童啦，过年穿新衣啊。”

“哈哈，我打工的孙崽孝敬的。”他说棉衣没扣不是给看新衣，是火铺太热乎了。青壮年都出门了，山上的柴乱砍都有。他很得意砍回的那些做不得大用的杂木，烧的火有劲。

我抬头看火铺上方的炕架，几排渐渐变黑的腊肉，散发着油香和柴火香。老人谦虚，说自己留守家里做不得大事，趁身体好，帮年轻人多做一点。

平时一家人的牵挂、埋怨和想法，在这春节的屋里，化为暖意融融的笑声。

小孩是木楼里最活跃的元素，随你去哪家，他们的热情超乎想象。他们把堂屋门推得“咯咯”地响，在火铺爬上跳下，与打工回家的父母闹成一片。有时大人拿根金黄的竹子做的火筒棒吓唬他们，他们可能抢了就跑。我有时问他们会唱童谣吗，他们大多把头摇得像微风中的树尖，而我的耳畔正有当年火铺边的童声轻轻响起：“烟子烟，烟那边，莫烟我，我是天上梅花朵，你一朵，我一朵，杀个鸡来打平伙，猫砍柴，狗烧火，猴子煮饭笑死我”（“笑死我”意为让我狂笑，笑个不停）。

有一些烟，此刻像从记忆中飘来，慢慢湿润着我的双眼。

祖父是我外出读书时，来到扶罗这个屋的。我家位于街头的木楼，最初

是租的，一住多年才买了下来。

在扶罗上街的这栋木楼，是我在“哇哇”的啼声中来到人间的第一个地方，它比较高，也比较雄伟，但由于年久失修而使部分板壁门框出现歪斜。木楼我家只有一半，另一半是同街一位叔辈的本家所买。在我与两个妹妹尚小时，全家挤住在两间房里。条件稍好后，在后面配了个垒土的灶屋，也是个没有火铺的厨房。我那时曾在高大木楼的人家做客，同去的人唱歌恭维，主人家低调答复：“山鹰大雁飞大坡，小小麻雀有个窝。”相比人家用“窝”低调自谦的木楼，我家的屋才是实实在在的窝。

祖父住在我曾住过的房间，几平方米的地方，还兼有储藏室功能。过年时，那间房琳琅满目，几筛糍粑，十多卷米粉，一堆年猪肉，还有一桶半桶的米酒。祖父从深山的寨子一人住一栋大屋一栋厢房，来到这个小街住这个小房子，不知有没有心理的落差。

祖父一生沉默寡言，来福洛时 70 多岁。他想减轻我妈种田的负担，便尽量地帮做些事。我寒暑假回家，总被祖父的勤劳感动。屋后的坪里，堆的全是他养羊放鸭之余砍回的木柴。他个子不高，腰背微驼，背着一捆柴，在几只羊或一群鸭的后面，走走停停。我父亲从供销社下班回家做好晚饭，祖父有时还在返回的路上蹒跚。我们不让他养羊砍柴，他说坐在家里酿（意为寂寞孤寂），就再没有多话，一直到七十好几了才不上山砍柴。

我家的几间房，都留下了我的喜和乐。靠窗的一间，我小时住过。读书时的冬天，尤其是寒假春节，我早早将耐烧的炭火搁进窗边的火桶，在昏黄的电灯下复习做作业。火桶上，母亲补旧衣做布鞋，一根根麻线从鞋底“刺啦”过的声音，特别好听。父亲有时坐上火桶片刻，用几个字记录他下队的一些情况。我考起学校后祖父来到小街，妹妹慢慢大了，火桶坐不下，家里便改在了灶房烤火。

新年间的夜晚，窗外常有窸窸窣窣的声音，接着闹年锣鼓声猛地响起。我赶紧出门，邀闹年的朋友们进屋。我有时因放下手中的事情慢走了半步，他们就会重复锣鼓声的高亢部分："咚咚呛！""咚咚呛！"打班锣的人也有意将锣声本来就拖得长长的"当——"，改为急促的"当！""当！"。还有更好玩的，几个急性子一来就把锣鼓直接敲进堂屋，在有几套钹和几个大锣小锣时，整栋楼就像要被锣鼓声抬了起来。大家放下锣鼓行头，随我进入相当于火铺的灶房，有说有笑地吃碗甜酒，接着去另一户想去的家屋，但有时也约好在我家消夜喝酒。人们说客走旺家门，既是说好客的人家人气旺，也是说客人多了旺主家。

我家的灶房曾因来客喝酒非常热闹。祖父照样沉默寡言，双手却很麻利地添柴烧火。家里陪客喝酒的是父亲。他不喜欢说漂亮话，酒杯一端，一句"敬啦"，"咕嘟"一声干杯。我妈忙里忙外，不会喝酒，一次次热情地用话劝客人多喝点。我曾经羡慕有的人家会喝酒的人多，还有会唱歌的，一餐酒要喝几小时，高潮迭起。若碰上喜欢热闹的客人，我家也会请陪客的能人。一阵阵酒歌，从屋梁板枋的一线线小缝，从屋脊一排排青瓦的空隙，从开着大门的堂屋，豪放地奔出，一声声感染着左邻右舍，也感染了街头经过的路人。

穿过紫色草籽花盛开的田坝，我翻山去走亲戚。在路边一个建了新砖房的地方，我的目光和脚步突然停顿下来，回忆起早先的一栋烂屋。

那是一栋难以称得上屋的破烂木楼，像一本黑破而经不起翻开触摸的旧书。有一天我打开了封面，从中读到了一段精彩的爱情故事。屋主是两位贫病交加的老人，故事的主人公是他们很聪明的儿子。父母去世早，小孩在家族邻居关照下成长。小孩长大，学做了农活，也学会了唱歌。在家族亲友担心他婚事时，一个漂亮的贵州姑娘跑上门来了。

故事的起因，是他随人去贵州做副业，随人参加了几次玩山赶坳，使他的歌在那个地方有了点名气。他与那姑娘一见钟情，歌越唱，情越深，却害怕姑娘家不同意婚事。“想姐想成相思病，睡在床头懒翻身；人问病情难开口，闷声叹气到天明。”“燕子衔泥来砌窝，想哥陪伴共一屋；成家立业恩爱好，男耕女种到白头。”姑娘不在乎他的家境，某天在朋友那留了一个口信，瞒着父母就跑来了。

故事也有波折，但演绎得很有情味、很美。此后，姑娘的父母安排亲戚来看屋，苦口婆心劝她回去，被她拒绝。父母双亲亲自来逼，男方的家族和朋友讲的讲好话、贺的贺福喜，还送板枋树子帮助修屋，让两位老人流下了热泪。老人回去时，新女婿送行的歌声送出了寨子，涉过了小河，又翻过了山坡。

一个年轻人的招呼，把我从故事中喊出。小伙子很帅，自然是那一对唱歌高手的小孩。眼前样式现代的砖房，就是他的杰作。他大学毕业在城里打工，现在当了老板。他找好了对象，女孩和他当年的母亲一样漂亮。不知他是否遗传了父母的唱歌基因，但我肯定，他办喜事时，他的父母一定会情不自禁唱起年轻时代的歌。

我对小伙热情的进屋邀请道谢，心里发出几声赞叹：这修缮又新修的房子，真是一栋用感情支撑起来的家屋。

侗乡人聚族而居，以前的山寨有不少祖屋。我家祖屋在离扶罗有几十里路的大山里。小时候随父亲回到那里，除了新鲜，感到亲情更加浓厚，也在高大黑黑的屋里，捕捉到一丝丝祖先的信息。

我的老辈们无疑是勤劳的。高大的正屋、高大的厢房，与寨子一些人家的木楼比几近鹤立鸡群，比高大木楼的人家也不相上下。屋柱粗壮，板壁宽厚，从进堂屋开始，每个地方都给人幽深宽大的感觉。我家火铺较高，踏板下可收纳不少的木柴和物品。高达三层做工精致的碗柜，生活用品摆放得井

井有条。底下一层，放铁锅鼎罐；中层伸出宽大的台面，放油盐罐子杯盘；上面一层，体现了乡间的审美意识和木匠的工艺水平，两个木门，雕有鸟雀花草图案，打开后可见又有几个小层，放大碗小碗酒杯。碗柜旁，是一个张着大大的肚子、与小时候的我一样高的水缸，宽厚的木盖半圆的木瓢，静静覆盖在上面。上楼的木梯悠闲地倚在火铺旁边，贴着板壁斜斜地上升。我曾踏着宽宽的、厚厚的木梯上楼，从纹丝不动的稳固中敬佩成为梯子的大树。站在梯子上，我惊叹二楼的空旷。父亲、叔父都在外工作成家，祖父一人根本用不着这些地方。火铺的上方，悬挂着两三层的木炕，晾烤的东西分门别类，内容丰富：大块的木柴，熏制的腊猪肉、腊猪脚，有时还有腊鱼、野味。整栋木楼从内到外，在一层层桐油的呵护下发出黑里透红的光亮，飘荡着桐油的芳香。

我伫立堂屋，远望高处的山界，想象先人手抬肩扛建屋的情境，感慨万千。他们用木楼和家，延续了一脉旺盛的生命，也延续了勤俭的家风。他们还用一块块厚重的石板，从屋门口一直铺到了寨子外头。

我住祖屋的时光短暂，一些画面却在脑中挥之不去。七八岁时，我在那里过年，沉浸于火铺上的暖和与老人说的大山古树山洞的精怪故事。大块的木柴，在火塘里舞着欢快的火苗。在祖父家或叔祖父、叔祖母家，吃饭时，碗筷酒杯都是沿着火塘，弯弯地摆上一圈。有几年是一只狗，有几年是一只猫，在火铺一个固定的位置陪我们烤火、吃饭。狗啃骨头的声音，猫悠闲的叫声，大人、小孩劝菜的声音，增添了火铺上欢喜的气息。肉香酒香，从青架上沸腾的菜锅、柴火边冒气的酒罐，丝丝腾起，笼罩着火铺上的一切。

晚饭吃得早时，无儿无女的大伯乐颠颠带我去寨子里玩。在一些黑咕隆咚的老屋，大伯常常进门后告诉我，这是你某哥家，我们的祖上共哪一个公。在一个个宽大的火铺上，我喜欢吃柴火烤得黄黄的脆而不煳的糯米糍粑，那种天然的香和甜，令漫长静寂的夜晚，多了许多喜悦。眼前的一会儿这个公，一会儿那个叔，还有这个哥那个哥，给我心里无规律登场的人物，统一了笑容，只是有点理不清头绪。比如那些哥，与我辈分相同，有的是年轻人，有的却白发苍苍，分别从族里这个公那个公延续下来，一个个叫时难免喊错，如茂英哥、茂雄哥、茂豪哥、茂杰哥……在我张冠李戴时，他们一律乐呵呵地答复、纠正。

祖父离开祖屋到扶罗与我们住一起后，老家那些叔啊、伯啊、哥啊很少看见了，我有时听祖父说谁来赶了场，却没有见到。我当时在中学教书，没去趕场就碰不到他们。大家的联系好像比较少，似乎没有蛮多的关系，可是终于在一些特别的时候，我见到了他们忙碌的身影。

祖父 80 岁时一病不起，在扶罗去世。父亲安排回老家报信的人将要出发，那里的人却已经到了。他们对我父亲说：“大公生前喜欢的那块地，一直留着。”“抬桩（棺）的人安排好了。30 多里路，分几班抬回去。”

父亲和老人们商量，把我祖父葬在扶罗。人来人往的扶罗寨街，当天就多了些生疏的面孔，平添了许多传统的气息。出桩头天，老家的叔兄来了不少，为丧事加一些大山的规矩，多一些淳朴的热闹。亲戚请来的唢呐此起彼伏，一支支呜呜咽咽，若哪个胆怯停候，叔兄们会做出抢过来吹的样子，让他们不好意思。出桩时，在阵阵锣鼓声、鞭炮声中，他们与扶罗帮忙的年轻人争着抬桩，把老人隆重地送到山上。

老家的祖屋，孤零零留在了深山。多年后，老家辈分低了一辈两辈的年轻人不少从家屋翻山而出，读书工作的、打工的，多数不愿意回去了。一栋一栋的祖屋，因缺少生命的声息不再像家屋，在时光中空荡了不少。我想象那些悲喜相伴的情境，却对将新家安在城镇的乡人充满敬意。我默默地想，如果祖屋有灵魂，它们此时除了回忆，一定还有更多的期待和祝福。

娱悦

竹管金黄泛光，从外向里分列三排，十五管分别以四管五管六管，装在木质吹管上。三排对应着音高音调的芦笙管，又从里向外一排一排错落升高，拿在手上，轻巧精致，本身是一件艺术品。来自通道的侗族芦笙，此刻在我的手上变化角度，那一声声魅力四射的表达，是如何做到的？

一个中午偏下午不久的时候，我刚到一所山间小学，教学楼伸出侗家木构建筑独有的翘檐，遮掩着不大却富有生气的教室。下课时间，没有讲课声和朗读声，倒是教室内外游戏着身着漂亮侗装的男孩女孩，那些声音清亮而纯净。

陪同的老杨看我驻足观看，往前赶了几步，要去推开学校的木门。我制止他，校外看看听听多好，真要走进去，说不定快乐就跑了。就像上课铃声一响，四散的人影、各色的声音，都被教室收拢。若遇某个教师正为什么发愁，遇某个学生露出穷困的窘态，交流之间，有不少不一定美丽的可能。恰好铃声响起，伫立片刻，我们打开车门，纷纷上车。

绕山沿水，一路风光秀丽。车窗外，芦笙的声音把我从思绪里唤醒。一个美丽侗寨，十几把芦笙在寨门口表达欢迎。粗大斜放地上吹的是芒筒，传出低沉的轰鸣，相当于低音部分的铺垫。中等的、小巧的芦笙，各吹奏自己的那一部分，形成多层次、多声部的乐曲。激动人心，欢快的情绪笼罩在每一个人身上，从内心发出来的温暖，与宜人的阳光交相辉映，眼镜片的里侧，似乎蒙上一层薄雾。

侗寨拦门酒的隆重阵容，横在前面的路中间。

老杨把下好车的一众人等简单组织了一下，每排几人，迎向那些端在红绸子后面的酒碗。姑娘们的拦门歌袅袅飘起。我想躲在后面，被老杨执意推向前排。

喝过拦门酒，快乐的芦笙把我们迎到一栋木楼前。最后是一把芦笙立在C位，沉醉于一首优美抒情的曲中。老杨介绍吹芦笙的老年人，是芦笙制作的传承人，他幼年起学吹芦笙做芦笙，远近闻名。我端详他的手，粗糙有力，演奏中展现更多的灵巧。我凝视他手中的芦笙，在阳光里忽左忽右、忽高忽低地摆动，有节奏的声音从高低错落的竹管中飞出。吹奏毕，我上前去紧紧握住他的手，表达谢意。老杨介绍他也姓杨。我说老杨吹的芦笙太好啦。他腼腆，在赞扬面前谦厚有加。我说他吹的芦笙太好，赞了他的吹奏，也赞了他的芦笙。他没用语言答复我，端了芦笙，又吹了起来。这是我小学开始熟悉的旋律。“弹起琵琶心欢畅，吹起芦笙响四方，侗歌向着北京唱，山高水远情意长。”他的神情感染了我，我们生活在当年向往中描绘的景象里。“铁牛耕田云中走，银河流水上山岗……山前山后机器响，自力更生办工厂。”一幅幅城乡随处可见的画卷，将当年的歌声生动起来，那时候多是手风琴、笛子、二胡的伴奏，遗憾在我小学的母校没听见琵琶和芦笙的声音，可以说它们是什么样子，我都没见过。芦笙近距离的抒情在我的记忆里回响，芦笙的声音此后一直伴随着我。

那个下午，我在老杨的制作室参观。我所称之制作室实际是他的木楼的一个大间，地面堆满小树和竹子的加工件，略显雏形，待精加工和组装。问过，才知这离成品差远了。最后的工序调音，需要功底，最见师傅的水平。制作台上锯子刨子凿子的金属部分，在阳光照射下静静发光。每一点来自乐器的声音，真是不容易呀！

临别，我恭敬地请了手上的这把芦笙，它随我到了长沙。我不会吹响它，而它的声音却会经常响起。迎宾曲，欢乐颂，代表着一次次所见的无数把芦笙欢快的交织，驱除了都市的寂寞，将水泥钢筋无处不在的压抑，一点点拆卸、一团团吹散。可能我来自湘黔边的乡野，在音乐厅或电视屏幕一阵阵管弦乐器前的激动，远远没有芦笙带给我的亲切。我的灵魂里，欢悦的印记感受有点固执，还有点沉重。

微信提示音响起，我把芦笙放在身后书架的上层。家乡新晃一位文友问我，国庆节回去不。我回复不回去。他说遗憾，到时县里举办鼟锣比赛，有几个乡镇准备得很精彩。我虽见识不多，对家乡的锣鼓还是有点小偏爱。上一年农民丰收节的一个小比赛，让我有所兴奋。很多年前去湘西，见过土家族水平高的打溜子，我就想到家乡的鼟锣。锣鼓一响，低沉的情绪，即刻可以振奋。鼟锣，就是两个以上的锣鼓群体的比赛，它们打破乡间沉闷的空气，让村寨之间、来往不多的人群之间增加交往、增进了解。县里办国庆节鼟锣，绝对精彩无比。

乡间不多的水平也不高的与欢愉悲痛相关的器具，譬如锣鼓，多被书籍文字记载为乐器，它们在我幼年留下神圣的意味。过年的闹年锣是欢乐的，但送葬的锣鼓声却让人伤心流泪。学会敲锣打鼓，门槛是最低的。一个最简单的组合一般有一个鼓，一副钹，一个锣。阵容豪华的，锣鼓钹可以无限增加。大号、中号、小号的锣鼓钹，可以根据敲打者的声望水平确定中心，不管他敲打什么，起承转合的变化都听他的。我大舅当村干部，在五六十岁时最喜欢打锣鼓。那时候种田解决了温饱，大舅妈平时摆摆米粉摊，她做朗粉和臊子的水平高，赶场天销量大，收益不错。大舅种田与村上工作兼顾，村工作好做还有一点补助，充实和快乐让他对每个节日都有所期待。扶罗村沛溪组的一套锣鼓就放在大舅家，他家的木楼相对较大，处于小街中间，村民取借方便。有白事时，村民留句话拿走用完归还。过年过节，大舅自己参与，与人敲锣打鼓乐此不疲。我印象中大舅不会做饭，在街头敲打热闹时，舅妈喊回去吃饭还依依不舍。我家住在上头街，在我外出读书那几年，寒假回家尤其是过年，锣鼓声和大舅的声音，是在小街出现最多的。

我敲打锣鼓的水平不亚于大舅。读小学时初步接触，上初中那两年，可谓兴趣突飞猛进。对音乐艺术的感受力和对乐器的认知，主要得益于两位老师。读扶罗小学时，从城里来的皮老师青春朝气且多才多艺，他教的音乐课给山乡带来一股新风。文艺宣传当时很受重视，在公社大队组建宣传队时，小学也在皮老师主抓下建起了一二十人的队伍。他懂得万丈高楼平地起的道理，抓我们基础训练，可谓费尽心血。有的学生住得远，有的学生家庭困难，都是老师们出面做工作，让学生和家长同意。上学的日子，我们走夜路赶到小小的校园，皮老师早早就等在校门口了。他首先教大家练什么呢，家长学生都像从夜路出来遇上一头雾水，谁都没见识过。

“大家先要认真听，再看我是怎么做的。”皮老师洪亮的声音在清晨传得很远，学校边的几户人家应该听得见。

然后小操场上，“噼噼啪啪”的声音，从稀薄到浓厚，从胆怯到自信，一天比一天、一周比一周，变得不一样。压腿下腰踢腿，一个个地过，一队队地练。

有时疼痛伴着艰难，有的显得身体较“笨”，有的家确实要小孩做事，种种理由，中途有同学退出。大家处于不懂事阶段，苦累之后便是枯燥，皮老师及时增加学习内容，根据几个男同学的兴趣，教笛子二胡和打击乐器。早上练基本功，课间或者晚上学舞蹈和乐器。地处寨边一隅冷清的校园，晚上经常热闹起来。

课少，学习内容浅，乐于学些新的东西，何况可以减少家务劳动，同学们聚在一起很开心。我觉得自己没有笛子二胡方面的天赋，家里也没有那些东西，开始对锣鼓很感兴趣。那几样行头简单，节奏配合不难，难得的是搞演出时站在后面或边上，自由度相对大些。

小学的这种快乐继续延续到了中学。一位也是县城来的邓老师，同样多才多艺，中学的宣传队队伍更大了一些，除了扶罗的学生，新寨、李树、贡溪的学生中有这方面爱好的加入进来了。宣传队学的和表演的内容，舞蹈之外又增加了小歌剧快板三句半等等。当时教学要求半工半读，在农村则是半农半读，扶罗中学河对面曾有几丘田，是大队生产队调剂来的，学生在老师带领下春种秋收。勤工俭学也做得多，除了校园卫生栽树建学校泥巴舞台，自做扫帚，采摘中药材，最累的一次是去圭贡背木板。学校无钱建新宿舍，在圭贡溪买了一栋旧木楼，是学生一点点背的背、抬的抬，搬回学校。在宣传队不同年级的男女同学讲话很少，但比在班上好多了，在有演出任务前，做农活的时间大多用来排练，与日晒雨淋相比，舒服多了。星期六中餐后一般就让寄宿生回家，往往那个时候邓老师会通知练一下下，同学们望着邓老师的满面笑容，希望快点说放学。

邓老师笑容满面，说，“再练一遍”。

似乎找到了某点毛病，他又说，“再练一遍”。天气好时，直到纠正了毛病才让大家散去。最后是我们住得近的，收拾锣鼓行头。

那个年代抓生产劲头十足，大人们像有铁打的身体，日晒雨淋，没日没夜。为了顺应那些干劲，演出中的锣鼓用得很多，高频率高震撼，让台下观看的长辈老农热血沸腾。我看见一些营养欠缺的脸上，笑容却那么清纯。山里的世界，一切简单。

在一阵阵锣鼓声中，我们单纯的心思，轻松而快乐。似乎我们的愉悦，来自这些乐器，来自这些具备娱乐功能的工具。

人们是带着欢快，制作出这些以声音传递的节奏感受，热闹着单调冷清的地域。就是这些人造的工具，渲染出欢快的声音，娱乐我们的生活，以娱而愉，放松我们内心，抵御害怕，卸下生活的重压。

我见过夜晚，几个老人为了亲人病愈，轻轻敲打锣鼓，做什么法事。那些心理安慰，惊动了平静的夜色，期待能够愉悦另一个世界的先人。

乡间在另一个世界的先人，是些并不坏的鬼神，他们不论经过多少代，甚至我们不记得不知道他们的名字，但他们一直存在于山水自然之间。一棵棵古树，一个个山洞，抑或一个个老木楼屋场痕迹遗址，无不留下他们的遗迹。他们念叨子孙，福佑晚辈，对不忠不孝的降灾，在前辈人需用锣鼓时的言行举止上让我们偶有感受。锣鼓声让人最不舒服的时候，是在寒冷的夜晚为逝去的老人追思，在早上阴雨中送老人上山安葬。那些声音往往较小，只是抬棺人无力登上陡坎时，才用力敲打。在锣鼓声中送别亲人，我听出了里面的悲戚和零乱。

大自然参与了人的悲欢。在山民的内心里，大自然是神的领域，风雨雷电，恶劣的自然灾害，人们不能战胜，不能解释，任什么样的能人都做不到大自然让人感佩敬畏的万一。许多时候，人们只能顺从自然，以它的高兴而高兴，随它的荒谬而伤心。山水的高兴便是风调雨顺了，它决定人们的生存质量。大自然产生美妙的声音，传到一个个山村，使每一个劳作的人身心放

松。那些声音传递的韵律，既能娱山娱水，也能娱神。在先辈领悟后，便产生了吟唱和器乐。山里男人们摘一片叶子，能够吹出动听的木叶歌。山间的竹子，也被我家乡邻居的玉屏人做成享誉世界的笛箫。

我有一位擅吹竹笛的同学在怀化工作，读小学时就有这方面的天赋，那时我不知从哪儿弄了个破二胡自己在家弄得咯咯响，破音时而烦躁，可他，没见老师开小灶，就将一支小笛子弄出了好听的旋律。自从知道玉屏产笛子后，我暗暗敬佩，山上的竹子还能够做出这么美好的东西？我打算要去玉屏，看看笛子是怎样做出来的。在县里乡里工作时，这愿望埋在心里，往后离家远了时间长了，它就慢慢急迫起来。头几年的一个清明节，我没买到从新晃返回长沙的高铁票，只好借道设于玉屏的铜仁南站。我特意早去一点，请朋友带我看看笛子的生产。那天看一个历史悠久的企业，几十年来不少大领导亲临视察，还有的将精品笛箫作为国礼，送与尊贵外宾。一支支竹子在成为笛箫过程中，是艰难的也是幸运的，当成为精品奏出美妙音乐时，那种荣幸无以复加。

一个在厂上班多年的新晃人，主动为我吹一曲长箫，我的眼前一一出现㵲阳河的波浪，屏山的月光，和街头见到的那些姑娘脸上的笑容。空灵的感觉，有一种哲学的通透，它可以覆盖忧伤，抹掉所有的人世烦恼。

以竹产生的愉悦对我而言，是感受上的，是精神层面的。我至今吹不好笛箫，而树木带给了我参与的欢快。在锣鼓组合里，我喜欢锣和鼓，钹的金属的冷感和声音的硬脆与单薄，常常将劣质金属击响刺耳，使人感觉异样。敲锣打鼓用的是木棒，拿在手里的木质使皮肤相对柔软和暖和，是很亲切的。木棒打久了，会损坏，但有漫山遍野的树木备用，有何可担心的呢。有一回，我在岑妹坡砍柴要找根木棒，替代破损了的鼓槌，不能是枞树杉树，枞树有油杉树易破，我砍的是叫不出名称的硬杂木。在学校排练节目时，我带去的鼓槌锣棒敲打出的声音，力度和传播距离，远远超过那些杉木的敲打。

鞭炮刻入了许多人的童年记忆，它虽有使人陷入欢乐或痛苦氛围的功能，但不算严格意义上的乐器。在它浓烟升腾的时候，我看见了岁月的忧郁。一些城市乡村禁炮，春节清明节和大型活动少了好些热闹，我们呼吸到的空气似乎更舒适了。

我越来越觉得人的有生之年，能够愉悦多么重要，乐器多么讨人喜欢。但乐器是大自然赐予我们的神秘礼物，是先人们希望的一部分，也是他们灵魂中的一些回响，那些回响在我们的追思中无比宁静。他们用血脉的延续告诉我们，要千方百计讨好守护大自然，只有这样才能得到无数的安慰、回报。但我更觉得，美好的大自然并不是我们讨好来的，而是它的伟大和崇高倾其所有无私让我们愉悦，包括我们看不见的神灵，包括我们凝视的天空，星月灿烂，阳光白云空气，蔚蓝高远安宁。

行走在家乡的歌声里

随高铁一路向西，我与友人于初冬一个周末，走进有“歌的海洋”美誉的家乡新晃。

我们前往的冲首村八江口侗寨，是全国少数民族特色村寨，地处湘黔边界凉伞镇。这里的特产土猪和豆腐声名远播，正开发的温泉对旅游者很有诱惑。

从县城出发，经过生产区机器轰鸣、安置区高楼林立和建设区挖机繁忙的前锋工业园。本来经林冲黄雷去八江口，因修路改道贵州大龙上沪昆高速，从著名的笛箫之乡玉屏穿城而过，再回到新晃的县道，在绿水青山中穿行。

一个多小时车程，大巴播放县内西溪流域的歌碟录像。鼓楼风雨桥旁人头攒动，合拢宴上歌声飞扬，恰是我们头晚在侗寨吃合拢宴时的情景。一条长桌宾主坐定，村民捧来了珍贵的泡酒。侗乡无酒不成席，无歌更不成敬意。长廊里的酒歌来得猛烈，文朋诗友们连喝几碗，忍不住伴着歌声一起高呼。“饮哪、哦嗬！”“嗦拜！嗦拜！”阵阵响亮的欢呼，连着浓情的米酒，燃烧起大家的激情。家乡幕幕美景、张张名片，在酒歌里一一呈现：全国民族团结进步模范集体、全国社会治安综合治理先进县、中华诗词之乡、国家卫生县城、中国湘西黄牛之乡、全国封山育林先进县、中国唯一龙脑樟母树发现地……

不断颠簸的大巴上，一阵似曾相识的情歌迎面而来。这种歌腔，是多年前我与在外读书的同学暑假赶坳时听到过的。从那时起，我对我家所在的平溪与这边西溪的情歌风格，有了初步印象。“来到园中百花开，邀姐同心砌花台；要砌花台从地起，今朝只为借带来。”小伙子仿佛在询问，但更像倾诉，歌声像在舒缓的河面洒下春天的细雨。凉伞的歌就那么悄悄地扎根在我的记忆里。当时我们几个同学在树下张望，怀着第一次赶坳的好奇，希望寻找到最美的歌声。姑娘的答歌与她们的美，交相辉映。在她们的歌里，隐藏着她们心中的秘密，有雾里看花的委婉矜持，有流水一样清澈的首肯应承，也有春风般的关怀和冬天里火塘一样的温暖。“听哥要跟妹借带，心里害羞想走开；走了几脚又打转，离开离开又拢来。”

八江口是因溪与溪在杨家和吴家两个自然寨前交汇，像一个“八”字而得名。这里山清水秀，木楼鳞次栉比，鼓楼风雨桥为和谐的生活增添了无数魅力。我们的午餐在公路坎上一个长廊里，清风拂面，阳光温煦。好客的主人邀来几个邻居，用敬酒歌，把我们侗家的热情好客演绎得淋漓尽致。“贵客初来到我屋，喜鹊喳喳好兆头；生客熟客一路坐，捧敬一杯祝幸福！”酒歌很有韵味，掩藏着内心的机智，它用美好的词汇和轻柔的歌调与你谈心，给你从脚下砌出一级一级的花阶，引你从西溪的水边一步步走往绿树成荫的山上。他们用无数个理由，在一段段赋比兴中，请你接受歌声里的祝福。在你笑容满面时，酒干了，心上更加晴空万里。

离开八江口，我们的车横越凉伞上晃凉公路，行驶在百里侗乡风情走

廊，穿行扶罗集镇后折向南边，经过我的中小学母校，在老八拱桥的地方过了水面较宽的平溪。八拱桥曾是人们对歌的地方。我在扶罗听到的歌里，以劳动歌为多。田间山上，有人边劳动边唱歌，或有人在这边唱，另有人在远处回，真是“太阳未醒歌先起，夕阳西下歌不落”。

我们即将到达的地方，是贡溪乡天井寨。天井寨的傩戏“咚咚推”，近年声名鹊起。我们车过贡溪街后，在离街几公里的路边停了下来。引路的文友手往山上一指，说：“天井寨，就在上面。”

一条花阶，蜿蜒而上。枝叶繁茂的树上，传来鸟儿的鸣唱。两旁的菜土，飘着泥土和菜叶的芳香。过了寨门，一栋木楼挂满玉米，几排金黄的颜色非常醒目。从几户农家屋檐下走过，去到一个开阔的台地。面对挂满傩面具的天傩台，我眼前晃过憧憬幸福的先人们，在天灾人祸时，那些无奈和无助的神情。

见过 80 多岁的傩戏传承人龙开春，我为他的精神矍铄而高兴，也为他传承国家级非物质文化遗产做出的贡献心生敬佩。

“咚、咚、推!”嘎艾、靓和措（鼓钹和锣）一阵敲响。表演开始，全是侗话，一种久违的感觉笼罩着我，唱腔也与我小时候在家里听到的差不多一样。几个古傩戏里，土地神亲切宽厚，尽量满足农人劳动丰收的要求；好吃懒做的人因偷窃受罚，很有教育意义；爱情面前人人平等，砍柴佬敢于追求富家姑娘，主动唱歌，获得信物，唱出了智慧，也唱出了侗乡的世情。几场傩戏，最接近现代生活的是侗寨的春天里，一群姑娘邀约上山，割草挖土播种，开玩笑，向远处的小伙子唱歌，反映了社会进步后的快乐生活。这些年天井寨的农民们把地方唱腔“啊溜歌”，从深山的侗乡，唱到了许多大城市，还吸引海内外的专家学者前来考察。傩，从字形上可看出人有难的字义。古人遇难寄望神灵，敬傩就是一种传承而来的表达形式。天井寨咚咚推产生于

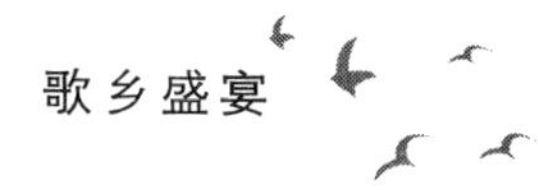

数百年前，它的传承史，是一段人与自然的沟通联系史，也是一段人的生存奋斗史，更是一段边民对未来消灾免难充满希望的历史。

新晃的歌多，除了情歌、劳动歌、酒歌，还有讲古歌、叙事歌、说理歌……人们近年用歌进行宣传教育，歌来歌往，掀起了一个个比赛的高潮。

清晨的新晃县城，沐浴在清新的阳光中。我从宾馆出来，在加宽修缮的龙溪口大桥头转入竹王大道，走向浓郁侗族特色的亭秀廊美的晃州风雨桥。晨走的跳舞的练嗓子唱歌的人们，在河岸游道愉快地活动。对岸的鼓楼广场，铺开日新月异的旋律，热火朝天地建设。我欣喜地看到，车来人往的新城，在一曲宏大的侗族大歌中，又开始了新的一天。

河畔的盛宴

广场上，里三圈外三圈的人顺时针逆时针地转，一手搭肩，一手摆动。“耶罗耶，耶罗耶——”协调的动作与自信的歌唱，展现出和谐欢乐的画卷。

哆耶在最里圈的人，大多是这次活动的贵宾。他们第一次来，当与他人拉手转动在乡间的广场，沉浸在欢快的芦笙轰鸣中，就忘记了年龄，忘记了身份。被他们感染，我觉得一阵接一阵的热在内心升腾，从头顶到面部及至全身，似乎与初夏的篝火遥相呼应。

多年来，平坦河畔的几个广场，留下我笨拙哆耶的足迹。20 多年前，我从北部侗乡第一次来通道时，人们轰烈地劝酒，我滴酒不沾；哆耶开始，我远远躲在外边。惶惑，疏离，无法融入，孤陋寡闻使自己在丰富的民俗里变得无聊。返回之时，我与陪同的友人约定，一定好好练练，下次来，一定学会，一定又喝又跳。往后的哆耶场见证了我的进步。我参与过的活动，少则二三十人，多时近百人。但这种热烈的场合，我还是第一次碰到。

最中间领唱的姑娘，明艳的侗装映衬着略施粉黛的笑脸，歌声与容颜同样美好。她歌声的抑扬顿挫，与周边的景象融为一体。她唱出的高音，像不远处的鼓楼，让人在青翠的山间和木楼簇拥的侗寨一眼都能够望见。鼓楼的顶部有许多完美的细节，如她歌声的上扬，是那么的天然细腻，使人不自觉地把头昂起，努力眺望高远的地方。哆耶场上更多的歌声是平缓柔美的，像一栋接一栋两层至三层简朴的木楼，木楼旁随意散开的蜿蜒的道路，寨子旁扭着腰肢潺潺来去的溪流。

寨里人们唱得特别自信，这是我从他们的和声里感受到的。我除了附和那些和声，其他的词和调无法参与。我的双脚随着节拍，轻松地朝前迈动。身旁穿新装的姑娘小伙有备而来，唱得卖劲，也跳得欢快。不少中老年人像是刚放下劳动的农具，匆忙而来，有的没来得及换上干净的衣服，可在哆耶面前，在欢悦的场景里，他们怡然自得，沉醉其中。

听说县里的熟人老杨家是这边的，我问他，哆耶场上有没有熟人，尤其有没有当年的小妹。他爽朗地笑，不置可否，只说有两个晚辈在场上哆耶。

他告诉我，头几年人们大大小小出去打工，没人唱没人跳，年轻人也不愿学歌。现在搞全域旅游，情况大变。他神秘地在我耳边说，他的家族里，出过歌师呢。

歌师的后代，可能有故事呢。我想。

吃合拢宴时，哆耶领唱的姑娘正好坐在我的对面。她双手麻利给周边的人摆碗放筷。我身旁一个中年人落座，乡里朋友介绍，这是村里的歌师。我想向老杨打听有关歌师的知识，合拢宴的热闹却把我的想法打断。大家先是文雅地劝酒劝菜，歌师使个眼色，对面那姑娘就起了一首歌头。人们优美地唱着、快乐地喝着，我对这个场景的营造者，对乡间的歌师产生很多想象。我想对老杨说，找个机会，观摩一下歌师怎么传歌。

老杨端着酒杯，不知到哪敬酒去了。

我多年前来到这个尊崇“饭养身歌养心”的地方，不知道歌师。在听到

那些歌声前，我乘车往广西那边去。是河边的风雨桥，让我最初感觉到山川中人文的美丽。一晃而过的风雨桥，让我突然间发现，目光里的一切，明亮，温暖，诗意飞翔。

曾听人说，风雨桥上男女对歌，使人更有想象的空间。

因那些桥，我脑子出现很多建设的画面，尤其想象管总的那个是什么样的高人。由歌师，我想到造桥的师傅。

风雨桥最多的一条河，就是眼前的平坦河。在身旁没有歌声的时候，我在桥边回忆往事，对没有人解答的一切，有时也就静默地想着当然。

坪坦河的初春，最先在河岸冒芽的草叶上露面，水中游荡的鸭子感受着那些变暖的节奏。从岸边，沿田坎到山上，草啊树啊一改冬后萧瑟的面貌，换上了嫩绿的新装。

最初见到的坪坦河像个生机盎然的小孩。它机灵淘气，一条清流像伸出来的干净的手，大方地摊开，向着蓝色背景里的白云游过的天空，向着炊烟袅袅的村寨和天天相见的人们。它需要什么呢？在寒冷枯干的季节，它开始了新的憧憬。它要细细的春雨，像侗寨的阿婆一遍遍慈祥的话语；它要泛绿的花草，天晴时开出清香的小花；它要勤劳的耕牛，吃过青草，一脚踏进黝黑的水田。

在坪坦河上见到风雨桥，我身上沉睡的一些细胞被激发了。我当时希望这条途经的公路，应该尽量地延长。

“那些是什么桥，那么漂亮。”车上的人第一次来侗乡，禁不住赞叹。

“侗族风雨桥，在桥梁建筑和木制建筑中世界有名。”坐我身边的汉子是个侗乡通，他介绍桥时，讲到郭沫若为三江程阳风雨桥写的赞美诗。这天为我们带路的中年人，就是当年第一次见面的老杨。

随着老杨的描述和我有限的想象，沿河的桥，引着我的思绪走向侗乡岁

月的深处。

几百年前的坪坦河，如今天一样河水清澈。人烟稀少，水畔的野草一到春夏便将河流装扮。水流无声，鱼虾穿过幽暗，在阳光的水域嬉戏。岸边的村寨悠然自得，但会在不是顺贴的年岁重复青黄不接的生活。也是一个春天，老人们祈祷一年的风调雨顺，青壮年在水田挥汗如雨，犁田栽秧，小孩在秧苗长好后，往田水里轻轻放入细鱼，希望它们随着禾苗成长，吃丰盛的小虫子，在稻花飘飞时，长得鲜活肥美。

人们遵循着山水的时序，勤劳着、憧憬着，并对头几年的旱灾心有余悸。人努力，还要天帮忙，全家人的吃穿靠自己，更得靠老天的恩赐。

人们顺理成章地日出而作，水稻也懂得他们的心思。小孩们一次次去到田边，顺着禾苗的水路，看那些灵秀的小鱼，游过来漂过去。阳光和雨水，一直光顾着山寨。

禾苗长高了，禾蔸变得又肥又壮。它们像懂事的姑娘小伙，在身体的成长中迎来了恋爱婚育。扬花，抽穗，洋溢幸福。

老天有时却不愿顺着人意，在太阳暴晒出旱灾后，某日的午后又大发脾气。天空像一个漏了底的锅子，里面的水，一遍一遍地漏出来。人们命根子一样的禾苗淹了，倒塌了。最后，鱼被冲走了，连稻田也变得破碎凌乱。

雨停后，在一个有月亮的夜晚，村寨的老人吸着旱烟，想了又想。他没有怪老天爷，没有怨大雨，只觉得自己有什么做得不够。

他召来青壮年，与大家商议，怎样才能保障每家的庄稼有收，怎样才能使山寨的生活安定。

我耳畔响着老人的声音。他用歌声表达，大自然赐予我们的地方多么美好，山上有树，寨旁有田，河里有鱼虾，所有一切都在养育着我们。可是，我们是不是得罪了山水，使那些本来就属于我们的，靠勤劳争取得来的，最终却付之流水。我听见他喉咙里的哽咽，从中听出了无奈和叹息。

他们唱着祈求的歌，祈请神灵的庇护保佑。他们唱着哀怨的歌，将内心的苦闷，向周边的一切倾诉。

山寨与之俱来的美好和我们艰辛劳动的成果，不能随水而去。怎样才能留下来呢？人们想到了建筑物，想到了在村庄的下游要有一个什么建筑，把不该流走的挡住。这建筑，就是如今我们看到的风雨桥。

如今的平坦河流域，风雨桥众多，不少侗寨溪渠成网、水塘密布。老人参与了劳动的过程，用《侗款》记录了他们的想法："村脚要安好底，村头要安好盖；村脚莫让漏水，村头不要漏气。"

在老杨的三言两语里，我听出了他对桥的热爱。那时不像现在这样许多场合都唱歌，那时还没有来旅游的人。我不知道他的歌唱得好，我们一路上只是谈桥。侗乡风雨桥，不仅是人们便利生活的一个选择，是村寨的一个部分，更是人们生活不可或缺与心灵有所寄托的一个存在。这工艺高超的桥，已不是普通意义的跨河工具，它成为人们的一种心灵建筑、思想建筑，久而久之，它象征着对生活的庇护，最终成为世界著名的建筑艺术和文化。

汽车每次行走坪坦河畔，一座接一座风雨桥，给我以思想的激发和艺术的享受。它们像一串珍珠，把坪坦河打扮得超凡脱俗。

同车的老杨说，最早的风雨桥，建在清乾隆年间，几百年来给侗乡的生活以无数便利和许多的宁静。风雨桥又称福桥、花桥，它方便了人们的生产生活。在一些特别的年代或祭祀的日子，它又成了宗教一样的场所。桥上往往设有文昌、关圣、土地等神龛，人们逢年过节前往祭拜。侗族信奉万物有灵，福桥也是人们敬奉的对象。人们在这里集会聊天，迎送亲友。风雨桥就这样成了村寨连接外界的一条热情的纽带。

热情的老杨喜欢唱歌，是我们认识多年后才知道的。那天他唱了侗歌，又唱山外的流行歌曲。在他简洁的灰色夹克衣上，我仿佛看见了他童年少年穿过的侗装，从他的笑容透视到他内心的一股清流。他凝视风雨桥时的眼神，满是敬畏和崇敬，还有期待和憧憬。

坪坦河著名的风雨桥有回龙桥、普济桥、文星桥、永福桥、回福桥、观月桥等九座，老杨说着它们时，像在讲述自己祖宗的故事。这些都是祖上的珍贵遗留，是全国重点文物保护单位。

一年夏天的一个下午，我驻足在一座热情的风雨桥上。

热闹的人群和芦笙曲慢慢散去，我随当地友人细致地观赏桥的建筑艺术和美。巨大的石礅，在坪坦河清澈的浪花里，稳固地撑起横卧的桥身。树木打造的桥身、长廊和亭阁，散发着岁月的醇香。

风雨桥不用一铁一钉。桥面游廊像一条巨龙。游廊上建有三五座桥亭，呈四角形、八角形的桥亭，高三层或五层。桥檐瓦梁，无不精巧。雕塑彩画，吉祥寓意。

这次来到平坦河畔，是通道土生土长的老胡同行。他说老杨退休了，回乡下老家种田养鸡去了。风雨桥边和哆耶场上，我不时记起老杨中等身材的敏捷，洪亮笑声的爽朗，当然也想到曾经想问他的旧事。

老胡不太唱歌，却特别地喜欢桥。他正在与一些同事到处拉赞助，为一座风雨桥的修建用好话四处去游说。

老胡说，过几年县庆，他们的礼物就是风雨桥。可建桥资金需要数百万元，难度之大可想而知。我想到几个文友，在为县庆写作选编诗歌散文。这些生活在贫困县的人们克服困难的举动，让我感到他们思想的纯净和他们对希望的执着。

风雨桥在中国和世界建筑史的意义，在人们的介绍中成为一些活的有价值的形态。我不是用眼睛，而是用心，体会着一次次见到它们时的热爱。

老胡是个高个子，和老杨一样朴实，多次见面都是身穿深色的夹克。他给我描述他想象中的风雨桥，除了传统的部分，将增加新的文化内涵。他打算在显眼的柱子上，刻上有时代特色的、有地方特色的、有文化韵味的对联。这是个好想法，我似乎看到了人们向那些对联凝视的场景。

他讲如何向单位、向企业和个人拉赞助的趣事。聚沙成塔，积少成多，有苦有甜。架桥修路，一直是社会推崇人们赞扬的。贫困县的人们收入低，修桥的积极性却很高。人们按自己的经济能力，或多或少，愉快表示。

我也被他说得心头发热。我知道他们的蓝图早已被绘好，规划已经开始实施。

老胡陪我哆耶，热情感性地陪我在风雨桥边流连。

侗乡凡有风雨桥的地方，环境普遍优美。最早修桥的老人对福的祈望，看来在新的时代有所实现。我到过几个侗寨，从风雨桥和寨门步入，木楼砖房鳞次栉比，鼓楼高昂。在一个叫横岭的村寨木楼间行走，一阵阵书声琅琅传来。我寻声而去，一所民族特色浓郁的校园、一座如风雨桥一样美丽的教学楼出现眼前。

在老胡嘴里，这所建筑结构像鼓楼风雨桥的学校，就像一个袖珍的展览馆。孩子们在这样的环境里，那种被传统文化熏陶的感觉可想而知。老胡用侗话向一个上体育课的小孩发问，小孩用侗语大方地说句什么，笑哈哈地跑远。

我当学生、当老师进过几个学校，离乡后也看过不少学校，像横岭学校这样的校园，从没见过。近年在乡间走访，破败校园已少见，但随着学生减少、并校和寄宿制的推行，农村许多学校不断消失。一些乡镇和县城的学校，渐渐丧失了地域特色。我不知横岭学校教学楼里正在上些什么课，但我想象他们美术课画出的家乡，他们的作文课写出的亲情，一定是独到而美好的。我想，此刻要有唱歌的课更好，我就可以听到孩子们的侗歌，尤其是那些享誉世界的侗族大歌。

我从歌师造桥师，想到一些农村学校的教师，他们呕心沥血的教学，会不会也像日渐式微的侗歌传承和风雨桥修造的艰难。农村有些地方存在的空巢老人和留守儿童的生活枯寂、精神贫困，以及不良生活情状的隔代遗传，会不会得到根本改变。

那天回到皇都，哆耶的高潮提早到来。我学着唱、学着跳，完全没有注意身边的老胡，不知他何时用话语或是眼神向身边的姑娘小伙发出暗示，我瞬间被他们紧紧地围拢。一阵“哦嗬”——他们用手把我抛了起来。

哦嗬、哦嗬……

我与他们纵情歌舞

男人的对襟衣

鼓起了山的清香

女人的彩裙

飘动着风的旋律

我被他们快乐托举

从一双双手上

快速向上飞去

我展开的手像翅膀

我飘向歌的高潮

激情的音符

飞向星星和月亮

坪坦河在旋转。星星和月亮为它洒下迷人的光线。在芦笙歌声和旋转的舞蹈里，篝火喷薄着激情。在热烈的风雨桥与歌海旁，我感受到人们坚实向上的精神状态，我被他们的理解和信任感动，心中的疑惑在慢慢融化。

天空与河谷，星光灿烂。那一刻的平坦河，在我的记忆中永远清晰。

后记

一次出差，车过河西遇上毛毛细雨，同车数人觉得不错，凉爽而路面干净，我则庆幸，去年久旱以来，已是好久没正经下过雨了。是大是小，只要雨来，便也高兴，何况这时雨已有渐大的迹象。中巴上大家聊雨，也聊其他，虽不放肆，倒也轻松。此次是做产业园区及实体经济一些调研，几年疫情影响，世界经济大环境变化，给活力与增长带来不小压力，好在湖湘人的拼搏精神并未丧失，亮点还有不少。从农时来说，这场雨也很重要，三湘大地水稻庄稼早已翘首渴盼。我心里说，这是喜雨啊。十分钟过去，雨渐渐地大，20 分钟过去，雨有点变猛，再过不了多久，雨就如瓢泼一般。雨中光线本就灰暗，这时突然暗如黑夜。高速路上的车流慢了，这一刻更加慢了。大家都有共同愿望，路途平安，而当下平安最重要的，是需要看见明亮的路。我突然想到我将要出的集子，它的底色是敞亮的，有许多夜晚白天得到的灵感，有我的一些经历与往事、想象与思考、向往与渴望。在我们前行路上，敞亮尤其珍贵。

那天路上遇到的黑，与夜的黑不是一个模样。黑夜里有温馨，有星光可以遥望，有许多给心灵带来宁静的事情和思绪。车灯可以在黑夜撕开一条口子，道路可以变得明亮。雨在黑中，黑在雨中，笼罩我们视线的黑色掩藏了高速公路，也影响着汽车的前进。车灯有时会陷入绝望，它的光弱小得不值一提。这样一来，光亮就重要了，它可以从现实的需要出发，接应我们灵魂的渴望。好在那天的雨和黑时间不长，没有影响我们超时不长的抵达。我对那天的调研也感觉较好，新产业之新材料、新能源来势好，一直关注的优化环境、要素保障、产能和销售、市场前景，不少方面趋好。企业若是陷入困境，对就业和增收就不友好了。老百姓的幸福感获得感，便会被打折扣。生活中的敞亮明亮是我们努力奋斗的方向，也是幸福不可或缺的内容。

多年来，我出差是比较多的，到过三湘四水不少地方。我对一些县市的悠久历史和深厚的文化底蕴充满崇敬，虽知道些皮毛，但不影响我对它们的热爱。出差往往直奔主题，没机会拜访那里的名胜古迹和浏览自然的风光，但文字里图片上的欣赏却比较多。大湘西，湘中湘南，洞庭湖区，有的县乡去过多次，人文的美好、山水的秀丽，令人浮想联翩。以前条件差的时候，我们路途辛苦，也给当地添了不少麻烦。现在条件改善，出差来去时间缩短，有时却提高了前往的频率。面对人们的热情和支持，我有激动，也有一些回忆，许多地方值得深深感谢。其实出差调研关注的经济社会发展情况，尤其是民生，才是每到一地必须的所见、所听、所想。有的内容体现在工作的职责里，有的过后在心中慢慢发酵，在某个时候如山泉般轻细流出。我工作之余的小诗文，不少就是这样来的。有时心中并不平静，一些情绪付诸文字后，便有山水间的敞亮顷刻到来的亮堂。它们广阔、明媚、繁茂、盛大。时代向前的新，生活节奏的快，新蝶变的美，无不在山水间繁衍、游动、成长、蔓延，我被那种不时到来的敞亮感染，感觉里有着从没有过的舒坦。有许多理由相信，在世事繁杂的现实中，好多人会与我一样，喜欢敞亮。

本集文章除几篇外均公开发表过，有的挥笔匆忙恐有不足，恳请读者朋友指正。感谢长期关注、支持我工作的领导和同事，在常委会机关多年的测评推优中，使我多次得到优秀及立功的肯定。感谢家人的默默支持，感谢师友的真诚鼓励，感谢为本书出版辛勤付出的各位老师，是你们让《和吟声声》更富有情感音韵，更值得感恩珍惜，也更有希望传播得更远。

2023 年 9 月于长沙